慎海雄　主编

当代岭南文化名家

DANGDAI LINGNAN WENHUA MINGJIA

廖冰兄　黄民驹
廖陵儿　编著

廖冰兄

SPM 南方出版传媒　广东人民出版社
· 广州 ·

图书在版编目（CIP）数据

当代岭南文化名家·廖冰兄 / 廖冰兄，黄民驹，廖陵儿编著.
— 广州： 广东人民出版社，2017.2
（当代岭南文化名家）
ISBN 978-7-218-11079-0

Ⅰ．①当… Ⅱ．①廖… ②黄… ③廖… Ⅲ．①文艺—作品综合集—广东省—当代 Ⅳ．①I218.65

中国版本图书馆CIP数据核字（2016）第178929号

DANGDAI LINGNAN WENHUA MINGJIA · LIAOBINGXIONG

当代岭南文化名家·廖冰兄

廖冰兄　黄民驹　廖陵儿　编著

版权所有　翻印必究

出 版 人：肖风华

责任编辑：林小玲　沈晓鸣
责任技编：周　杰　吴彦斌
装帧设计：书窗设计　赵焜森 / 钟清 / 张雪烽

出版发行：广东人民出版社
地　　址：广州市大沙头四马路10号（邮政编码：510102）
电　　话：（020）83798714（总编室）
传　　真：（020）83780199
网　　址：http://www.gdpph.com
排　　版：广州市友间文化传播有限公司
印　　刷：广州市人杰彩印厂
开　　本：787毫米×1092毫米　1/16
印　　张：28.125　字　数：410千
版　　次：2017年2月第1版　2017年2月第1次印刷
定　　价：108.00元

如发现印装质量问题，影响阅读，请与出版社（020-83795749）联系调换。
售书热线：（020）83795240

前　言

　　五岭之南的广东，人杰地灵，物丰民慧。自秦汉始，便是沟通中外的重要门户，海上丝绸之路即发祥于此。近代以来，中国遭遇外来侵略，一批有识之士求索救国图强，广东成为民主革命的策源地。进入20世纪70年代，广东敢为天下先，以杀出一条血路的气魄，成为改革开放的前沿地。钟灵毓秀，得天独厚，哺育出灿若星辰的杰出人物，也孕育出独树一帜的岭南文化。谦逊、务实、勤勉的广东人，用他们的智慧和力量，悄然推动着中国历史的进程，也赋予了岭南文化不拘一格、不定一尊、不守一隅的丰富内涵和特质，成为中华文化的瑰宝。

　　改革开放大潮涌起珠江，广东的经济社会发展取得了巨大成就，涌现出一大批德艺双馨的文化名家，在文学、音乐、美术、建筑等众多领域取得开拓性成就，岭南文化绽放出鲜明的时代亮色。今天，我们又面临一个新的、更大的历史机遇——实现中华民族伟大复兴的中国梦。习近平总书记在文艺工作座谈会上指出，实现中华民族伟大复兴需要中华文化繁荣兴盛。广东如何响应要求，创作无愧于时代的优秀作品？省委常委、宣传部部长慎海雄同志就此提出，要按照中央和省委省政府部署，大力推动文化创新，打造岭南文化高地，打造一批弘扬中国精神，具有中国风骨、岭南风格、世界风尚的精品力作，形成一支规模宏大、门类齐全、结构合理的"文化粤军"，并主持策划了《当代岭南文化名家》大型丛书。

　　记录当代，以启后人。本丛书以人物（文化名家）为线索，旨在为当代岭南文化名家提供一个集体亮相的舞台，展现名家风采，引导读者品鉴文艺名作，深切体悟当代岭南文化的独特魅力，提升广东民众的文化自信和地域认同，弘扬新时期的广东精神，为广东全面建成小康社会、书写中国梦的广东篇章提供源源不断的文化驱动力。

为此，我们从文学、绘画、雕塑、音乐、舞蹈、戏曲、影视、新闻出版、工艺美术、非遗传承等领域，遴选出一批贡献卓著、影响广泛的广东文化名家。他们之中，既有土生土长的"邑人"，也有长期在广东生活、工作的"寓贤"。我们为每位名家出版一种图书，内容包括名家传略、众说名家（或对话名家）和名家作品三大篇章，读者可由此了解文化名家的生平事功、思想轨迹、创作理念、审美取向和艺术造诣等。同时，我们将结合多媒体技术，在视频制作、名家专题片、影音资料库和新媒体推广等方面大胆创新，多形式、多渠道地向读者提供新鲜的阅读体验。

我们深信，当代岭南文化名家丰富的文化实践，一定会编织出一幅底蕴深厚、内容丰富、精彩纷呈的文化长卷，它必将成为一份具有重要历史和现实意义的文化积累，价值非凡，传之久远。

《当代岭南文化名家》丛书编委会
2016年6月

◎　廖冰兄

　　廖冰兄（1915—2006）是我国著名漫画家、人道主义者、社会活动家，原名廖东生，出生于广州，祖籍广西象州妙皇乡。

　　廖冰兄从1932年开始发表漫画作品，坚持艺术创作近七十年，涉足甚广，留下各种画作愈万幅，被誉为美术界的"鬼才"。

　　冰兄的漫画生涯经历了人生哲理漫画、抗战漫画、《猫国春秋》漫画、香港"新市井"漫画、"遵命"漫画以及反思漫画六个创作时期。冰兄各时期的创作均有不同的表现形式，但无不体现"中国化、大众化"的鲜明特色，以及尖锐、泼辣的战斗锋芒。冰兄称自己的漫画是"悲愤漫画"——"为善良者而悲，为害人者而愤"。

　　冰兄曾于1957年"因画惹祸"而被划为"右派"，一度封笔。"文革"后"领回脑袋"，晚年再现创作高潮。这时期创作的《自嘲》《禁鸣》《剪辫子》等作品，在社会上不胫而走，其中《自嘲》更被誉为我国改革开放的文化符号。

　　廖冰兄于2003年获中国文联、中国美术家协会颁发的"中国美术金彩奖成就奖"，2004年获中国文化部颁发的"造型艺术成就奖"，并于2004年11月建立"廖冰兄人文专项基金"，继续关注社会、传播爱心。

目录

■ 第二篇　众说廖冰兄　/079

第一篇

廖 冰 兄 传 略

黄民驹　廖陵儿

▌ 童 年

廖冰兄原名廖东生，1915年10月21日（乙卯年九月十三日）生于广州观音山（现越秀山）脚下"小北"一带的贫民区。父亲廖明刚，广西象州妙皇乡大窝村人，当过小贩，又先后加入军阀龙济光的"济军"和莫荣新的桂军，后随军入驻广州担任一个排级的事务长；母亲岑月清，福建人，端庄娟秀。他们在广州先后生下儿子廖东生和女儿廖冰。

东生可谓命途多舛，四岁时父亲横死汕头。丧父后，廖家顿失支柱，生活更加拮据。母亲外出打工，祖母和外婆就留在家里打纱、织麻鞋。父亲死后留下一大堆债务，母亲由于债主上门讨债吓疯了，一度要住进精神病院。东生八岁时，母亲被迫改嫁，不久祖母也病死，遗下东生兄妹依靠外婆抚养。年仅九岁的东生常常带着妹妹去摘野菜，还要帮家里打纱、织麻鞋，甚至带着妹妹在街上摆油锅卖油条、油炸粽。

东生居住的大石街，是中下层市民的聚居地。这里到处是赌摊和当铺，游走着赌红了眼和失魂落魄的人；街上还有人摆摊代写书信或占卜算命；附近有座关帝庙，庙前空地上围满了看卖武的人。东生经过内街的杂货铺，总会被月份牌上的旗袍倩女吸引住，碰到附近教堂的修女来派发圣经故事的小图片，他就会挤过去，拿到一张便如获至宝。童年的东生就常常游荡在这光怪陆离的贫民聚居地。

　　我所住的是一间窄而长的"竹筒屋"，墙是用泥筑的，瓦面残破不堪，下雨时到处漏水。更糟的是泥墙湿了容易倒塌，所以我那时候有两怕，一怕台风，二怕警察。每逢刮台风，我就无时无刻不提心吊胆，怕房屋塌下来。当时每户人家都得交警费，交不起会被抓去关押。父亲死后数年，母亲改嫁到广西去，祖母病死在方便医院（设备很差、收费较低的慈善医院）里，我和比我小三岁的妹廖冰与外祖母相依为命，要是外祖母被抓去，我们两个小孩子怎么办啊！所以，我每次看到警察进巷，都惶惶不安。（冰兄）

母亲有时去广西，有时回广州住。有一次，后夫寄来60元路费叫她到广西，其时东生家里正穷得发慌，就把这笔钱花光了。后来，母亲为无法筹钱去广西而发愁，百般无奈之下，就只好把六岁的冰妹抵押给一个自梳女（当时广东"南番顺"一带不结婚、吃斋，自己在家带发修行的女人）做使女。东生十分想念这个相依为命的妹妹，就跑去主人家想见妹妹一面，却被拒之门外。妹妹在屋里哭，哥哥在门外大哭，一门之隔，竟是咫尺天涯！这一幕让他刻骨铭心。

东生的外婆郑氏在艰难中把东生兄妹抚养长大。她虽然不识字，但她的勤快，即使挨饿也不诉苦，在贫困中与街坊相濡以沫的坚韧、善良的品格，令东生终生难忘。外婆是他人生中最初的楷模。

东生早熟、聪颖、敏感，直到晚年还记得四岁时父亲唯一一次带他上茶楼饮茶，他就好奇：为什么很少有女人上茶楼？东生十岁时，妹妹被抵押给人做使女，再加上母亲的悲惨遭遇，使他早在童年时期就对封建社会、传统礼教怀着深深的仇恨。他一家的生活遭遇，可谓不幸中的大不幸：家庭破碎、骨肉分离、债主上门、饥饿威胁……多少人在这样的生活、精神压力下，早就被摧残，被毁灭，但东生终于撑过来了，因为他感到贫穷、苦难里亦不尽是黑暗和冰冷。十五岁那年，东生患了伤寒病，整条巷子的穷街坊轮流过来看护他，大家凑钱给他治病、滋补身体。穷人间这种相濡以沫的感情温暖了东生一辈子。

廖冰兄有一次与同母异父的弟弟余光美聊天时说："有些人觉得杜甫'老妻画纸为棋局，稚子敲针作钓钩'的诗句难以理解，如此贫苦，怎么还会有这样的闲情逸趣？那是他们不理解穷人。我自己就曾经是个敲针作钓钩的稚子。穷苦人也不是任何时候都愁眉苦脸的，要不，早就活不下去了。"

"街砖大学"

东生自小就喜欢画画，但因为家穷从未上过美术专科学校。由于背着一个"拖油瓶"的名分，东生一度不敢去上学，直到九岁才入小学读三年级。小学毕业时，他决定报考广州市立师范学校，那时教师是一份不错的职业，而且入读师范学校还可以免交学费。

热爱是最大的动力。七岁在舅父的私塾"旁听"时，东生就曾在自己的课本《大学》那书页甚宽的天头上画下自己的处女作。这画不吉利，画面上一个人死了，几个人围着他哭。由于买不起颜料，甚至连便宜的纸张也买不起，他就用竹枝、瓦片在地上画。后来有人开玩笑，说他的美术是在"街砖大学"毕业的。

很快，他就想出办法来换取画纸——给本街一间纸店扎灯笼。元宵节、中秋节的花灯他都会扎，老板则以纸代工钱，东生换得画纸可以作画，亦乐在其中。

既然交不起学费去学绘画技艺，他就想方设法去"偷师"。1922年4月，从日本留学归来的胡根天创办广州市立美术学校，校舍先是在中央公园（现人民公园），后又迁至三元宫旁，就在大石街附近。当时东生才十一岁，"我听说他们要雇请小孩当模特儿，每小时给一毛钱。我既想学画又希望被雇为模特赚点钱，就常常到那里去看。市美的师生经常或在公园、街头或上观音山写生，我就跟着去。为了跟他们套近乎，我常常帮他们做些事，比如帮他们从山上跑到山下取水让他们洗笔之类。该校是让学生自由发展的，学生们的画各种各样都有。该校举办画展，我必定去看。虽然他们终究没有雇我做模特，没有让我赚到一文钱，但我已经从中'偷'到一些绘画技术了"（冰兄）。

另外，"从1921年起，广州有了由一些留学生组成，以西洋画为主的美术团体赤社（后曾改名尺社）。他们引进欧美的绘画技术，巴黎画风从此吹入广州。赤社每年举办一次画展，我是热心观众之一，因为这是我学画的大好机会"（冰兄）。

冰兄在谈及这两件事时，都很感激他的恩师胡根天。"我在市立师范学校读高中的三年，胡就在市师担任美术教师。其实在这之前，他已经是我的老师了，我'偷'过他的绘画技术。他在市师任教时，采取'无为而治'的教学方法，让我高兴怎样画就怎样画，只给我一些启发性的指点，从不以什么画法强加于我。"（冰兄）

当时的画册少，印得不好而且贵，东生买不起。他便大量看"通胜"（历书）、章回小说里木刻版的线描绘图，花露水广告上的旗袍美人，街头炭相铺里的人像，修女派发的圣经故事图画。边看边体味，从中吸取养料，有时会用手指比比划划，兴之所至，还用棍子在地砖上临摹。"我还从报刊上的漫画学画技。比如，1933年在广州，由叶因泉和黄凤洲主编的《半角漫画》就是我很喜欢的刊物，我从那里学到了一些表现手法。我在有点儿钱的时候，在文德路的旧书摊购买一毛钱一本的日本杂志《日之出》……常用心去观摩，所以我的画风也受到一点日本画风的影响。"（冰兄）

东生还常为街坊们做两件事，一是代写书信，二是唱木鱼书。街坊们大多是文盲，而且穷到拿不出钱请人代写书信的地步，所以对义务代他们写书信，又分文不收的东生十分感激。

木鱼书是有押韵的粤语唱本，内容大都是古代薛仁贵娶柳金花、薛丁山射雁养母之类的通俗故事。对于那些买不起戏票、电影票的穷街坊来说，能听到唱木鱼书就是很好的精神享受了。东生这个经常为街坊唱木鱼书的穷"秀才"，就成了巷子里深受尊敬的年轻人。冰兄在回忆这段经历时说："唱木鱼书还给我带来一种好处——引起我对韵文的兴趣，后来我便常常在画作中写上诗、词等韵文，收到很好的效果。"

1932年，还是一个中学生的廖东生，开始在广州的《市民日报》公开发表漫画。他的第一幅作品题名《狼子野心图》。这幅漫画爆发了他内心的怒火——将日寇画成张开血盆大口，意欲吞噬我中华的豺狼。随后，东生还在本地的《诚报》《环球报》和《七十二行商报》等报发表漫画。此时，正值陈济棠主政广东，依托重新活跃的新闻报业，沉寂近二十年的广东漫画界再度活跃起来，李凡夫、黄凤洲、叶因泉、黄伟强、林檎、郑家镇等漫画家纷纷发表作品，使广州成为除上海外，国内另一个漫画中心。

1933年下半年，一次在《诚报》发表文章时，东生用了"廖冰兄"这个笔名，意为"廖冰之兄"。从此，"廖冰兄"便沿用一生。

> 《诚报》有个刊登幽默画的副刊版，我是这个专版的积极投稿者之一。该报不时召开作者座谈会，我在座谈会上结识了画家李凡夫、林檎、黄茅（黄蒙田）等人。可以说，我是从此进入漫画界的。
>
> 当时的漫画家是从各种各样的画中学画，他们是成为画家之后才成为漫画家。而现在学漫画的人则不是这样，他们是直接从漫画学漫画，打个不大文雅的比喻，现在学漫画的人是近亲繁衍，而我们却是"杂种"。（冰兄）

▎人生哲理漫画

从1932年至抗战前夕，崭露头角的廖冰兄创作兴致渐浓，接二连三推出一大批作品，这些漫画以天真、稚拙的线条以及出自民间艺术的风格、造型，来表现对生活的感悟和对人生真谛的洞察。这批画以其主题的鲜明、集中，富于哲理，而被漫画前辈称为"人生哲理漫画"。

美术评论家朱金楼说："他初期的作品发表于抗战之前几年中，他一出手便有着很好的技巧，富有儿童画情趣的单纯而稚拙的线条和造型，当日上海的朋友们都骄傲于华南有了这么一位漫画家镇坐着。他似乎在当时有意识地爱慕着亨利·卢骚的造型的稚拙天真，和他们作品中充满着的高贵纯洁的童年梦境。"（朱金楼：《论廖冰兄》，1946年8月11日《西南日报》）

　　这批漫画开头只是发表在广州、香港的报刊上。但到1934年年初，在报摊上众多的漫画刊物中，当冰兄发现了刚刚创刊的上海《时代漫画》，便对它一见钟情。《时代漫画》创刊号的封面，由漫画家兼该刊发行人张光宇设计，以一套绘画工具组成一个策马提枪的斗士，鲜明地显示了勇于向恶势力挑战的编辑方针。该杂志经常出现的鲁少飞、张光宇、叶浅予、黄文农、陆志庠、王敦庆等漫画家名字，早已深深印在冰兄的脑海里。于是从1934年开始他便转而向《时代漫画》投稿，逐渐成为《时代漫画》的中坚作者。他的作品还刊登在上海的《中国漫画》《论语》《漫画界》《上海漫画》等刊物上。

　　大半个世纪之后，老出版家范用先生有意把自己珍藏的三十多本《时代漫画》结集出版，邀请当年的漫画作者题字，已经80岁的廖冰兄欣然提笔："《时代漫画》是我的漫画艺术的摇篮。"这是冰兄对漫画元老的深情怀念。

　　这是廖冰兄漫画创作中的一个起步时期。为探索人生哲理，他的思考向着两个方向前进，一是竭力看破世相。比如那组《一朵骄矜的花》，少爷送给小姐的那朵花别在胸前显得骄矜，经作者用倒叙法表现出来，却原来不过是生在屋角，经野犬的粪尿淋浇而长成，其实又有什么高贵可言！又比如《君子有所思行》，同坐的一排四个人，突然见面前有横来之物，其中三人即奋起打斗争夺，只有一人依然端坐，目不斜视呈君子状。正令人费解时，突然一阵风吹过，把"君子"之袍摆撩起，原来他已断双足。非不想争，实不能争也！相信观者在捧腹之余，亦会赞叹作者透视人生之入木三分。略施小技，虚伪就露出了真相！

　　二是从自己的经历，从耳濡目染的大千世界提取素材，以获取有价值的人生哲理。比如，那组《马的故事》连环画就够发人深省的了。马本是自由的，但在野外它惧怕老虎，于是就去投靠猎人，请他帮忙打老虎。于是猎人骑着马去打虎，从此马就世世代代被人骑。那是何等深刻的一个寓言！即使是孩子也能明白，独立是何等的宝贵，为了眼前的利益去投靠别人，失去的就是自由！冰兄这组《马的故事》还有针砭时弊的用意，当时国民党政府幻想依靠英美来制止日本对中国的侵略，不就像那匹求人打虎的马一样吗？谁失去反抗性，谁就会成为奴隶。《失了价值的黄金》讲述的，是统治者为了自己的利益不顾人民死活，"一将功成万骨枯"。黄金又与老百姓何关?

冰兄的"人生哲理漫画"不仅讲大道理，也常常透示出日常生活的智慧。

《买花》讲的是卖花人与顾客一味讨价还价，大家都坚持己见，结果议价议到花儿也凋谢了，最终一拍两散。

《钓》那组连环漫画，讲的则是做事一哄而上，结果多数人都会落空。第一个是天才，第二个是庸才，而第三个就肯定是蠢材!

《制服》则似乎是对当官做老板者讲述管理艺术。主人对难驯的烈马又是骂又是打，甚至怒而拔枪杀死它，结果只能自己背负着死马来走路。

许多人以为冰兄爱好"画公仔"，会无心学其他学科，其实不然。他是聪明而且勤奋的，他以优异成绩，成为班上能够直升高中的不足十位同学中的一位。到高中二年级，班上四十余名同学中曾有十多人因两三科不及格而被除名转学，但东生没有被淘汰。高中毕业试是全省会考，班上有半数同学为准备会考，不敢参加学校组织的为期一个月的毕业班赴浙江旅行。冰兄去了旅行，回来会考也顺利通过。家里一直还保存着他在民国三十四年（1935年）七月领到的毕业证书，上面记录了廖东生以平均分82.92的高分毕业，证书上有勷勤大学校长林云陔、师范学院院长林砺儒的签名。

1935年冰兄从勷勤大学师范学院高中毕业后，到广州唤民小学当过一年教师，同时兼任《群声报》编辑。

1936年冰兄主要做了三件事。5月，他与李凡夫、林檎、黄茅、黄超等人发起成立"广州大众漫画会"，并撰写了成立宣言，促成华南漫画界的联合。

11月4日，第一届全国漫画展览会在上海南京路大新公司四楼举行，冰兄不仅作为二十八位筹备人员之一参与展览的工作，还拿出六幅作品参展。这批作品分别是《标准奴才》《挺起你们的角呀，奴隶们!》《闲情逸致图》《标准战士》《樱林栖隐图》及《文明屠杀的祈求》，抗日色彩十分浓烈。其中的《标准奴才》最早发表在广州的《群声报》，参展后，被美国《亚细亚》（Asia）杂志刊登。《标准奴才》以四色油彩笔画成，画面上一个奴才切下自己的头颅跪着向主子捧上，此画把当局者丧权辱国的奴颜媚骨刻画得淋漓尽致。

这一年，他还花了好些时间去研究前辈们的经验，当时在华南因连载《何老大》连环画而红得发紫的李凡夫的创作，尤其引起他的兴趣。10月，他以小册子的形式发表了《〈何老大的〉研究》，这是迄今发现的冰兄最早的文章。他在文中肯定了《何老大》的现实意义，说《何老大》是糖衣包着的苦药，先使你感到甜，甜之后就是苦，吃下肚里，却是一副好药。

冰兄还肯定了《何老大》的艺术技巧：

> 写连续漫画是一件难事，取材难，组织难，穿插难，布局难，对白难，人物的绘写亦难……故想写一段好的'连漫'不单是个绘画家，而且要是一个善取材结构的小说作家，善用紧张对白的剧本作家。凡夫之写《何老大》，就得到这许多好处了！你看它每小节的四单位中，有四个优美的场面；若干个面貌与性格相称的面孔（使你在纸上好像真遇着这班老友一样）；许多句有趣而又有暗示的对白（有时在一两句很轻松的对话中发现锐刺的）。那些故事、结构、画面、人物、对白，能够相互调混，以增加许多力量与趣味，这就是《何老大》的技巧的好处。

冰兄对《何老大》的探讨，为他日后在香港创作《梦里乾坤》《阿庚》《佐治汪》等连载连环漫画奠定了基础。

走上抗日最前线

1937年初，冰兄辞掉教师的职务，应朋友之邀赴香港任《伶星》杂志编辑，期间还与黄凤洲合办《公仔报》，但仅办了一期就办不下去了。

时局日趋严峻，"七七"卢沟桥的炮声响了，冰兄毅然辞职返回广州，希望投身抗日洪流。

此时，因日机轰炸，冰兄母亲和外婆被迫先行逃难回到广西武宣湾龙村后夫家。随后在10月份，冰兄帮她们搬家也回到武宣。

武宣虽偏于一隅，却也能感受到团结抗日救亡的进步风气。武宣的国民党县党部书记长和县长得知冰兄来了，即拿出四块光洋给他购买笔、纸和颜料让他以漫画宣传抗战。既得到支持，冰兄便埋头在湾龙村一口气画了两百多幅以"中国必胜，日本必败"为主题的抗战漫画，这是他自"人生哲理漫画"之后的第二个创作高潮。

冰兄把这批画带到县城，希望在那里办一个展览。却没料到原本支持他的那位书记长已经不在位了，期待中的漫画展无法举行，给冰兄泼了一盆冷水。他在自己填的一阕《沁园春》里就有"无聊赖，恨染苔无绿，着叶无红"一句，表达了报国无门的惆怅。

不过，冰兄这次湾龙村之行，无意中却成全了漫画坛一段鲜为人知的佳话。他不但自己发了疯似的画，还鼓励年仅十岁的光仪和七岁的光美两个同母异父的弟弟也画起漫画来。他不仅把弟弟的漫画带回广州展览，以后还发表在《抗战漫画》杂志上，我们既看到弟弟余光美稚拙的漫画，也看到余光仪写诗，由冰兄作画的《大家起来保卫中华民族和国土》。余光仪的诗曰："保卫！保卫！保卫！保卫我们的土地！铁矿、煤矿、金矿，是我们的家当！高粱、大麦、玉稻是我们的食粮！几千年，祖宗留下这块大好的地方，我们要一辈子安享！鬼子要把我们食粮、家当、土地抢光！教我们全数灭亡！大家举起锄头快枪，筑一道铁的城墙，看鬼子从哪儿来，把他往哪儿赶！"

1938年2月，颇感失落的冰兄带着这两百多幅作品回到广州。其时，李凡夫、林檎、黄茅、黄超等广州漫画家正在举办"华南绘画界救亡协会"抗战画展。众人看过冰兄带回来的作品，都大为叫好，一致主张冰兄搞一次个展。

2月23日，"廖冰兄个人连环画展览会"在广州长堤基督教青年会礼堂举行。由于场地不够，还要请搭棚师傅在厅内搭棚架，这才放得下他的两百多幅作品。开展前夕，好友黄苗子带着《救亡日报》主编夏衍和该报记者郁风赶过来，要先睹为快。看罢，夏衍当即决定，由《救亡日报》出专版隆重推介。画展开幕后，记者潜修发表了《中国的和大众的——廖冰兄画展一览记》的长篇报道。

就在画展快要结束之际，摄影家郑景康从香港赶过来看展览。看后即提议和冰兄一起去武汉，参加以叶浅予为领队的漫画界救亡协会宣传队（简称漫画宣传队）。郑景康还毅然卖掉自己的德国相机做两人的路费。

3月初，冰兄刚到武汉，就赶去武昌昙华林一座古庙报到，加入漫画宣传队。他在队里见到早已闻名而尚未谋面的一批漫画战友，如叶浅予、张乐平、梁白波等人。漫画宣传队从上海出发时，仅有叶浅予（领队）、张乐平、胡考、特伟、席与群、陶今也和梁白波等人，随后，除冰兄外，还有张仃、陆志庠、宣文杰、陶谋基、叶冈、麦非、章西厓、黄茅和廖未林等人陆续加入。

漫画宣传队的成员来自五湖四海。宣传队里大家都尊称叶浅予为大哥。四十五年后，这位"大哥"这样忆及他眼中的冰兄"小弟"："我和他认识在1938年春天，他夹了一卷宣传画从广州赶赴武汉，20来岁的小伙子，一副瘦身材，一对大眼睛，说话像开机关枪，全无保留，毫不客气，在见面的几分钟里，把南方人特有的热情全部发射出来。从此他就成为'漫画宣传队'的中坚人物。"

时值初春，天上下着大雪，但武汉的政治气氛却很热，各种抗日救亡活动如火如荼。在武汉期间，漫画宣传队经常性的工作就是绘制巨幅宣传画，在汉口市区及武昌、硚口展出。冰兄记得，4月7日台儿庄战役获胜当晚，漫画宣传队全体人员欣喜若狂地干了一个通宵，赶着画一批画，第二天又上街宣传，动员群众献金、献物支援抗战。

漫画宣传队还让停办的《救亡漫画》复刊，并改名《抗战漫画》。冰兄为《抗战漫画》创作了不少作品，其中第八期的"全美术界动员特辑"的封面就是他的作品，画题为《暴露敌人的毒心肠，指导大众的动向》。

漫画宣传队隶属国民政府军事委员会政治部第三厅，郭沫若任厅长。第三厅刚刚在武汉成立，为壮声势，举办"保卫大武汉宣传周"，每日一主题，如"歌咏日""话剧日""漫画日"等等。冰兄从广州带来的两百多幅漫画派上了大用场，4月10日，"廖冰兄抗战连环漫画展"在武汉举行。

在展览开始前，黄苗子和文艺评论家周钢鸣还分别在《抗战漫画》的"廖冰兄抗战连环漫画展专页"上撰文推介。

黄苗子在《廖冰兄的画展》一文中这样写道："冰兄是一个充满热情而感觉敏锐的青年、漫画家，他有火一样的狂热、伟大的心脏，他不仅趋向艺术趣味的探讨，他更加紧尖锐了他特有的武器，向着敌人施以命中的投击！他绝不是一个仅带有装饰风的小品漫画家，他是一个民族斗争的武士。"

周钢鸣则特别提到："他这次的画展有几个优点，其中一部分是通俗化、大众化、中国化的；其次是色彩强烈与鲜明，构图的热情，形象富于农民的活气质，和有通俗的押韵的歌谣式的说明。"

冰兄在给同学丁宝兰的信中略述了展览的情况："个展十日开幕，于汉口中国国货公司与张善孖国画展同时开幕。观众日三千人以上，有记者来拍活动电影等，极一时之盛，十五日闭幕了。"

冰兄在武汉仅仅逗留了两个多月。5月下旬，漫画宣传队派出张乐平（分队长）、陆志庠、叶冈和冰兄四人组成的小分队，到皖南休宁县（第三战区政治部所在地）开展工作。他们借用一座大宅的厅堂，全力以赴绘制大量的巨幅宣传画。这些画主要描绘日本人民反战争、反侵略的活动，揭露日本侵略者的暴行。后来，为纪念抗战一周年，冰兄又在休宁附近的屯溪镇，熬了一个通宵，把宣传画缩小刻在蜡纸上，印成宣传品派发。

9月，张乐平、陆志庠和叶冈被召回队部，留下冰兄独守休宁。此时，南京、上海相继失守，日寇长驱直入，武汉岌岌可危，国民政府内部有妥协投降倾向，群众人心浮动，出现恐日和消极的情绪。在这个危急关头，毛泽东发表了《论持久战》。冰兄一再捧读，颇受教益。六年的师范教育，一年的教师生涯，这一刻顿时让冰兄闪现灵感：何不绘制一套教科书式的连环漫画来开启民众意识？！他很快就构思好了，按照《论持久战》的精神，把一套《抗战必胜连环图》分成"越打越强的中国"和"越打越弱的日本"两部分，又从政治、军事、经济、资源及国际关系等各个方面，对比着讲道理，共分成27组，采用每组四格的连环画形式来表达。为了方便露天展览，冰兄又找来一批坚固结实的白扣布，裁成长1米，宽50厘米的规格来作画，前后用了一个多月的时间终于画好。这套《抗战必胜连环图》图文并茂，每幅画都用韵文作说明，读来朗朗上口，比他之前所画的"抗战连环漫画"更通俗易懂，也更具说理性。这期间，冰兄还创作了连环漫画《王阿成打日本》，画在白布上，与《抗战必胜连环图》一起巡回展出。

年底，冰兄就带着这两套连环画跟随隶属于第三厅的抗敌演剧队第七队，沿皖、浙、赣水路所经城镇乡村作抗战文艺宣传。剧团露天搭台演戏，冰兄则在戏台边用绳子把画拉开做展览，彼此相得益彰，吸引大批观众。他还为第三战区的另一剧团复制了一套《抗战必胜连环图》，供他们循另一路线展览。后来漫画宣传队撤到桂林，经常在附近巡回展览，每次都少不了这套《抗战必胜连环图》。在1939年3月21日的《救亡日报》上有一段生动的描述："冰兄那套《抗战必胜》漫画好极了，又通俗，湖南佬看得点点下头，口水也流下来了。"

美术史论家黄蒙田回忆道："1939年中，我和陆志庠曾带着一大批大布画到桂、湘、川各地街头和营房流动展览……不知多少次了，我们带着包括《王阿成打日本》在内的一批大布画，从这个码头挂起再收回又到另外一个码头挂起来，它很受群众欢迎——首先是对它感兴趣。"

在漫画宣传队中，冰兄的创作走着另外一条路子。"队中浅予、乐平、张仃、特伟等高手比较善于创作如《日寇暴行》《保家卫国》《前方需要你》和《全民抗战的巨浪》一类鼓动性的作品，在性质上它不是或超越于讽刺漫画，是一种宣传画。此外，他们还比较擅长叶菲莫夫式或大卫罗式的漫画。但冰兄走的是另一条路，他要求大众化，除了形象设计和形式创造是从民族、民间去吸取养料以适应一般观众——特别是不习惯西方漫画即讽刺画形式的中国观众，但更重要的是和引起观众心灵冲击的鼓动性宣传画分工——或者说是更深入、持久地灌输一些从理性出发宣传抗日战争，目的是使观众——特别是文化水平不高的观众得到教育。如同他的《抗战必胜连环图》那样进行分析，观众会认识到日本军阀为什么侵华和最后必然失败的原因和我们抗战到底具备哪些必胜的条件。抗战时期的漫画，从这方面去考虑问题，付诸实践，产生大量作品并通过实验肯定有效的漫画家，只能举出冰兄一人。"（黄蒙田：《回忆片段》）

▍在桂林施家园

1939年初，冰兄从上饶赶到桂林，回到漫画宣传队队部，开始了一段和木刻版画家合作的战斗生活。

冰兄在桂林郊外的施家园创作了一批独特的"木刻漫画"。当时抗日战争进入相持阶段，物质缺乏，很难有锌版印刷的条件，用木刻版来印制漫画发行就十分自然了。另外，也是因缘际会，此时漫画宣传队和木刻协会的精英，如赖少其、黄新波、刘建庵和陈仲纲等人都流落桂林，而且两个协会的工作室又紧紧相连，只有一板之隔！

冰兄于1938年10月在休宁创作的《抗战必胜连环图》得到了木刻家们的肯定。赖少其就曾这样写道："我们应该在这里特别提起的是《抗战必胜连环图》共九十余幅，大胆地采取民间艺术（至少是受其影响）的形式，以及经过浙、皖、赣、湘、桂数省与百余次的展览，民众都如获异宝的感到兴趣，最重要的还是他能以极通俗的绘画手法，描写难以描写的政治、经济、军事各种抽象的题材。"（赖少其：《一个时代的

艺术》，1939年4月21日《救亡日报》）

为了让它更易于传播，发挥激励士气、增强信心的作用，冰兄便将这套原本画在白扣布上的彩绘作品重绘，变成线条更加简练，黑白对比更加强烈的版画形式，由木刻版画家陈仲纲刻成木版，并更名为《抗战必胜连环画》。这套连环画在1940年2月由胡愈之、宋云彬的桂林文化供应社印制成画册，并派发到前线，大大激励了前方将士的战斗士气。有趣的是，刻过《抗战必胜连环图》的木刻家不止陈仲纲一人，还有黄新波和刘建庵。这是我国美术史上，漫画家和木刻家"联合作战"的佳话。木刻本的《抗战必胜连环画》，也是冰兄的第一本个人画册。

冰兄不仅是个坚决的行动者，也是宣传队里有名的"思想者"。来到桂林不久，他就敏锐地注意到宣传工作所面临的一些战略性问题：一是漫画、木刻人才奇缺；二是漫画界与木刻界应如何团结合作的问题。他还撰写了《急速训练漫木干部》《从行营绘训班街头画展说到行营绘训班》和《关于漫木合作》《把握住新问题》等文章作鼓与呼。

1939年11月1日，《救亡日报》开设《漫木旬刊》副刊，由中华全国漫画作家抗敌协会与中华全国木刻界抗敌协会合编，冰兄担任主编。第一期刊出发刊词：

原野上一根草，花丛中一朵花，行过的人未必逐一注意，但她们既已生存在这世界之上，所以也吸着土壤中给予她干燥或丰沃的养料生长起来。

在复杂的现实中，要弄一个东西出来，实在也很不容易，虽然也说团结了，但自命为清高与卓绝之流，依然还有不是刁起眼皮，就是从篱笆中伸出嘴巴——"你们这些小鬼呀，干得出什么？"

我们漫木几个同人，自问能力甚小，但雄心却颇有，然而也不过想在行动的轮子边，做一个推动者，冲锋着的百万大军中，做一名荷枪实弹的摇旗兵卒而已。

路是广阔而遥远，前进着的队伍，倘若是孤军也不行的，它需要更多诚挚的战友的善意的协助和指示，共同朝向涌泛着光明的爱与美之境域。

冰兄自觉地意识到漫画与木刻密切联系的必要：

> 最近漫画受了颜料及制版材料来源缺乏的威胁，感觉到万分的困难，木刻即可以协助漫画打破目前这种阻碍。单就漫木本身而言，漫画应采纳木刻的强烈性、战斗性、复制性的优点，木刻也应配合漫画的强调性，煽动性的特质。我们要把这两种枪和弹一样不可分离的艺术武器一同使用才能发生宏大的效力。因之，我们应该训练的是漫画木刻的干部——干部决定了一切！

那时候在桂林，木刻家可谓当时得令。由于木刻人才的奇缺，很多报章杂志需要插画时，都不得不乞助于刻图章的工人。为了完成大量的刻制木版画的工作，黄新波、赖少其、刘建庵、陈仲纲等众多木刻家，往往无暇顾及自己的艺术创作，而去做木刻匠的工作。

举办漫画培训班，开设漫画讲座，培养美术人才也是冰兄在桂林的重要活动。

1939年10月间，一次，国民政府军事委员会桂林行营政治部主任梁寒操在桂林乐群社的草坪上会见在桂林的文化人士。冰兄向梁寒操提出举办战时绘画训练班，增强抗战宣传队美术力量的建议，梁当场就同意了这个建议。于是，战时绘画训练班由梁中铭任班主任，冰兄任教务长，校址设在桂林七星岩口，办了半年，学生大多是进步青年。这个训练班的教学内容由冰兄及新波、特伟制定，当时在班上授课的还有汪子美、沈同衡、刘元、周令钊、黄茅等人。训练班为期6个月，课程设有素描、色彩、布画、图案、漫画、木刻等。冰兄除了安排教务，还负责漫画课的讲授。他在《从行营绘训班街头画展说到行营绘训班》一文里，谈到他们的训练计划：一是使学员能从一般的认识到深刻研究；二是要求学、做、用的连贯，就是学习与工作合一，即学必做，做必用。

冰兄与木刻家们在同一个屋檐下一起生活，共同战斗，不仅结下了深厚的抗战情谊，而且已经紧密合作，不分彼此了。木刻家们也把冰兄当成了自己人。鲜为人知的是，1940年6月23日，中华全国木刻界抗敌协会曾在七星岩前茶座举行留桂会员大会，改选理事。身为漫画家廖冰兄居然与张在民、黄新波、陈仲纲、刘建庵等五人被推举为常务理事，黄超、周令钊、温涛、黄少痴等九人为理事。会上还讨论了开展"木运"（木刻运动）的问题。

同年11月1日《木艺》第一号刊登的《十年来中国木刻运动的总检讨》，执笔者是李桦、建庵、冰兄、温涛、新波五人；1941年《新建设》第二卷又发表冰兄署名的《抗战四年来木刻活动的回顾》一文，这是廖冰兄作为中华全国木刻界抗敌协会常务理事参与木刻运动的一篇重要文献。冰兄在《施家园的一间木屋——纪念版画家黄新波》一文中，这样记述当时的生活：

> 屋中主人盛特伟、黄茅、陆志庠、赖少其，刘建庵和我等都没有固定收入，靠写点稿，画画弄几个稿费度日，大家都是穷且快活。最"快活"的乃是黄新波，即使在揭不开锅的日子，还有兴致涂花了脸，披张破毯子唱大戏（粤曲）。他又慷慨得惊人，有一次，他拿到一笔稿费，想到大家寒酸久了，不如开开戒，请大家吃了一顿。回来后，给我们做饭的阿婆却告诉我们，伙食费没有了。当时，我们的伙食、屋租，还有给阿婆的工钱，都是大家零星凑起来对付的。

不过，他们是一帮理想主义者，即使在辗转抗日的艰难生活中，仍然怀抱大志，憧憬着为新中国的绘画奠基：

> 中国过去绘画是囚困在山水、宫廷与佛寺之间，西洋画传入中国，又患了盲目模仿西洋近世"主观画派"的病症，最惨痛者，尤其是把一批热衷于艺术的青年关闭在画室里面，以"花、果、美人"来束缚他们的画笔。诚然，我们应当承认画室里的修养不能缺少，但是我们反对他们隔绝了室外的阳光，

放弃了"花、果、美人"以外的活动的事物。因为这样会窒息了技巧，闭塞了内容，不能产生出有活力的现实的画幅。

抗战复苏了垂危的中国，复苏了中国的艺术。抗战以来，许多绘画工作者已离开了画室，直接间接参与伟大的战斗，场面代替画室，代替了"花、果、美人"，给予绘画工作者磨炼的机会，成为中国新绘画催生的力量。（廖冰兄：《为新中国绘画奠基》，1939年3月20日《救亡日报》）

▌《猫国春秋》

1940年7月，蒋介石下令改组第三厅，并解散功勋卓著的漫画宣传队。冰兄不仅报国无门，而且要面临失业了。

离开桂林后，冰兄彷徨入川，先后在四川綦江战时工作干部训练团美术培训班和重庆的《阵中画报》工作了一段时间。1941年初，恰好阵中画报社迁到重庆，梁中铭又聘他进入报社担任编辑。这是一份八开四版、图文并茂、面向军队、主要宣传抗战的画报，由国民政府军委会政治部主管。尽管主编梁中铭是国民党人，冰兄亦不避嫌，他看重的是民族大义。毕竟《阵中画报》所刊作品是在宣传抗日，而梁中铭也在画抗战漫画，仍然是抗战一分子。编辑这本画刊，以美术服务抗战，又何乐而不为呢？他决定接受任职。不过，在阵中画报社工作了不到一年，由于看不惯梁中铭的所作所为，冰兄最后还是离开了。

当时，国民党掀起一次又一次反共高潮，"皖南事变"之后，国民党对进步的文化艺术加紧钳制。周恩来支持郭沫若创作历史剧借古讽今，与国民党压制民主的专制统治作斗争。1942年，中华剧艺社在重庆演出郭沫若的话剧《屈原》，该剧导演陈鲤庭特邀冰兄担任舞台设计，冰兄的戏剧才能又得到机会发挥。全剧的高潮"雷电颂"一幕，冰兄以一条水平线加天幕几条斜线营造出极静极动、大气磅礴的气氛，甚合剧情需要，得到郭沫若的肯首。

随后，冰兄转到川北遂宁做了半年的茶叶公司营业员。之后得进步戏剧家魏照风关照，当上茶馆经理并给人画像卖画，这样的生活让冰兄感到很无聊。冰兄说："由于画像卖画，当地人视我为'名士'，官僚'士绅'也来和我交结，风雅一番，生活过得颇为灰色。但我却没有藉此钻营，我倒是很想藉此混过这个政治低潮的艰困时期。"

1943年初，冰兄离开遂宁赴重庆。冰兄回到重庆，没有了工作，生活穷困不堪。好不容易熬过几个月，得左翼作家冯亦代介绍，进重庆中央印刷厂做设计钞票印花的工作。这份差事待遇不错，却很无聊，做了不到一年，积得几文钱，冰兄便辞职到郊外青木关闲居，约了特伟、黄茅几个人筹备旨在卖画的国画展。

在重庆"赋闲"期间，冰兄为不少友人的书刊设计了封面。"在1943年间，为冯亦代同志主编的一套文艺丛书设计封面，如夏衍的《天上人间》以及翻译小说《飘》《千金之子》《人鼠之间》等，在当时极其糟糕的印刷条件下，我只能运用木板套色，但搞得简练、明快而又风格新颖，颇获文艺界的好评。"（冰兄）

单是1944年，经冰兄之手的封面及装帧设计，有迹可寻的就有刘铁华编《中外木刻集》，罗荪著《寂寞》，无名氏著《北极风情画》，王鲁雨的诗集《北念草》，徐迟的《美文集》，李一痕主编之《火之源》，孙师毅编、西蒙诺夫作剧本的《为国争光》等书刊。同年，冰兄还开始为翦伯赞的《中国史纲》绘制插图，该书于1946年7月由上海大孚出版公司出版，共有冰兄插画34幅，涉及各个历史时期的政治、经济、军事、社会风俗、历史人物形象。

1944年初，廖冰兄和罗凤珍结婚。他们在重庆北郊缙云山松林坡上，找到一座废弃的碉堡做新房。就像战争年代常见的那样，两人把各自的铺盖合在一起，就开始了成家后的生活。凤珍对冰兄说，想请几个好友来吃顿饭，算是宣布我们结婚吧。无奈冰兄囊中羞涩，只好去找叶浅予诉说苦衷。亲如兄长的叶浅予二话没说，当即掏出身上仅有的几个钱请大家吃了顿饭，算是为冰兄办喜事。后来凤珍怀孕，不宜再住在既潮湿又四面透风的碉堡，叶夫人戴爱莲还腾出一间房，请冰兄夫妇搬过去住。

1944年10月，大女儿出生，冰兄给女儿取名"陵依"。陵者，嘉陵江也。至于"依"不过是"一"的谐音，以后再有小孩，就按二、三、四的顺序排列下去——这是漫画家的幽默。

女儿出生，做父亲的负担更重了，他比任何时候都更需要有工作。早在7月份时，特伟接到在中华教育电影制片厂动画片组的工作，便邀冰兄一同参加。那个厂是陈果夫、陈立夫兄弟搞的，连动画剧本也是陈果夫写的，内容大致是"养鸡致富"——鸡生蛋，蛋又生鸡，鸡再生蛋，循环不断就发财了。国难当头，冰兄和特伟都对这个无聊故事不感兴趣，终于在春节前夕，被厂长请吃"无情鸡"撤职了。冰兄又一次失业。

但这一次失业虽然短暂，却让冰兄在停止漫画创作几年后，又重新执起画笔，为一年后他那次震动全国的"猫国春秋漫画展"预作演练。

此时抗战进入最为艰苦的尾段，从欧洲反法西斯战场频频传来的捷报，已经在预告中国的抗日战争不会持续太久了。这样的形势，向仍在艰难撑持的冰兄及其战友们展示了光明的前景。另一方面，由于"限共""反共"的政策，国民党日益暴露其独裁、专制的面目。进步的漫画家在继续抗日的同时，亦情不自禁地起来批判国民党。

尽管国民党实施了严格的新闻管制，进步漫画无处刊登，但文化左派们还是从它的文化管制中找到了空隙——国民党还没有管制的展览。

于是，由叶浅予发起，联同张光宇、冰兄、特伟、丁聪、张文元、余所亚和沈同衡的"八人漫画联展"，便于1945年3月15日，在中山一路的中苏文化协会开幕，展览至3月20日。展览6天参观者高达一万多人，后来应各界要求，又由4月12日续展至20日。续展时场面更热闹，可谓盛况空前。

"八人漫画联展"共展出100幅作品，冰兄出展的作品最多，他的《黉宫灯影录》及《曙梦图录》两套组画共计10余幅，直接揭露社会现实中的丑恶，抨击统治者逆民主而倒行的诸多恶行，获得特别好评。

1945年3月20日，《新华日报》发表了宓契的《用笑和着眼泪来申诉》的评论文章，其中对于冰兄参展的两组画作了如此评价：

> 看了冰兄先生的《夜梦图录》与《黉宫灯影录》两组共十余张作品，才知道漫画艺术的真正价值，尤其是《夜梦图录》，任何人看了都感到阴森、寒栗，紧抓着每一个读者的心魄，然而这并不是吴道子的《地狱变相》，这是百分之百的现实，也是每一个善良人民所感触到的真正生活。冰兄先生是成功的，因为他写出了每一个善良人民生活的真相，他勾画了它出来，他紧紧地捕捉住这个现实。不错，漫画是夸张的，然而冰兄先生这几张杰作与其说是"夸张"的，不如说是极忠实的"写实的"，他只拿出他锐利的眼光，深刻的体验，真挚的同情来代表大多数市民和知识分子对于生活作良心的控诉而已。
>
> 然而这是火花的爆发，因为这些作品没有经过生活的磨砺是产生不出来的。

据漫画史记载："中共驻重庆办事处给这个展览以热情支持。周恩来在展出后接见漫画家叶浅予、廖冰兄、沈同衡和余所亚，对展出给予充分的肯定。《新华日报》等报刊多次给予报导和评论，认为展览可说是对敌人对罪犯的利刃，是为那些罪犯写了可憎的面目。"（黄远林、毕克官：《中国漫画史》，文化艺术出版社2006年版）

在1945—1946年间，重庆出现了一系列的漫画展览。"八人漫画联展"之后，计有汪子美、高龙生的"幻想曲"，谢趣生的"鬼趣图"接连展出，后来又有"丰子恺画展"以及张光宇的"西游漫记"和廖冰兄的"猫国春秋"。一系列漫画大家的个展连续推出，高潮迭起，出现中国漫画史上一个别具特色的高潮时期。

在3月份参加八人联展时，冰兄就有言犹未尽的感觉，他希望能更全面更深入地批判这个腐朽透顶的蒋家王朝，"聊将秃笔申积愤，幻托猫城写贼行"。从9月开始，冰兄几乎是一口气画了五个月，创作了近百幅作品。《猫国春秋》的创作过程极其艰苦。美术评论家黄蒙田当时也在重庆，他目睹了冰兄创作的全过程。他说冰兄是一位痛苦的漫画家，"松林坡苍松遍山，从这里俯瞰嘉陵江上风帆来往，风景很是优美，冰兄无心欣赏这一带的自然景色，一个漫画家的责任感在鞭策他必须加紧埋头构思，日以继夜地创作，往年这个季节，许多人到北温泉来避暑，松林坡虽然凉快，我们的漫画家却满头大汗地在劳动。他的心仿佛火山爆发，直喷着仇恨的烈焰。我明白画家产生这些作品时的感情多么痛苦，一方面是那些不幸的、令人愤怒的形象汹涌而出，另一方面是他忍受着生活的残酷折磨。我看见凤珍——他体弱多病的夫人，陵依——那未满周岁的女孩需人照顾，他经常左手抱着孩子右手伏案执笔作画，还有比这样创作更艰苦的画家么？"（黄蒙田：《回忆〈猫国春秋〉漫画展》，《大地》1981年第4期）。

冰兄一直画到1946年1月底，临近丙戌年除夕才罢手。其实，他还想继续画下去，无奈积蓄已尽，该适可而止考虑一下养家了。更重要的是，他敏锐地察觉到，自日本投降，民主运动浪潮此起彼伏，举世瞩目的重庆谈判正在进行，眼下国民党尚未做好打内战的政治、军事准备，他们暂时还要用"民主"的外衣来掩盖专制、独裁的白色恐怖。用重磅漫画集结出击，揭露蒋家王朝，正此其时矣！早了不行，像之前张光宇的"西游漫记"，就只能婉转地以借喻的手法去表达，而无法从正面淋漓尽致地剥下当权者的伪装。迟了也不行，国民党是要杀人的！几个月后，李公朴、闻一多的命案很快就证明了冰兄的预见。

"《猫国春秋》漫画展"取其中的组画《猫国春秋》为整个画展命名。据冰兄的回忆，漫画展共分五个部分：连环画《鼠贼横行记》、组画《猫国春秋》、单幅的《簧宫灯影录》《方生未死篇》及连环画《虎王惩贪记》，蔚为大观。

不过，根据美术史家朱金楼的记述，"《猫国春秋》漫画展"除了几十张单幅作品外，成套的有《猫国春秋》《晓梦图录》《方生未死篇》《曙梦图录》《簧宫灯影录》等组画以及连环图《鼠贼逞雄记》，说法略有不同。

"《猫国春秋》漫画展"于3月14日—21日在中苏文化协会展览厅展出，场面之轰动令冰兄始料不及。观众排成长龙买票进场观看，其中有不少远在沙坪坝、歌乐山及赖家桥的观众，带着铺盖，徒步至半夜三更到重庆露宿，再等到天亮才购票进场。展览开展后欲罢不能，后又于3月27日至4月1日在工人福利社作第二次展览。

"《猫国春秋》漫画展"的展出，仿佛在重庆摆开了一个战场，将国共双方都卷进来了。冰兄曾回忆到：

> 在展出当天，郭沫若同志就来参观，此后几乎天天都到会场"坐镇"，这位素不相识的前辈如此关怀，真是出乎意外。翦伯赞同志我早就认识（我曾为他所著的《中国史纲》插图），他虽住在距重庆数十里的歌马场，但也专程来看。有一天，他们两老齐来，应我的要求，还各为我写了一首"打油诗"。

郭老看到《诛逆》一画，即发出会心的一笑，于是便执笔一挥而就："冰兄叫我打油，奈我只剩骨头；敬请猫王恕罪，让我倒题一首。"他还在"逆犯"二字后调皮地倒签自己的名字。翦老不愧是历史学家，他题的则是："冰兄作春秋，乱猫贼鼠惧；气死孔夫子，抢了好生意。"

当时在重庆的中共领导人邓发、王若飞、秦邦宪以及刚刚出狱的叶挺都来参观。邓发回到新华日报社，对展览大加赞扬，建议报社的人都去看一看。

当时参与其事的画家王琦，在他的回忆录中还特别提到当天同时在场的一位"观众"：

> 这时，我忽然发现身旁有一位穿西装的中年人陪同他的亲友也在参观展览，他一边看作品，一边不断地发表评论。当他看到一幅画面是描写一群狼犬在追逐从钓竿上挂的一块肥肉时，不禁以惊叹的口气对他的亲友们说："你们看这幅漫画表现的内容是多么厉害，特别是那个拿钓竿的人像谁，这一看便清楚。这一张画的威力便可抵得上我们十个中宣部！"我听了他的说话，同时观察了他的态度，他看了这些尖锐有力针砭时弊的讽刺画，既不是感到痛快，也不是感到愤怒，仿佛是为了

国民党的腐败、堕落被漫画家击中了要害而感到叹惋和无能为力。（王琦：《艺海风云——王琦回忆录》，人民美术出版社1998年版）

据冰兄回忆，王琦提到的这位穿西装的"特别观众"，就是重庆卫戍区司令部的特务头子。他的那句"这一张画的威力可抵得上我们十个中宣部"，也证明了冰兄漫画的威力。

"《猫国春秋》漫画展"甚至让密切注视中国政局的美国人也大感兴趣。展览期间，冯亦代曾带美国驻华大使馆文化专员费慰梅（美国著名汉学家费正清的夫人）来参观。费慰梅学过美术，曾师从墨西哥著名画家里维拉，她对冰兄的画赞不绝口，她说："美国漫画家的画只能拿来装饰墙壁，像你这样政治性那么强烈的画，在美国是没有的。"她还代表美国政府邀请冰兄带画过去展览，但冰兄由于妻病女幼无人照顾而婉谢了。

在"《猫国春秋》漫画展"中，《簧宫灯影录》受到更多的赞扬。美术评论家黄蒙田说："依我读冰兄漫画的经验，在按照漫画艺术规律要求的艺术构思上，在运用形象表现和突出主题上，在作品艺术性的完整上，我以为《簧宫灯影录》是冰兄全部创作历程上最出色的作品。"（黄蒙田：《回忆〈猫国春秋〉漫画展》，《大地》1981年第4期）

《簧宫灯影录》没有因为较多运用象征的手法而显得隐晦，它较为正面地、直接地去描写，有时间在形式上精雕细琢。这组画正面表达了对正直的知识分子所受迫害和苦难的控诉。

《猫国春秋》可谓轰动山城，不仅产生了巨大的政治影响，其鲜明而独特的艺术魅力，强烈如火山喷发的悲愤情感，亦深深地打动了每一位观众。漫画家张漾兮这样讲述自己的观感："看了《鬼趣图》和《幻想曲》可以有说有笑，看了《猫国春秋》，使人觉得心头重压，话也说不出来。"

而美术评论家朱金楼的评论，更显得既特别而又深刻：

　　廖冰兄的漫画重得像有一根横梁在你头顶上将要压下，

怪得像在一场噩梦里你看见一块巨大的陨石在眼前坠落；凶险

得像古农民发现白虹贯日和长安市上听到了红衣小孩的童谣；阴森得像墓旁的尸怪或嫠妇挑着油灯夜哭！在廖冰兄的画里，没有春天，没有阳光，没有线绒，没有壁挂，没有猎狗牌广告颜料的鲜艳，没有中国工笔山水的金碧，没有阿波罗，没有酒神，没有舒伯特的《圣母颂》，没有"银铃之响于幽谷"，甚至也没有米开朗奇罗的《最后的审判》中待决的囚犯的体魄的壮美，夏凡诺的《穷渔夫》在悲苦的生活中站在船上的那种表情悠闲。在他的画里，有的是普罗米修士和拉孔奥的挣扎，先知约翰在希律王宫廷和攸莱修士在海程归途中的遭遇，人兽斯芬克斯和魔鬼梅西斯托夫的阴险和欺骗，《梅陀沙之筏》和《但丁之小舟》画面上那种尸体的绿色。在这个时代里，是够我们瞧的了：欺诈、压榨、贪婪、残暴、鄙污、下流、荒淫、无耻、营私、谄媚、凶狠、阴毒……溺杀着一切善良的东西。在这个不吉祥的时代里，产生了不吉祥的廖冰兄和他的画！

（朱金楼：《论廖冰兄》，1946年8月11日《西南日报》）

《猫国春秋》随后还到成都和昆明展出。

《猫国春秋》到昆明，原本是以为私立粤秀中小学筹款的名义，在金碧路锡安圣堂展出的。冰兄到了昆明，先去找了赵沨。赵是中共地下党员，公开身份是"民盟"（中国民主同盟）机关工作人员。赵沨约冰兄第二天把画带到民盟机关刊物《民主周刊》办公室，先在民盟机关作一次内部预展。

那天来了许多人，民盟的十多位领导人都来了，其中有闻一多、潘光旦、费孝通、楚图南等人。冰兄把画放在地板上摊开，大家都坐在矮凳上一张一张地看，他的画受到大家好评。正看到热闹时，在重庆较场口遭特务殴打后刚回到昆明的李公朴也匆匆赶来，他一进门就说："这些作品我在重庆全看过了，很好！很好！"但闻一多看过却快人快语："好是好，只是为我们说得太多了。"意思是说，冰兄的画表现知识分子的多，相对为大众说话的少。"猫国春秋"自3月在重庆开展以来，还是第一次有人提出如此沉重的批评。闻一多的这句话，使冰兄既震动又感激，一直刻骨铭心。

但到1946年7月，《猫国春秋》刚刚结束在锡安圣堂的展览，昆明城内已是一片白色恐怖，李公朴、闻一多先后被暗杀，冰兄也被迫逃离昆明。他携妻女搭乘新中国剧团的汽车离开昆明拟赴上海，不料在贵阳郊区翻车，却大难不死，终于在1947年1月回到阔别九年的广州。

▎香港"人间画会"

1947年2月，冰兄来到香港，马上就去找黄新波、特伟和米谷等人，并立即加入刚成立不久的进步美术团体"人间画会"。同年9月，夫人凤珍也带着三岁的陵依和未满周岁的陵儿到香港。他们租住湾仔渣菲道109号二楼一套约三四十平方米的房子，开始在香港四年的生活。

冰兄一到香港，即与黄新波、黄茅、陆无涯、陈雨田等人筹备"风雨中华漫画展"，以揭露蒋家王朝在政治、经济及军事各方面的崩溃。冰兄突击了一个月，拿出20多幅作品，其中包括《抛球图》《一笼二虎》《抓小孩当壮丁》等画参展。画展于1947年3月在中环花园道的圣约翰教堂连展四天，观众之多为香港画展史上前所未有，社会反映相当强烈。《华商报》发表由冰兄撰写的广告词，极具煽动力——"风雨中华：遍野哀鸿，弥天战火！金风钞雨，动荡中华，是贪官污吏的现形记！苦难人民的血泪录！关怀祖国命运的中华儿女不可不看！"

"风雨中华漫画展"的成功，使冰兄又想起自己的《猫国春秋》，它曾经在重庆那么轰动，应该让它和香港市民见见面！然而，冰兄也了解香港，这是个英国殖民地，是个小市民社会，不同于重庆。为此，冰兄赶画了一批同样以《猫国春秋》为题的四格连环漫画，加强其故事性、趣味性，发表在广州的《建国日报》上。

6月20日，"《猫国春秋》漫画展"终于在砵甸乍街宇宙俱乐部举行。冰兄和他的战友们都对展览寄予厚望，展前《华商报》还发了整版的推介文章。《猫国春秋》在香港的展出尽管得到业界好评，给部分热血青年以极大震动，但香港市民的反应却与重庆大相径庭。《猫国春秋》在香港受到冷落，令冰兄陷入沉思。

冰兄明白，《猫国春秋》在香港是水土不服。过于外露的政治性，过分隐晦的"曲笔"，太过压抑、沉重的情调并不合乎香港人的口味。

那怎么办？很简单，入乡随俗嘛。

从此，冰兄开启了他的"新市井漫画"的创作时期。1947年9月，冰兄先是在《华侨晚报》发表连载四格连环漫画《梦里乾坤》，借梦说事，把香港都市的怪现象及每日的奇闻轶事，与国内的政治形势巧妙贯串起来加以嘲讽，借嬉笑怒骂而收发人深省之效。

紧接着，1948年2月25日，冰兄又在《华侨晚报》推出长篇连环画《阿庚传》。"阿庚"这个漫画形象，没有固定的身份和个性，依据每日漫画内容的需要而扮演不同的角色，诚如冰兄自己所写的："呢个公仔叫阿庚，三百六十行都有份，有时猛过过江龙，有时霉到唔使恨，亦似你时亦似我，查实原来无此人。"

阿庚的形象设计也很简练，很传神。冰兄利用"庚"字的"广"字部首作为阿庚的发型特征，形成阿庚独特的艺术造型，他又以简练的线条勾勒，在夸张头部比例的同时，尤其夸张了阿庚的眼睛，特别传神，使人物栩栩如生。但对于主角以外的道具及次要人物，则惜墨如金，能简则简，以突出主题、主角。画中对白也用粤语，以适应香港人的口味。

"阿庚"见报后，慢慢凝聚了一批固定的读者。有的市民每日打开《华侨晚报》就赶紧翻到有《阿庚传》的那一版，很想知道阿庚今日又做了什么。后来《华侨晚报》因受压力而腰斩《阿庚传》，冰兄便把它转到《华商报》并更名为《阿庚》，继续连载下去。冰兄的思路是把《阿庚》改为新闻性的时事漫画，以便及时向读者传递重要的新闻信息。阿庚也随着每日新闻的内容，变换身份（多是反派、丑角）登台演出。冰兄巧妙地把国民党反动派日趋溃败，共产党节节胜利的新闻，结合香港时刻发生的，如抢劫、诈骗、奸淫、自杀等诸般现象编成"短剧"，让"阿庚"在画中出演。

《阿庚》系列的连环漫画，曾先后在香港的四五家报纸上发表，从1948年2月起，断断续续延续至1950年5月，这也可见它受欢迎的程度。

1949年6—10月间，冰兄还以香港社会常见的家道中落的富家子弟为主角，创作连载连环漫画《佐治汪》，先后在《星岛日报》及《新生晚报》发表。

1949年4月20日，他在《华侨日报》发表《谈〈何老大〉系连环漫画——由华南报纸的连环漫画说起》，表现了他的漫画创作思想之飞跃。冰兄旗帜鲜明地提出：

> 首先，我们要认定，一种艺术的流传普遍与否，不能完全估定其艺术价值的高低，我们要估定艺术的价值，还得观察其所起的效果。就是说我们要追究它在读者中所起作用的好坏，它能使读者行为向上、向下或者停滞。《何老大》的内容，固然能够表达了市民生活诸般现象，使读者有亲切之感，但是作者并没有批判这些现象，更少尽其指引读者向上的责任。作者虽然对这个被认为是中下层市民代表者的"何老大"寄予同情，但是，是非爱憎并没有明确的判断。其猎取题材，大体上只是以迎合为目的，这种迎合的艺术，自然只能使读者停滞，很难使他们从中有所获益。

冰兄在香港可谓如鱼得水，他的漫画进入香港左、中、右各派的报纸，每天都有几家报社的人上门取稿。冰兄充分利用香港的自由，不失时机地抨击国民党当局，记录这个没落王朝崩塌的全过程。他的漫画留下了中国历史这一阶段全景式的记录。与重庆时期《猫国春秋》不一样的是，他这时期更少用"曲笔"，而是直接地抨击，其漫画的立意，所取的比喻，更加市井化。如1948年3月29日，中华民国第一届国民大会第一次全体会议在南京国民大会堂开幕，冰兄当即在该天《华商报》发表《风光大葬》一画，那芸芸"国大代表"排着长龙，在"陪葬人员请先入冢"的指引牌下，抬着蒋介石的僵尸步入"国民大会"的坟冢。

"风光大葬"是香港人的"死亡向往"，借此作讽刺，让香港人特别好理解。

而1949年2月25日在《好消息晚报》发表的《捉煲》，又是一幅政治讽刺画杰作。其时，国民政府行政院院长孙科，在未经代总统李宗仁同意的情况下，将行政院迁往广州，造成"府院分离"的局面。由此，代总统在南京，行政院在广州，国防部在上海，而蒋介石则在奉化"幕后指挥"，国民党已经四分五裂。如何才能把国民党这种政治上分崩离析的状况，让香港市民容易理解呢？冰兄巧妙地想到画李、孙两人均怒火冲天地向"政府"这个"煲"砸石头，贴切地借用了香港人谈到婚姻破裂时常用的形象说法——"捉煲"。就像他在《怎样学漫画》一文中所说的：

> 一个善于表现的漫画家，他必然具有充分的机智。这些机智也必然是由于知识的丰富、生活的深入得来的。他对于一件十分繁杂的事情，能够扼要地抓到它的核心，借用简单的形象来表现；对于一个十分抽象的问题，能找到十分适当的具象来表现；对于一件十分深奥或者一般人所生疏的事情，能够以浅喻深，取近譬远，用日常习见，亲切近人的形象来表现；对于一件十分严肃令人感到枯燥的题材，他也能运用他的机智，不歪曲主题而表现得意外地风趣、幽默，甚至因此而加强主题的力量。

冰兄在这里谈的是他自己的经验，也是对漫画家的希望。

他熟悉香港民俗民情，也深知香港市民社会常见的猎奇、爱美、八卦、迷信的心理，往往信手拈来皆成漫画。比如，针对香港社会中泛滥的色情文学、色情电影，他就画出《血的故事，黄的渲染》。又如，香港市民不是喜欢猎奇吗？他就创作一幅《怪人展览会》——以近喻远，揭露蒋介石反动统治所造成的种种畸形、变态、扭曲的政治形态。画中奇思妙想，令人拍案叫绝。由七个"怪人"组成的画面，就是"怪人展览会"，就连对七个"怪人"的解说词也妙不可言。

再如，香港社会年底或月底，或换季之时，常有货尾大拍卖，这种商业现象也被冰兄画进漫画来。题为《国记拍卖行货尾大拍卖》，卖的却是：

一、乌龙王旗一面；

二、猪仔簿一本，大麻绳一条；

三、民脂空缸一个，磨人巨磨一具；

四、善叩之头一颗；

五、裙带若干丈；

六、坚硬七彩便纸万箱；

七、"发言"巨嘴一张，附脱落之牙数枚；

八、最新争烂之大饭碗一只；

九、草鞋一只，"捷报"一张；

十、苏州屎一大桶。

此画作于新中国成立之初，反映国民党垮台时的丑态，构思奇妙，在谐趣中揭示本质，令人看罢无不拍手称快。

就像香港社会中常见的炎夏"制水"、木屋火灾、赛狗、选美、展览倾销、迷信风水、中西合璧的穿西装拜关公等现象，也常常被冰兄拿来"借题发挥"。他那个特别的"漫画头脑"，几乎不会放过眼前一切有香港特色的东西。那时寄住在冰兄家的黄永玉说："冰兄漫画的构思从来没有枯竭，每一天新鲜而犀利的譬喻往往使我大笑几次。"又说："他那充满磅礴、浪漫情感的想象力，大胆地说，当今画家没有第二个人。"（黄永玉：《米修士，你在哪里呀！——怀廖冰兄》）

在冰兄的香港作品中，令人瞩目的还有大量与节日有关的漫画。为什么？那是香港市民社会的特色，世俗的小市民特别喜欢节日，又往往害怕过节。由此与节日有关的作品往往特别牵动人心，冰兄简直是透入到香港市民的灵魂深处！

1948年1月1日，冰兄以"王汀"为笔名，在《星岛日报》发表《新年十愿》，把自己置身于香港市民当中去祈愿，相当有亲和力。"十愿"画成十幅小图，画得天真、雅趣、令人着迷。解说词也是十足的市民口吻：

一、愿国内无战争，大家返去有得捞；

二、愿房屋不"荒"，包租婆随街拉客；

三、愿汽车开得斯斯文文，唔会撞人撞楼；

四、愿银行庄口间间都稳稳阵阵，风吹唔倒；

五、愿瞓街老友个个都有瓦遮头；

六、愿马票每分钟开一次，全港人都做富翁；

七、愿马路架天桥，"女郎"吾使阻街兼淋雨；

八、愿全体小贩都"捞起"，吾使"走鬼"；

九、愿政府严限礼物价钱，免得逢节逢年伤脑筋；

十、愿本"排骨"当选1948香港少爷，电影老板拉我上镜，从此丢咗支"漫笔"。

第十愿，把本"排骨"自己摆上去，玩笑开得很调皮，但让人感到亲切、平等。

1949年，冰兄又分别在《华侨晚报》《华商报》及《华侨日报》发表《新年八愿》《新年勉笔》及《牛年颂》，与读者沟通感情。

至于中秋节，冰兄不仅在《竖中秋》（1948年9月16日《华侨日报》）中为下层穷苦人寄托哀愁，也不失时机地借《1949年月饼展览会》这幅漫画，展出由"王仃"设计的七款"月饼"：

一、花旗霉肉月——黄皮黑馅，专供逐臭之夫；

二、衰神拱日月——野味为心，最宜独吞；

三、鳄潭争龙月——见利忘义，骨肉无情；

四、狗臀洋腿月——价廉物美，蒋记特产；

五、无脂膏素月——全骨无肉，不嚼可吞；

六、厚皮双簧月——伪善真恶，黑白不分；

七、万众团圆月——星月交耀，光被环宇。

在清明时节，冰兄也不忘鞭挞那帮借拉壮丁而搜刮敛财、鱼肉百姓的"阿庚"："搅到我地有山无人拜，要动员地府消灭你班阿庚！"（见漫画《神憎鬼厌》，1949年清明节前作，1982年重绘）

冰兄自称"女权主义者"，他一向不遗余力地捍卫妇女的权益。而在香港，妇女问题显得特别复杂，妇女除了受到封建礼教的压迫，还不断受到殖民地文化、商业社会道德的迫害；"妇女领袖""新时代女性"的出现，使得这个问题更能迷惑人。妇女真的就解放了吗？冰兄为1948年妇女节而作的《女人女人》犹如一篇尖锐的论文，一针见血，揭穿假象。由六幅图组成的"连系漫画"，几乎剖析了社会的全部妇女生活：

一、老爷是饭碗的把持人，要饭碗么？到老爷怀里来！

二、这一类朝廷命妇，你别以为她是妇女领袖，其实是老爷们的喇叭。

三、她是"新时代"的女性，她"解放"了，她如此这般地"解放"了！她在另一种意义下"脱离厨房"。

四、这位大嫂被判了厨房的无期徒刑，她戴着满身枷锁——柴米油盐和儿女们。

五、她被驱出街头，受尽损害与凌辱，于是"犯"了"阻街"之罪。

六、阻街是犯罪，这些"阻屋"太太又如何？其实这些"金屋"，何尝不是牢狱？

只要老爷继续把持饭碗，妇女就无从解放，这样的见解是何等简明而深刻！

他应七夕节而作的《新银河会》是他的又一幅得意之作。在群众熟悉的"牛郎织女"典故中，作者注入全新的内容。简洁优美的造型、浓烈的装饰味道，造成强烈的视觉效果，令人为之动容。作者又配以广东南音戏曲的文字，唱词通俗易懂，委婉缠绵的乐韵朗朗上口，使其漫画作品声情并茂，令人刻骨铭心。单单就文字而言，《新银河会》（1948

年作，1962年重绘）也是一篇通俗文学杰作，值得品味：

一、牛郎织女，会少离多，幸逢七夕渡银河。

二、久别重逢应欢喜，何以双星对泣泪如波？

三、郎呀，何以你骨瘦面黄好似长挨饿？难道好闲偷懒不耕锄？

四、娇呀，你如此说来真係冤枉我，皆因天朝横征暴敛太过苛。

五、天宫捞到肥过猪猡，耕田人仔就受尽折磨。

六、娇呀，何以你织布之人亦穿得咁破？难道你不谋衣食懒抛梭？

七、皆因天朝近日倾销花旗货，仙姬王母扮到似鬼婆。

八、搞到工厂关门我流离失所，饥寒交迫苦奔波。

九、娇呀，今夜难得相逢应暂忘凄楚，且入草房细语慰娇娥。

十、岂料霹雳一声又飞来横祸，拉丁天狗来捉牛哥。

十一、塞入炮筒做剿民炮火，真凄楚，苦难重重怎避躲？

十二、要掀滔天怒浪倒银河！

冰兄对于漫画中的文字，从标题到对白、说明都狠下了一番工夫。美术史研究学者黄大德说："他以俗谚方言，或以粤讴，龙舟，'数白榄'（快板）、打油诗词交错运用融为一体。而最值得称道的，是他创造了独特的香港文化文体——他称之为'三及第'文体（方言、文言、香港独特的地域民间用语）——力图最大限度地切中民众的欣赏心理，借助方言对画面造成强烈的感官刺激。强有力的形象比喻、理论逻辑，融化于简短流畅、明白易懂的押韵粤语中，使各阶层的读者都喜闻乐见。"

冰兄有甚高的文学修养，他用广东方言写成的打油诗词和小曲，可说是俗中见雅的文学精品。例如，在上面提到的为清明节而作的《神憎鬼厌》，里面的文字就是这样的通俗文学杰作。

华嘉当年评价冰兄的艺术，认为他的漫画在方言的运用与画法这两方面都取得了成就，"尤其在方言艺术上，不仅是一个成功者，而且是一个超越者"。难怪香港著名学者、香港大学图书馆馆长陈君葆先生也要邀请冰兄，前往他创办的"新文字学会"作题为《新文字与绘画》的演讲（可惜无法找到这篇讲稿）。黄永玉说："绀弩老人曾经说过，廖冰兄是个大诗人。冰兄的竹枝词、粤讴，几乎是随口成章，句句见好，充满了机智和生活的欢快。一幅漫画，怎么容得下冰兄的全部修养呢？"（黄永玉：《米修士，你在哪里呀！——怀廖冰兄》）

通俗而不庸俗，俗中见雅，雅俗共赏，是冰兄的艺术追求。他不仅要为香港市民画画，而且希望自己的画也能让高层次的文化人、知识界所欣赏，他做到了。他在香港时期，尤其喜欢画一种"连系漫画"。这标志着他的漫画创作进入了一个新的阶段。尽管"连系漫画"的题材仍主要属于市井文化，但更具说理性，更具诗情或感怀咏叹的味道。

何谓"连系漫画"？用冰兄自己的话来说，就是"以多幅图来表现一个题材，每幅图之间内容上有联系，但又不像连环漫画那样有故事性"。他又讲道："我以香港市民较为关注的、颇为熟悉的社会生活为内容，与节日风俗等联系起来进行构思，每幅画配上生动谐趣的龙舟、白榄、南音之类的韵文作说明，有画可看，有词可唱，很合市民的口味。我在《星期报》《周末报》和其他报刊发表这类'连系漫画'有四五十幅之多。除了政治性的作品，还有一些社会性的作品，如《灵魂旅行记》、《大事—小事—无事》（即《人犬之间》）这些作品寓意较为含蓄深远，赢得文化层次较高的读者欣赏。"（廖冰兄：《我在香港人间画会的活动》）

在香港的四年间，冰兄发表的漫画作品数以千计，为此冰兄用了不少笔名。除了最为人熟知的"冰兄"之外，他用过的笔名还有：罗凡、罗〇一、〇一、罗时雨、郑乙、郑育吾、岑行、张廷、王仃、卜化人、丁仁、丁叮、丁汀、丁名、莫图、施仁、阿庚、张望南等等。据他自己说，前后大概用过二十几个笔名，有的甚至已经记不起了。笔名之多，也是冰兄香港时期漫画创作的一个特色。

▌ "红须军师"

在美术界的圈子里，冰兄早就有个"红须军师"的绰号。光是漫画创作，哪里容得下他多方面的才能呢？在人间画会这个圈子里，他注定还会做许多事，担当许多角色。

1949年4月，南京解放，党组织派黄新波回内地迎接全国解放，决定由廖冰兄和陆无涯负责人间画会的工作。

廖冰兄就这样挑起了人间画会的历史重担！从此，他放开手脚，成为香港美术界一位卓越的社会活动家，仿佛身兼"宣传部长""组织部长""统战部长"于一身。

冰兄不仅自己奋力作画，他还要发动和组织更多的青年人参加这场特殊的战斗。早在1948年夏天在李子诵的《星期报》工作时，他就提出要培养一批青年漫画家。在他的倡议下，《星期报》成立"年轻人大学漫画学院"，推举米谷担任院长，冰兄任副院长，校址借用湾仔春园街的"海陆丰公学"。漫画学院向社会公开招生，晚上上课。除米谷、冰兄两位院长外，还聘请张文元、特伟、沈同衡、丁聪、黄永玉、张光宇、张正宇和黄新波等画家为学员讲课。据当年漫画学院一位学员的回忆，由特伟讲授人体解剖，由米谷讲授国际政治讽刺画，而冰兄则专门讲授国内政治讽刺画。在学生中最受欢迎的教员是米谷和冰兄。米谷的漫画人物课生动，加上深刻的政治内容，非常吸引人；而冰兄讲广州话，与学员同声同气，讲课既生动亲切又诙谐。他还经常为讲普通话的米谷、张文元等人做翻译。为了让学员的作品有发表的机会，冰兄还亲自对学员的作业给予指导和修改。1949年初，冰兄接任《华侨日报》副刊《漫画双周刊》主编一职，他便利用这一机会，发表了不少漫画青年的作品。

"年轻人大学漫画学院"第一期培训班创于1948年6月，至9月结业，共大学有学生20多人。结业时，还举办学员漫画展。漫画学院第一期结业后，由于无法注册，不能继续办下去了。为了继续联络这一批漫画新生力量，以后又成立了一个漫画学会。

冰兄还参与了人间画会会刊的编辑出版工作。1948年11月，漫画研究部编辑出版了一本八开24页、彩色封面的期刊《这是一个漫画时代》。编辑出版主要由冰兄与张光宇、米谷、特伟一起分工承担。

封面由张光宇设计：一个由绘画工具组成的骑士手执锐利尖笔，向盘踞在老城堡的魔王发起挑战。设计很现代，也有点"洋味"。"骑士"无疑是漫画家自己了，手执的武器，虽说只是文房绘画工具，但气势非凡，处于攻击态势。

杂志编得很别致，由沈同衡、张光宇、米谷、张文元、丁聪、特伟每人写一段话代作前言，而由冰兄在封三作跋。参加写稿的有黄茅、张文元、丁聪、余所亚、夏衍、聂绀弩、黄谷柳、孟超等名家。

何为（黄蒙田）发表他以后汇集成书的《漫画讲座》，谷柳（黄谷柳）、巴波则发表小说，还有余伯约的杂文《外行人看连环漫画》及聂绀弩、孟超的杂文等等，可谓图文并茂。

《这是一个漫画时代》还刊登张光宇、米谷、阿羊、盛则、文元、丁聪、特伟、马得、郑家镇等名家的多幅作品，冰兄也发表了《灵魂旅行记》和《镶牙记》（署名王仃）。其中丁聪的《现实轮回图》、张文元的《大闹宁国府》、冰兄的《灵魂旅行记》、特伟的《海天小品》，都是很有创意的作品，代表了那个时期香港漫画的最高水平。

难得的是，《这是一个漫画时代》还刊登了郑家镇的一组《香港风七题》，属社会题材的漫画。郑家镇不是人间画会成员，又曾在香港沦陷之时下过"水"，在港受到一些左派画家的排斥。冰兄既往不咎，人家愿意进步，为什么要嫌弃人家呢？是以几十年来，郑家镇一直视冰兄为好友。

生在这个时代，漫画家们是幸运的。用张文元的漫画来说，这时期，他们是"隔海骂贼"，少了白色恐怖的迫害，就尤其痛快淋漓，有时难免会"左"得可爱。

冰兄为《这是一个漫画时代》撰写的跋文如下：

这是一个漫画时代！

这时代，把一切"赏心悦目""陶情怡性"的帮闲艺术冷落了。纵有吴道子也画不出庄严佛像，李恩训也画不出金碧山水，王摩诘抒不出诗情，倪云林也提不起逸兴。虽然还有些追慕盛唐文物、六代豪华的画客，装痴装聋地，在颓垣败瓦、狐鼠横行的境域，涂红抹紫、点缀升平；虽然还有些捡拾些资本主义艺术牙慧的大师，写点儿洋味盎然的画儿，求老板官儿光顾；可是这素称"文物之邦"的国度的今天，掌朝政拥巨资的偏偏是不识文物艺术为何物的狐群狗党。它们干的是卖国残民、破坏文化的勾当，连祖宗留下的一点古董，都要盗卖干净，这是个一切王朝中最不肖的末代王朝，它们只会养走狗，哪会养"画官"！只懂看钞票，哪会看吴生大李比赛《长江万里》？于是那些欲邀圣宠，立意帮闲的大师画伯，只好蹲在血腥的食桌旁边，读了"六代豪华"之后再叹一句，"春去也，更无消息"了。

这时代，倒是个漫画时代，是一切与人民痛痒相关、憎爱相同的漫画工作者尽情发挥的时代。这末代王朝，既制造仇恨，也制造笑料。它在我们周围铺陈人民的血肉，也在我们眼底显现出自己的脓疮。或者这只手拿"宪法"，那只手举起血淋淋的钢刀！或者嘴巴上挂一串漂亮"诺言"，脚瓜下踏着一堆骨血；或者前面道貌昂然，后面乞怜摇尾；或者才唤一句"主权国格"，接着一句就是"美国爸爸"。它每分钟每秒钟在每一个角落不断地制造罪行，繁殖仇恨；同时也是向漫画工作的笔底无穷无尽地供给题材，要我们去攻击去暴露。虽说"漫画"艺术是西洋传入的文化之一，但，如果到今天整个世界还没有"漫画"这种东西出现过于艺术领域，生存在中国的画家，他们也必会为现实所驱使，把漫画"发明"出来的。

我们不愿意保持这个"我们的时代"。我们的一切努力却是为了加速这个时代的溃灭，我们和全人民一样渴望另一个没有罪恶、残杀、仇恨、贫穷、灾难的，繁荣、富足的时代迅速到来，那是人民的"王朝"，整个国家是人民的宫殿，那时再找不出一件更要攻击的事物，找不到一点漫画题材，人民在工作饱食之余，将会需要赏心悦目陶情怡性的艺术。我们将换过一支彩笔，作为"人民宫庭"的"侍诏"，与一切愿为人民服役的艺术家，在这广大的人民宫殿每个角落，描绘人民的胜利、人民的欢笑的彩画。

真的会有另一个"没有罪恶、残杀、仇恨、贫穷、灾难的，繁荣、富足的时代迅速到来"吗？在人民的"王朝"，整个国家是人民的宫殿，那时再也找不出一件要攻击的事物，找不到一点漫画题材吗？那时候，冰兄和他的战友、同行沈同衡、张文元、丁聪他们都是深信不疑的。

1949年9月28日那天，冰兄把两幅画稿交给《华商报》后，想到过几天新中国就要正式成立了，我们为什么不画一张毛泽东宣告新中国成立的巨像，送回广州迎接解放？晚饭后，冰兄便立即赶往九龙宋王台张光宇家，把这个构想一说，张光宇拍案叫好，他们随即分头联络人间画会同仁共同商量。10月2日，和张光宇、张正宇、黄茅、阳太阳、关山月等人会集，冰兄向大家说明意图，画家们都异常兴奋，纷纷献计献策。

那么，毛主席画像以什么做参照呢？有人提出，可用《东北画报》发表的毛主席身穿军装的照片。最后决定，把毛主席像画成以红油衬底，高90英尺，宽30英尺的巨像。

据冰兄回忆，人间画会的财务盛可君离开香港时，交给他的存款只有23元港币。画领袖巨像，没场地、没经费，条件相当艰巨。"香港文协"于逢同志闻讯，即提出可借用"文协"在砵兰街会所的天台，而经费及绘画材料则要通过各种渠道向热心人士筹集。画布由开布厂的爱国人士陈老板提供，需用量最大的油漆则是由关山月的学生梁冰（朝佐）通过其父，动员国民油漆厂的经理捐赠。还有一家广告公司也大力支持，提供画笔等作画工具。

据冰兄回忆，参加画像绘制工作的，除他之外还有张光宇、张正宇、黄茅、关山月、阳太阳、黄永玉、梁冰、陈雨田、王琦、潘鹤、梁永泰、杨秋人等三十多位画家。

这幅巨画其规模之大实在惊人，画像中毛主席的一只手掌，就大大超过绘画者整个身子，每粒纽扣之间的距离相当于一个人的高度。这样，几十人花了整整一周时间紧张绘画，之后又分三天作总检查和总修正，全画才算完成。画面背景用油漆涂成鲜红色，烘托着身穿绿色军装的毛主席站立挥手的全身画像，头顶上闪耀着一颗耀眼金星，红底上端书写着"中国人民站起来了"八个大字，每个字约高3英尺。

10月14日，广州解放。11月1日，广九铁路通车的第一天，人间画会派出张光宇、关山月、杨秋人、阳太阳、黄茅、王琦等人护送这幅画像，乘坐第一班火车抵达广州，移交广州军管会文艺处。11月6日，《中国人民站起来了》的巨画，终于在临江卓立气势非凡的广州第一高楼——爱群大厦悬挂起来。

这边厢，冰兄策划《中国人民站起来了》巨画的制作，那边厢，他又和黄茅、张光宇一起筹备另一项重大活动——组织港九美术工作者参与庆祝新中国成立的活动——10月26日在湾仔六国饭店大礼堂举行"港九美术界庆祝人民政府成立暨广州解放茶话会"。冰兄把香港美术界所有的知名人士都请来了，包括好些与人间画会素无联系的美术家。那天一下子来了二百多人，济济一堂。会上，大家热烈发言，强调美术工作者今后不但要团结在一起，而且要共同学习，向人民靠拢，改造自己，为祖国服务。

会上，冰兄眉头一皱，计上心头，何不搞个画展义卖，慰劳解放军？他和李铁夫一说，铁夫当即表示赞同，并联同十四位画家现场发出倡议：每人自动捐出作品举办劳军美展，筹款慰劳解放军。

11月25日，港九美术界慰劳解放军美术义展，在干诺道中的华商总会大礼堂开幕。大清早，陶金便带着刘琼、王人美、李丽华、陈娟娟等一大群明星到场迎接观众。这真是一个空前盛大的美术展览会。德高望重的革命画家李铁夫在学生陪同下来了，他不仅捐出三幅油画新作义卖，还准备即席挥毫。余本、冯钢百、徐东白、陈福善、徐上炎、郑可、尹积昌、钱瘦铁、何磊、吴烈来了，还有郭南斯、简琴斋、任真汉、张云乔也来了。一位七十多岁的老画家，虽然没有接到邀请，也亲自送来十多件作品。共计一百多位画家参与了这一具历史意义的政治活动。刘少旅带着一批收藏家来参加拍卖。展出的作品三百多件，有国画、西洋画、木刻、漫画、雕塑、摄影、剪纸、工商业美术甚至还有古董，应有尽有，无所不备。此情此景，令廖冰兄感到无限欣慰和激动。尽管有的作品，内容上明显与时代脱节，水平也参差不齐，技法有优有劣，但他看到时代不可抗拒的巨力，看到一颗颗滚烫的心在跳动，看到港九美术界团结爱国的光辉。他在《大公报》上热情撰文，把这次劳军美展称为港九美术界"彩色报国第一声"！

对于港英当局敌视中国人的"治安法例"，冰兄不仅作画还击，而且，他还用勇敢、机智的行动与之对抗。就在港英当局宣布36个进步社团为"非法社团"予以取缔时，冰兄运用他善打"擦边球"的斗争艺术，跟港英当局对着干了一回。他利用李铁夫的社会地位和影响力，以贺寿为名举行集会（其实李铁夫何时生日连他自己也不知道），并以廖冰兄、冯钢百、赵少昂、黄潮宽、张光宇、陈福善、郑可、陈海鹰等八人的名义在报上发布消息：12月21日在金陵酒家为李铁夫祝寿，凡美术工作者、收藏家及李铁夫的好友和景仰者，每人只需交两元便可参加。

1950年1月，当中央人民政府发行"人民胜利折实公债"时，冰兄又策划组织"购买胜利公债义卖画展"，进一步扩大美术界团结爱国的成果。1950年3月24日开幕的"购债美展"，仍然在干诺道中的华商总会礼堂举行，原定举办三天的美展延期至3月27日才告结束。到会参观认购的观众在一万人次以上，盛况空前。

1949年新中国成立前夕，共产党胜利在即，国民党开始全面撤退，继政治、军事较量之后，对人才的争夺已成为国共斗争一个很重要的内容。在美术领域，双方都把目光放到"岭南画派"的领袖人物身上。冰兄大胆改变了人间画会一向的"关门"政策，首先就是向高剑父"开门"。

据美术史研究学者黄大德说，冰兄曾经对他谈及这件事。1949年11月，共产党员何磊，奉命做老师高剑父的工作，希望挽留老师为新中国效力。何磊不善言辞，恳请冰兄帮忙，冰兄二话没说就答应了。在一间茶楼，他们三人对座，叫来"一盅两件"。面对自己那位曾经"上马杀贼，提笔赋诗"壮怀激烈的老师，何磊显得紧张而不知所措，而高剑父则一脸严肃默言相对。冰兄寒暄过后，便谈笑风生，谈起高剑父的弟子关山月已经觉醒，最近参加了人间画会，是国画界值得敬佩的人物。冰兄说，"关山月是你的学生，这是你的光荣，值得你自豪"。冰兄继而向高剑父分析时局形势，晓以大义，表示欢迎他也参加人间画会，和港九美术界一道迎接新时代的到来，更希望他返回祖国继续为人民工作。冰兄还把近期将举行劳军美展的计划告诉剑父，希望他能积极参加，若能单独回广州搞一次展览更好。他们如是喝了两次茶，谈了整整两个晚上。临别时，高剑父对冰兄说："请容我考虑考虑。"

这两次详谈，使高剑父胸中翻起波澜，尽管他在给一个学生的信中表明他正处在"不欲眠，不欲食，不欲动，不欲画"的生命低谷，但当冰兄在香港发起"劳军美展义卖"活动，邀请他参加时，他仍然在美展的最后一天，即11月29日，从澳门赶到香港，亲自把自己的一件作品送到会场。遗憾的是，高剑父最后还是给了何磊"一马不配二鞍"的答复。未几，高剑父便于1951年在澳门病逝。

关于冰兄的"统战"才能，黄大德做过这样的评述：

> 他那颗善良的心，那正直、慷慨的品格，那从不以名人自居，只以凡人自处，推己及人的真诚，使所有的人都能一下子被他融化，他那豪强直爽，爱憎分明，充满磅礴、浪漫的激情，能迅速地燃烧人们潜在的良知，唤起人们的正义感。他那渊博的知识，机敏的睿智，古今中外、天南地北、无拘无束的"煽情"的谈话艺术，令几乎所有的人都自然而然地迅速向他靠拢。于是，徐上炎、陈福善、余本、徐东白、高贞白、黄潮宽、简琴石……轻轻地就给他拉过来了；那两位曾为日本人工作过的画家也靠过来了。（黄大德：《光荣的"牺牲"，不朽的丰碑——廖冰兄在香港》）

"上交了脑袋"的年月

1950年10月，怀抱着为新中国服务，用彩笔"描画人民的宫殿"的美好愿望，冰兄夫妇携三个女儿返回广州。两个月后，儿子陵思也出生了。

甫抵广州，冰兄便风风火火地担任《快活报》的主编，这是由中国民主建国会创办的一本周刊。社长田苏东坚持，《快活报》不能办成像苏联《真理报》那么正统。田社长的新闻观，在当时可谓新颖开放，特立独行，十分难能可贵。田苏东看中冰兄，是因为他觉得有这位作品雅俗共赏，懂得"入乡随俗"，点子又多的漫画家坐镇，《快活报》就可能办得图文并茂，亦庄亦谐，寓教育于娱乐之中，既有思想性，又有可读性。的确，即使从今天的角度去看，《快活报》也是一份能让人快活的刊物。冰兄还在《快活报》开设《漫画短剧》专栏，将戏剧手段与漫画结合起来，增加观赏性及戏剧效果。他还推出"歌谣漫画"，大量运用粤语歌谣与漫画相配合，相得益彰，增加漫画的表现力。

紧接着他又到李子诵当主编的《联合报》做美术编辑。其时，"抗美援朝"已经开始，他日夜不停赶画了大批反美漫画。此时，画家的创作需要配合政府的宣传规定，作为一个热血的爱国者，他仍然保持着当年抗击日寇时的激情。晚年回望这批作品，冰兄觉得大致上还是不错的。

冰兄在《联合报》开辟了《每周漫画》的栏目。而《联合报》是民主党派的大报，冰兄要为当时的各项政治运动，如土改、宣传婚姻法、宣传户籍制度、镇压反革命，以及1952年初的"三反"和"五反"运动，创作宣传画及漫画，图解党和政府的各项方针政策。

配合新中国的各项政治运动，"遵命写画"慢慢就成了冰兄的习惯。他的想象力逐渐受到限制，表现手段由于描画的对象逐渐转向以工农兵为主而减少了夸张与变形。但写实并非冰兄所长，他没受过正规美术教育，素描写实功夫不如科班出身的画家，描画社会的主人公自然就拘谨、吃力。纵观他在《联合报》发表的作品，好的画作并不多。

不过，冰兄在《联合报》近两年时间内，还是留下了136组500多幅的连载连环漫画《六叔》，用"庚叔"做笔名发表。《六叔》以一个老实的小商贩为主角，热情歌颂新中国成立后广州的新气象并对市民进行爱国、守法教育，是冰兄描画"人民宫殿"的一个尝试。

到1951年5月，《快活报》公私合营，并迁到武汉；而《联合报》亦于1952年被广州市委接管。冰兄于是先后离开。

1951年2月，冰兄曾应聘华南人民文学艺术学院漫画专业教授一职。

华南人民文学艺术学院，简称华南文艺学院，是1950年在叶剑英倡议下，合并广东省立艺术专科学校及广州市立艺术专科学校而创建的。首任院长是当年跟随叶剑英南下的著名作家欧阳山。华南文艺学院于1950年3月15日开学，校址就在光孝寺内（原省艺专校址）。学院仅办了三年，到1953年因教育部对高校作调整而停办。

学院创办之初，颇为政治化，尤其适逢土改运动，学员由院长、秘书长带队到高要及海南岛参加"土改"，学员正式上课的时间不是很多，三年的学习，有两年时间去参加运动。但尽管如此，学院仍然为华南地区培养了一大批文学艺术界的专家、干部。

学院美术系主任是黄新波，获聘的美术教授有杨秋人、关山月、王益伦、黄新波、杨纳维、方人定、廖冰兄、李铁夫。被聘为副教授的画家有黎葛民、陈达人、陈雨田、黎雄才、赵蕴修、黄笃维、曾新泉、梁锡鸿（据华南人民文学艺术学院第12号档案）。

1953年5月，广州市文联缩编，冰兄便离开市文联。他虽然还挂着广州市人民代表大会代表，以及广东省美术工作委员会主任委员的头衔，但已经没有一份可以领薪的工作了。好在，这时候他的好友马国亮被港英当局驱逐出境，要在广州创办中华书局总公司广州编辑室。马国亮力邀冰兄做美术编辑："1953年广州市文联结束。被港英驱逐回穗的马国亮奉省委四处命成立中华书局广州编辑室，我调去搞插图（名义叫编委）。该室出版《小朋友》半月刊，每月出四册《中华通俗文艺》（即《中华通俗文库》）。我每月要画插图约40幅，到1958年5月被划为'右派'到省委农场劳动而离开。"（冰兄）

在编辑室担任文字编辑的有作家秦牧、诗人欧外鸥，而美术编辑除冰兄外，还有梁永泰、黄伟强、杨家聪、谭裕钊等人。

冰兄在中华书局的工作，主要是为《中华通俗文库》画插画，每个月画40幅左右。几年间，他分别为《黄河的故事》《蚂蚁国》《龙的故事》《历史家司马迁》《西湖的故事》《椰子漂流记》《人类走路的故事》《勇敢的拉马》《物质之谜》《鲁班的传说》等《文库》丛书创作插画。

他还为由中华书局编辑、在香港发行的刊物《小朋友》画连环漫画，到1956年又为国内发行的《新儿童》画些带小孩情趣的连环画，比如劝小朋友不要看坏书，带小孩"图游"集体农庄，发动小朋友驱赶麻雀、拾稻穗等等。值得注意的是，从1954年5月开始，冰兄在《小朋友》半月刊中开辟了一个"童话漫画"的专栏，署名"王川"，为孩子们创作了许多形象稚拙、意味隽永的童话、寓言，例如《孤独的牡丹》《千里马》《青蛙和牛》《弓和箭》《正义的蜜蜂》等。到1956年间，又推出一个"小朋友×××想，大朋友王川画"的互动栏目，颇受孩子们欢迎。冰兄每期还为《小朋友》中的"叶沃若童话诗"插画。总之，由大作家、画家主持编辑的这本《小朋友》办得图文并茂，生动活泼。而冰兄靠着稿费，也得以养活七口之家。

1953年12月底，冰兄参加广东省文联系统的"关于总路线与文艺创作"的整风学习，这次整风，口号就是"改造资产阶级世界观"，时间长达两个多月。整风的学习文件有陶铸《关于总路线与文艺创作》的报告、五年计划华南党的工作、关于作家协会的工作、苏联戏剧创作的发展问题、谈谈作家的工作、文代会文件。后来，又根据文联领导成员孟波的提议，增加一个党内文件《总路线宣传纲要》，以及毛泽东的《在延安文艺座谈会上的讲话》。学习过程包括阅读文件（所谓掌握思想武器），小组漫谈如何学习，挑选一些典型人物，做新中国成立后创作的报告。

典型报告后，分组展开批判、揭发，然后再回到创作如何为总路线服务的问题，最后订出自己的创作计划。美术学习组组长是黄新波、廖冰兄。核心小组成员包括黄新波、廖冰兄、符罗飞、杨纳维、林仰峥、赵本，共6人。

据冰兄留下的笔记本记载，1954年2月，他在整风学习会上做了检讨，随后又接受大家的批评，"罪名"有一大堆：吃老本，个人英雄主义，小资产阶级狂热，自恃有天分，名分意识严重，逃避学习、改造，等等。

到1955年，从"反胡风运动"更引发出一场全国性的肃反运动，重点集中在文艺界。知识分子纷纷交代历史，检查思想，交代问题。冰兄也不例外，就这样一步一步地"上交了自己的脑袋"。

1955年5—6月间，《人民日报》分三次公布了所谓"胡风反革命集团"的材料，冰兄紧跟形势，大画"反胡风"的漫画。从6月5日开始，他接连发表《胡记"仁爱"牌钢笔》《栽培》《所谓"自我扩张"》《文武屠夫》和《两面派》等一批反胡风作品，"炮火"十分猛烈。

在中国漫画史上，1955年"反胡风运动"时，许多著名漫画家都"义愤填膺"地介入了。不过，漫画家们大画漫画讨伐胡风之时，胡风已银铛入狱（在《人民日报》发表《关于胡风反党集团的一些材料》之后的第三天，即5月16日，胡风已被捕入狱）。漫画家们扔出"投枪"和"匕首"，不过是在痛打"落水狗"而已。

华君武、丁聪、方成、钟灵等漫画大师都显示了可贵的艺术良心，在事过境迁之后，他们都在不同的场合，对当年反胡风的漫画创作做了忏悔。

而冰兄的忏悔走得更远。他不仅为自己的漫画伤害了同志而痛心，而且反省道："'反胡风'、反'右派'、'大跃进'期间，即使自己已受到极'左'的打击，却依然以画笔文笔大画大写，助'左'为虐。如果不是当'文化大革命'一来，我就被关入'牛棚'，囚入监狱，我还是会自觉地、狂热地以作品为这场毁国灭民的烈火煽风加油的。"（廖冰兄1985年10月为《中国大百科全书》写的"自传"）

他进而总结道："我一向把自己的创作视为'遵命艺术'。但作为一个战斗的漫画家所要遵的必须是历史之命，人民之命，真理之命。"

对于当年反胡风时所画的漫画，他有着深深的负罪感。冰兄晚年说过多次，自己在20世纪80年代之后所编的漫画集，还有现在广州艺术博物院内的"廖冰兄艺术馆",都是对自己的隐恶扬善,甚至欺世盗名,实在于心不安。冰兄曾经说,也应该出版或陈列自己的"恶行录",把自己充当文化枪手加害于人的作品予以公开,因为历史不应被隐瞒。他还这样说:"我以画笔剥掉别人的衣冠,却隐瞒自己的劣迹恶行,你这冰兄呀,岂不也是小人耶?!"

▌因画惹祸的"右派"

1956年,对于中国文艺思想界来说,是相对宽松的一年。自"肃反"运动开展后,"舆论一律"了,毛主席统揽大局,一张一弛,考虑在文化知识界放一放,以舒缓过于紧张的学术、言论气氛。1956年1月14日至20日,全国知识分子问题会议在北京召开,周恩来代表中共中央做了《关于知识分子问题的报告》,肯定了知识分子在社会主义建设中的重要作用。随后,中共中央又对改善知识分子的生活和工作条件,以及如何培养新的知识分子等问题做出具体指示。

知识分子政策的落实,让冰兄恢复了正常的工作。1956年3月,中国美术家协会广州分会成立,冰兄被选为副主席,兼创作委员会主任。主席仍是黄新波,另有副主席胡根天、符罗飞、卢振寰。当时的广州美协,分管广东、广西的美术家协会,直至1957年,才改名中国美术家协会广东分会。冰兄没有驻会,单位仍在中华书局美术编辑室,每月要负责画几十幅插图,又要负责美协的创作工作,很辛苦。他同时又是广州市人大代表,要向政府传达民情社意。他为人热心,于是有些市民常常为户口、工作、房产诸如此类的事找上门来。好在这时候夫人凤珍的身体已经好转,而且也有工作,冰兄少了后顾之忧。

冰兄自"反胡风运动"后,所画的大都是"歌德"(歌功颂德)

漫画。他在1956年1月发表的《冬天里的春天》，画面上一个捧着花篮的"春姑娘"，从天上向着正在欢庆"转入高级社""手工业全部合作化"和"私营工商业全部公私合营"的人海散撒花环。同一时期，他还发表《形势不待人》《热火朝天》等漫画来歌颂社会主义改造。而他的讽刺漫画也仅仅把矛头对准美、英、法帝国主义。

直到1956年4月，毛泽东提出著名的"百花齐放，百家争鸣"文艺方针，冰兄这才找回些讽刺的感觉，逐渐把目光转到社会上的丑恶、愚昧和荒诞现象中来。这一年，他在批判一些"鸡毛蒜皮"的不正常社会现象的同时，也凭着敏锐的漫画触觉，发现一些体制上的缺陷。他在《新观察》杂志发表了《"专家培养所"图咏》，用"连系漫画"的形式，鞭挞了国家机关中机构臃肿、不务正业、人浮于事的状况，这是冰兄在"反右"运动前夕的一幅杰作。类似题材的作品，还有《机关即景》和《垂帘听政》，都是很有思想，也十分尖锐的漫画。后者更是大胆地把矛头直指我们党政机关中，与知识分子隔着"一堵墙"的人事制度。

冰兄还画过一幅《丑恶的建筑》参加第二届全国美术展览会，把广州"岭南文物宫"（后改名文化公园）的建筑物搬上漫画"展览"，抨击盲目崇拜欧美形式主义的建筑设计。

不管怎么说，冰兄当时是沐浴在"百花齐放，百家争鸣"方针的春风里。1957年夏天，他与老友黄苗子畅游从化温泉时，还雅兴大发，吟诗一首以抒怀：

> 少年游愿遂中年，　负却春光夏尚妍；
> 夹道荔红浑似火，　绕溪竹绿渺如烟。
> 晴窗客静研经典，　湖艇人闲下钓弦；
> 琴韵天风疑世外，　飞涛千尺出云端。

这首诗记录了冰兄在"反右"运动前夕的好心情。然而，我们的艺术家万万没有料到，一场政治暴风雨很快就要来临。

1957年4月底，中共中央发出《关于整风运动的指示》，号召人们帮助共产党整风，清除"三害"（即官僚主义、宗派主义和主观主义），以缓解日趋紧张的社会矛盾。时在《漫画》半月刊任主编的米谷当即向冰兄约稿。于是，他就把自己的不满一股脑儿地向着"教条主义诸公"倾洒而出。

画于1957年四五月间的《打油词画——赠教条主义诸公》组画总共八幅（并非黄远林先生在《百年漫画》中所说只有六幅）。冰兄的组画分别刊登于1957年6月8日出版的第11期及7月8日出版的第13期《漫画》杂志。第11期将四幅画刊于封面，第13期把另外四幅刊于封二版。

冰兄的组画气势宏大，如连珠炮般猛击党内之"教条主义诸公"。画面夸张达至荒诞，又配以谐趣的打油词，朗朗上口，可谓嬉笑怒骂皆成文章，实乃"廖氏漫画"楷模。其锋芒所向，直指比比皆是的僵化官僚，印证了他的"漫画艺术观"——要用最荒诞的形式来表达最严肃的内容。冰兄的《打油词画》，显示了他见微知著的穿透力。

1957年7月21日，《人民日报》发表署名"朱丹"的文章《〈漫画〉半月刊中有"毒草"》，以将近一半的篇幅重点批判冰兄的《打油词画》。这篇文章的发表，使中共广东省委十分被动，省委第一书记陶铸前不久还公开表扬冰兄为"反右积极分子"哩。

1958年4月12日，省美协领导向冰兄出示省委下发的文件："廖冰兄因恶毒攻击党，向党猖狂进攻被定为反党反社会主义资产阶级右派分子，从4月起，撤销美协广州分会常务理事、副主席及市人民代表等职务，立即下放到白云山省委直属干部农场劳动改造。"

当晚，冰兄在家翻阅自己喜爱的那本魏碑拓本《精拓云峰山诗刻》，百感交集，便在该拓本的扉页信笔题下这样一首诗：

> 人闲意闷乱临池，　隶草真行似又非；
>
> 酸辣咸甜拼一碟，　心情字体一般如。

1958年5月，冰兄被下放到广州白云山省委农场。冰兄在当年的学习笔记中自言，是带着一颗"赎罪"的心去接受劳动改造的。在农场他又奉命为"大跃进"画了大批壁画及宣传画。尤其滑稽的是，既已沦为"右派"，他还被省工商联借调去画反击"右派"的漫画！

▍ 蜗居木偶小舞台

直到1962年1月，冰兄才离开农场，分配到广东省木偶剧团搞舞台设计。冰兄说自己与戏剧有缘。戏剧集文学、美术、音乐于一体，很适合像他这样的"杂家"的口味。

据2001年10月17日冰兄日记：

> 昨晚忽然想起，当时已脱帽的我还未决定何日离开农场，来自剧协的林紫对我说，吴南生想编一出给青少年看的潮剧，找几个潮州人来写，给姚璇秋演，题为《槟榔》。我说可让我试写，写了第二幕，送给吴南生看认为很好，叫我把六幕剧都写了。
>
> 此剧没有公演，因上海市头头柯庆施不知如何发难，中央领导又说戏剧舞台不能再演帝皇将相之类的戏，因此汕头潮剧团不敢演。不久，有一个小规模的潮剧团要演，把全剧本印刷出来，不过终于"胎死腹中"。但他们给了我一本油印的剧本，一直保留在陵儿手上。

冰兄在木偶剧团先后参与设计的木偶剧，计有《芙蓉仙子》《海港螺号》《黄二叔接女》《向阳花》《三打白骨精》等多部，他离开木偶剧团调回省美协后，还为《哪吒闹海》的演出设计海报。

冰兄在木偶剧团一待就是18年！他在剧团搞设计、画布景、创作剧本，还参与舞台布景的改革，研究用幻灯片来代替传统的布景板，有时还像一个青年人一样，做起道具的搬运工。

广州美术学院教授、著名美术评论家迟轲，那时还是一位年轻的爸爸，一次他带着孩子去文化公园群众剧场看木偶剧，刚好从布幕的缝隙中看到冰兄正在后台操作幻灯机。他不禁悲从中来，忍不住流下了热泪。他对儿子说："这里有一位世界级的漫画大师，他现在不能画漫画了！他只能在这幕后默默地为你们服务，你看到的布景和木偶造型都是他搞的，是他为你们提供了欢笑。"

冰兄到木偶剧团工作后，几乎完全脱离美协的活动，甚至一段时间没有再画漫画了。但他仍然关心着漫画，仍然没有忘记扶掖漫画界后进。1962年，广州的一位漫画家、时在群众艺术馆任美术干部的曾钺，发起成立"广州市群众业余漫画小组"。难得的是，曾钺竟然不顾时言，大胆"指定"冰兄为这个"漫画小组"的艺术指导。

虽然身处逆境，但冰兄仍然热心扶持群众的漫画创作。"他把自己的家——当时还在粤华街——作为漫画小组活动之所，被人谑称'廖记茶馆'。每周星期四晚，大家便集中在那里，畅谈漫画艺术，观摩草图，聆听廖老的教导，几乎是风雨不改，每次活动，连茶水费都是廖老掏腰包。"（《江沛扬回忆录》）冰兄不仅对年轻人循循善诱，从严教导，还希望有机会与他们一起合作，在合作中帮助他们提高。

1964年，机会终于来了。《羊城晚报》编辑魏敬群，新中国成立前曾在《建国日报》任职，约冰兄画一套长篇连续漫画。冰兄便去找江沛扬和谭裕钊研究，决定用"汀人"（即"三丁人"之意）的笔名，创作四格连环漫画《松叔日记》，在《羊城晚报》发表，还请诗人刘逸生为画配诗。诗人以琴谷为笔名，曾经为《松叔日记》配过五六首顺口溜。不过，"汀人"其实有四个人，其中还有当时在《南方日报》工作的苏森陶（参与过两三幅《松叔日记》的创作）。

《松叔日记》的发表，为当时萧条的漫画界带来了一丝生气，各方对它都很重视，连省委第一书记陶铸也在一次省委扩大会议上说："《松叔日记》我喜欢看。"

▌"牛鬼蛇神"

转眼间到了1966年，史无前例的"文化大革命"来了。廖冰兄自然而然地当上了"牛鬼蛇神"。

1966年8月，社会上开始"破四旧"，冰兄家被抄了几次。上门的"造反派"有木偶剧团的、市文化局的，还有广州美术学院的。他们都希望在这个"右派分子""老牌美蒋特务""反动美术权威""陶铸黑线爱将"那里，挖出一些"变天账""蒋介石像"，或是"走资派"的照片，等等。由此，冰兄许多珍贵的画稿、照片、书籍都在几次抄家时不见了。

1967年底，广州美院造反派小报《延安红旗》，就在该报的《砸烂广东舞台美术黑线》一文中，把冰兄拿出来示众。一同"示众"的还有广东粤剧团的洪三和、何碧溪，市粤剧团的南佗，及广东话剧团的周游和省剧协的简滨等六人，每人均配有漫像，画得面目狰狞，极尽丑化之能事。其中，对冰兄做了这样的介绍：

> 廖冰兄，文化特务，二流堂人物，大右派，反动漫画家，与反革命修正主义分子、三十年代电影界"老头子"夏衍，中统特务叶浅予关系密切。是反动文人组织人间画会的骨干，曾在重庆中美合作所做文化特务，临解放前后，在香港和广州大画漫画为"中国赫鲁晓夫"的"劳资合作"摇旗呐喊，为资本家涂脂抹粉。解放后窃据广东美协副主席的要职，五七年利用漫画恶毒向党进攻，划为右派，但一直在窥测方向，三年困难时期又从阴沟中爬出，抛出不少漫画揭露社会主义所谓"阴暗面"，大为反革命修正主义分子陶铸所赏识。六二年周扬之流把其反动漫画在北京展出，大贩其毒，钻入舞台美术界以来，一直大搞鬼戏骂戏，发泄对党不满，企图复辟。

冰兄随后接受批斗，继而被投入监狱，再而又被关在学习班的"牛栏"里饱受折腾，然后又到"五七干校"劳动改造。

1971年9月13日林彪出逃，这突如其来的变化，如巨型的陨石从天而降，震撼了每一个中国人。冰兄大概是在11月初才听到正式传达，但早在10月，流言已在社会上迅速传开，他没有轻信这个骇人的事件。"当我听到这个流言时，认为如果是真的话，我们很可能就变成虚无主义者，除了毛主席再没有什么人可相信的了。岂知果然是真……"（冰兄家书）

冰兄头一次有了上当受骗的感觉。但这样的冲击，远远没有动摇他根深蒂固的思想，反而让他更加崇拜伟大领袖毛泽东。"我经过'文化大革命'，特别是经过这几年受审生活，再加上这次反林陈的学习，树立一种思想，就是除了毛主席，无论什么大人物的言行都要按毛主席的教导：'看看它是否合乎实际，是否真有道理，绝不盲从，绝不提倡奴隶主义。'"

直至1972年元旦，冰兄才得以"解放"，被送回木偶剧团继续画布景。

六人漫画联展

1976年10月，"四凶"覆灭，万众欢腾，人们感受到大地春回、神州天朗的气息。在广州，当时还是一个工人的漫画家陈树斌（方唐），在北京路张贴了第一张批判"四人帮"的漫画。看到人民群众自发地在街巷贴满声讨"四人帮"的漫画和大标语，放下漫笔已经二十年的冰兄不禁又手"痒"了起来。他找调回广州工作不久的二女儿廖陵儿做助手，画了作江湖卖药状的四条恶棍的大幅漫画，挂在西关熙熙攘攘的第十甫新新戏院门前。画中题诗曰："可恨四条恶棍，多年撞骗招摇。砒霜毒药猛推销，圣药灵丹乱叫。倘若有人识破，施鞭套帽不饶。殃民祸国罪千条，坚决将它打倒！"

冰兄说："直到1978年读过《实践是检验真理的唯一标准》，开过十一届三中全会，我才恢复良知，恢复是非观，恢复痛觉。"（廖冰兄1985年10月为《中国大百科全书》写的"自传"）他用一个漫画家的语言"我领回了脑袋"，来形容自己思想上的重生。他接着反省道："解放之后，我基本上是配合着一个又一个政治运动而创作……但'反胡风''反右派'和'大跃进'期间，即使自己已受到极'左'的打击，却依以画笔文笔大画大写，助'左'为虐。"冰兄不止一次对家人说："你们应该把我充当文化枪手加害于人的作品出版或公开，为后人立一块警示牌。"

1979年，是冰兄面目全新的一年。2月，令他戴罪多年的"右派"罪名被予以改正，冰兄得到真正的解放。他于本年春天画的《破炉图》（又题《十年烈火炼金猴》），记录了此刻的欣喜之情。他在画中自比脱掉紧箍咒的孙大圣，并题诗曰："十年烈火炼金猴，冲破丹炉逞自由；宝棒化将为彩笔，好描花果遍神州。"

他开始联络广州的漫画家，筹备成立本省的漫画学会，最初暂定名为"广东劲草漫画学会"，并相约年内搞一个漫画联展。他又想到，要繁荣漫画，创办一份漫画刊物必不可少。于是就多方奔走，寻找渠道，终得广东人民出版社社长许实的支持，创办漫画小报《剑花》。《剑花》在1979年9月15日面世，这是"文化大革命"后，继北京《讽刺与幽默》之后出版的第二份漫画刊物，出版后大受欢迎，每期发行数万份。不过，《剑花》漫画小报仅仅出版了六期，至1981年春，就由于种种原因停刊了。

其时，冰兄白天仍在木偶剧团上班，晚上既要为《剑花》忙碌，还要赶紧为年底的漫画联展创作。画什么呢？他一向喜欢抓大主题，他决定先画一组《噩梦录》来记录那不堪回首的年代。

画完《噩梦录》，冰兄仍感言犹未尽。他又一口气画了《花甲回头》《梦降麟儿》《狼性》，并为黄永玉和汪抗控诉"文化大革命"的白话诗配了插图。这批画连同《噩梦录》对"文化大革命"浩劫做了全景式的记录。冰兄还创作了《危楼》《抬轿谣》《包公斥奸》《厕所即景》《小鬼的遭遇》《此猫》等一批画，无情地鞭挞社会上的"官本位""能上不能下""人浮于事"，以及有些领导喜欢被人"吹""拍"、报喜不报忧、面对新事物却杞人忧天、"公文旅行"办事不力等丑恶现象。

特别值得一提的是，冰兄为这次展览创作了《自嘲》这幅惊世之作。它大概是在5—6月间一口气画成的。在画完《巨人，你听见吗？》之后，冰兄便好长时间都不想再动手，他陷入深深的思考。他想，历史必须被记录的，对"文革"浩劫应予以无情批判，这是一个漫画家义不容辞的责任；但我们每个人也都是历史的参与者，我们难道就不应该好好反思一下自己吗？他坦然面对自己"上交了脑袋"的心路历程，而且从"文化大革命"一直追溯到历次政治运动的"洗脑"。这一刻，他是那么严酷地审视自己，直面自己的悲剧。他是在如此这般的思绪心境中画出《自嘲》的。触动他的构思灵感的，或许就是家里摆放了二十多年的那一尊猴子木雕。那只猴子双手抱头，遮盖了低垂的双眼，失却了活泼灵动的习性，是1956年一位印尼画家送给他的。刹那间，他忽然觉得，自己不就很像那只呆猴子吗？再推己及人，他便想到像自己一样的，不是还有无数的中国人，在多年的封闭禁锢下变成畸形的"植物人"吗！

冰兄还重绘了自己当年被划"右派"的"罪证"——六幅《打油词画》，以及《专家培养所图咏》《机关即景》和《垂帘听政》，这不仅是由于这些作品至今仍有现实意义，而且也出于对自己艺术信仰的坚守。

1979年12月5日，"六人漫画联展"终于在广州文化公园揭幕。六位漫画家，除了冰兄，还有黄伟强、曾钺、江沛扬、谭裕钊和黎耀西。

画展共展出170多幅作品，其中冰兄的漫画有40多幅。作品从反思"文化大革命"，到欢呼改革开放新时代，并针砭时弊，批判妨碍"四化"建设的种种不正之风，内容丰富，艺术风格多样，社会反应强烈。展览期间每日观众有六七千人，逢节假日，更多达一万多人。展览一再延期，前后达45天，共有观众30万人次观看，广州文化公园举办过无数画展，这一次的盛况是史无前例的。更有观众在留言簿上这样写道："有的画展观众请都请不来，有的画展观众赶都赶不走！这也是一张漫画吧！"

"漫画联展"的布展设计颇为别出心裁，展厅入口摆放着一座纪念张志新烈士的模拟墓碑，石头碑座上镶着一面镜子，冰兄在碑座题写了"共产党员请来一照"八个大字。观众一进展场，大都会在那面镜子面前驻足凝思。冰兄还为自己的《噩梦录》组画写了小序：

> 为了使人妖颠倒的日子不会再现；
>
> 为了使腥风血雨遍神州的悲剧不再重演；
>
> 为了使人民对林彪、"四人帮"封建法西斯专政的祸害刻骨铭心；
>
> 为了激发人们捍卫社会主义法制和实现"四化"的斗志；
>
> 我以悲愤交集的心情，记录那场已破的噩梦。

冰兄又特地重绘了那幅经典的《枭暴》，并改名为《禁鸣》献给张志新烈士。

联展期间，冰兄的《自嘲》和《禁鸣》作品前，往往围满了一重又一重的观众。广州话剧团演员张悦楷，在《自嘲》面前驻足许久不愿离去，他含着泪对冰兄说："这幅画把我们一代知识分子的遭遇和命运都刻画出来了！"

随着时间的推移，人们对《自嘲》这幅名画还不断有新的解读。连冰兄自己也没有意料到，在30年之后，这幅《自嘲》竟然作为中国改革开放的文化符号出现在我们的主流媒体上。2009年，为庆祝中华人民共和国成立60周年，文化部举办了"向祖国汇报——新中国美术60年"大展，《自嘲》在此次展览中被评选为1979年中国美术的代表作。在中央电视台播放的大型政论电视片《风帆起珠江》中，就以这幅画作为中国社会走向改革开放的标志。片中旁白这样说道：

这是出生于广州的著名漫画家廖冰兄的一幅经典代表作。在这幅取名为《自嘲》的漫画中，廖冰兄缩颈抱膝，一脸茫然，身边是禁锢了自己多年但已被击破的瓦坛残片。廖冰兄在解析这幅漫画的创意时说道：" '破坛'代表着从封闭到开放，以前封闭是悲剧，现在坛子破了还不敢动，更是悲剧。"这位身居广州的漫画家，正是在看了《实践是检验真理的唯一标准》后，创作出了《自嘲》这幅流传至今的著名漫画。"自嘲并嘲与我相类者"，现实主义画风，直接明了。

《也是武松？》风波

1980年1月，冰兄离开木偶剧团，出任广州市文学艺术界联合会副主席，分管美术工作。3月又当选广东省美术家协会常务副主席，从此政务繁忙，杂事缠身，但仍创作不断。为中国大地改革开放的大好形势感到欢欣鼓舞的冰兄，无论如何也没有料到，此时还有人会对他横施棍棒。

1981年春，《人民日报》的漫画增刊《讽刺与幽默》第四期，发表署名"刘加"的读者来信，指斥刊于第6期《剑花》小报上冰兄的一幅反腐漫画。信中，刘加气势汹汹地质问《也是武松？》的作者："这吃人的老虎是谁？是党？是国家？是社会？还是某个具体的人？它到底代表什么？我们见了这画面上的白骨怎么会不联想到'吃人的旧社会'呢？！"接下来，这位刘加更要置人于死地："按照作者的逻辑，似乎我们的批评和讽刺不应该是针对那些违背社会主义原则，妨碍四化进行的错误思想，而只能是一味的矛头向上，矛头向大……不分青红皂白，是'官'就是'官僚'，有'权'必是'特权'。这种是非不分站在社会主义之外喧哗鼓噪的作品会把读者引向何处呢？我看他的作用不仅不能达到批评讽刺的真正目的，相反地只能在群众和领导之间起到挑拨离间的作用。"

人们刚刚从十一届三中全会的召开中感觉到春天的来临，现在这封信的发表，无疑像一股北方的寒流来袭，让这春天乍暖还寒。它随即在文艺界，尤其是漫画界引起轩然大波，令有些人心有余悸。

然而时代不同了。人们已经极度厌恶姚文元式的"文化打手"，也不再迷信《人民日报》漫画增刊的所谓"来头"。

广东戏剧家协会马上开会反击刘加的"批评"，而来自工人、干部、军人、学生、文艺各界声援冰兄的读者来信则如雪片般飞来，有的还一式两份，同时投寄《讽刺与幽默》反批判。《讽刺与幽默》发表刘加的信在漫画界也引起大多数人的反感。方成、沈同衡、詹同、王乐天、毕克官、黄茅、刘雍及美术界的吴步乃、迟轲等人均有来信表达义愤和声援。鲜为人知的是，黄永玉正是在这样的背景下，写出感人的回忆文章《米修士，你在哪里呀！——怀廖冰兄》，为老朋友大唱赞歌。

漫画家方成在给冰兄的信中写道："对《讽刺与幽默》吹这次风，北京反应也不好，这套手段三十年来已证明不得人心，不会有多少群众的。此举只能暴露风派尤在，臭气未泯。"

而冰兄在回复毕克官的信中坦言："我很乐观，很愉快，因为人民做了裁判。"

毕竟民意、民心不可逆，他们苦苦撑持了四期之后，这场对《也是武松？》的讨伐便不了了之。极具讽刺意味的是，事过15年后，当时的《讽刺与幽默》主编、漫画家英韬给冰兄来信为当年的事道歉："多少年前，《讽》刊曾发表文章对您不敬，虽然文章不是我写的，但责任应由我负。我当时是同意文章中观点的，认为您批评得过了头。事隔多年，看今日社会之腐败成风，方知您当时的挖掘实更深刻，我对您倍增尊敬，仅在此向您致歉致礼。"

▍《禁鸣》两次被盗之谜

冰兄在为"六人漫画联展"忙于创作时，他万万没有料到，自己的作品竟然会迷住一位法国姑娘，引出一个在法国举办的中国漫画展，而更离奇的是还发生了自己的作品在法国被盗的案件。

这位法国姑娘就是帕斯卡尔（Pascale Vacher），巴黎人。她认识冰兄时才21岁，是南京大学的留学生。1979年秋，帕斯卡尔结束在南京大学的学业准备回国。临走前，她抽空来广州旅行。由于对漫画的爱好，她知道广州有一位漫画大师廖冰兄，便冒昧找上门来，有幸成为冰兄在"文化大革命"后举办的、承载其"悲愤漫画"的展览前的第一批观众。就这样，帕斯卡尔便对漫画狂热起来了，后来甚至决定把自己硕士学位论文的题目也改为《论中国漫画》。

帕斯卡尔回国后和冰兄一直通信不断。1980年和1981年，她曾先后两次重访中国，每次都特地去探望冰兄，还亲密地认冰兄为干爹。从此帕斯卡尔便成为中法友谊的使者、中国漫画的热心推介人。

帕丝卡尔的初衷是为冰兄单独在法国举办一个展览。但由于出国展览的审批手续十分繁复，最后变成了一个包括冰兄、华君武、方成、张乐平等九个人的"中国现代漫画展"。展览于1981年10—11月在巴黎郊区克雷泰伊（Créteil）市举行。

帕丝卡尔原本是拿着冰兄的"反思漫画"作参展样品，来与法国承办方谈判的，现在搞成的"中国现代漫画展"变得有点货不对版，令她颇为尴尬。然而到展出时发生的一件事，更加令她惶惶不安。

冰兄的《禁鸣》在展出期间被人偷走了！此事惊动了法国警方，赶紧立案侦查，但找不到偷窃的人。最后帕丝卡尔只好硬着头皮，给干爹写信：

廖冰兄先生：

您好，你和其余几位画家的作品已于十一月在克雷泰伊市的国际绘画展览会中展出，并且获得了相当的成功！……
十分不幸的是，您那幅《禁鸣》在展览过程中失窃了。这种
作为，发生在我们的青年文化宫，简直使我们不知道怎样告
诉您才好。我们已经通知警察局和保险公司，以便重新找回
这幅漫画，或赔偿损失。这种以偷盗的方式表现狂热的行
为，实在令人愤慨！现警方正加紧侦缉，争取追回；您有什
么要求（如价格赔偿），请来信提出。但愿这个事件，不致
伤害我们的友谊！

这件事颇具传奇色彩：《禁鸣》已经不是第一次被人偷窃了！这幅
原名《枭暴》的名画，是当年冰兄在重庆"《猫国春秋》漫画展"中的
一幅作品。原作被冰兄带到香港，1947年在湾仔宇宙俱乐部重展《猫国
春秋》时，被人偷走。这次在法国第二次被窃的，则是仿照《枭暴》重
绘，为求通俗改名《禁鸣》，以纪念张志新烈士的新作。

更妙的是冰兄给帕丝卡尔的回信。慈祥老人的宽容加上漫画家幽默
风趣的口吻，令人忍俊不禁：

一、对画的失窃，我不要求任何赔偿；假如抓到那个盗画
的小偷，也希望你们不要难为他，不要对他施加任何惩罚。

二、请代我向此公表示：既然他如此喜欢我的这幅作品，
我可以无偿奉赠，用不着偷。

三、如果愿意的话，最好请他给我来封信，一者既然接受
了我的礼物，理应表示致谢；二者希望他能谈谈，在一百多幅
展出的作品中，为什么偏偏看中我这一幅。

最后希望此公从此洗手不干，注意点精神文明。

冰兄的《禁鸣》在法国第二次被盗的故事，在国内外曾被多次报道
转载，传为艺坛佳话。

▌罢展风波

1982年12月10日，"廖冰兄漫画创作50年展"在广州文化公园揭幕。

为了全面展示自己各个时期的创作，冰兄精选了约150幅作品，装成117个展片来展出。

一进展厅，入口处便挂着由黄苗子撰写，代作前言的《贺词》。《贺词》为粤语骈文，写得幽默风趣，文采斐然，读来朗朗上口：

> 画友冰兄，一代鬼才，周身蛊惑。少无大志，甘当清洁工人；老发横财，积得成吨画稿。偶抒雅兴，拈出斤零，就地摆摊，公开展览。八千里路迷云月，五十年间扫秽腥。成绩斐然，叹观止矣！夫，丑恶尽而至美出，垃圾净而天地清。于斯世也，冰兄将拖开扫把，点染丹青。抒发真情，讴歌民乐；则此五十年之创作成陈迹矣。会心微笑，公仔何须画出肠；袖手旁观，且听诸公开口议。

展览延续了1979年联展时的盛况。冰兄说："我的命很好，办画展总是一炮打响。1938年、1946年、1982年的展览包括打倒'四人帮'后的联展，像春节的花市，连续45天，天天如此。"

在画展结束后举行的研讨会上，漫画家方唐发表高论，令满座皆惊。他说："冰兄漫画代表了一个时代的战斗艺术，它的力度和深度，在中国漫画界来说是空前的，随着这一时代的结束，因而也是'绝后'的。所以我说廖冰兄漫画是空前绝后的。"

不过，"廖冰兄漫画创作50年展"在北京的展出就不是那么顺利了。

展览原是华君武提议上京展出的。到落实具体事项时，华老又提出要冰兄抽掉一些画才好上京。1982年12月，华君武路过广州，去文化公园看了冰兄画展，未及见面，给冰兄写了一封信，兹实录如下：

冰兄：

匆匆来去，未及细谈，昨日上午去站读了漫画展。除一些"丂"派怪字不识外，大体看得还是仔细的。有些画是既辣又好笑的（这有违阁下初旨）。有些画是辛辣好笑而又凄然的。有些是怒发冲冠、咆哮公堂的，可谓民主斗士。许多画是好的，不一一列举。

也有两点未必正确的意见，错了请"反击"，勿以棍子目之而咆哮。

一、从展出看，阁下之艺术风格好像一出娘胎，进入社会即已成形，以后风格固定，一帆风顺，实际五十年之第一年和第五十年，必有极大差异和变化，使读者可从变化中看艺术家之足迹、心迹，但从展出作品中看不出。

二、有些画或题跋，画家之愤怒跃然纸上，但分不清是对国民党和对共产党的，分不清两个朝代之质的不同。国民党是官办，共产党里有的机关也有官商作风；国民党是封建买办，共产党里也有人有封建主义思想。彼亦有"官"字，我也有"官"字；彼有"封建"，我也有"封建"，但这是不同的。不能一律怒发，有的可在冠内怒发，不必冲冠。以示区别于敌我和人民内部之间之差异。

以题跋而言，《老爷酒家》有此病。以画而言，《护虎神》可为一例。

因此，如去北京展出，务请细心斟酌，我等作画为求改进，非图一快，如果效果不好则有悖画家之宗旨矣。如去，请广东分会告全国美协。

再《未打老虎》一画还是有些毛病的，国民党时老虎一词系对高官，"三反"时打大老虎是指大贪污犯，群众概念中之老虎仍系指高层人物，所以此类作品，还是以不展出为好，否则运到北京，争执不下，伤了和气反而不好了。你五十年的漫画斗争精神，应该在展画中显示出来，勿以小损大。航行大海万里，勿在阴沟覆舟，是我心里话，请参考……

对于冰兄漫画，华老之前无论是在赴法国展审画，及1982年《讽刺与幽默》发表刘加信时，均未有公开表态。对他的这次坦诚"声讨"，以冰兄刚直的性格，一场笔战就势所难免了。接信后，冰兄当即回信"反击"。由于复信太长，我们仅摘其针锋相对之点列出：

你说我艺术风格五十年一贯制，我未能同意。《时代漫画》的东西、《猫国春秋》的东西、香港时期你看不懂的东西，手法、式样全不相同。同是《猫国春秋》，也有各种面目。说到思想感情，的确颇为一贯。

关于怒发冲冠与怒发而不冲冠的问题，我也经常思考。比方说，对挂起妓院招牌当婊子的该冲冠，但对在贞节牌坊之下当婊子的不是更应冲冠么？蒋记国民党就是婊党，当年我的冲冠是对整个党冲的。共产党里面有少数婊子，败坏了"贞节"，我的冲冠是对这些败类冲的（我们的党对这些东西也是要冲冠的嘛）。这就是我主观上的区别。至于读者会不会混淆泾渭呢？我看不会。我观察过1979年的展览（以我的作品为主）和这些展览的观众的反应，并未发现这种混淆。我收到过许许多多"拍我马屁"（用老兄语）的群众来信，也没有这种混淆。去年，"刘加挥棍"之后，许多读者的信都是一式两份，一份给我，一份给《讽》刊，未知老兄看过未有，如果看过，你找得出这种混淆吗？

你说起《老爷酒家》，确实良可慨也。因为在旧社会，酒家都是资本家办的，他们为了发财，力求货如轮转，顾客常临，这种"老爷"极为少见。但在今天却无处不有，甚至几乎家家如此。正是导致这种情况的体制与以为人民服务为宗旨的社会主义企业水火不容，正是这种情况败坏了社会主义的声誉。我把这幅解放前的旧作展出，乃是为了"古为今用"，希望能够起到促使改变企业衙门化的作用。

至于"护虎神"亦非无中生有。你知道"文化大革命"时期有个自治区的"造反"老虎吃了多少人（是真的生宰来吃的！）吗？而到今天此区的老虎依然在护虎神庇护之下继续升官，并且明里暗里抵制中央吗？对于这类事情岂能不既怒发又冲冠？

双方都坦陈了自己的观点。看来这是认识上的冲突，一时亦难以调和。一次，冰兄就曾当着众人对华君武说，"你说的是官话，我说的是民话"。

5月20日，全国美协展览部金克俊向冰兄传达了美协书记处的通知：经审查决定，冰兄带来京的总共一百多幅作品中，有九幅要抽起不宜展出。金克俊对冰兄说，"具体是哪九幅，你自己去看看吧"。冰兄当即回答不用看了。"我首先声明有四幅画决不能抽，如果要抽，我就取消这次展览。这四幅画就是1957年被作为罪证的《打油词画》。"一时间气氛十分紧张，冰兄不依不饶地坚持自己的原则。金同志最后只好答应回去向领导汇报。

> 今日（23日）上午金同志来了，交我一张华君武留给我的纸条，并说经过讨论，还是要扣起那四幅《打油词画》中的一幅，此外还扣起其他画七幅合起来一共八幅。至于扣的理由，就是什么会引起人误会啰，意思不明确啰，而华君武的条子则写着"划右派，扩大化是错误的，但不等于那时的言论、作品都正确"。言下之意即那幅被扣起的《卫道擂台》毕竟不正确，即是依然要给我留下一条尾巴。（冰兄家书）

怎么办？展还是不展？冰兄一时也拿不定主意，甚至一度想到罢展了事。但他最后还是冷静下来，希望听听朋友们的意见。

为此，冰兄先后见了黄苗子、叶浅予、王琦和余所亚，倾听他们的意见。王琦认为如果只扣《打油词画》四幅中之一幅，就同他妥协好了，还是展出，争取北京的观众为好，因为有成百幅画，分量已经够了。冰兄最终还是接受了王琦的建议妥协展出。这场"罢展"风波，最后以抽掉冰兄的八幅画再展出而告终。被抽掉的八幅画分别是：《卫道播台》（1957年）、《吹升》（1980年）、《此猫神气十足》（1979年）、《厕所即景》（1979年）、《血腻鱼肥》（1979年）、《曾经有过这样的时候》（1979年，黄永玉诗、冰兄画）、《护虎神》（1980年）和《狼性》（1979年）。

"廖冰兄漫画创作50年展"终于在1983年6月1日在北京的中国美术馆重展。开幕那天早上，展场重现45年前"廖冰兄抗战连环漫画展"的动人情景：黄苗子、郁风陪着夏衍，又一次成了冰兄画展的头一批观众。只是此时的夏公已是八十多岁的老人，而且是坐着轮椅进来的，此情此景令人不胜唏嘘！

同年，"廖冰兄漫画创作50年展"还先后在南宁、梧州、桂林及重庆巡展。

冰兄的这个展览在1984—1985年间，还搬到澳门和香港重展。1985年5月在香港展出时反应强烈，左、中、右各派报刊纷纷报道，有报甚至称"香港刮起了'廖旋风'"。

▍漫画家—"慢画家"—"漫话家"

1985年，岭南美术出版社出版了《冰兄漫画——1932年至1982年作品选》，这是新中国成立以后冰兄出的第一本画册。《冰兄漫画》以"廖冰兄漫画创作50年展"的作品为基础，尽管许多早期的作品欠奉，但他在历经"文革"，"领回脑袋"之后所创作的一批充满思想锋芒的新作，已足以令这部漫画集不胫而走。漫画家丁聪说，读冰兄漫画有如吃重庆火锅，让人辣得痛快。画集赶在冰兄赴香港展出时问世，随即在海内外树立口碑。

80年代中后期，冰兄既是省美协的领导、省政协委员，还是社会大名人，又热心公益、关注民生，社会活动不断，终日宾客盈门。冰兄抱怨没有时间画画了。另一方面，此时的冰兄，亦不想再画鸡毛蒜皮的小题目、小作品。他常常陷入沉思的状态，为一个想到的题目苦苦思索，拼命寻找适当的表现形式。

1986年夏天，冰兄创作了一幅言简意赅的《剪辫子》。这幅画的创作，源于广东省政协为纪念孙中山先生诞辰120周年，组织书画家进行专题创作。纪念孙中山先生，这可是个画熟、画烂了的题目，冰兄酝酿多日亦无从下手。正在苦恼之际，邻居书画家黄笃维过来劝他："你就书总理遗嘱，不就行了嘛？"冰兄当然不会就这样应付过去，但笃维的话却提醒了他。孙中山先生最大的功劳是推翻清王朝，剪掉人们头上的辫子，然而人们思想意识上那条无形的"辫子"，即封建思想的流毒，不是至今仍然根深蒂固吗？对，我们的任务就是要剪掉那条无形的"辫子"！一幅名画就这样诞生了，社会上一致叫好。

关于这幅《剪辫子》，冰兄还有一番妙论："省委书记杨应彬看了《剪辫子》，说这幅画好到不得了。我说有什么好？一把剪刀，人人都会画。但这根辫子很难剪。它不是根钢鞭，现在科学昌明，再坚硬的辫子也有办法剪，它是根水辫子，剪不断，抽刀断水水更流。"

1987年，冰兄在新加坡对记者说，自己已从一天能画几幅画的漫画家，到一年也画不了几幅画的"慢画家"，而现在就快要变成光说不画的"漫话家"了。

1990年，冰兄画了一幅内涵深刻的作品《人·鬼·神》。这是一幅对"文革"进行深刻反思的作品。画面上，钟馗已经不是人，钟馗已经不再打鬼，而是和鬼合为一体。恶化的政治生态环境使得基因变异，生出"又是神又是鬼"，鬼神合体这样的异形怪物来。"革命，多少罪恶假汝之名而行！"画中的题跋很是发人深省："人鬼难分诚可怕，鬼神一体更堪惊。缘何舜日尧天下，尘世依然见此形。"

1992年11月8日，为庆贺冰兄从艺60周年，1500多宾客会聚市少年宫蓓蕾剧场，举办了一个名为"冰兄之夜"的联欢晚会。

这个由中国美术家协会漫画艺委会、广东美术家协会、广东省政协等八个单位主办的晚会充满平民气息。破例不设主席台，随意入座，婉拒花篮，来者无论高官商贾，还是平民百姓，都是冰兄的客人。每个人都可以随意发言，但仅限五分钟。"冰兄之夜"可谓不拘一格，让人如沐春风。《羊城晚报》资深记者赵君谋，以《烛光辉映冰兄之夜》为题，对晚会作了精彩报道："不循惯例的晚会，看似寻常的礼物，这是对一位剑胆琴心、侠骨柔肠的文艺战士的庆贺。"

为了纪念这个日子，省美协还编辑出版文集《我看冰兄》（岭南美术出版社1992年版），汇集了几十年间各界友人对冰兄所写的感怀及评论文章。

1993年，冰兄还推出自己的《自嘲》系列，颇受漫画界关注。《随笔》杂志来约稿，冰兄突发奇想，何不把近年由《自嘲》衍生出来的几幅"变体画"，集成一个"《自嘲》系列"交付发表呢。冰兄还特地写了一段小序：

> 七十年代末，我那久已上缴幸蒙赐还的脑袋，忽地冒出开裂的埕与蜷局的我的形象，乃录之成画，题为《自嘲》。有识之士认为可作一段确无前例的历史标志。后又补题四句，交付杜甫故乡巩县碑林勒石，旨在使人免于遗忘。由此至今，随着历史的颠簸，先后再作三幅"变体"。其中有已载于报刊，有仍存于画箧。近日并列起来看看，似更有历史意味。《随笔》索幅，苦无新作，乃以此塞责。弃取在所不计也。

这里须交代一下，冰兄文中所提到的"补题四句"就是："鬼使神差钻入埕，埕中岁岁颂光明。一朝埕破光明现，反被光明吓大惊。"此题跋取代了1979年《自嘲》原画中，"四凶覆灭后，写此自嘲并嘲与我相类者"的题跋，这其中的深意，相信读者不难领会。

▌《残梦纪奇篇》

　　1994年，河北教育出版社为出版《中国漫画书系》，约请冰兄编辑其中的《廖冰兄卷》，这才让他放下繁忙的事务，把早有腹稿而苦于表达的《残梦纪奇篇》组画"逼"出来了。

　　冰兄喜欢借梦说事。几十年间，他的《猫国春秋》有组画《曙梦图录》，40年代在香港创作了连环漫画《梦里乾坤》，1979年推出《噩梦录》，如今又呕心沥血完成了《残梦纪奇篇》这一"最后的辉煌"之作，也是以"梦"为题。

　　《残梦纪奇篇》是一套组画，包括《毁神—造神》《蝇的株连》《立地成佛》《异想天开》和《荣—衰：浮夸风的殉难者》五幅作品，记录了建国后因"左"祸横行而形成的几近30年的一段荒诞历史。为了郑重其事，冰兄特地写了一篇小序：

　　　　现实中的寻常事，大都易忘，由现象幻化而成的梦，更醒来即逝。但曾有一些梦，离奇到旷古所无，荒诞到神摇魄荡，梦破多年，尚残留印象，但怕它终归消失，乃以图记之，曰《残梦纪奇篇》，以供今人与后代赏析，不亦宜乎？

　　《中国漫画书系·廖冰兄卷》收入冰兄1982年以后的很多新作，包括《剪辫子》、《醒犹未醒》、《自嘲》系列、《人·鬼·神》以及《残梦纪奇篇》组画。有的画作题跋曰："1979年构思，1994年作。"真可谓"十年磨一剑"。

　　为《廖冰兄卷》增添新画，是他晚年作为一个政治漫画家的最后一次创作冲动。《残梦纪奇篇》几乎囊括新中国成立后各个历史时期，画家直面了祸害中国的个人迷信、政治运动的株连、浮夸风、人民公社等荒唐世相，用画笔记下这令人触目惊心的一幕幕。

　　联合国教科文组织国际博物馆理事会理事、美国人阿方兹·伦杰尔博士为《中国漫画书系·廖冰兄卷》撰写了序言。冰兄由此被放入世界漫画艺术的纵横坐标上予以评价。阿方兹在序言中写道：

> 多年来，廖先生总是用他内心深处储存的，从社会生活各方面汲取来的养料进行艺术创作。他的作品，如同法国的荷诺·杜米埃、西班牙的弗朗西斯科·戈雅，以及英国的汤马斯·罗兰逊和威廉姆·荷加斯等人的漫画、讽刺画那样，已成为人类文明中不朽之作的组成部分。

阿方兹的评价使冰兄受到鼓舞。他一向对自己的艺术与为人的评价远远低于别人（也可以说是"社会"）。"漫画同行中的大天才张正宇（光宇之弟）于1976年临死前对黄苗子说我有个毛病，就是老是否定自己的成就，他教训我要以肯定自己以往成就为前提不断否定自己才能进步，因而我在这方面才稍有改变。你俩对我的过誉也起到点作用，甚至感到自己处于世界漫画史的纵横线的一个交叉点上。因为中外古今的漫画大都偏于幽默以及所谓黑色幽默，而我的作品却偏于发泄悲愤，不是使人感到轻松而是感到压抑、震撼。"（冰兄致阿方兹、刘鸿英夫妇信）

"中国漫画死了"

20世纪90年代中期，旅居香港的美术史家杨芳菲女士采访了廖冰兄，发表《廖冰兄慨叹中国漫画已死》的文章。文中写道："冰兄先生说：'中国现在没有真正的漫画了，真正的漫画到我这里画上句号。现在几位著名的中国漫画家所画的漫画，都是一些过渡性、不痛不痒的漫画了。'……冰兄先生接着说：'我是做惯了主角的那种漫画家，我不是那种给人佐酒的花生米，既然不能唱主角，我就干脆不画了。'"

（1996年9月25日香港《明报》）

1997年6月，文集《冰兄漫谈》由河北教育出版社出版。文集收入冰兄自1938年至1994年间的文章及书信共65篇。美术评论家梁江撰写前言，称"这些文字如同他的漫画和人生一样，在深刻之中也伴随着率直和真诚"。

1998年2月11日，冰兄给抗战时同在漫画宣传队的叶冈书七绝一首：

> 驱倭扫蒋猛如虎，右帽套来息角鼓。
>
> 浩劫告终幸复苏，虎威已敛驯如兔。
>
> （以此四句记我国漫画大半世纪的浮沉，未知伦冈贤弟以为当否，请予评议。）

在新旧世纪交替之际，漫画家方成来信说："迈入21世纪的新年，最想望的是冰兄廖老画漫画。"冰兄的回答却是：

> 漫画的作用是针砭时弊，我这个搞了几十年漫画的漫画佬，已经跟不上"时弊"了，也就无从"针砭"。当今之现实比漫画更漫画，现代化的邪恶和邪恶的现代化是漫画所不能表现的，我的想象力、创造力都不及当代邪恶高水平。比如某低职贪官用赃款买个更高职位的反贪官来当；比如某狱吏替犯人买白粉牟利；比如某派出所所长当暗娼后台再随时捉嫖客搞创收；更有如厦门远华集团公司者，可以堂堂正正参与打击走私行动，不让外人分一杯羹，而自己却获得整座重要开放城市政府相关部门的保护，在光天化日之下独家经营走私公司……如此有创造性的行径，吾辈能想象得出来吗？
>
> 夸张是漫画必须采用的手法，而现实本身的夸张远远超过我们的夸张本领，道高一尺，魔高一丈，能不掷笔收山耶？
>
> 漫画是骂画，我如今"改邪归正"不画骂画了。如果不是

党中央下决心反腐倡廉，你画一万张漫画也没用。所以我寄希望于党和政府的决心，寄希望于国家民主与法制的逐步健全。这便是我新年新世纪的祝愿。

继1997年5月，冰兄为庆祝香港回归而画《计穷泣别图》，"送走"最后一任港督彭定康之后，他又在1999年北约轰炸我驻贝尔格莱德大使馆时，画了三幅漫画反击"美帝"，这是他作为一个政治漫画家的封笔之作了。

多年来，冰兄就自觉是"戴着镣铐跳舞的人"，如今英雄迟暮心力交瘁，又目睹漫画界许多人的趋利避害，面对丑恶却集体失语，他感到很失望。记得在2004年初接受《南方人物》周刊记者采访时，冰兄终于公开发出"中国漫画死了"的慨叹，这是他留给漫画界的沉重遗言。

为森哲郎出版《中国抗日漫画史》中译本

1995年是抗日战争胜利50周年，中国漫画界小心翼翼地搞了些纪念活动，唯恐惊动那个一衣带水的近邻。此时日本漫画家森哲郎，却自费在日本出版了《中国抗日漫画史——中国漫画家十五年的抗日斗争历程》一书，以表彰中国的同行。

1996年1月，冰兄收到森哲郎托人转来的赠书，心情十分复杂。他在日记中写道："晚饭后收到英韬寄来森哲郎编著的《中国漫画家抗日战争15年》，图文并重，相当详确，而且是在日本顽固势力威胁下，既无人赞助，甚至印刷厂也不愿承印的情况下自费出版的。而我国在这50年纪念的日子里，竟然无人去干这桩事，愧甚，愧甚。"

他既为森哲郎的大义之举所感动，同时也感到深深的内疚。我们是这场战争的胜利者，我们自己不去大力宣扬正义的胜利，反而让一位日本友人来做这件事情，作为一位用画笔坚持抗战15年的文化战士，冰兄感到蒙羞，觉得这是中国人的耻辱。

冰兄实在很想知道，日本友人是怎么评价我们中国漫画家的。冰兄越看越感动，心想无论如何也要让这本书在中国出版中文译本。

1997年1月16日，冰兄给中共广东省委宣传部部长于幼军写信，请他过问此事。冰兄的信洋洋洒洒二千言，向于部长径直陈言：

> 《中国漫画家抗日战争15年》，详尽地、图文并重地反映中国漫画界自1931年日本侵占东北，直至1945年日本投降的抗日战绩。看到此书，我既欣慰又万分感慨。首先，我想到此书理应是战胜的中国的有关部门（宣传、文化、艺术部门）来搞，如今却由一位战败国的漫画家来担负这项费时费力的工作……这就使得我对这位正义的异国同行无限敬佩了。去年八月下旬，我国有些地方举办过纪念抗日胜利的画展，但具有史料性的展品极少，一些报刊也登载一些当年的作品，亦只是寥寥数幅而已。与森哲郎这么隆重地搞出这本全面表彰中国同行"战绩"的书比起来，就差得太远！

廖老的信，一如他"位卑未敢忘忧国"的性格，不仅大胆批评政府有关部门，对纪念反法西斯战争胜利宣传的不力，也批评了我们一些出版部门对此事的怠慢。

于幼军接廖老信后，很快就在信上批示："廖老及森哲郎先生的义举可敬可佩，这一反映中国人民反抗法西斯侵略的主题，且具历史意义和艺术价值的书，出版社应予以重视及支持，安排出版的，为何还要收费呢？请省出版局和出版社商量妥处，请给我回音。"

有了于部长的批示，廖老以为事情可以解决了。但万万没料到，负责安排出版事宜的某出版社却打来电话告知，于部长并没有明确由谁来负责出版经费。

冰兄很生气，当即决定由自己找几万块钱把这本书出了，以谢日本友人。1999年9月，森哲郎的著作中译本终于由山东画报出版社出版面世。总算为中国人争回一口气！

苍龙日暮还行雨

冰兄在谈到自己的名作《自嘲》时，曾情不自禁地说："这幅画不是我画的，是千千万万的历史冤魂假我的手画出来的。"晚年他便想到要把自己的作品还给社会。

1998年8月，冰兄把自己保存的194幅漫画作品捐赠给正在筹建中的广州艺术博物院。这批作品，不仅包括了冰兄在"创作50周年展"的全部展品，而且还有80年代中创作的《醒犹未醒》《剪辫子》等名作，1994年最新创作的《残梦纪奇篇》也在其中。这批漫画作品，可以说是完整体现了冰兄各个时期漫画的艺术风貌。

同年，冰兄又准备再给广东美术馆捐献一批作品。鉴于廖老捐给广州艺术博物院的作品已经具备"代表性""系统性"，时任广东美术馆馆长王璜生在与廖老洽谈时，便提出希望专门收藏廖老幸存的一批香港时期的漫画原稿。

这是冰兄在1950年10月离开香港，带回广州的一部分作品的原稿，共有两三百幅之多。这批画稿，历经多次政治运动，尤其是经历"文革"仍得以保存，乃得力于冰兄的一位学生——画家苏森陶，冒着生命危险加以保护。

这批香港时期的原作画稿，是冰兄保存的作品中唯一未经过加工改动的"出土文物"，对于研究冰兄香港时期的创作，可以提供最真实、最原始的依据。舍弃"全面""系统"的追求，宁可摘取一个真实的"切片"，王璜生馆长可谓别具慧眼。

　　冰兄画作最近一次的捐献，则是在他逝世后，于2011年2月由家人把63件作品捐给中国美术馆。这63件作品中，大部分是他在新中国成立后创作的画作，也有几幅1938年创作的漫画，以及一幅《猫国春秋》原作，弥足珍贵。

　　千禧年的春天，冰兄成为该年香港艺术节画展的主角。2000年2月12日—3月5日期间，在香港艺术中心举办"漫画人间——廖冰兄"展览。由广东美术馆编印的画册《廖冰兄——香港时期漫画（1947—1950）》同时发行。美术史研究学者黄大德撰写长文《光荣的"牺牲"，不朽的丰碑——廖冰兄在香港》代作序言。

　　展览在香港引起轰动。展览还没开始，香港本地各种传媒便以大篇幅予以报道。例如，《信报》除了刊登《廖冰兄漫游人间》长篇文字报道外，还连续五六天连载"本地小子·小云"以冰兄为题的连环漫画，亦庄亦谐地向这位"中国内地和香港最具影响力的漫画家"表示敬意。

　　《明报周刊》以《漫画的力量》为题刊登了两大版关于"漫画人间"展览的专题报道。《东周刊》更是以四个整版刊登《廖冰兄，笔底风雷》的采访报道。文中一幅套题的大照片令人忍俊不禁：廖老站到自己的《自嘲》拓片旁边，模仿画中人呆若木鸡的神情，说中国人曾经有过这样的年代。记者拍下的这张精彩的照片博得众人喝彩。

　　香港本地的无线翡翠电视台、亚洲电视台，还有CNN（亚洲）和BBC（伦敦）电视台都对"漫画人间"展览做了专门报道。展览组织者何庆基先生兴奋地说，香港这次又刮起了一股"廖旋风"。

　　千禧年是廖老的一个繁忙的"展览年"。

　　3月初，香港的"漫画人间"展览刚结束，"廖冰兄香港时期漫画展"又于月底接着在广东美术馆开幕。冰兄原以为，这样一批"陈年芝麻"是不会让人感兴趣的，但没想到观众的反应竟然这么热烈，以致原定从3月29日至4月20日的展期，要延长至5月5日。观众留言写满三大本，多是溢美之词。但与冰兄以往的展览不同的是，这次展览吸引了更多中小学生的眼球。孩子们的感慨，一是在于冰兄漫画的历史感；二是在看了冰兄漫画之后，对时下流行的一些充斥着暴力与色欲的日本卡通有了切身的对比。

这次展览的轰动，还可以从人们在廖老的一幅自画像上踊跃签名而反映出来。

开幕时廖老拒绝搞剪彩仪式，而是在一块大画板上即席画成一幅两平方米多的自画像，让观众用12色彩笔在上面签名进场，算是宣告开幕。这样就有趣了：在自画像上的签名越来越多，开始密密麻麻，继而重重叠叠，终于把廖老的自画像完全彻底覆盖了。后来进场的观众的签名不断重叠在前面进场的观众签名之上，廖冰兄被"淹没"在观众彩色的签名里。

接连两个展览的成功，让冰兄老人感觉自己还不老，还可以为社会，尤其是为后辈的青年、学生们做一些事。他忘情地对采访的记者说："我只有8.5×10岁！"

在广东美术馆展览时，一位学生"建议把历史课搬到这里来上"的留言让他陷入了沉思。

冰兄曾经说："我的漫画是形象的史论，既是'史'又是'论'，不是记录历史，而是笔笔写在史上，这漫画本身就是史。"在中国漫画界，能够用漫画完整地、全面地记录中国近七八十年历史的漫画家绝无仅有，他决意站出来担当这个角色：给年轻人上一堂"形象的历史课"。

搞"历史的聚焦"展览的想法就这样萌生了。

为了方便在各地巡回展出，"廖冰兄工作室"决定把廖老的漫画扫描后用电脑喷图制成KT展板。女儿廖陵儿和外孙女张红苗就在广东省立中山图书馆"女强人"叶华的帮助下承担起展览展板的设计、排版工作。展板不光有廖老各时期的100多幅漫画，还有一个部分是廖老的生活照片，以《生活、创作》为题，专门介绍廖老坎坷、传奇的一生，让年轻人了解老人以漫画为武器的战斗一生。

"历史的聚焦——廖冰兄各时期漫画展"于2000年9月20日—10月30日在广东省立中山图书馆展出，后因反应强烈，又延展了几天。

图书馆的展览大厅里，竖立着90块2米多高的KT展板。这样的展览模式十分平民化，既省钱又容易布置，不需要有专门的展览大厅，也不需要有特殊的安保措施。这样的展览方式让廖老想起60多年前，抗战时他在皖南展览《抗战必胜连环图》布画时的情景。

展览重现了1979年"六人漫画联展"时的轰动，据图书馆保守的估计超过了十万人观看了展览，只不过这一次观众更多是青少年学子。光是留言簿就写满了14本，里面尽是热情动人的感言。

2000年举办的"历史的聚焦"的成功，大大鼓舞了冰兄老人。这个用电脑喷图制作的平民式的展览，不停地在各地巡回展览，进图书馆、进少年宫、进军区、进大学、进中学、进社区，如此延续了好几年，延续到冰兄老人临终前夕。很少有艺术家能够以这样简易省钱的方式让漫画艺术走进千家万户，这是冰兄老人的殊荣，他从来没有像现在这样感觉到自己与老百姓那么亲近。

"历史的聚焦"的成功也改变了冰兄老人的观念。多年来，他一直固执地反对写自传，也反对家人写自己的传记。现在他开始赞同像"历史的聚焦"那样向百姓介绍自己一生的经历和自己的艺术了。

由女儿陵儿和外孙女红苗执笔，边写边改，经过一年的时间，终于编成了图文并茂的廖冰兄画传。2002年9月21日上午，"给世界擦把脸——贺廖冰兄从艺70周年暨《廖冰兄画传》首发式"在广东美术馆举行，社会各界数百人参加，非常热闹。冰兄的老朋友黄苗子和郁风夫妇为画传写了序言，文字既调皮幽默而又别具深意。

2003年9月，冰兄获中国文学艺术界联合会、中国美术家协会颁发第二届"中国美术金彩奖成就奖"。同时获奖的还有曾竹韶、李桦、力群、吴冠中、王琦、黄永玉及艾中信七位美术家。

2004年12月，冰兄老人又荣获中国文化部颁发的第三届"造型艺术成就奖"。这些权威的奖项肯定了冰兄一生杰出的漫画艺术成就。

从20世纪90年代开始，冰兄的艺术创作更多地集中在谐趣小品、书法和水乡风景画上。作品很多，部分是亲朋好友间的应酬，此外，为做公益善事冰兄也要卖字画筹款。

"掷笔收山"后的冰兄并没有闲着，多年来一直"刻薄"自己，却慷慨解囊扶贫助学。这位慈祥老人，开始考虑如何用自己有限的资金和富有的精神财富，为社会做更多有意义的事情。

2004年11月20日，是一个风和日丽，秋高气爽的日子。"广东人文学会廖冰兄人文专项基金管理委员会"成立大会在广州市少年宫举行，这一突出人文关怀的公益机构在国内还是首创。89岁高龄的冰兄老人坐着轮椅参加了这次庆典，他的善举又一次引起社会的关注。成立大会引来许多传媒记者到现场报道，冰兄老人的好友，如著名学者于光远，原中宣部部长朱厚泽，原广东省委书记任仲夷、吴南生以及老同志张汉清等人，都兴高采烈地赴会庆贺。

任老兴致很高，一见冰兄便走过来握手祝贺。两位老人都戴着助听器，任老看到冰兄用的也是西门子，不禁会心一笑："我们是志同道合！"当人们簇拥着他来到嘉宾签到牌请他签名的时候，任老竟然指着牌上冰兄自画像的额头，调皮地说："我就签在这里。"

任老还为基金会题词："播种爱心，走向希望。"

吴南生的题词是"维护正义，播种爱心，净化心灵，造福社会"，概括了基金会的宗旨。

远在巴黎的法国社会学学者伊沙白（Isabelle Thireau）闻讯发来贺电：

> 我衷心祝贺廖冰兄人文专项基金会成立。
>
> 我是通过廖冰兄的画看到他的心，看到一个中国人心中的人文火光。他的画具鲜明的中国特色，而又呈鲜明的世界性。不分国籍，只要是人，就能读懂他的画。人类怎么能感受不到、读不懂别人对自己的肯定和关爱呢？今天，或许他已不能再画了，但他的心还在跳动，那对人的肯定和关爱便随之跃然。今天，廖冰兄再画他生命的永恒主题的大画，我们看到了这作品：廖冰兄人文专项基金会。

从那以后，廖冰兄基金会就一直埋头做事：帮助失足少年回归社会，推动公民教育进校园，赞助支持大学生做社会底层调研……即使不再画漫画了，冰兄仍然一如既往地把他的人文关怀投向社会，投向所有他关爱着的人们。

2006年9月22日晚，冰兄老人在医院病逝，终年91岁。《南方日报》

称，"那个'为世界擦脸'的老人走了"。

一年后，廖冰兄纪念雕塑在广州市少年宫落成，黑色大理石板上铭刻着这样一段怀念他的文字：

> 一些色彩历经百年仍然鲜艳，一些文字穿越世代依然鲜活，一个真正活过的灵魂永远不会离去。他栖息在彼岸，也栖息在人间。
>
> 谨以此纪念冰兄廖老

第二篇

众 说 廖 冰 兄

关于大众化的画

周钢鸣

关于大众化的画，最近看了廖冰兄个人的漫画展览会，使我更想到现在大众画创作中所应当确定的几个方向。

他这次的画展有几个优点，其中一部分是通俗化、大众化、中国化的；其次是色彩强烈与鲜明，构图的热情，形象富于农民的活气质，和有通俗的押韵的歌谣式的说明。这些优点，都在他这次的绘画中运用着。

在指出他的优点后，我认为他给了新的绘画创作许多新的方向：

第一是对于材料的运用，用中国的粗纸、墨笔来构图使大家看了更觉得亲切。这是中国的大众画所应当采用的方法。

第二是色彩的鲜明与强烈，多是用大红大绿，这增加了画的情调，同时是大众所爱好的。

第三是构图热闹，是大众所最喜欢的。

第四是人物形象，富于民众的生活气质。

第五有正确进步的世界观，展览所给观众的是具体的、科学的、社会的、生活知识的分析图解。

看了廖冰兄这次的画展后，我觉得在每个民间旧有的过节日子来出版季节抗战画，像三月清明节、五月龙舟节；和用处极广的月份牌、日历、历本，都应当将抗战图画的绘卷，编进这些和大众切身的事物里去。这才能扩大抗战绘画的影响。

（原载武汉《抗战漫画》1938年第7期）

廖冰兄的画展

黄苗子

冰兄是一个感觉灵敏，善于拣取趣味醇馥的题材，而带有浓厚的南方独有的装饰风味的作风的一位漫画作者。而这一次，在会场上展出的每一张作品，突然地使人感到他的"转变"是伟大得可怕！

冰兄是一个充满着热情而感觉敏锐的青年、漫画家，他有火一样的热狂、伟大的心脏。他不仅趋向艺术趣味的探讨，他更加紧尖锐了他特有的武器，向着敌人施以命中的投击！他绝不是一个仅带有装饰风的小品漫画家，他是一个民族斗争的武士。

这二百多张的作品，竟然找不出一张命意雷同的。题材的广阔，描写的深刻，这使人不能不佩服作者的头脑之奇特。这二百多张作品包括了抗战中的国际问题、政治与经济、农村问题、妇女问题……敌人弱点与丑态的暴露，对于每一个问题，都能够很清晰地提出和很正确的指引。漫画中的"公式化"与因陈抄袭的毛病，这里大概是不容易发见。

（原载武汉《抗战漫画》1938年第7期）

论廖冰兄

朱金楼

在朋友间被誉为"广西才子"或"鬼才"的廖冰兄，他的身体上的特征，是有一具硕大的脑壳和一双白皙而纤弱的书生的手，而在他过去的生命的坎坷，也正好用他的体躯的佝偻来说明。但廖冰兄是坚强的，他并不惧怕灾害，他更不怕穷，他甚至还没有关心到自己生活上的满足或者不满足，快乐或者不快乐。他对于现实，不仅勇于正视，而且还具有强大的责任感，我难以想象他究竟从什么时候养成了这种良好的"习惯"。朋友们要注意呀！我对廖冰兄对于现实的责任感，用着"习惯"两字，意在有别于一些人们对于现实的责任感，只是"理论"的！廖冰兄是热情、激动、健谈、肯说，但说的无非是常识上的用语，我很少听过他用一串不断的抽象的高深的名词以发挥对于现实的见解或愤慨。虽然在目前的画家中，至少他也是读书较多者之一。或者一个画家本来就适宜于用形象来思考、发挥，而不适宜于用概念来思考、发挥的。于是廖冰兄拼了命似的在画，从抗战之前一直画到现在。十五年来，他在漫画岗位上是位忠实而顽强的哨兵，他虽然没有太完美的装备，但他却把阵线守得那么坚牢，在他的每张画里，都对现实尽其责任。

我们珍视廖冰兄是"鬼"，是"才子"，有硕大的脑壳和白皙而纤弱的书生的手，我们更珍视他体躯的佝偻和生命的坎坷。廖冰兄的漫画重得像有一根横梁在你头顶上将要压下，怪得像在一场噩梦里你看见一块巨大的陨石在眼前坠落；凶险得像古农民发现白虹贯日和长安市上听到了红衣小孩的童谣；阴森得像墓旁的尸怪或嫠妇挑着油灯夜哭！在廖冰兄的画里，没有春天，没有阳光，没有线绒，没有壁挂，没有猎狗牌广告颜料的鲜艳，没有中国工笔山水的金碧，没有阿波罗，没有酒神，没有舒伯特的《圣母颂》，没有"银铃之响于幽谷"，甚至也没有米开朗奇罗的《最后的审判》中待决的囚犯的体魄的壮美，夏凡诺的《穷渔夫》在悲苦的生活中站在船上的那种表情悠闲。在他的画里，有的是普罗米修士和拉孔奥的挣扎，先知约翰在希律王宫廷和攸莱修士在海程归途中的遭遇，人兽斯芬克斯和魔鬼梅西斯托夫的阴险和欺骗，《梅陀沙之筏》和《但丁之小舟》画面上那种尸体的绿色。在这个时代里，是够我们瞧的了：欺诈、压榨、贪婪、残暴、鄙污、下流、荒淫、无耻、营私、谄媚、凶狠、阴毒……溺杀着一切善良的东西。在这个不吉祥的时代里，产生了不吉祥的廖冰兄和他的画！是的，廖冰兄是不吉祥的象征，他是"鬼"，廖冰兄的画是不吉祥时代的反映，充满了森森的阴暗，他的画是重、怪、凶险、阴森，甚至里面连"鬼趣"都没有。虽然他的漫画，在同时代的漫画家是最充满了"书卷气"的。这或者因为他又是"才子"，而且具有一双白皙纤弱的书生的手的缘故吧！

然而廖冰兄毕竟是位"才子"，他的那双纤弱而白皙的手毕竟是属于书生的吧？他的画在造型和线条上，虽然粗拙豪迈，但在主题的表现上有时固然为了他具有容易激动的性格的关系，表现着大刀阔斧，毫无遮掩，有时却常常是晦涩抽象而不够壮健明朗的。真的，有时他的画令人十分费解，令人一时挖掘不出里面的梗概内容。在这方面，我不想用"含蓄""蕴藏"这类名词来原谅他的作品，而仍然想以表现方式的完美与否来指责。就像《猫国春秋》这几幅，猫是代表着统治者，鼠是代表帮闲者，鼠虽然有时也受到猫的呵叱、惩罚，毕竟是朋比为奸的，在这时代里，被"猫盗"之余，继之以"鼠窃"，甚至有时"鼠窃"的凶狠还超过了"猫盗"，甚至作为"正统"的猫，也时常为"窃小"的鼠所乘。猫控制不了鼠的时候，即鼠辈窃小横行的时候，就是正统的统治者也在惴惴的时候了。我们翻翻历史，倒颇不缺这种例证。就说看看现在，则丢几块石头，用铁棍打人出血之类，又何尝是有"气魄"如猫所甘于"嘉许"的？在我们的家乡，鼠见猫就逃，在四川的情形，正如大家所知，鼠硬是不大怕猫的，一旦连猫都有点惴惴之时，则小民之苦可以想见了。（不过，我之如此说法，并不想替猫减轻什么责任，只是说猫有时也会充当"悲剧"中的角色而已。）在这方面说来，《猫国春秋》是有其很好的意义的。但在"猫国"里面，除了猫、鼠、鱼、鸟之外，我们看不到什么"人民"。一个缺少"人民"的国度是可怕的，若把鱼、鸟来充当"猫国"里的"人民"，毕竟太脆弱了。因为据"目的论"的哲学家的理论说来，鱼、鸟只有被格打扑杀，烹而食之的生存资格，之乎哉？之乎哉？在《猫国春秋》里见不到"人民"，更见不到"人民的力量"，大概作者只企图引起我们这些"人"的观众的愤怒与憎恨，使我们认识至为反抗那些残害人民的人形的猫鼠。

廖冰兄在朋友里面，是位天分很高的漫画家，但他的苦干和努力，是使他有今日成就的较大的原因。他初期的作品发表于抗战之前几年中，他一出手便是有着很好的技巧，富有儿童画情趣的单纯而稚拙的线条和造型，当日上海的朋友们都骄傲于华南有了这么一位漫画家镇坐着。他似乎在当时（现在也如此）意识地爱慕着亨利·卢骚的造型的稚拙天真，和他们作品中充满着的高贵纯洁的童年梦境。但廖冰兄毕竟是有着漫画家的任务，以及运用工具和所能发表其作品的刊物的印刷条件的限制，他的作品并没有什么亨利·卢骚的太多的痕迹。要是廖冰兄甘心做一个"纯粹洋画家"，那么他将是目前中国洋画坛上最出色的一位亨利·卢骚的追踪者（直到现在为止，廖冰兄要是甘心做一个"超现实主义"的画家，他也将是目前中国一般"超现实主义"画家中最优秀最有创意的一位）。他当时意识中也时常有珂佛罗皮斯和乔其·格罗斯的漫画。廖冰兄始终忠实他自己的风格，这一点，很可以显示廖冰兄有着他自己的个性。又他对于塔希蒂岛的高更，不像对亨利卢·骚那样地意识到的，但他将来未尝不可接近高更，至少在目前中国漫画家中，他是比较接近高更者之一。他近年来也许在接触高更的印刷品时，怀着无限热烈的爱慕和不可"高攀"的恐惧，但高更之门对于一位作为漫画家的他，是仍然开放着的，问题在一位漫画家对现实既具有重大的任务，而又要追踪居在塔希提岛的高更的技巧，这种矛盾如何统一，则全在将来的努力而定。其实这个问题不止是廖冰兄的，它将留待更多的朋友去解决。今日世界画坛宗师毕加索的作品的技巧如何与他的思想调和统一，不是又为大家所睁大眼睛期待着的事吗？作为目前一个新现实主义的画家，确乎有着更繁难的任务！抗战之后，廖冰兄在武汉时代的作品，那里的漫画家十之九都接受了时代的呼唤而参加这种工作。他那时的作品，几乎是无限制的过度的运用变形、夸张和野兽主义的疯狂的色彩，这或者因为在他的主观上，他是位容易激动的人。在这时期的作品，除了强烈的显示他的个性之外，也给人以生硬的感觉，但这生硬倒是值得珍贵的，因为它不流于庸俗。（庸俗之对于一个艺术家是多么的可怕呀！）之后，他在桂林，又从事于黑白线条的漫画创作，作品散见于当时在桂林出版的《漫画与木刻》及《救亡日报》，并且还亲手刻了许多木刻。

但他却没像武汉时代那样的疯狂了。这局部的原因是工具的不同的限制，他失去这种疯狂的方便，他那时的技巧稳得很！再后，他有一个在漫画上倒霉但仍然值得非常珍惜的时期，这是在若干朋友同他集合綦江的一个时期，他那时完全放弃了他以前的漫画上的作风，而潜心于木炭、水彩、速写的基础习作，一个人放弃了他所熟练的东西，而从事于新的追求，是很容易感到空虚苦闷的，但他在那时所追求的所谓新的东西，并非是他的目的而仅是一种手段，他并不企图放弃他所熟练的东西，他是在想把他的过去的东西，通过这新的过程，放在将来更高的阶段上去发展。

在这一点上，他是有过收获的，虽然时间太短促了，他做得并没有彻底。再后，时局的沉闷，环境的限制，个人的遭遇以及出版印刷的条件，他有一较长时期的静默。直到去年漫画运又开，在"漫画联展"中，他的《黉宫灯影录》，头角峥嵘，博得了最高的荣誉。值得惊异的穷困的遭遇，以及婚后的生活的磨难，并没有能折服他，相反的，他站得更高了！朋友们很佩服他那佝偻的体躯，能担负得更多的东西！

在这次的展出中，除了几十张单幅的外，成套的有《猫国春秋》《晓梦图录》《方生未死篇》《祖梦图录》《黉宫灯影录》以及连环图《鼠贼逞雄记》等。

以我个人的看法，我们推崇他在联展中出过风头的《黉宫灯影录》和《祖梦图录》，后者显示他是"鬼"，阴森、恐怖、酷辣。前者显示着他是"才子"。作为一个讽刺能手的漫画家，在时代的任务是挥短刀的战手，但他仍然有着那么多的"书卷气"之故，他对于这类的题材是十分善于驾驭的。但我相信，廖冰兄的视野早已在逐渐拓大了，今后最关切他的作品的人，将不会再是学府中的知识分子了。在这次展出的技巧方面来，廖冰兄仍旧以黑白的线条与变形的手法为长，他的设色而写实的东西，以其对基础未臻彻底之故，确乎有着不太少的问题。就以上色的作品来说，《猫国春秋》虽有着较完美的形式和技巧，但手法上是多少学着珂佛罗皮斯的，我想他是不得已而为之，因为他过去不是珂氏的追踪者，以后也不会是珂氏的追踪者。以他这次作品中所表现的人体来说，解剖上也有着不少的缺点。漫画家过去对时代尽了很大的责任，今后更将接受更多的任务，今日中国的漫画家在整个画坛上以其思想、认识、工作起着逐渐增大的领导作用，因此我们对漫画家重视于基本技巧的努力之要求是整个的，而非止于廖冰兄一人，而且这种要求之期望于其他若干漫画家实更多于廖冰兄！

（原载1946年8月11日重庆《西南日报》第4版《新艺术》第9期）

米修士，你在哪里呀！

——怀廖冰兄

黄永玉

我问一个朋友的孩子："天上有什么发亮的东西？"

"礼花！"他说。

这颇出我意料之外，原以为他会说出太阳、月亮、星星之类的东西。

"还有呢？"我问。

"闪电！"他回答。

天上发亮的东西还有闪电，我怎么给忘了……

和冰兄做了30多年朋友，一心只想起他是个杰出的漫画斗士，反动统治时期跟国民党杀得死去活来。一直以为在他的生活天空里只有太阳、月亮和星星，却把闪电和礼花忽略了。

不仅仅是我和他的别的朋友，连他自己也不重视自己生活中的闪电和礼花，自然还有孩子没有提到的北极光……

1946年我从广州到香港去谋事。新波把我安排在湾仔的一间称作"南国艺术学院"的房间里的六张课桌上，白天在英国文化委员会的图书馆和美国新闻处图书馆里找书看，晚上再回到那六张课桌拼成的床上睡觉。记得好像是在五楼上吧！码头恰好是一座庞大的垃圾站，一阵阵给翻腾起来的臭气熏天的全香港的腐烂精华涌进鼻子里和梦里来。那时候年轻，对一切困苦都不在乎，工作肯定无望，只有新波有时从《华商报》下班时来看看我，给我点零用钱。他那时经济上也够呛，我明白得很，那种帮助是一种"吐哺"，把自己体内的营养的一部分给了朋友。

他告诉我，冰兄也在这里，生活和工作担子重得不得了，身体也不好，为了战斗，一天到晚地画。

冰兄是我早就尊敬的一位画家，只是没有见过面。新波说好几时去看看他，约着去喝一次咖啡。后来因为被别的杂七杂八的琐事所耽误，没有能实现。

后来我就离开香港到别处去了。

1948年我又回到香港，在一个什么会上还是新波把我介绍给了冰兄。

老实说，第一印象并不怎么好。他体型瘦而干，鼓起两只大眼睛，泪囊出奇的明显；起伏的鼻梁下面一张大嘴，而且，在会上很快就发现这张大嘴的作用：那么大的嗓门，囊括了全部发言的一半。他很像一个仗打得很勇猛的粗鲁的将军。对这一类人，人们总是充满原谅的。当时我就是这么想的。

我是个"生客"，又年轻，会上有的是前辈和学长们，我只静静地撑持着有限的倾听和观察的权利。

会接近尾声的时候，新波把我介绍给大家，然后他说：

"他刚来，连住处也没有，谁家里可以供他吃饭和铺张床的？"

这真是需要认真思考的事，所以空气显得有点紧张。

"嗳！行啦，行啦，行啦！到我那儿去吧！"冰兄很快地做了这个决定。

只是第一次见面，他把人世间壮丽的慷慨处理得那么轻率而潇洒。

第二天下午，我带了箱子、铺盖以及一大堆画框、画架，"进驻"了廖家。

见到了冰兄嫂嫂，他们的五岁的大女儿"零一"和两岁的小女儿"零二"，还有他们的老保姆秀姐。那时候，用板子间隔成的双人床大小的房间又走出两位青年男女，是睿智的作家艾明之夫妇。

30平方米见方的一层狭窄的楼房里，挤进那么多的人，不能不叹服主人的胸怀宽阔了。只有几厘米板墙相隔的生活，几乎是连跳蚤咳嗽的声音也听得见的。

楼外大街只有深夜数刻的安静。

冰兄的创作往往必须在最热闹的中午弄出来。很快，报馆取稿的朋友就会来敲门。

冰兄漫画的构思从来没有枯竭，每一天新鲜而犀利的譬喻往往使我大笑几次。

香港天气热多凉少。冰兄为了礼貌必穿长裤，为了消暑又必减温；如果我记性不错的话，他穿的应该是一条很薄的花条子的睡裤，上边一件短袖汗衫，瘦而单薄，站在一个地方，双膝向内形成一个"×"形的下半身。朋友们半公开地给他一个"腊肠"的绰号。

他从来不像另一位杰出的漫画家张文元和作家孟超对我夸耀过自己的英俊。但冰兄从不为长得不够体面而歉然过。他好像从未关心过自己的形体问题。

"零一"和"零二"时常夜哭，嫂夫人每天一早还要上班，冰兄只好起来抱着孩子来回走动，唱着可怕的催眠曲：

"喔喔喔！乖乖快睡觉，乖乖快睡觉……该死的东西，再哭！再哭就丢你下楼去！再哭！喔喔喔！宝宝乖，乖乖快睡觉，乖乖快睡觉……"

在这种催眠歌声里，真正受益的倒是我，我是一觉睡到天亮的。

他很少娱乐，一是家务，一是钱，一是时间；但当时沸腾的进步活动他可是每会必到。

我已经忘记具体的吃饭的方式，意思是说，基本上我是在他家吃饭。我当时没有收入，不可能在经济上作贡献，怎么可以吃那么些日子呢？他和嫂夫人从来没有表示过厌烦的意思——谁都有经验，主人只要有哪怕百万分之一的厌烦暗示，客人都会感觉出来。

白天要作画，晚上哄孩子，我住的那些日子天天如此。

他从各种角度，各种方向瞄准反动派，对其极尽挖苦讽刺之能事，我若是反动派而又懂点幽默的话，读到冰兄的作品，一定会哈哈大笑表示欣赏的；但是反动派那时候曾宣言要干掉廖冰兄。

他还每天画一种名叫《阿庚》的四幅一套的连环画，讽刺香港不正常、不合理的社会生活。他是很懂得战术和策略的，市民争相抢购他的作品。

那么纷扰、那么艰苦的生活中，有时候他居然雅兴大发而作起曲来。他可能还认为自己有音乐才能，这一点，肯定是他对自己估计过高。尽管他宣称曾经担任过音乐教员之类的职务……

我老远就分辨得出他是不是要作曲了。

一只脚跷在座位上，左手紧紧地抱住不放，右手捏着刚刚画完画的铅笔，桌子上摊着纸，眼望天花板，用捏着铅笔的手剥着下嘴唇发干的嘴皮（剥得过火有时还流血），忽然，灵感来了俯身便写，嘴里连忙唱着：

33 33 | 33 33 |
33 33 | 33 33 |
33 33 | 33 33 | ……

每一次的灵感都是"3"音，我这个最接近作曲家的人都不免认为，鸭子要成为作曲家，恐怕比他要容易得多。

每一个人都有对自己估计过高的毛病，不能写诗的人硬要写诗，不能画画的人硬要画画。比如我自己就曾经认为既然能刻木刻，当然能刻印章，于是买了石头、雕刀、印床，还弄来不少印谱。事后才觉得未免冲昏头脑，不自量力，明白图章不是说一声刻就刻得来的。

冰兄作曲就是这样，就连偶尔拉开嗓子唱两句歌，跟退休的老母鸡一样，也叫不成什么名堂。

作为天空的发亮的东西，它不过只是丢失了火药捻子，原来可以到天空亮一下的冲天炮。

绀弩老人曾经说过，廖冰兄是个大诗人。冰兄的竹枝词、粤讴，几乎是随口成章，句句见好，充满了机智和生活的欢快。一幅漫画，怎么容得下冰兄的全部修养呢？但是冰兄一点也不自觉，仿佛他根本不是一个诗人似的。我觉得实在可惜。他不写或少写，大家怎么看得见呢？

很多很多年以前，冰兄给诗人彭燕郊的诗集《第一次爱》做的封面，使我深受感动。我在1948年曾写过一篇关于冰兄的短文谈到过，他不只是一位漫画家，而且还应该是一位画大画的画家，比如画壁画之类。

他那充满磅礴、浪漫情感的想象力，大胆地说，当今画家没有第二个人。

从他早年在重庆时期画的那些带色彩的富于凄怆诗意的描写知识分子的几幅漫画中也可以见到。多么深刻而灿烂！

但是，这么多年，他再也没有画出什么来。耳朵越聋，嗓子越响（聋子大都如此，自己听不见还以为别人也听不见），恐怕脾气也越来越怪。

人，并非自己塑造自己。

奇怪的性格产生于奇怪的遭遇。套一句托尔斯泰的名言，改之为：

"正常的性格都一样，奇怪的性格各有各的奇怪。"

未尝不可。

有没有可能——我这是对冰兄说——在晚年写一些诗，画一些大一些的画呢？

冰兄啊！你根本没有发掘自己！

你知道你是谁吗？

"米修士，你在哪里呀！"

（原载北京《中国建设》1981年第7期）

冰兄其人

叶浅予

1946年，廖冰兄完成了他的《猫国春秋》，轰动了重庆山城，我在报上写了一篇《冰兄其人》的短文，大意如下：

"硬碰硬"，是广西人的特性，冰兄是广西人中最典型的广西人，虽然他生长在广东。

投稿时代的冰兄，对人世的笑骂，带点儿伤感，一种悲天悯人的心肠时时流露在他的作品里。那时候他是一个小学教员，他所看见的世界，是一幅肮脏相。他整天对着小学生讲ABC，觉得有点儿不能忍耐，在东方暴风雨袭来的前夕，抛弃了教鞭，投奔到出版界，一泄胸中闷气。

我和他认识在1938年春天。他夹了一卷宣传画从广州赶赴武汉，20来岁的小伙子，一副瘦身材，一对大眼睛，说话像开机关枪，全无保留，毫不客气，在见面的几分钟里，把南方人特有的热情，全部发射出来。从此他就成为"漫画宣传队"的中坚人物。

抗战八年的磨折，热情用完了，伤感也没有了，肮脏的世界越来越丑恶，这位小学教员的悲天悯人的心肠，已经变成了铁石心肠。他之创造《猫国春秋》，把人的世界喻为猫和耗子的世界，不正是把丑恶的世界暴露无遗了吗？

今年夏天，冰兄将其一生得意之作举办了一次回顾展，绝大部分是暴露和诅咒旧世界的，在新社会的人看来，可能感到有些离奇古怪而以为是神话，这是因为他们没有在那个世界里生活过，感不到切肤之痛。

其中也有少量讽刺新世界的作品，有些人可能会感到冰兄的铁石心肠太冷酷无情，他们会问："难道冰兄在新世界也得不到一点温暖吗？"这一问，叫冰兄如何回答呢？

他有一幅近作，题目叫作《自嘲》，画他自己在动乱年代被人塞进一个坛子，若干年后，坛子打碎了，他已变成蚕蛹般的怪物。这幅画可以看成是冰兄的自我冷嘲，当然更应看成是对十年动乱的悲愤和抗议。

冰兄那股子硬碰硬的性格，反映在他的作品里，是疾恶如仇，锋芒毕露，当然不肯拐着弯儿玩弄幽默游戏。除了硬碰硬，更可贵的是对事物挖得深，画得辣，能叫人出汗。

1983年11月12日于北京

廖冰兄的"鬼才"

任真汉

读廖冰兄漫画创作回顾展，第一个印象就是很有点读李贺诗的味道。李贺的诗作，是驱使牛鬼蛇神来供作笔下的词华异彩，使作品深刻而又真切感人。又如读屈原的《离骚·九歌》和宋玉的《大招》。但都不是为牛鬼蛇神、赤豹文狸什么的作写照，而只是像石涛《画语录》最后一章结论中的"资任"两字所举的艺术本质。也就是：只借那些形象来寄托自己想表现的主题。主题不在鬼神虎豹，而在这些形象所托出来的意，亦称为"意匠"。杜甫的《丹青引赠曹将军霸》诗中一句"意匠惨淡经营中"就是点出这其中的消息了。廖冰兄的漫画，迥异于时辈，就是胜在"意匠经营"。若只用时辈所谓漫画来看待冰兄作品，那是"失之千里"的。"漫画"二字传用的起始是丰子恺介绍日本的竹久梦二漫画时说："是漫然不着意地画出来的东西。"（大意如此，恕我手头没有书可查他的原文字眼）这"漫然"就很少含有"意匠"，更无论"惨淡经营"出来的意匠了。但廖冰兄的作品，没有一点是"漫不经心"的，由30年代至今天的，这些作品，无一不是惨淡经营的意匠创作。而意匠结聚的焦点则是对时事的尖锐讽刺。把这些画作，称为"漫画"，这"漫"字是必须加上了新内涵，是"横眉冷对千夫指"，而不是"漫不经心"。记得30年代，画友余所亚也是出色漫画家，出版过一本画集，题为《投枪》，是他也早已认识以漫画作武器来向不合理的事物挑战。他的"投枪"就绝非"漫不经心"之作。但他只是勇士，还欠一点鬼才，没有运用牛鬼蛇神作成更深刻的加彩。廖冰兄则在这方面迈进了一大步。可能这一步是由《猫国春秋》开始踏出来的吧，初期在香港的作品中，只见一些丑恶的害人的大人物，《猫国春秋》之后，才出现了形形色色的牛鬼蛇神。黄苗子称他是"鬼才"，这也正是运用牛鬼蛇神入诗的李贺在唐朝所得的称号。已故台湾诗人林少眉就有一联云："一斗牛蛇才鬼血，九关虎豹郢累魂！"正好借来题廖冰兄的画。

林少眉的"才鬼血"句是指李贺作诗的苦心，曾被李贺母亲叹为："这孩子做诗必呕出心血才罢。"这是"意匠惨淡经营"人的衷现。而"郢累魂"一句则是屈原弟子宋玉《招魂》赋有："魂兮归来，君无上天些。虎豹九关，啄害下人些。一夫九首，拔木九千些。豹狼从目，往来侁侁些。悬人以嬉，投之深渊些。致命于帝，然后得瞑些。魂兮归来，往恐危身些。"廖冰兄之画，也正有与这2000多年前名篇一样味道。这是具有深厚中国文化传统的创作，而今后也该更加发扬光大的艺术本质。廖冰兄回顾展，对香港漫画家来说，定将投下深刻影响，并把不是"漫画"的中国绘画方向也该由此推向"资任"的途径，使艺术更为深入中国传统本质的心理范畴吧。

（原载1985年5月26日香港《文汇报》）

漫画·慢画·漫话

——写中国政治漫画家廖冰兄

黄玉云

廖冰兄老先生是"能"笑之人，笑必仰首，十分畅怀。他哭的方式较为特别，那是他半个世纪以来透过一支锋锐的笔创作的数以万计的悲剧性漫画作品，宣泄了他满腔的愤懑、悲痛。

辣

在中国，他是出了名的"怒发冲冠"，他敢于揶揄嘲讽政治、社会腐朽人事的笔，以及笔下交织的爱与恨，使看他作品的人——尤其是熟悉那个社会那种生活的人，热泪盈眶者有之，拍案叫绝者有之，荡气回肠者有之，茅塞顿开者有之……漫画家叶浅予说他从不肯拐着弯儿玩弄幽默游戏，更可贵是"对事物挖得深，画得辣，辣到叫人出汗"。

已达古稀之年的廖冰兄日前陪同其学生、油画家陈舫枝到我国来。据所知，将出版的《中国大百科全书》美术卷中收录的1900—1985年间的美术家中，72人有专条介绍，漫画家只占三位，就是华君武、张乐平和廖冰兄三人了。

现任中国美术家协会理事的廖冰兄，打从1932年7月即开始发表漫画，其中一度因下笔太不留情面，成了"大毒草"，被划为"大右派"，被迫停笔达二十年之久！

苦

问他为何如此"怒发冲冠",满腔悲愤,他说道:"我这人心肠软,是个人道主义者;我很会流眼泪,不敢看悲剧电影……"在反映他性格的一面,是一个同情弱者,富怜悯之心的人。他童年时的不幸遭遇更形成他之"愤愤不平",他说:"在我还不懂'封建'的时候我就反封建了。"

原来他出生贫穷之家,四岁时父亲去世,母亲改嫁,结果因为他的母亲,他和妹妹受尽歧视和侮辱。廖老先生说,母亲为了养儿活女才决定改嫁,却得到这样的遭遇,男人一连讨了几个老婆却是天经地义,所以他从小就对坏人"痛恨得不得了"。

甜

然而,廖老说他也享受过温暖的家庭生活,那就是慈祥的外婆给予他的。

他选择漫画,是因为他意识到漫画可作为扶正锄恶的斗争武器。30年代,他在广州、香港和上海的报刊上发表了大量作品。在当时日本帝国主义者践踏着中国,人民生活在水深火热之中。中国漫画界却呈现蓬勃景象,廖冰兄便是这时期以他对政治的敏锐触觉闯起成为杰出政治漫画家之一。他"反侵略、反妥协、反卖国、反苛政",针对这类重大课题尽其讽刺能事。

综观他多年来的累累硕果,廖冰兄表示,作品中贯穿之人道主义精神和人民性是巩固的,多年来如此,不易改变;同时富教育意义。但他曾自称他的漫画难以奉行"漫画必须好笑"的原则。

他的作品,除抗日战争前的作品外,基本上包括抗日时期、解放战争时于香港创作及中国解放后三大阶段。

廖老表示,漫画在抗日战争至中国解放之前发挥了很大的作用,同政治斗争结合起来,这时期漫画在中国享有崇高的地位。

酸

他说,中国的漫画队伍在近几年壮大得很快,可供漫画发表的地盘也多，但"现在画的都是开心的漫画，已不大敢干预政治。日本的漫画也是如此，很少碰政治，中国是受日本影响的。这是历史潮流，一个人是无法决定其走向的"。

他形容"漫画队伍大，地位低，没有重头戏，不是主菜，只是配角和小碟"，而且已从以前"饿肚子"的漫画升为吃饱饭后的消闲。

廖老过去画画靠感情，其漫画是"在内心酝酿很久的感情的爆炸"，现在生活好转，他的产量已从一年三百幅降至"一年不到两幅"，他朗声自嘲说道：

"我的三个转变，就是从真正的漫画家到久久画一张的'慢画家'，再到只说不画的'漫话家'。"

一把笑声扬长而去。

（原载1987年10月20日新加坡《联合早报》）

烛光辉映冰兄之夜

赵君谋

不循惯例的晚会，看似寻常的礼物，这是对一位剑胆琴心、侠骨柔肠的文化战士的庆贺——

这是一次不循惯例，极富人情味的庆祝活动——被称为"冰兄之夜"的庆祝廖冰兄从艺60周年的联欢晚会，昨天在广州市少年宫蓓蕾剧院举行。

来宾们不论职务高低，不分男女老少，都以朋友的身份平起平坐，都以热诚、真挚的感情，以不拘一格的方式，向廖老表达敬仰和爱戴之情。不用装腔作势，没有官样文章，令人感到亲切随和，轻松自然。

这是近年罕见的没有事先召开新闻发布会，由群众自发倡议举办的一次庆祝活动。然而，晚会的消息不胫而走，许多人没有收到通知请柬闻讯赶来，以致来宾数量大大超过预定的名额。主办单位不得不临时放弃在一块露天小场地举办的计划，蓓蕾剧院毅然决定取消昨晚的电影场次腾出场地。

当少儿美术促进会的几十名小学员手擎蜡烛组成"冰兄"二字，齐唱《烛光辉映贺冰兄》的歌曲后，77岁的著名漫画艺术家廖冰兄和他的坐着轮椅的夫人出现在舞台上，笑容可掬地向台下的宾客致意，全场响起热烈的掌声——晚会开场了。晚会的游戏内容叫"冰兄知多少"，主持人提问冰兄的生平大事由台下抢答，奖品是廖老的作品；省现代舞蹈团表演的节目是根据廖老的名作改编的现代舞《自嘲》；老作家苏烈即兴表演快板书《打板骂廖》；台下不少孩子戴的面具是廖老的漫画脸谱⋯⋯

对于廖冰兄这样一位德高望重、艺途坎坷的艺术家，对于他这样一位剑胆琴心、侠骨柔肠的文化战士，人们对他有着发自内心的赞叹，有着出自肺腑的颂扬。连日来，廖老收到各地寄来的大量贺画、贺诗，作者有任仲夷、吴南生、胡一川、叶浅予、华君武、吴祖光、丁聪、韩羽、黄永玉、黄苗子、方成等七十多人。在晚会上，美术界人士送给廖老的礼物别开生面：广州美术学院送的是一尊廖老的漫画塑像；广东画院送给廖老一株仙人掌；广州画院送上一个锦盒，里面只有一根针一条线；面对这些看似平常的礼品，廖老含笑肯首，全场观众心领神会。

晚会在市少年宫合唱团《阳光进行曲》的合唱声中结束。这时，六十名少年儿童每人拿着自己画的一幅廖老的肖像画走上舞台，廖老走进孩子们中间。人们带着温馨和微笑，也带着回味和思考，告别"冰兄之夜"⋯⋯

（原载1992年11月9日广州《羊城晚报》）

▌ 回忆片断

黄蒙田

　　廖冰兄从艺60周年——一看这个题目不禁大吃一惊。一个画家从事创作活动60年甚至超过并不奇怪，而画家中的漫画家坚持漫画创作60年就殊不简单了。年纪和冰兄相若甚至比他更大的漫画家不是没有，只是他们都由于相同的原因而中途搁笔，今天人们仍称他们为老漫画家，其实并非"毕生"。从事漫画创作——所谓相同的原因是漫画家和否定现象作战的自由被残酷扼杀，使他们从漫画市场消失了，然而少数绝不妥协的漫画家冒着生命危险从不间断运用自己的讽刺武器。我想冰兄是少数这样"毕生"和漫画分不开的真正漫画家。60年，他在全部创作历程上的作品是通过锐利透视现实的正义之笔，对各个历史时期主要是对反面人物及其执行的生活现象猛烈攻击。冰兄是揭露疮疤的攻击手，他并不着眼于歌颂或无需歌颂，但是我们应该提到更高的层次来认识，冰兄的讽刺艺术其实同时暗示出我们接受他歌颂的是什么。

　　评价一个漫画家的成就不能光看他从事漫画创作时间的长短。60年当然是令人另眼相看不能算短的历史，但是画了60年漫画也可能是一个平庸的或不好的漫画家。也就是说，要看这个漫画家给我们送出来的是什么货色，特别是某些重要的、在人类社会决定性的历史时期漫画家通过作品表达自己的态度。从接到"庆祝冰兄从艺60年"的通知时起，一连好几个晚上完全在回忆中找寻这个漫画家走过的足迹，集中在思索我所能想得起的冰兄作品，更确切地说是这个漫画家半个多世纪以来对丑恶的现实按照漫画规律充分发挥了自己有如利剑刺向对象要害的漫画艺术。在这样的时刻——即今天回想起他主要是40年代中期以前的作品，令人佩服的是，冰兄固然是一个正义感像炸弹爆破一样猛烈的漫画家，更重要的，是如火焰般热情和具有一个大勇者的勇气。一个漫画家对黑暗强烈憎恶并产生非表现它不可的强烈意欲时便不顾一切的成为勇敢的战士。按照我的回忆，冰兄以阴沉、准确、有力的笔墨去揭露那些魔王、鼠贿、猪肴、枭暴一类"打倒白天、拥护黑暗"令人感到战栗的形象。如所周知，冰兄描写的这些构成白色恐怖的主要对象几乎任何时候都可以把我们的漫画家置之死地，仿佛记得冰兄那时画过两幅漫画描写灯火管制之夜和教授失足堕水，人们都知道这是意味着有人"自行失踪"了。冰兄在那样令人窒息的空气下坚持运用自己唯一向那些鬼魅开火的武器，我不是说他置生死于度外，他当然明白公开自己对他们进行鞭挞的作品冒要很大风险，但是一个漫画家的良心和责任驱使他必须这样做。冰兄是一个最勇敢的漫画家，对我们这些从那个时代过来的读者，这一点感受格外深刻。

冰兄漫画创作60年，应该是自1932年算起。那时他是专培养教师的学校"市师"的初中毕业生，开始在广州的报纸投稿漫画，作为冰兄漫画的读者，我即使不是从他第一张作品看起，也是从最早一批作品开始看的。上海的《时代漫画》杂志是1934年1月创刊的，我们不约而同在那里投稿。有一次，参加广州一家报纸副刊作者在广州小北一家葵棚搭的酒家举行的联欢会，我们认识了。58年中，我们先后在四个不同地方的不同机构共事，不是同事也在业务、生活上往来异常密切，断断续续"间接共事"的时间也不能算短。我看着一个出色的漫画家起步、发展、成长。我看着一个出色的漫画家善良、坦率、正直、无私，从来不考虑或不知道世故的性格怎样贯彻在他的漫画作品上并成为他的漫画主导精神。我又看到他许多控诉力极强的漫画作品从感受、酝酿到完成完整的漫画作品的全部过程，情绪的激动简直到了进入痛哭流涕的状态。我想不能用感情丰富来形容这种情况，是客观现实对漫画家的强烈冲击，心灵上和受苦难、受迫害的形象融为一体，对那些一贯疾恶如仇的否定现象提升到极度憎恶的具体表现。正是由于这种性格所决定，我看着甚至"感同身受"他在创作道路上迎接一个又一个风浪——我不知道说是干扰或冲击是否适当，我只体会到他在创作构思甚至创作以后遭遇到一连串苦恼。我曾经形容冰兄是一个痛苦的漫画家，民族危机和人民苦难使漫画家痛苦，而在漫画家失去了正面讽刺权利的时代，要构思避开指向正面而攻击力量同样或更突出的表现方法使漫画家痛苦。

冰兄没有进过美术学校接受正规绘画训练。他一贯以来认为向民间、民族遗产学习以至把外来的东西"拿来"，加上面向生活便是他自学的全部内容。依我的体会，冰兄其实是很羡慕那些曾经进过美术学校的美术学徒。在四川北部遂宁，在川东井口场和綦江，他就时常用一种土制图画纸进行水彩写生，用宣纸水墨写白描式山水。这些作品我往往是第一个读者，甚至看着他艰难地落笔完成。我不敢向他泼冷水，他既然用"补课"的心情去画，也不是坏事。记得有一次和他还有汪子美在嘉陵江畔一家临江的茶馆品茗，也许是他刚写生回来吧，我们很自然地接触到这方面去。我说，你不可能成为一个水彩画家或中国画家，你是一个"天生"的漫画家。不要迷信美术学校可以造就漫画家，如果你当年读的是"市美"而不是"市师"，很可能会成为一个空头艺术家或图画教师，但决不会成为漫画家。如果你当年是美术学校高材生，后来的历史就不会这样写了。我不知道哪些出色的漫画家是美术学校出身，譬如我们的朋友光宇兄弟、浅予、君武、特伟等等都不是。你注定是一块漫画材料。再说，漫画家除了按照漫画规律构思独特形式，最重要的是具有漫画家以外的画家没有也不可能有的"漫画头脑"。

这是半个世纪以前的事情了，冰兄这个被朋友们说成是"神经质"的人肯定记不起了。我不会忘记这件往事，因为此刻回忆他的早期作品认为冰兄几乎是一接触漫画就具有一个即使和同时代别的漫画家比较也是格外发达的"漫画头脑"。所谓早期，我指的是1934年到1936年间主要发表在上海《时代漫画》等漫画刊物的作品——这些作品单幅漫画较少，总是分开几个段落借固定角色的情节发展以表达主题思想，这是表现方法上的艺术特色，但重要的是它表达了人生社会深刻的内涵，通过现实生活中的细节提炼出一定社会背景里人性的残酷、贪婪、愚昧、卑鄙、自私以及淡淡的悲凉。这些题材原是现实社会中常见的，问题是冰兄把平凡的事情通过自己的认识、批判提到更高的高度，令人去思索这些平凡的事情不平凡的含义。冰兄早期的漫画很引起人们注意首先是由于它的人生意义较为深刻——我提起当时有一个叫梁永雄的模仿冰兄画风投稿《时代漫画》，不止一次被主编鲁少飞采用，此人的漫画同样引起人们的兴趣，原因就是他学足了冰兄漫画浓浓的人生意味。此人是我小学时代同学，也许冰兄还记得这个模仿者。很久以前，我曾经在一篇论冰兄漫画发展的文章上说他这时期的作品充满人生哲理，因而给它杜撰了一个名称叫"哲理漫画"。当然，我不是说师范生出身将会成为"师表"的冰兄主观上认识到一套什么"哲理"，而是当时的漫画作品太缺少"哲理"了。30年代中期广州从事漫画的人数仅次于上海和平津，记忆中他们画的总是"回头一笑百媚生""街灯下的盲歌女""卖春妇"甚至是模仿乔治·格罗斯强烈对比的"朱门酒肉臭"之类的命题，仅止于社会生活夸张化了的表面描写，谈不上漫画应有的讽刺实质，自然是没有什么人生哲理可言了。而冰兄当时的漫画之所以吸引人，正是因为它曾经付出一定的思考力组织成一个较有深度、令人深思的完整的漫画题材——我想指出一点，记忆中他那时期的作品如《竞争》《无情鸡》《钓》《寻金热》等作品，经过半个世纪以后还是可以吸引我们一看再看，我想不会没有原因的。

这时期的所谓人生哲理漫画，是冰兄"漫画头脑"早期的具体表现。它发展成为对客观现实高度敏锐的洞察力，猛烈地发挥了被讽刺者为之战栗的攻击艺术，主宰它的"漫画头脑"的形成还有赖认识的提高，这是以后的事情了。

冰兄是一个善于对不同现象运用不同方法去吸引读者的漫画家。当他到了一个生活习惯、文化水平、欣赏习惯都不同的地区，首先考虑的是表达同样的政治内容应该用怎样的方法设计有地方特色能够被人们接受的形式。

1937年上半年，冰兄和黄凤洲在香港出版一份叫《公仔报》的周刊。有一次，在香港东园餐室或宏兴行编辑部和他作过长谈。其时正是民族危机日益加深，有良心的漫画家奋起呐喊的"救亡漫画"作品不断涌现，记起是冰兄不到一年前创作了曾经被西方转载过、强烈谴责在日本军阀屠刀下的投降主义者的有名的漫画《标准奴才》，他表现得很激动，我意味到这个披头散发的热血青年已经不能安分在海隅画他的"公仔"，而思索更直接地用自己的漫画投入抗日救亡的洪流里去。

不久，卢沟桥事变发生，冰兄迫不及待地回到广州。那时日本飞机经常空袭，市面显得很紧张也很混乱，不久他就回到故乡广西武宣去了。他不是说回来参加抗战吗？我不明白他何以忽然消失了，莫非是请缨无路么？两个月后即1938年春节后，冰兄又回到广州，带回来的大捆行李是倾注了他全部热血的大幅彩色抗战漫画共200多幅。抗战期间第一次也是最早出现全部是宣传抗日救亡的个人漫画展出现了——那就是抗战第一年在广州举行轰动一时的"廖冰兄抗战连环漫画展"。作品的形式大部分是前面提到过的，一组分若干个画面按照题材发展分段表现，但只是说明性的分段而不是有故事情节，其实应该说是连系漫画，说它是连环漫画恐怕是不合适的。然而这不重要，在当时来说，如此迅速配合客观需要对宣传抗战便有极大鼓动作用。我这时候才明白，冰兄没有消极，在武宣经过一个半月不到的时间以最大的激情一口气完成了这批作品。

我记起一件也许连冰兄也忘记了的小事。有一天，他忽然交给我用原稿纸装订成册的原稿。这是一本新诗集的手抄本，上面的新诗是他这次在武宣写成的。当时大家既是所谓"文艺青年"，想来他肯定我读来会感兴趣的，事实上正是如此。时至今日，诗句当然不可能记得了，但还记得其中一首的意境：夏日午昼，武宣镇大街鸦雀无声，铺在街道上的石板反射着耀眼的闪光，狗儿在屋檐下吐舌呻吟……因为境界很美，现在还有印象。不过以后就再也不见冰兄写诗，除了配合漫画内容的打油诗以外。

抗战第一年即1938年，大抵是3月初吧，我们在惠如茶楼为冰兄饯行。仿佛是摄影家郑景康和他一起上路的，目的地是武汉，他抱着"抗战连环漫画展"全部作品和简单行李投奔漫画宣传队去了。那一夜在石围塘送走了冰兄，我们留下来被不断传来的凄厉空袭警报声笼罩着，不禁有点黯然。然而谁也没想到，半年后我们又在桂林会合，而且在同一地方工作——漫画宣传队。冰兄是在如火如荼的保卫大武汉声中到达武汉的，他的画正好赶上在中外闻名的"保卫大武汉宣传周"活动中展出，得到高度评价，认为是通俗地解释、宣传抗战的好作品。

记得浅予有一篇文章提到，当冰兄到达武汉参加以他为队长的漫画宣传队后，立刻成了这支队伍的中坚。1937年8月在上海成立的漫画宣传队始终只有一队，成员绝大部分是30年代著名的漫画家，如张乐平、梁白波、张仃、胡考、特伟、陆志庠等等。在当时来说，冰兄不过是初出道的后辈，而浅予把他的地位提到中坚的高度来看待，照我的理解是，从漫画宣传队宣传抗战要求出发，以"抗战连环漫画展"的作品为代表，说明了冰兄是此中能手，队中浅予、乐平、张仃、特伟等高手比较善于创作如《日寇暴行》《保家卫国》《前方需要你》和《全民抗战的巨浪》一类鼓动性的作品，在性质上它不是或超越于讽刺漫画，是一种宣传画。此外，他们还比较擅长叶菲莫夫式或大卫罗式的漫画。但冰兄走的是另一条路，他要求大众化，除了形象设计和形式创造是从民族、民间去吸取养料以适应一般观众——特别是不习惯西方漫画即讽刺画形式的中国观众，但更重要的是和引起观众心灵冲击的鼓动性宣传画分工——或者说是更深入、持久地灌输一些从理性出发宣传抗日战争，目的是使观众——特别是文化水平不高的观众得到教育。如同他的《抗战必胜连环图》那样进行分析，观众会认识到日本军阀为什么侵华和最后必然失败的原因和我们抗战到底具备哪些必胜的条件。抗战时期的漫画，从这方面去考虑问题，付诸实践，产生大量作品并通过实验肯定有效的漫画家，只能举出冰兄一人。

漫画宣传队的业务是创作宣传抗战的各种类型漫画或宣传画，这些作品的用途包括支援别的机构，供应出版方面需要。最大宗是在白洋布上画大布画，涂了光油之后定期出外举行不同规模的展览。自1939年开始，我同陆志庠长期带着一批大布画，在各地街头、室内和部队举行流动展览，两年内走遍了湖南南部、广西北部和南部、四川东部的大小城镇和军队驻地。记得有一回出差南宁，展览还未结束，当地有个朋友说，和漫画宣传队同属于第三厅的抗敌宣传队第分队正在南宁演出，要和我们开一个座谈会，引起他们组织这次座谈的动机是漫画宣传队的大布画在观众中引起强烈反应。座谈会主持是一队队长吴荻舟——抗宣一队后来改组为戏剧宣传队第七队，仍由吴任队长，这是1941年以后的事情，此时漫画宣传队早已离开广西了。吴获舟的发言指出，展出的作品是作为知识分子的漫画家认真贴近群众，将抗战必胜的道理作深入浅出的形象说明的普及作品的典范。他举出了冰兄的《王阿成打日本》和《抗战必胜连环图》两套作品为代表。这番话对当时我这个"美术青年"的启发很大，不知多少次了，我们带着包括《王阿成打日本》在内的一批大布画，从这个码头挂起再收回又到另外一个码头挂起来，它很受观众欢迎—首先是对它感到兴趣，这种情况我自然是知道而深有感受的。但是像吴获舟那样提到理论的高层次来评论并加以肯定，我还是第一次听到，那是我认识吴获舟的开始。11年后即全国解放后第二年起，他在香港工作了12年，见面的机会较为多些，每次见到他，我总会想起南宁之会他有关普及问题的发言对我的认识有所提高。这位朋友今年7月26日在北京去世，在这里我表示沉痛的哀悼。

这段回忆主要是说明，冰兄的漫画作品是为了达到明确的目的性而首先明确了要画给什么人看，从而追求这些人既看得懂而又喜欢看的表现方法。《王阿成打日本》等一系列作品说明他善于创造与众不同以及与自己过去不同的形式完成一定时期的历史任务。冰兄是1947年1月间到香港的，到1950年回到广州，将近4年时间是他全部创作历程最旺盛时期。一方面是作品数量之多令人吃惊，另一方面是他明白《猫国春秋》的处理和表达感情方法在这个具体空间和时间是行不通的，为了和地方性紧密配合，他用了多变的形式，通过和地方性调协的方法表现严肃的政治性主题，香港广大的漫画读者同样接受。但是冰兄没有迁就他们惯性的小市民趣味，这一点是很重要的，这就是原则。

冰兄60年漫画创作历程在一个朋友的记忆里恐怕要很多时间才能一点一滴地淘出来。我的回忆是这个漫画家创作思想和创作形式探索积累下来的丰富成果的反映。中国当代漫画家中有几位杰出的漫画家，我以为漫画史家、漫画研究者应该对他们进行个别系统的哲理和专题研究，毫无疑问冰兄是其中一位。

1992年8月27日于九龙

冰兄可佩

方成

在相识的人里，有几位我很尊敬、很佩服，佩服得几体投地不等。曾写过一篇文章提到，其中一位是廖冰兄，我有一句写的是："见了他不敢做坏事。"

他是漫画界一位老前辈，可以看得清清楚楚，他像是心有两颗。一颗硬，硬得刀枪不入，见坏人坏事恨得口诛笔伐，或讥讽，或诤谏，或攻击。嘴巴厉害，嗓门又高，笔下幽默又讽刺尖刻，毫不客气，即使是朋友也一样！一颗心软，软得像婆娘，重情感，对后生，对幼小者，对需要帮助的人决无吝啬，为此耗他精力，费他不少时间，他乐此不疲。别人对他也可以嘴巴厉害嗓门高，只要非出恶意，他照收不误。在这问题上他是主张即使吵架也别翻脸的，吵完杯酒言和，颇有"费厄泼赖"之风。当然，这只是我和他相识多年所感受，但也知道不少人和我有同感，听说华君武也赞成。

像他这样，心里怎么想，嘴里就怎么说，难免伤人。这种人在政治运动中从来都是"出头鸟"，他是深有所感的。所以他在《咏鸟》（又题《爱鸟周有感》）中有一句："岂止出头必中弹，偶然翘尾也挨枪。"但他依然如故。

老一代漫画家们在创作上很严谨。冰兄作品艺术造型十足民间风味，色彩浓重，富于装饰美，情感表现强烈，正反映出他的豪烈性格。还有一着更绝：他善作幽默又讽刺的打油诗词，和他的画配起来尤为生动感人，这本事在我国漫画家之中可说仅有。我早就想学，但直到近年来方能起步，也才体会到其难度真不小。漫画是以文画合一表现的艺术，用画还易于入手，用文则需有一定的文学修养，非短期所能为。尤其是幽默文学有它颇为微妙的特色，即便在大学文科课堂上也难学得运用自如。但对于漫画艺术却很重要，而用在打油诗词上更需多一层工夫，所以能者不多见。冰兄在漫画创作上思路广，表现手法灵活、多样，是与他的幽默文学修养相关的。

他的许多漫画令人难忘。不久前我见到的一幅，是在孙中山先生120周年诞辰时画的。画面正中只是一条粗大的辫子，两旁写的是过去常见孙中山肖像旁的两行遗嘱："革命尚未成功，同志仍须努力。"一看便觉含义深刻动人。他的作品令人难忘，不仅在于艺术表现技法，主要还在于思想内容。老一代漫画家的许多作品常有这种过人之处。他们曾生活在腐朽的社会环境中，身受重压，亟求解放，使他们负有很强的社会责任感，遇事深思。表现在创作上很重艺术，力求取得最佳动人效果。我曾问过丁聪，早年他很多作品画得十分精细，显然是下了大工夫的，登在杂志上，能得多少稿费呢？他笑说：哪里有多少稿费，有时一分钱也拿不到的——那时办杂志，经济常遇困难，画家和杂志主办人多有深交，不大计较。

冰兄几十年艺术生活，社会影响深远。人又侠骨豪情，人所敬仰。许多人，特别是文艺界人士以及海外来客，时常到廖府造访。廖夫人和他一样热情好客，经常为此忙得不停。我到广州总要去看望他们。在这家里遇到过不少各行各业（多属文艺界）的海内外来的座上客。写到这里，我也学着试填一首《秋波媚》：

难怪冰兄好忙哉，家里客常来、宾朋文友，东西老外，港澳新台。改革开放新时代，廖府本民宅，既如文委，又充侨办，义务公差。

我乃初学，尚未入门，敬请廖兄指正。

▍贺老友冰兄从艺六十周年

刘逸生

漫画如烈酒　　触鼻能梗喉
漫画非贡品　　庙堂不肯收
所以公卿辈　　其之若赘疣
吾友有冰兄　　敢与黑暗仇
袖中出雷霆　　下击鬼神愁
猫国春秋笔　　气煞台上猴
诗书画三绝　　独辟新潮流
惜哉壮志捐　　中路堕阳谋
陷身禁网中　　其险过剃头
濡笔六十年　　一半付悠悠
晚岁破甑出　　奇气仍横秋
高名动四海　　又见鹰脱鞲
冰兄得意时　　吾辈知无忧
冰兄失意时　　万众如衔钩
乃知一微躯　　大局关沉浮
冰兄今老矣　　身健如蛮牛
冰兄不服老　　手中有戈矛

（原载《我看冰兄》，广州：岭南美术出版社1992年版）

这个中国人与他的画
——我印象中的廖冰兄

伊沙白（Isabelle Thireau） 撰

莫埃 译

　　著名画家廖冰兄从事艺术活动60年了。趁中国举办庆祝活动之机，以此文表达我对他的敬重之意。我不是画家，又是外国人，评人论画都隔了一层，只能抒发外行的言论，但我对廖冰兄的敬意却是真诚的，发自内心的。

　　我很喜欢廖冰兄的画。早在我幸运地认识他之前，我正在学中文，刚刚接触这个古老国家多变的现代史。为了把握社会的变迁，有人建议我阅读中国漫画：没有哪个国家的漫画家像中国那样将为民请命视为正统使命，以至于，没有哪个国家的漫画像中国漫画那样勇于介入政治，那样深切地与民族历史拥抱同行。我读中国现代史，我读中国漫画，我无法不正视廖冰兄这个名字。他不断出现，在每个重要的历史关头，他总是永不缺席地勇猛介入，用他的画，鞭挞黑暗，呼唤光明。（一度，他的画不见了，那是多么悲壮的一段空白！谁能说那不是一种介入？）他的画，是非标准始终如一，不因政局的变迁而更换。他重视历史的恒定性，政治的随机性则不甚呈现。他的画经得起历史的检验。从这个意义而言，我以为廖冰兄的画是历史漫画。

　　我读他的画就是当中国史来读的。它形象地感性地表达了这个民族在各个时期的愿望和追求，传递了一种活生生的可以让人感受到的感觉。对我这种水平的外国人——还不能真切体验中国文字负载的感情信息的人——读廖冰兄的画真是一种享受。突然间，我读懂了许多在读历史文字时无法确定的内容，我觉得自己在接近历史最活泼的部分：历史行动者的感情和感觉的部分。

我喜欢廖冰兄的画，也是因为我看得懂他的画，更确切地说，我在尚不太看得懂中文时，就能读懂他的画。他的画明了易懂，又震人心魄。记得几年前，一次中国漫画联展在巴黎举办，发生了十分罕见的事，一幅中国漫画被偷了！获知是廖冰兄的画，我的心情很矛盾：法国小偷偷到中国人身上去了，使我很难堪；但另一方面又有点难言的惬意，最少，这个小偷读懂了这幅画，深喜爱之，难以克制地想占为己有，否则很难想象谁会冒如此大风险去偷一幅不具市场价值的漫画。看来，读懂廖冰兄的画并为他的画深深吸引的西方人并不止我一个。我从不诧异西方人可以读懂他的画，虽然他的画从形式上看是纯粹中国式的，从画面结构，借用典故，到绘画技法，审美角度都非常的中国化。但这一点也不妨碍我了解他的画。他的画要表达的内容远远超越了画的形式，画家在忠实表达中国人的感受时，深刻地触摸到人类共通的人性本质部分，这使他的画超越了民族界线，能为人类共享。就以被偷去的那幅画为例，画面是：硕大的猫头鹰凶狠而愚蠢地钳住雄鸡之嘴，而朝阳正在远方喷薄而出。它的涵义谁会不明白呢？这幅画放在当今世界的任何国家中都会引起共鸣的。廖冰兄的画，首先属于中国，同时也属于世界。

1982年我见到了廖冰兄。我的第一个感觉是，他的画真像他，其间有着完全相同的个性。

记得在这一天，他向我和我的丈夫介绍中国的改革。他兴奋激动得像个青年人，那么的坚信民族会由此有个美好的未来。虽然，在当时尚没有任何值得信赖的证据证明这场改革会取得日后的成绩，但是，我完全被他感染了。我真实地感觉到他是多么的爱他的国家和人民，他渴望他的人民幸福，他已无法忍受别样的结果，他只好对此坚信不疑！他的爱是清楚可触的，我甚至觉得那爱充满了他全身，竟至满溢了出来，使周围的人不能不受感染。很快我看到了这种爱的另一面，有人向他讲了些官员搞特权伤害民众的事例，突然间，他被点燃了——法文中，形容人极度愤怒会用这个词——他的眼光，他的神情，他的姿态，全都燃着怒火，他整个人在燃烧。我发现他的发源于爱的憎恨是如此的强烈。非常奇怪，我一点也不觉得他的憎恨是丑恶的，与我一直被教育并接受的说法相反，他当时愤恨的形象充满美感，给我一种混合了正直与力量的美感，使我感受到一股阳刚勇猛的生命力。只是短短的几个瞬间，他用行动清晰而强烈地将自己的品性描绘了出来：豪强直爽，爱憎分明，充满血性激情。

一下子我就明白了，我认识了一位非常有意思的人。我很喜欢廖冰兄的愤怒的能力，他的激情，他对世界的不间断的兴趣，他的与年龄不相称的好奇心。我喜欢他的率直明晰的反应，他的忠于自己又尊重他人的人生态度，他的不以名人自居的谦虚……在我的感觉中，他是个很有个性的优秀的人，他像他的画一样容易为人了解和接受。

有位认识廖冰兄的西方人曾告诉我，与廖冰兄交往没有文化上的隔阂，"他与我们很接近"，结论是，廖是个十分"西化"的人。是的，廖冰兄确实与西方人很接近，在西方被肯定的许多人格的优点，都可以在廖冰兄身上找到，他容易为西方人了解和接受是很自然的。但是，我见到的廖冰兄一点也不"西化"，样子、动作、神态，以及生活方式、思维形态都中国味十足。在我的感觉中，他很为自己的中国化而自傲。我越了解他，越了解中国文化，就越感到他是个纯粹的中国人。他的优良品质基本上是在中国文化滋润下形成的，换个方式说，中国文化可以培育出廖冰兄这类优秀的人。

我很高兴认识了廖冰兄，某种文化偏见一下子在事实面前破碎了：在一般西方人的心目中，"中国人"聪明、灵活、实际，但假谦虚好面子，矫揉造作，没有血性激情。总的来说，西方人觉得很难和这样苍白的"中国人"接近。事实上，在西方我们经常可以遇到一些非常优秀的中国人，他们同样不像人们偏见里的"中国人"。但这并不足以打破文化偏见，人们对这一"反常现象"的解释是，这些不像"中国人"的中国人是被西方环境改造同化了，所谓的"西化"了。这种说法在西方还是有一定的解释力的。正是通过廖冰兄——以及大量经他介绍而认识的土生土长的优秀的中国人，特别是中国农民——使我清晰了对中国文化的认识，消除偏见，使我了解了很多在西方不一定有机会感受到的中国文化的优点。

廖冰兄对中国文化所取的自信自尊的负责态度给我留下深刻的印象。他对自己的精神存在与生物存在一样，采取很自信的肯定态度，他不否定自己的生命，也不否定自己的文化。对他来说，他就是一个中国人，这完全不成问题。他都不用考虑当个中国人好还是不好，他绝对是个中国人，他自然地承受当一个中国人应承受的一切，自然得不可能产生自卑。文化是人创造的，但人只有在运用文化时才能创造发展她。你不否定自己的文化，你才能自然地运用这个文化，这时，你就有可能改造和创造文化。廖冰兄正是如此，他在自信自然地当一个中国人时也对中国文化进行了分析清理和改造，对应该扬弃的部分，他进行激烈的抨击，我们读他的画能清楚感受到这点。他又身体力行地继承了中国文化中优良的部分。他亦勇于开放地从外来文化中吸取有用的资源。例如，他的漫画中的永恒主题之一的民主，就是一个外来的文化概念，但现在已有机地融入到廖冰兄的中国文化中去了。我不知道下一代的中国人会怎样对待廖冰兄分析组合过的中国文化。我所要强调的是，他用自己的生命，自己的实践为中国文化做继往开来的工作的本身，不仅证实了他的水平，使他更接近人的本质，而也使他与其他文化的人具有了更多的共同点。接触廖冰兄，你这时确实在一个中国人面前，但你更想说，你在一个人的面前，一个世界性的人面前，这令人感到很舒服。

我每想起廖冰兄，总会想起他的清醒的现代知识分子意识。现代知识分子的两项最重要的使命，一是继承、创造、传播文化，为文化继往开来；一是捍卫社会正义，介入社会，关心社会，为民请命，为民解忧。在我的感觉中，廖冰兄是个自觉地承担起这些使命的人。我前面提到的他对中国文化的负责态度，自然是知识分子品格的具体表现：他的艺术生命中那段悲壮的空白，近年来他的活动，都雄辩地证明了他在承担正义时的道德勇气；尤其令我感动的是他具有中国知识分子常常有点欠缺的民众性。毕竟我与中国知识分子的接触是有限的，我不知道是否可以这样说，这个有限的接触使我觉得，中国知识分子有时候有一点自以为是"精英阶层"成员，对其他阶层的人多少有点看不起。甚至有点不大有兴趣接触了解其他阶层的人，比如，农民、城市平民……即使接触也显得有点居高临下。说真的，他们不自觉流露出的阶层观念常会使我感到难堪。和廖冰兄接触，我完全没有这种感觉。他不是一个与社会隔绝的人，他具有一种与生俱来的平等观。我曾经有机会在廖冰兄家小住一两个星期，这是我最广泛接触中国各社会阶层的人的一个时期，工人、农民、商人、厂长、知识分子、乡下官员、失业青年、社会流民……各色人等，五彩缤纷。他们不约而至，一推门，叫声"廖老"，就坐下与廖冰兄谈起来，主客之间关系亲密平等。我很羡慕他能那么广泛地与各阶层的人保持紧密的联系，这使得他拥有了介入社会的入门券，这是他勇于为民请命的力量源泉。我觉得，他是位当之无愧的杰出的知识分子。

我要利用这个机会感谢廖冰兄。通过他，我第一次接触了中国农村。我一直没有机会告诉他，这次接触对我的生命有了多大的影响。我每想起廖冰兄，总掺入对这次接触的愉快回忆。

作为一个外国人，企图研究中国社会，有的时候你实在觉得很绝望。你的研究成果有什么用？这且不说。你很难找到资料。找到了，你也要像猜谜语一样去分析，要猜出印出来的材料与事实之间的距离，要猜每个词的潜在涵义。最令人丧气的是你永远不知道谜底在哪里，没人向你揭示谜底。这时候我就迷惑到底还应不应该研究中国。

今天我还在研究中国，实在要感谢廖冰兄。我的疑虑在他看来是多余的：历史是谁创造的？当然是人民！谜底在人民手中。这个贯穿他一生的信念就这样传递给了我，我在他的帮助下接触农民，从而决定了我一生的路向。

我还记得在那条不能通车的田间小路上，廖冰兄的亲戚——我叫她表姨——远远地微笑着朝我张升双手，她的态度是那么的善良，自信而开放，她没有丝毫的隔膜去接待我。这个美好的第一印象，使我对中国农民产生了深切的感情。研究不可以用感情来做，但搞研究一定要有感情。我对中国的感情联络线中最重要的一条，就这样在廖冰兄的协助下建立了起来。

我接触农村，接触农民，突然间中国变得清晰起来，不再是个谜了！这种喜悦使人终生难忘。这时候我对廖冰兄充满感激之情，却不知如何答谢。今天，"接近民众，向民众寻找历史的答案"——这条廖冰兄的经验之谈——成了我进行研究工作的最重要的座右铭。

我很庆幸我有运气认识了廖冰兄，这个纯粹的中国人，一个真正的人。

（原载《我看冰兄》，广州：岭南美术出版社1992年版）

▌永远的绿色

梁江

好多天了，眼前总是晃动着那一团沉甸甸的绿。

其实，我应当积聚更为周详的思考，更加全面的研究，才可能得出一点较为切中肯綮的，对冰兄的理解和认识。现在，催迫我如此仓促地诉诸笔砚的，却是那样一种缥缈不定而又总是挥之不去的思绪。如一缕轻风，推荡着无根的绿萍，闪动的绿终于重叠为一线骎骎上升的悲怆——蓦然，我发觉自己已经越出艺术世界的畛域，走进了历史的故地。那里，依然有火焰的光和热。

谁说的——精神是火焰，它能发出炽热的光，它是在观看的目光中发光。哦，那是海德格尔。

一

据说，高加索山上曾铐锁住一个不屈的神祇，他蒙受了种种折磨，原因是为了人类的福祉而盗窃天火。这个恩泽人类的神便是普罗米修斯。虽然，这悲壮的传说不过只是古代希腊人的心智之果，但那种残酷的壮烈，那种痛苦的崇高，表述的却是全人类对于正义的祈求和揄扬。而《山海经》上虽断首而仍操干戚以舞的刑天，象征的则更是中国式的，如陶渊明所说的"猛志固常在"的品格。中国民族确不乏不畏死的人，而今，作为漫画家的廖冰兄，以自己60年的道路再度证实了这一点。

所以，当我读到黄苗子以刑天舞干戚喻廖冰兄，读到黄永玉好些从心腑深处流淌出来的文字，每次都会感到有如沉雷滚过心头般的震撼。

人与人之间确乎有真情在，那种清纯、坦白和真实的文字述说的固然是不无悲剧色泽的廖冰兄，但，冰兄折射的却是一个时代，他以漫画独特的深刻，诠释了一段令人唏嘘的历史。

30年代的中国，在我们的心理历程上是沉重的一章。外忧内患，生灵涂炭，正是在血与火、光明与黑暗交织的年代，诞生了作为漫画家的廖冰兄。就像那样一个时代许多正直、具有良知的艺术家一样，他关注的是国家和民族的生死存亡。为水深火热中的千百万人奔走呐喊，对乘国家危难之机饱一己私欲的黑暗行径感到痛心疾首。那样犀利而悲愤的漫画，是真正的匕首和投枪，那里绝没有半点发笑的酵母。冰兄的《猫国春秋》，记述的是中国民族一段满布猩红血迹的历史。他的漫画，是良知的鼓号，是正义的利剑，几十年来，坐言起行，矢志不渝，所印证的，正是普罗米修斯式的勇敢和不屈。

二

良知和正义，当然已经在古往今来的仗义行侠故事中重复了不止千遍。不过，人类愿意不厌其烦地从这样恒定的模式中反反复复加以观照，说明的不也是一种基于精神和现实的双重希冀？天道远，人道迩，人间有没完没了的阴暗和邪恶，良知和正义却荫庇着人心灵中一块恒常的绿洲。如果丧失了这样一块绿色，人类便真正要倒退到兽类的种属。

其实，良知和正义诠解的是一种善良的本性，一种人道的情怀，归结起来，不过是如此的简单和明了。或许，这样标示出来的只是一种普泛的道德判断，但是，谁又能够否认，一个人格健全者，绝没有理由回避这样尺度的衡量。谁会愿意承认自己取消了善恶的界标，扭曲了正邪的准绳，泯灭了人兽的畦畛呢？这样简单明了的尺度，我想，真是可以使懦夫立，薄夫敦，顽钝者汗下的。

冰兄之所以为冰兄，其实首先因为他是个善良的人。他的良知，他所伸张的正义，始终如一笼罩在人道精神的光环里。与普罗大众息息相通，和千百万人休戚与共，对人世间一切不平的事耿耿于怀，是冰兄人格的核心，更是冰兄漫画艺术一以贯之的基点。因为如此，他会有那么多匪夷所思的天真，有那样不合时宜的深刻，有那种语惊四座的敏锐。

由于他如此一种至善的本性，这样一种推己及人的胸怀，他不愿设想人性中除了天使还有恶魔，不愿深究种种虚伪而狡黠的权术。政坛上的翻云覆雨，始终未能磨琢出他一种圆熟的处事方式。我相信，从世故的心态去揣度，冰兄显然是过于天真，在资深的政客眼中，冰兄也未免太不成熟。

于是，冰兄的圆满人格和他偏于一概的率直仁善行为模式，构成了反差强烈的两极。尽管他艺术生命中最宝贵的段落已经在政治运动的风雨中无辜地被阉割，但，他的人生轨迹却在这对立两极的张力场中蜿蜒伸展下来。

多有论者说廖冰兄是一个政治讽刺漫画家，倘若仅止于此，恐怕仍属皮相。我以为，真萦心研究，不难籀绎出冰兄艺术中的人道精神内核。如果要赅括冰兄一生，这恐怕是沿流竟委的最佳角度。

三

记起有人说过，与其赞颂炫目的悲壮，毋宁品位淡淡的悲怆，抑或悲凉。因为，悲壮是一种完成，一种结局，而悲凉，则是一种启示。当然，无论悲凉还是悲怆，其本原仍如T. 里普斯所说，是人格中"善的内在力量"，要不，何以西方美学自亚里士多德以还，悲剧与崇高便一直交叉缠绕呢？我始终不能设想，僭越了善，会可能有一种自足自律的美的本体。

说到冰兄漫画的艺术风格，我以为这是一件很困难的事。尽管我们可以胪列出许多世界著名漫画家的名字，戈雅、杜米埃、威廉·布什、张光宇，等等，也有论者试图从冰兄的漫画形式语言中追溯其渊源。但，冰兄的形式手法实在是眼花缭乱、不拘一格的。我想，民间的门神、年画、壁画，古代的画像石，二三十年代的木刻乃至一切运用了造型手段的东西，其实也可以看到它们若即若离的影子。冰兄似乎从来未想到要怎样着意去构筑自己的艺术风格，这在于他，是一种顺理成章的必然。在社会的底层起步，无师自通，有用即长处，这一点，他以"野生动物"自况，倒也传神之至。在他数十年的漫画作品系列中，我们确乎不易找到什么仅仅源自形式感的欲望，验证自己驾驭艺术技能的"纯艺术"之作。甚至，他无暇想到艺术还可能用于夸耀个性，宣泄自我。

我相信，在冰兄这一代人当中，许多真正配称艺术家的都不能设想，后来会有那么众多的人宣称艺术仅仅属于他们自己。

世上还有许多我们不易索解的事，风格——这个为所有艺术家斤斤计较的词，我想，也是属于这一类。刻意追求，锱铢必较，工于心计设计自己风格的，到头来常常什么也没有。而有些不设谋略并非亟亟求之的，风格却不期而至。冰兄恰恰属于后一种。他在稚拙中包含着粗犷，简洁里糅合了夸张，重色浓墨、构图饱满，一方面与西方近现代的造型手法有相通共振之处，更明显的则是体现了一种民间化的装饰趣味，这一点，大约与张光宇庶几近之。

对于我，这其实是近乎尴尬的一种粗略扫描。我无法把冰兄活泼灵动，头绪众多的语汇硬性嵌入几条理性规定的冰冷框架。

是的，这很困难，而这恰好又是冰兄之所以是冰兄之处。

四

"我是搞漫画的，但自比为清道夫。以画笔作扫帚，以清扫人间的垃圾为职务。从1932年起，已扫了50多年，只要世上还有垃圾，我还有气力，就得继续扫下去。"冰兄如是说。

这是他附在一本文化名人照片集里的一段自白，一如他数十年为人浣洗的率真平实，如果说有什么特别之处，便是他看自己也能一针见血。

记起第一次去拜访冰兄，是一个暑热的夏夜。一进门，看到简陋的客厅里已挤坐了多个美院的青年学生，冰兄大声地讲，学生静静地听。那时，我第一眼感到特别的，是他凸现在头发花白、骨骼分明脸庞上的一双眼睛，如此锋利，同时又如此的明澈。

这是一双曾被南风、北风，被寒雨和暖流读过的眼睛，从30年代到80年代。这样的明澈实在是一个奇迹，看着他闪动的眼睫，我觉得看到了历史一扇暗启的门扉。

那是一种心的明澈。

冰兄耳背，须臾离不开助听器，后来我习惯了默默地聆听他大嗓门的谈话。"我有成熟作品，但没有完整作品。"冰兄说："我70多岁了，还是一个不成熟的人。"听到他这样剖析自己，我实在有点吃惊。

有时，他也感慨，叹息自己懂得太多，什么都行，"真是悲剧，如果只知道画那么几笔便好了"。现在呢，"如舞狮头，人舞我，我也舞人……哈哈！"说到现在烦不可脱的境况，他却忽然爽朗大笑了。

他喜欢谈叶浅予、张光宇，谈夏衍，谈那个年代，脸上立刻会增加了二分生气，仿佛时光逆转了回去。

我也见过他有得意洋洋的时候。说到自己的经历，说到这几十年，"一空依傍，不必附丽，所以自觉伟大"。

是的，他所撮述的不仅是他的艺术，更主要的是他的人生。一个人如果能面无惧色感到自己人格的自足，他便有充足的理由觉得伟大。

五

有一个著名的诗人曾经写道："在季候风下面，我们全是些普通的树，普通的草。有哪一株哪一茎能不随之俯仰？"

我对诗委实没什么悟性，这几句话使我沉吟了许久许久，大约正因为这并不单纯是诗。按照社会生物学的解释，人类社会中种种随大流的举动，其实源于一种生物本性，宛如非洲草野中逃避天敌的羚羊群，大都只是糊里糊涂跟着跑，这样的行为被称作"趋同本能"，人的类属固然永远剔除不了生物本性，但是，这似乎不应一概作为姑息自己的遁词，就像强奸行为并不因为包含了动物本能就可以获得宽容一样。

人类文明进化的程度，是以与动物界拉开的距离为标志的。

人毕竟并非草木或动物，所以，有不愿随风俯仰，有疏离于"趋同意识"者。在我们当中，确实有一种为鲁迅先生称为"中国脊梁"的人，这，正是人类进步的希望所在。

冰兄也是凡人，也有过随风俯仰的时候，这是他"上交了脑袋"的时期。现在，当他回溯起七十人生之旅，平添了一种负罪的内疚。每当谈及这些往事，他忽然会长久地沉默。

我知道这无言里的沉重和深广。人类历史曾经有过许多悲剧，但，最大的悲剧却是因为幕后台前的所有人都无须承担责任。

我常常想到冰兄那幅著名的漫画——《禁鸣》。

冰兄的人生，并没有什么得意的时候，他的命运是多蹇的，从没有什么"仰天大笑出门去，我辈岂是蓬蒿人"的李白式狂放。有时我想，他其实更像杜甫，读他的画不仅读到了历史，而且读到了一种历史的悲怆。近年，冰兄的漫画作品少了，而画坛上却有至为可观的笑画、幽默画，似乎这就是漫画本义的全部。

于是，我想，冰兄总是不合时宜的，他之作为一个艺术家的魅力，是来自人格的自足，但绝不是因为生命的圆满。

六

冰兄的家在铁路边上，那里永远有没完没了的嘈杂。现在搬了，到了一个更嘈杂的地方，那是一个立体交叉路口。他的客厅也仍然像接待站，人来人往，声音鼎沸，里面固然不乏文化名流，更多的却是青年人、书画爱好者，再有是普通人。而他的书桌兼画台，也就是客厅一头的饭桌。于是，每次我要敲门，总会踌躇良久。

这些天，我们几个自愿组合去筹办冰兄从艺60周年活动的人，不时到冰兄家里查找资料，谈谈情况，我忽然感到客厅里多了一份凝重，一份生气。——哦，说起来也没有什么大的变化，只是角落的花盆架上换了一盆笔直笔直的仙人掌。

那是一团沉实稳重的绿，没有横枝斜出，连新萌的嫩芽也是向上的，就像集束的剑插在泥土里。花盆上写了赠送者——一个退休工人的名字。我知道，他不懂画画，也不知道怎样写文章，但他了解冰兄，于是很郑重地送来这样一盆正正直直的植物。

绿色象征生命，冰兄的漫画始于60年前民族命脉存亡断续，涅槃再造之秋。绿色代表宁静，这种宁静能使人聆听到灵魂的回响，感受到心灵的颤栗。

像我这样三四十岁年龄的一辈人，恐怕永远无法诠释冰兄那种对国家、人民的宿命般的依恋和执著。因为参与编辑了这本集子，读到不少关于冰兄的可圈可点之文，这里琐屑饾饤记下了一些感触。

真正能作为序言的，是那一盆绿色的仙人掌。

▌ 廖冰兄的艺术

——《中国漫画书系·廖冰兄卷》序

阿方兹·伦杰尔 撰

刘鸿英 译

　　我知道廖冰兄的名字是在70年代末，他与其他著名画家、漫画家重现画坛的时候。对于他的漫画，我总有一种特殊的感情。这种感情，大概是从我第一次看到他于1979年创作的《自嘲》时就产生了。后来，从廖先生与我夫人的来往信件中，以及看了他的漫画专集和那本为庆祝他漫画创作60年而出版的纪念文集《我看冰兄》，我对他的绘画艺术及其本人的了解也就越来越深刻。虽然在我写这篇序言时，廖先生尚未与我谋面，但我却在黑龙江电视台王大壮先生编导的电视系列片《中国漫画大观》中看到了廖先生，这大概还是外国人中少有的；我知道廖先生不仅是一位出色的艺术家，而且他还是一位热爱妻子的好丈夫和慈祥的父亲。廖太太患类风湿关节炎长达20多年之久，自70年代初便只能坐着轮椅"走动"，然而廖先生不说工作有多忙，也不说退休后每日在家仍接待多少来访的客人，他都充当"家庭主男"的角色——照料夫人，兼做家务，这一直是廖先生日常中的一件头等大事。

　　廖冰兄先生长年累月为生存而搏斗，曾付出巨大的代价。直到70年代后期，廖冰兄的艺术生涯才真正获得了复苏和解放。其实，廖先生本人的经历，可说也是中国其他任何经历过"反右""大跃进"以及"文化大革命"等运动而得以幸存的艺术家的经历的缩影。"第二次解放"后，廖先生的作品曾在法国以及国内许多地方展出过。

多年来，廖冰兄先生总是用他内心深处储存的，从社会生活各方面汲取来的养料进行艺术创作。他的作品，如同法国的荷诺·杜米埃、西班牙的弗朗西斯科·戈雅以及英国的汤马斯·罗兰逊和威廉姆·荷加斯等人的漫画、讽刺画那样，已成为人类文明中不朽之作的组成部分。

廖冰兄的艺术创作，经历了几个不同的自我创新的阶段，与上述提到的几位18、19世纪知名的讽刺画家的创作手法有所不同。这些欧洲的漫画家，除了戈雅之外，其他人在使用各种不同的画种进行创作（例如版画或绘画）中的手法几乎完全雷同，只要看一看杜米埃、荷加斯或罗兰逊的画，即可认出它们是出自谁手。只有戈雅的石印版《拿破仑战争》组画的创作手法，与他用其他作品（如油画或壁画）的创作方法有着显著的区别。

佛朗西斯科·戈雅（1746—1828年）在他的蚀刻组画《战争之灾难》（1810—1813年）中，记述了拿破仑军队所犯下的种种屠杀罪行，以及以拿破仑之弟约瑟夫·波拿巴取代西班牙国王佛蒂那七世的事件。尽管这些画后来被当作记载法国军人所犯下的残暴行为的"史记材料"，而戈雅本人却投身到他画中的敌人那里，为入侵者效力。他这些画当时还未公开发表过，只是到了1863年，也就是戈雅死去30多年之后，人们出于好奇心，才全部出版了他的画作。

相比之下，廖冰兄先生在抗日战争中创作的漫画，对抗日战争最后取得胜利立下了不可磨灭的功勋。与戈雅一样，廖先生在他的漫画中不仅对侵略者犯下的滔天罪行做了彻底的揭露，并且对日本侵略者所进行的侵略战争为什么最终不能获胜的原因作了明确的解释，这是戈雅所不能相比的。戈雅的系列画只是被人看做是法军入侵西班牙的几路（1808—1814年），而廖冰兄先生却是用漫画、讽刺画向广大民众进行反对侵略战争的宣传的人。毫无疑问，廖冰兄的漫画以及抗日救亡漫画宣传队其他优秀漫画家的作品，在抗日战争中对发动群众，鼓舞斗志方面起了很重要的作用。

廖冰兄先生的画，是深受中国民间文化和习俗的影响的。这也是他的画所以深受大众喜爱的原因。他的画，除了偶有戏谑意味，他的绝大多数的漫画都具有强烈而深刻的政治教育意义。他的画，通常在画面上用粗重的线条和黑白的强烈对比，借以更好地激起人们对侵略者，对国内的贪污腐败、滥用职权等社会现象的憎恶与愤恨。

汤马斯·罗兰逊（1756—1827年）是英国最著名的讽刺画家之一，被称为连环画故事大王，他喜爱的创作主题多是家庭琐事或社会上的悲惨景象，曾画过不少以医学界为题材的讽刺画。他创作了一个虚构的人物形象——星泰克司医生，以他为主题画的漫画就有三大卷之多。廖冰兄先生在1945年也创作了一组以虚幻形象来表现的漫画，取名《猫国春秋》，对当时国民党政府的腐败进行了揭露和沉重的抨击。与罗兰逊以及他的老师威廉姆·荷加斯（1697—1764年）的作品相比，他们的话是为中、上阶层服务的，而廖冰兄的画却总是面向广大民众，为广大民众而呼吁的。

再把廖冰兄的作品与法国讽刺画家杜米埃（1808—1879年）的作品相比，也许能找到一些相似之处。但无论是画还是雕塑，杜米埃的创作风格总离不开他那讽刺性的版画味道，而廖冰兄的画却继承了中国画的传统画法。廖冰兄那些漫画和风景画，其画格都有中国画的传统格调，而且表现手法多样，这是杜米埃的画所没有的。

不论是鼓动宣传画还是政治讽刺画，廖先生都擅长使用夸张、鲜明的颜色对比，与19世纪末20世纪初德国的表现主义画派或法国的野兽派的画风相似。但廖先生的画，不仅表现了他那敏锐的情感、坚强的信念和对自己的国家和人民的无限热爱，还可以感觉到他那颗为受难的民众而忧伤，为欢快的生活而喜悦的水晶般的心。他能以深入浅出的哲理，使他的作品通俗易懂，显示了他与民众心心相印之情。简而言之，廖先生的画，总是象征着维护正义、自由和争取社会的公平与和谐。

在西方式的民主国家中，艺术评论家们一般认为，优秀的漫画只能在没有任何限制的所谓自由国家中才能产生出来。但廖先生的观点却与之不同，他认为，在双脚被镣铐锁着的情况下也能跳好舞，这才称得上是真本事。况且，世界上并不存在什么真正没有任何政治束缚的国家。进而言之，限制是无时不有的；中国人的祖先就一直是在重重镣铐的束缚下进行艺术创作的。廖冰兄先生说，比如唐代之后中国诗词对声韵和字数都有严格的限制，而许多诗词却能写得非常之美。廖冰兄还指出，绘画除了在平面上表现立体本身就是超越限制之外，地方风俗、传统观念以及已形成的固定的习惯等这些根深蒂固于人们思想深处的概念及意识，都可以成为艺术创作中的羁绊和束缚。这种种束缚不仅在中国存在，在世界任何国家都存在，过去有，现在有，将来也还会有。因此，廖先生认为，好的漫画可以产生于任何一种国体制度下，这与戴着脚镣照样可以跳好舞，同属一个道理。

（原载广州《东方文化》1995年第5期）

悲国之悲　愤民所愤

——解读冰兄

黄大德

　　漫画大师廖冰兄九月二十二日病逝广州，终年九十一岁。
黄大德与之忘年交二十载，特撰文悼念。

　　20世纪80年代初，我一不小心踏入了美术史研究的门槛，除了在图
书馆里做书虫，更想法儿拜访老一辈画家，希望能从他们的记忆宝库中
抢救出哪怕是有丁点儿用的第一手资料。就这样我认识了廖冰兄先生，
并成了忘年之交。

　　20多年，无数次详谈，我走进了冰兄的内心世界，并试图读懂廖冰
兄这本大书：他的人生轨迹、他的人格、他的艺术……

"让你无法笑"

　　提起漫画，人们会想起插科打诨搞笑，但冰兄的漫画让你无法笑出
来。他压根儿就不想让你笑。

　　提起冰兄，人们自然都会想起他的《自嘲》《噩梦录》和《剪辫
子》。不错，那是冰兄晚年的代表作，但并不是冰兄漫画的全部。冰兄
毫不讳言，造就他悲愤漫画的有四个人：日本天皇、蒋介石、毛泽东、
邓小平。

　　冰兄一出道，便锋芒毕露。30年代"杀进"上海的作品，已奠定冰
兄悲愤漫画的雏形。《竞争》《马的故事》《人生漫笔》等，技法看似

稚嫩，只用最简单的线来描画人物的形，带有浓厚的儿童画味道，尽管那时他对人道主义的认识是模糊的，但已打上了他生活的印记，画出了他对社会、对世界、对人生的感受，对生存环境的思考，对人世间的虚伪、冷酷、愚昧、贪婪的批判。它们深深地感染和震撼了每个读者的灵魂，当然更深受上海名家的赞赏，把它称之为"人生哲理漫画"。面对这些哲理漫画，你笑不出，只能陷入沉重的思考：社会为什么会这样？人为什么这样？一连串的问号让你久久无法释怀。

1945年，冰兄在"八人漫画联展"中出品了《教授之餐》《燃血求知》《头颅无价》，反映黑暗统治下人民的苦难，尤其是知识分子悲惨的生活。抗战胜利后，他又用浓墨重彩记录了当权者劫夺胜利果实，发动内战，横征暴敛，镇压民众的罪行，画成《黉宫灯影录》《方生未死篇》《枭暴》（即《禁鸣》）等一百多幅作品，在"《猫国春秋》漫画展"里展出，在重庆山城引起了极大的轰动。那些漫画，是血与火、光明与黑暗交织岁月里中华民族血腥的历史记录！极度的变形、夸张和野兽派的狂怪的色彩，强烈的感官刺激，发泄了人民积压在心头太多的苦闷、不平、悲愤与怨恨；它有如沉雷在心头滚过的震撼，令人心脏痉挛，又犹如在敌人的司令部投下一枚枚炸弹，进行猛烈的进击。它以精深的艺术构思、深邃的思想、强烈的战斗性而震动了世界。这为当局所不容，在展览移师昆明展出时，遭到了禁止。冰兄也遭到了驱逐与通缉。

"逃胜利难"

1945年，廖冰兄"逃胜利难"到了香港。四年中创作了数以千计的作品，如果说《猫国》是冰兄"悲愤漫画"创作的鼎盛期，那么他在香港的作品则是悲愤漫画的变奏期。

到香港不久，他意识到就香港普罗大众的社会背景、生活经历、文化修养和艺术审美而言，都无法接受重庆时期的悲愤漫画，而且也不可能通过港英当局的新闻检查；为了占领香港多份报刊的漫画阵地，他必须迅速调整自己的创作路向，创造出全新的、雅俗共赏的"市井文化"画风。它的特点是：取材紧扣香港市民熟悉的人和事，构思时以香港底层市民的身份、视觉、感情去感受生活，把鲜活的新闻性、深刻的社会性、深入浅出的哲理性融于人们熟悉的释道鬼神故事、民间传说、戏曲桥段以及香港独特的社会文化之中，搬演出像《狗咬吕洞宾》《鬼和道人》《怪兽与和尚》《新银河会》《神憎鬼厌》《阿庚》等脍炙人口的作品。在艺术上，他特别注重在画外下工夫，以俗谚方言，或以粤讴、龙舟、数白榄、打油诗等交错运用，融为一体，成功地创造了独特的香港"三及第"（方言、文言、香港独特的地域民间用语）文体，并借助它增强画面的感官刺激。这种俗中见雅，雅俗共赏的市井漫画，是他在抗战初期创作的"抗战连环漫画"和《抗战必胜连环图》样式的延续和发展，也对他日后的创作产生了深远的影响。这种画风延续到1957年。

接二连三的政治风暴把冰兄"活埋"了22年。这本应是他艺术创作生命力最旺盛的时期，但他和任何善良的人一样，失去了自由和思想的权利。直到1979年他才"领回了上交30多年的脑袋"。他恢复了良知，恢复了是非观，恢复了痛觉，恢复了用画笔表达自己思想的权利。于是，廖冰兄破埋而出，以一幅《自嘲》向人们叩问：是什么邪术能让好端端的人囚入埋中变得畸形？为什么埋破后我们依然蜷曲不动、呆若木鸡？为什么在欢呼"中国人民站起来了"23年后我们还不能站起来？《自嘲》使全世界为之震惊！站了起来的思想者的爆发力是"可怕的"，廖冰兄一下子推出了40多幅漫画。此后他又"以悲愤交集的心情记录了那场已破的噩梦"，创作了离奇荒诞的《残梦纪奇篇》《噩梦录》组画。

他在《残梦纪奇篇》的序言中写道："现实中的寻常事，大都易忘，由现象幻化而成的梦，更醒来即逝。但曾有一些梦，离奇到旷古所无，荒诞到神摇魄荡，梦破多年，尚残留印象，但怕它终归消失，乃以图纪之，曰《残梦纪奇篇》，以供今人与后代赏析，不亦宜乎？"如果说《猫国春秋》是重磅炸弹，那么，他破埋而出后的这批悲愤漫画便是原子弹。

这是冰兄漫画艺术创作的巅峰！

"幽灵帮我画成"

上世纪90年代是我和廖老接触、交谈最多的时期。

1994年10月21日，廖老来电把我叫去聊天，我准备好了一些问题提问，其中一个是关于读书的问题："在你的人生道路中，什么书对你的影响最大？"

他说：我这个人，好读书，读得很杂。政治的、历史的、文学的，什么都读。小时候，最喜欢读的是《火烧红莲寺》，政治读物是艾思奇的《大众哲学》；艺术方面是俄国的《艺术与人生》；初中时我很喜欢读法国诗人波德莱尔的诗集《恶之花》，印度泰戈尔《飞鸟集》，还有《邓肯自传》。克家的两句诗，我至今还记得："给世界洗一把脸，来一个奇怪的变。"我觉得，它概括了我潜在的思想。但对我一生创作影响最大的，是木鱼书。民间文学、民间艺术，对我的影响最大。

我曾多次和冰兄讨论一个问题：为什么人们把你称之为"鬼才"？他沉思片刻说：当时他们说我鬼点子多，艺术上无师自通，视觉新颖，构思奇特，套路多变，而且能入乡随俗，随机应变。但后来想深一层，我觉得"鬼才"对我来说是最合适不过的评价……我不信鬼神，但我的艺术创作却得益于鬼与神。我抓住了中国人的心态，经常借助、利用各种鬼神来演绎我要表达的思想，请出过包公，请出过南京雨花台中的英灵，请出过张志新……我也常常把一些神灵拉出来拷问，例如阎王、菩萨、秦桧……他们给了我许多创作的灵感。以鬼治鬼、以神治神，妙不可言。我向来喜欢以其人之道还治其人之身的办法。

一次，冰兄问我：你知道我在"文革"后的画是怎样画出来的吗？

我懵然。他动情地说：那些画都不是我自己要画的，而是许许多多幽灵帮我画成的。譬如《自嘲》和《剪辫子》，画中要表达的思想——反对封建主义，提倡人道主义，在我的肚子里不知藏了多久了。但我很久都无法画出来，是许许多多幽灵给我灵感，催逼我画出来的。一画就不可收拾。蓄之既久，其发必速啊！

中国的批评家都喜欢用"惊天地，泣鬼神"作为评价作品的标准，但对冰兄而言，评价的标准最重要的是能否引起读者的共鸣，赢得他们的心。天地鬼神不一定买你的账，但民心是无法夺去的。他可以埋得很深很深，埋很久很久。

是什么使冰兄的画获得了民心，获得了那么多的支持者——上至高级知识分子、高官、老革命干部如于光远、任仲夷，下至普通老百姓。

冰兄说："我的思想核心是人道主义。爱国主义、民族主义、爱党爱国都是由人道主义派生出来的。我的作品，贯串一条主线，就是反封建。封建主义与人道主义是对立的。我有那么多的'拥趸'，我想这就是他们对于反封建主义的共鸣。"

这，恐怕是我们读懂廖冰兄的关键所在吧！

廖问我：你看研究廖冰兄的坐标该是什么？

我说：你应该首先是政治家、思想家，然后是策划者、组织者，最后才是画家。

廖老听了，一拍我的大腿，朗朗大笔，对、对、对。

对"鬼文化"这一课题我们又有过多次讨论。他有许多精辟的论述：如今这个世界，是个人鬼情未了、人神共舞的世界。你争我斗，争名、争利、争权、争待遇，活像一场闹剧。

我问他：你在其中充当什么角色？

他说：我是一个看客，把它当笑话看。以前看得实在不顺眼，就用笔捅他几刀，现在不能画了，就权作看戏。

我说：但是历来人家都把你看成是斗士的。

他说：我不是为自己而争斗，我是为弱势社群争斗，为他们争人道主义，争生存的权利，争受教育的权利。

他预言：死了之后，肯定会有人争着给我排座次的。不过我不想建庙。我没那资格，也没那权利。我不是神，我也不想做神。我是人，是个凡夫俗子。死了之后，我只想做一孤魂野鬼，到处游荡，继续看戏。

"画得很痛苦"

如今，廖冰兄真的走了。他早就预立了遗嘱：不开追悼会，不搞遗体告别。

尽管他晚年在失语时多次说过"我想死"，那是因为他觉得丧失了工作和生活自理的能力，再活在世上已没任何意义。但是，他对世界有太多的牵挂了，他不想走。两年前我去探望他时，在那画室里，每当看到周围的纸张笔墨，他哀伤地发出阵阵无力而又令人揪心的叹息：纸，告别了……笔，告别了……颜料，告别了……漫画，死了。是的，他的漫画情结太深太深了。

廖冰兄走了。他走得很孤独。许多年前我曾问他："在40年代，你有'红须司令（军师）'之称，只要出一个点子，说一句话，办刊物、办展览、办漫画学校，便会燃起大家心中的火，蜂拥而上。那时漫画的队伍很庞大，怎么现在好像只有你坚持在画漫画？"他的神情马上变得很凝重，像在自言自语："那时有很多画漫画的朋友，论技巧，比我好；论水平，比我高。但他们在解放后便不画了。如张仃，改行搞装饰画了；特伟，搞动画去了；如汪子美，当'右派'后，怎么也不再画了。但我还在画。知道么，我画得很痛苦。为什么？我把自己看得很渺小，把事业看得很崇高。我把漫画看得很神圣，但画漫画需要韧性战斗，要有在风雨中永不能倒下的精神。我还记得那两句诗：'你什么时候养成了这个习惯——负责'我就是这样一个人，什么都负责：对家庭负责，对国家负责，对民族负责，对朋友负责，对事业负责。"

望着他那瘦长佝偻的躯干，我的鼻子一酸：你那肩膀，怎能肩负起世间那么多的责任？啊，我明白了，冰兄，你是民族的脊梁！

冰兄，放下你肩上的重担上路吧。你不会孤独的。正如你爱说的，"公道自在人心"。许许多多凡夫俗子都在心里默默地为你送行，所有善良的人们，都会铭记你的名字！我们用不着给你立庙，因为你早已是一座高高的丰碑，立在我们的心中，耸立在世界的艺坛之上！

（原载香港《明报月刊》2006年第11期，略有改写）

第三篇

廖冰兄作品

当代岭南文化名家

I 漫 画

冰兄从1932年开始发表漫画作品，至世纪末掷笔收山，前后近七十年。他的漫画创作生涯大致可分为人生哲理漫画、抗战漫画、重庆《猫国春秋》漫画、香港"新市井"漫画、五六十年代的"遵命"漫画和改革开放后的反思漫画这样六个时期。

综观冰兄几十年的创作，有这样几个特点：

首先他总是着眼于社会大主题，极少滞留于小趣味，因而在各个时期都能画出一些历久弥新的"时代漫画"。

其次，他的创作感情强烈，大爱大恨充溢于画面，让人动容。他说自己"为被害的善良而悲，为害人的邪恶而愤，故我所作多是悲愤漫画"。

第三，他各个时期的作品往往在风格和表现手法上有明显的不同，除了不同时期有不同的艺术追求这一点外，更主要的是他出于对自己的漫画读者的尊重，入乡随俗，到什么山唱什么歌。1938年的抗战漫画，主要是画给农民看的，构图够热闹，用色大红大绿；《猫国春秋》在战时首都重庆展出，就较多地采用现代主义的表现手法；到了香港，读者大都是小市民，冰兄便创作有市井味的漫画。

第四，人们常常觉得冰兄的漫画尖锐、泼辣、够大胆，这除了关乎画家本人的正直人格以及刚正不阿的个性，与他的漫画创作理念也有很大关系。冰兄说，能够用最荒诞的手法去表现最严肃的内容，才是最好的漫画。1957年"反右"运动批判冰兄时，就有人说他一向惯用沉重手法。他在画面上擅长把夸张和变形推到极致，造成强烈的艺术效果。

以下我们将较为细致地展现廖冰兄各个时期的创作。

▌ 人生哲理漫画

从1932年开始，冰兄就以稚拙的线条和造型创作了一批耐人寻味的漫画，来表达自己对人生的思考。这些画大都发表在《时代漫画》《中国漫画》《上海漫画》等上海漫画杂志，也有的发表于广州及香港的报纸。美术评论家朱金楼说："他初期的作品发表于抗战之前几年中，他一出手便有着很好的技巧，富有儿童画情趣的单纯而稚拙的线条和造型，当日上海的朋友们都骄傲于华南有了这么一位漫画家镇坐着。他似乎在当时有意识地爱慕着亨利·卢骚的造型的稚拙天真，和他们作品中充满着的高贵纯洁的童年梦境。"

这是冰兄漫画创作的一个起步时期。为探索人生哲理，他的思考向着两个方向前进。第一，竭力看破世相。比如，那组《一朵骄矜的花》。少爷送给小姐的那朵花别在胸前显得骄矜，但经作者用倒叙法表现出来，却原来不过是长在屋角，经野犬的粪尿淋浇而长成，又有什么高贵可言！第二，冰兄还努力从自己的经历，从耳濡目染的大千世界提炼人生哲理。比如，《马的故事》那组连环画就够发人深省的了。马本是自由的，但它在野外惧怕老虎，于是就去投靠猎人，请他帮忙打老虎，于是猎人便骑着马去打老虎，从此马就世世代代被人骑。这是何等深刻的一个寓言！即便是孩子也能明白，独立是何等的宝贵，为了眼前利益去投靠别人，失去的就是自由！

冰兄说："我在30年代初所创作的漫画富有哲理，但哲理是什么，那时我还不懂。就连哲理这个词也不知道。奇怪的是，人人都说这些漫画有哲理。1932年我17岁，这个时期的作品是我的艺术的雏形，是最朴素、最感性的思想流露。"

◎ 1934年 《钓》

◎ 1934年 《制服》

◎ 1934年 《一支香烟的消灭》

◎　1934年　《一个未来的世纪》

◎　1934年　《都会农村二重奏》

◎ 1934年 《无题》

「無　情　雞」

◎　1935年　《无情鸡》

廣州小景

（漫畫通訊之一）

廖冰兄作

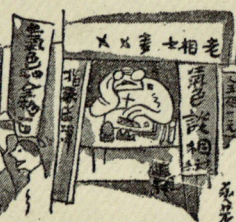

廣州俀珠江而分河南河北兩部份，珠江鐵橋築成後，除使南北交通便利外，而烟館亦隨線築察，當局粒收，又可增加；橋之爲用如此，恐爲上下古今之人所未料及。（一）

廣州人好玩鳥兒，當局亦提倡棋，因此公園中無處無遺告聞情逸概的朋友。烏聲咻咻，子壁釘釘，是以點綴界平爲乎！

（二）

廣州有一不凡的交易場所，爲鑿卜星相集中之地，即城隍廟故址。其中尤以替相者爲多，能來只有男相士，最近女相士亦平空添多不少。有父女皆爲相士，更且比鄰，相比高明，反面「門唱鸚雀」；其女則常有鎮補顧客數十人，其「相」法更可想而知矣。（三）

河南有秋堅戀香同樂社，於月前舉行門蟀，有蟀比賽。有謂此舉有損「好生之德」，慈失慈善之旨；有謂邇槏玩當能使人明瞭中岡過去之大勢，亦幽默事也。（五）

鳥馬虎虎而已及木學期之始，我們的睞老之子婪學生和士兵愛同卷待塾……頭髮必要瓢光以後，我們在任何學校門前，常可看見一隊隊和尚軍兒兒而出。（四）

◎　1935年　《广州小景》

◎　1935年　《慈善事业》

◎　1935年　《营业竞争》

作兄冰廖　　　　　　　　　　!? 贼

◎　1935年　《贼?！》

◎　1935年　《小奴隶之死》

◎　1935年　《马的故事》

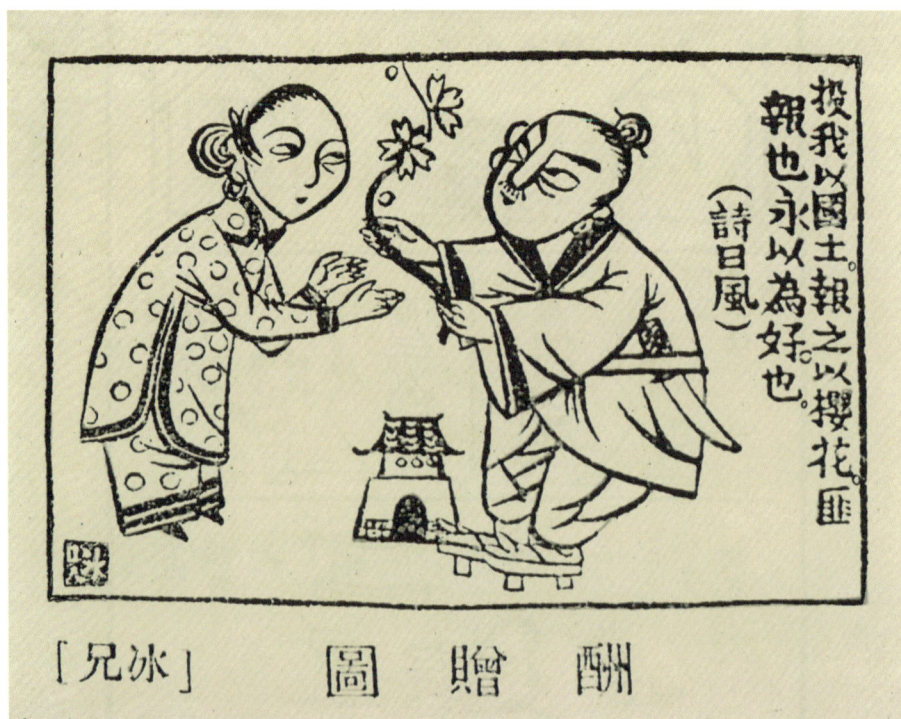

◎　1935年　《酬赠图》

一個有智慧的人

作兄冰廖

◎　1936年　《一个有智慧的人》

威武不能屈

（註：遇威武而不能屈，先能受免辱，到底也。）

◎ 1936年　《人生哲学的龟鉴·威武不能屈》

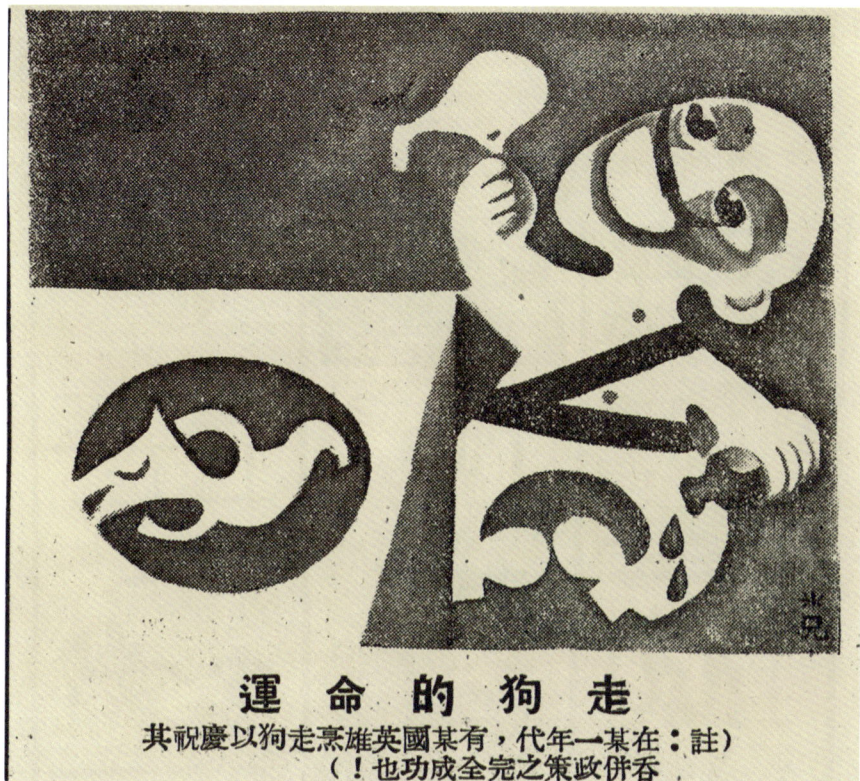

◎　1936年　《人生哲学的龟鉴·走狗的命运》

◎　1936年　《一只小小的鸟！》

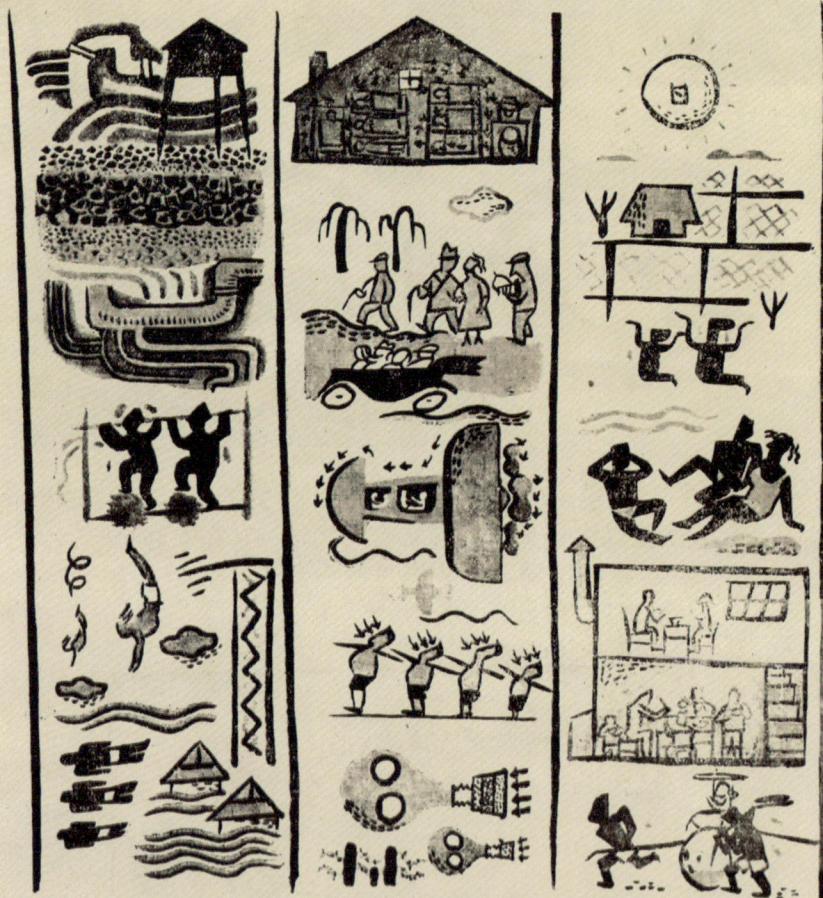

财 然 自

廖冰兄作

在經濟學上的定義：凡用之無禁，取之不歇，無論才智賢愚，皆能自由享受之佔有空間之物體一如水，空氣，陽光等，皆爲之「自然財」。

◎　1936年　《自然财》

◎　1936年　《雪兆丰年》

◎　1936年　《樱花处处开》

◎　1936年　《伟大悲剧的终幕》

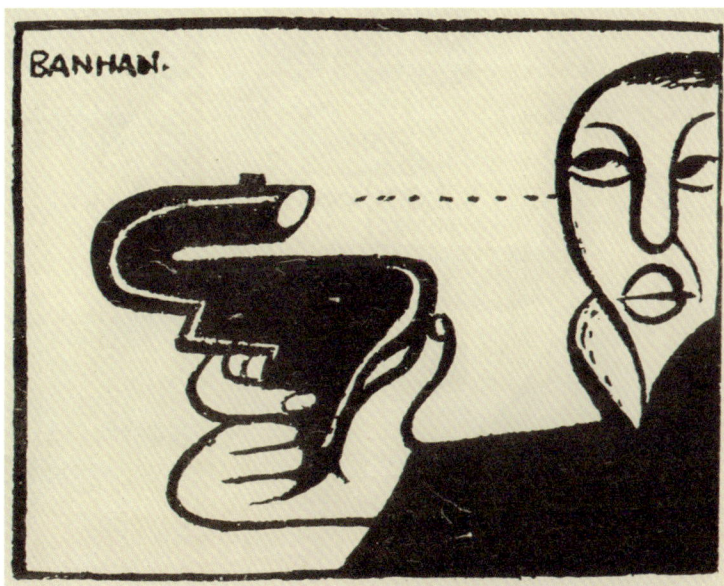

◎　1936年　《中国人的自卫枪》

◎　1936年　《假如中国亡了》

◎　1936年　《保护和平》

◎　1936年　《中国教育图》

◎ 1936年 《病》

◎　1936年　《挺起你们的角来》

◎　1936年　《标准奴才》

◎   1936年 《炮口闲吟图》

◎　　1936年　《自由的范围》

大王：「當此太平盛世，你們還喊貧喊餓，瘦得非人非鬼，實在有辱國體！」

小民：「唔唔唔……」

廖冰兄作

◎　　1937年　《大王小民》

◎　1937年　《统治者》

▍抗战漫画

冰兄的"抗战漫画"题材早在"七七事变"前便已开始出现，他1932年发表的"处女作"就是揭露日本军国主义狼子野心的力作，但创作大批抗日漫画则是从1937年底开始。他在广西武宣湾龙村一口气便画出两百多幅画来。他说自己的漫画是"一肚子气"艺术，对日本军国主义的刻骨仇恨激发了他的创作热情。文艺评论家周钢鸣写文章称赞他的画是"通俗化、大众化、中国化的"。

1938年9月他在皖南休宁创作的《抗战必胜连环图》，则是以教科书的形式来表现的组画，大大加强了漫画的教育功能。他的创作才智，不仅表现在他的每一幅漫画上，而且也表现在发明一种新的漫画体裁这一方面。他的发明得到当时的木刻战友的肯定："我们应该在这里特别提起的是《抗战必胜连环图》共九十余幅，大胆地采用民间艺术（至少是受其影响）的形式，以及经过浙、皖、赣、湘、桂数省与百余次的展览，民众都如获异宝地感到兴趣，最重要的还是他能以极通俗的绘画手法，描写难以描写的政治、经济、军事各种抽象的题材。"

在桂林施家园，应当时形势需要，冰兄还创作了一批独特的"木刻漫画"。由于受过深厚的民间艺术的影响（门神、历书、章回小说的木刻插图等等），冰兄创作"木刻漫画"比起其他漫画家相对来得容易，画面上的处理也比较自然。他在《漫画与木刻》上发表的《日本军阀的悲哀》（廖冰兄画，黄新波刻）、《汪精卫的变》（廖冰兄画，刘建庵刻），还有《拿起枪打仗，拿起犁耕田》等作品，即使在今天看也是精品。尤其是《汪精卫的变》四格一套，不仅画面美，而且每格的解说词也绝，让人感到有趣，实乃既深刻又通俗的作品。冰兄把漫画的夸张、变形与木刻的简约、对比强烈，和谐地统一在自己的作品中，"杂交"产生了一种新的美感。冰兄本人就是一个杂家，学问知识的杂、生活经历、朋友圈子的杂，无不造就了他的创作优势。他懂得"杂交"就是优势的运用。

冰兄在桂林的许多作品都是由他作画，然后交木刻版画家们刻出来的，但有时他也会跃跃欲试，自己动手"玩"一下。

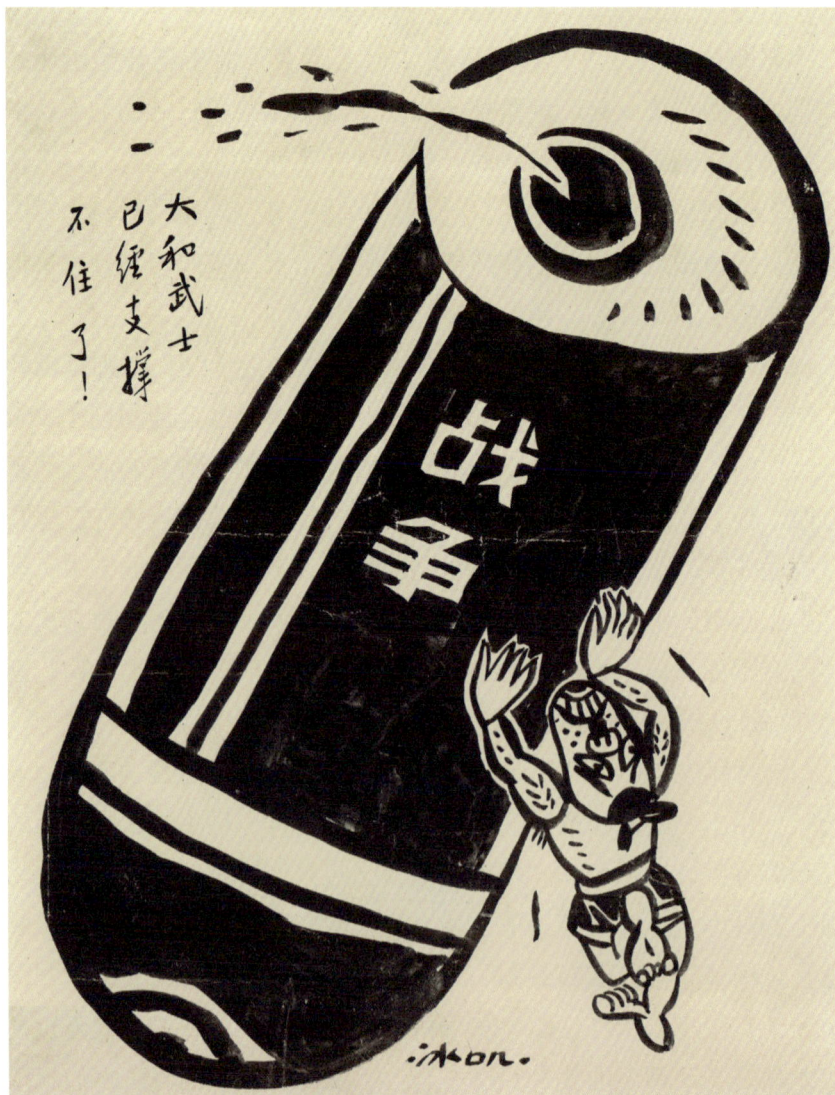

◎ 1938年 《大和武士已经支撑不住了！》

◎　1938年　《它说：这儿是生路》

◎　1938年　《纵使榨干全体膏血，决不能把这烈火熄灭》

◎　1938年　《日国内革命势力》

◎　1938年　《中国是不能屈服的》

失败的堆积

（一九三九）

© 1939年 《失败的堆积》

◎　1938年　《扩大春耕运动！》

◎　1938年　《日本猪猡吸血图》

◎　1938年　《勿说孩子年纪小》

◎　1938年　《这是我们的标准时间》

◎　1939年　《中国得了最后胜利》

中國得了最後勝利　廖冰兄作

（一）中華民族永遠是自由，獨立！

（二）在泰國上得到真正的平等，

日本人民守和平，不要

（三）周老百姓過着安樂的生活。

◎　1939年　《妈妈缝征衣，爸爸穿军装》

◎　1939年　《送郎出征》
　　陆志庠、廖冰兄、刘建庵、赖少其集体创作。

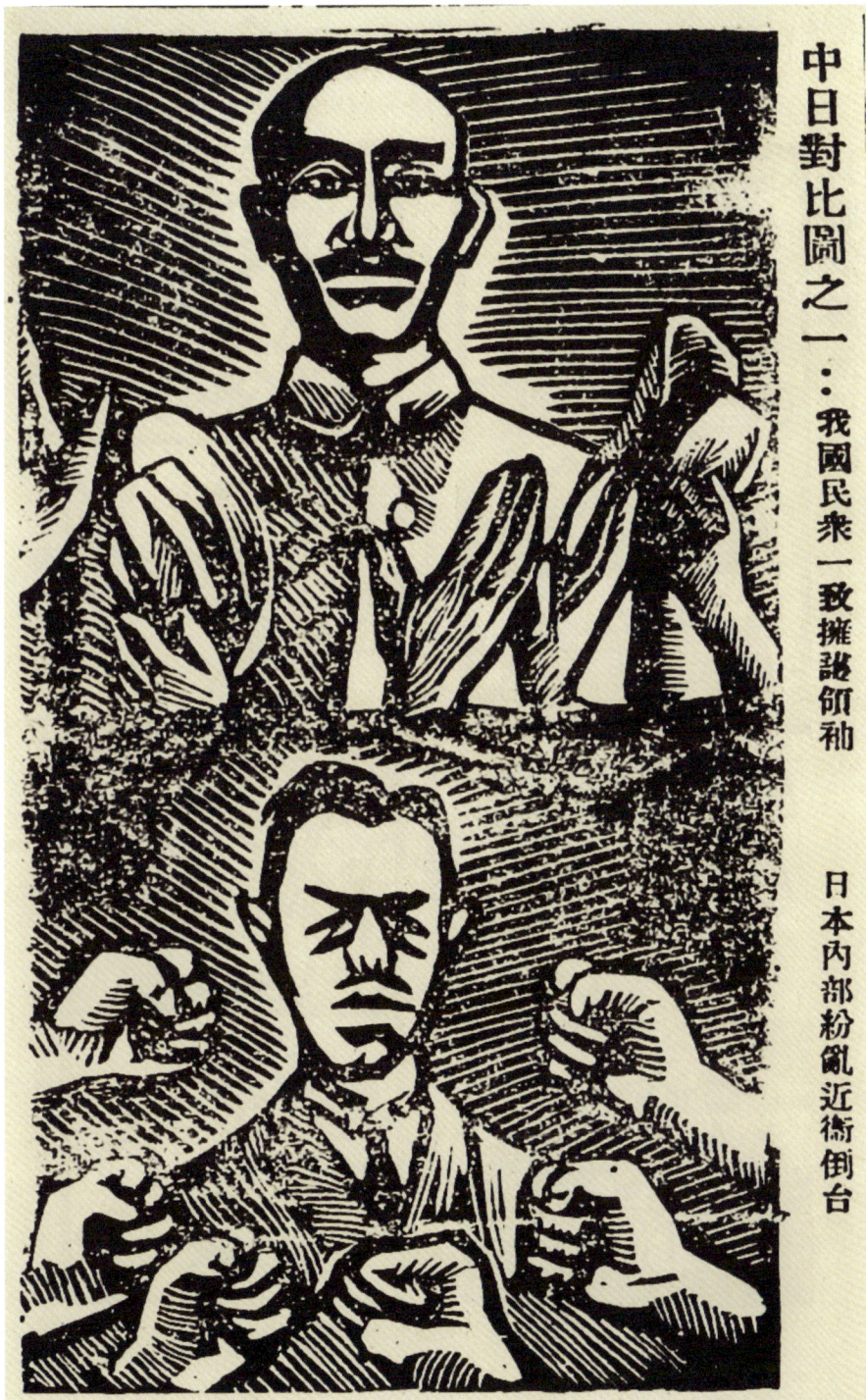

◎ 1939年 《中日对比图之一：我国民众一致拥护领袖 日本内部纷乱近卫倒台》
廖冰兄等集体创作。

抗戰必勝連環圖（續）

冰兄畫·新波刻

（十三）佔些地方，還可多幾個兵把守

（十四）多佔些地方，兵力更分配不敷

（十五）日閥說：「中國地多我兵少，怎麼好？」（十六）只好做幾個木頭兵揷在城頭

（十七）日民不願打，日閥硬要拉

（十八）被迫上戰場做槍靶

（十九）見了我軍地上爬

（二十）闖過槍頭打軍閥。

◎　1939年　《抗战必胜连环图（续）》
廖冰兄画，黄新波刻。

作兄冰廖　　抗戰連環圖

打一天去了軍
費二千萬，

日本人民本來
就過着苦生活

打兩天去了
四千萬，

頭一打，把
飯打去了！

天天打下去，

再一打，把
榮打去了！

變成窮光蛋！

剩下，幾根撤骨頭
也要變成炸彈灰。

◎　1940年　《抗战连环图》

◎　1939年　《日本军阀的悲哀》
　　廖冰兄画，黄新波刻。

"宪政运动宣传画"片段　　廖冰兄作

↑（一）从前国家在皇帝手，全国百姓如马牛。

↑（二）外国是富人抓国权，劳苦人民没出头。

↑（三）中国政权若在民，幸福平等又自由。

↑（一）国家好像一块田，全国民众是主人。

↑（二）人民有权管国事，好像把田来耕耘。

↑（三）大家耕耘大家收，国家利益全民有份。

↑（一）国家好像一辆车，汽车主人是人民。

↑（二）民选官吏管国事，车有司机才能行。

↑（三）国家大法出民意，车行方向听主人。

↑（一）治国定国如上岭，司机责任实非轻。

↑（二）官吏无能难办事，司机要有好本领。

↑（三）官吏良好国家兴，司机能干才能上山顶。

◎　1940年　《宪政运动宣传画》片段

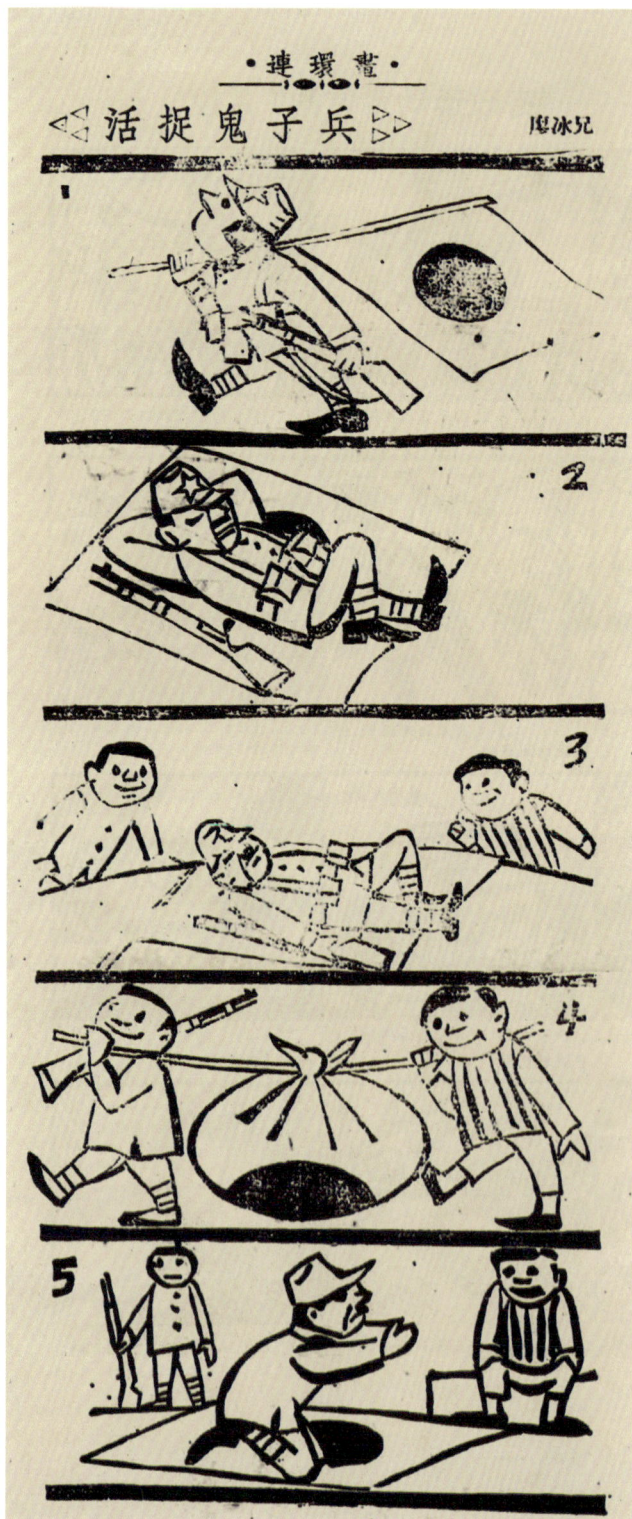

《猫国春秋》漫画

在"《猫国春秋》漫画展"中，《黉宫灯影录》组画受到更多的赞扬："在按照漫画艺术规律要求的艺术构思上，在运用形象表现和突出主题上，在作品艺术性的完整上，我以为《黉宫灯影录》是冰兄全部创作历程上最出色的作品。"（黄蒙田）这组画正面表达了对正直的教育界人士所受迫害和苦难的控诉，在创作时，冰兄也花费不少时间在画面上精雕细琢，其中的《教授之餐》《燃血求知》及《头颅无价》已成为他的传世之作。

《方生未死篇》组画则是冰兄对他所处时代的概括：新生力量方生未艾，腐朽势力垂死挣扎。因为站在历史的高度俯瞰他所生活的时代，他也就抓住了大主题，画出一批被人称为"时代漫画"的作品。比如，作为《方生未死篇》主题画的就是《枭暴》。画面上，黑夜将尽，一只凶暴的夜枭狠狠地咬着晨鸡的嘴，不准它报晓，然而远处天边已微现曙光。暴枭能阻挡黎明的到来吗？人民是必胜的，光明总要取代黑暗！

有趣的是，《枭暴》竟然遭遇两次被盗的命运。1947年6月冰兄在香港举办"猫国春秋"展览时，该画被偷。1979年冰兄为纪念张志新烈士，重绘此画并改名《禁鸣》，但1981年到法国展览时再次被偷。如此奇特的经历，其艺术魅力可见一斑。

在"猫国春秋"展览中，朱金楼批评几幅《猫国春秋》组画略显晦涩抽象，令人费解。他说，猫控制不了鼠的时候，即鼠辈窃窃横行的时候，就是正统的统治者也在惴惴不安的时候了，冰兄表达了这层意思。然而，"在'猫国'里面，除了猫、鼠、鱼、鸟之外，我们看不到什么'人民'。一个缺少'人民'的国度是可怕的"。

　　俗语有云，任何比喻都是蹩脚的。在只能用曲笔来进行讽刺时，冰兄难免也会有尴尬的时候，但他有自知之明。后来到了香港，冰兄就采用连环画的形式，又画了一批《猫国春秋》，期望充实这组作品。

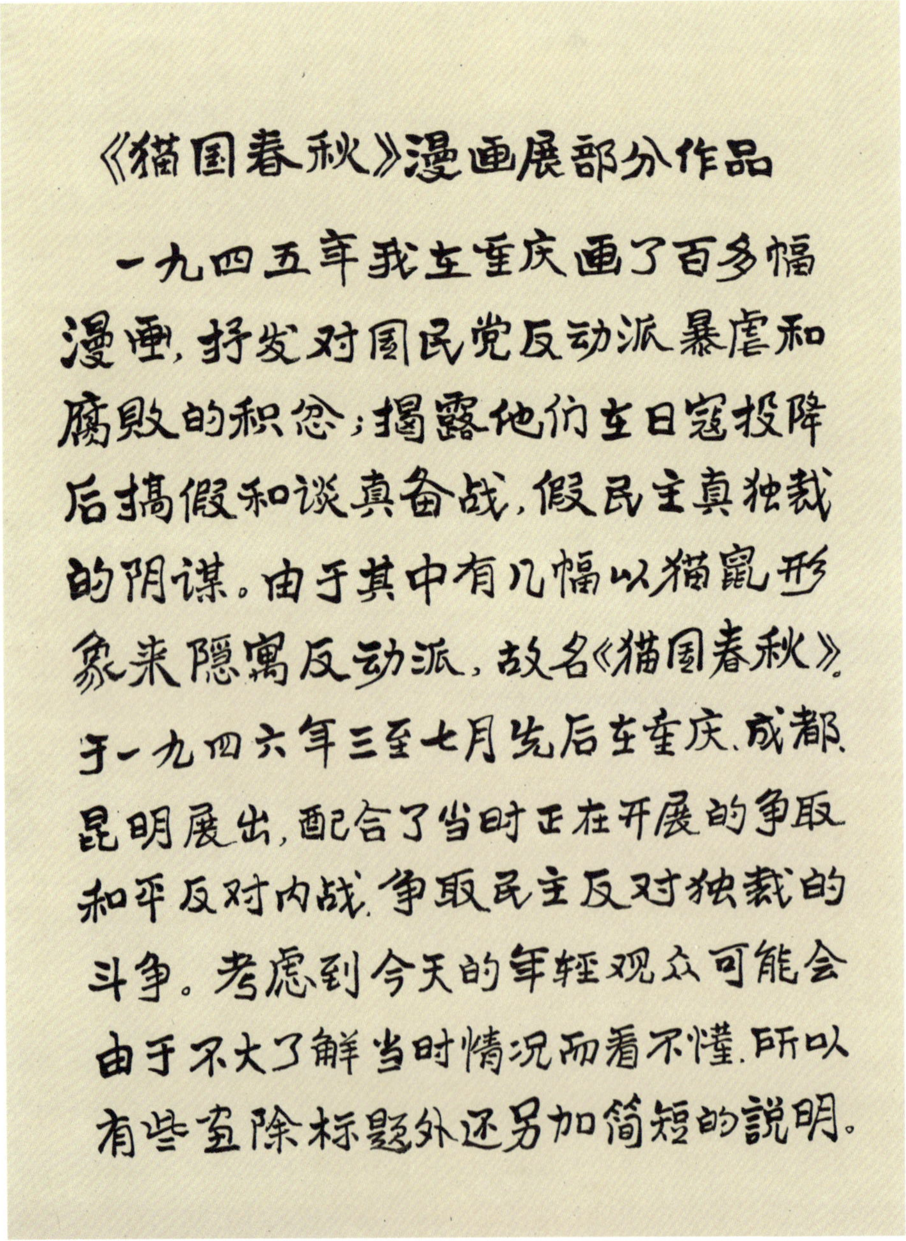

《猫国春秋》漫画展部分作品

一九四五年我在重庆画了百多幅漫画，抒发对国民党反动派暴虐和腐败的积怨；揭露他们在日寇投降后搞假和谈真备战，假民主真独裁的阴谋。由于其中有几幅以猫鼠形象来隐寓反动派，故名《猫国春秋》于一九四六年三至七月先后在重庆、成都、昆明展出，配合了当时正在开展的争取和平反对内战、争取民主反对独裁的斗争。考虑到今天的年轻观众可能会由于不大了解当时情况而看不懂，所以有些画除标题外还另加简短的说明。

◎　"《猫国春秋》漫画展"作者自述

◎　1945年　《虎王惩贪记》

◎　1945年作 1948年重绘　《簧宫灯影录·校门奇观》

◎　1945年　《簧宫灯影录·作育"英才"》

◎　1945年　《簧宫灯影录·最新射击教程》

◎　1945年　《黉宫灯影录·犬视》

◎　1944年　《黉宫灯影录·燃血求知》

◎　1945年　《黉宫灯影录·为人作嫁》

◎　1945年　《黉宫灯影录·高不可攀》

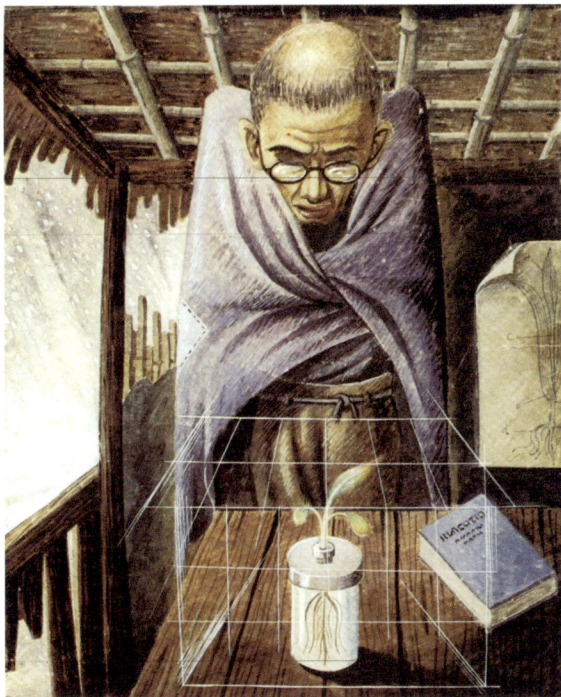

◎　1945年作 1982年重绘　《黉宫灯影录·但愿有个温室，让我培育新苗》

◎　1944年　《黉宫灯影录·教授之餐》

◎　1945年　《黉宫灯影录·头颅无价》

◎　1945年　《黉宫灯影录·提防"失足堕水"》
特务暗杀了一位教授后，在报上诡称该教授"失足堕水"。知识分子因反对国民党腐败而常常"失踪"，故当时的人们对某某学者"失足堕水"一说心有灵犀。

◎ 1945年 《猫国春秋·鼠贿》

◎ 1945年 《猫国春秋·大猫跳，小猫跳，哪管大小鼠儿飞走了》

◎ 1945年 《猫国春秋·猫判》

◎ 1945年 《猫国春秋·同声相应》

壺漿載道　　　　　權衡曲直

貓國春秋　　廖冰兄作

狐假虎威　　　　　同聲相應

◎　1944年　《猫国春秋·壶浆载道　权衡曲直　狐假虎威　同声相应》

◎　1946年　《猫国春秋·非孤之过》

◎　1947年　《猫国春秋·竞选大会》

◎ 1947年 《猫国春秋·扰乱治安》

◎ 1947年 《猫国春秋·治安有功》

◎　1945年　《方生未死篇·赌丁图》

◎　1945年　《方生未死篇·舌卷江南》

◎　1945年作 1981年重绘　《方生未死篇·今之普罗米修斯》

◎　1945年　《方生未死篇·在惨死者与受难者之间，他们握手言欢了》

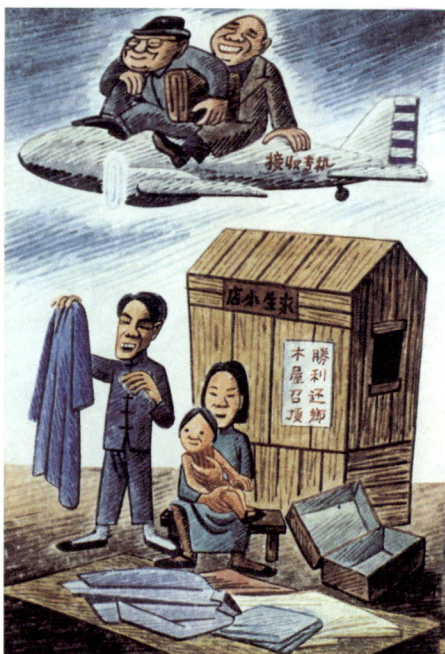

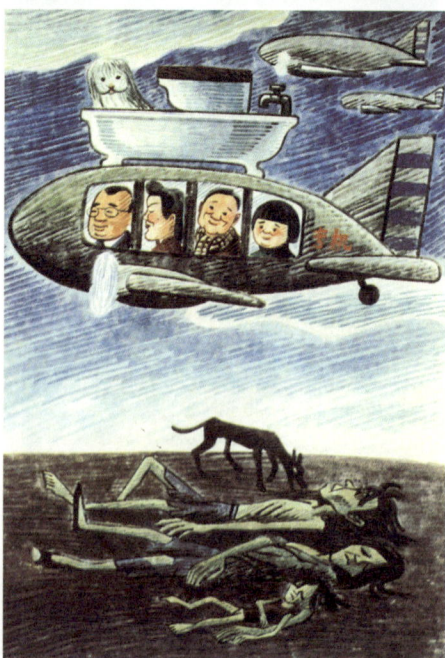

◎　1945年　《方生未死篇·天上人间》

◎　1947年　《方生未死篇·异途同归》
　　抗日胜利之后，逃难到内地的各阶层的民众以各种不同的方式返乡，有的还客死异乡。

◎ 1945年 《方生未死篇·赢得"义"衔赤体归》

◎ 1945年 《方生未死篇·蜗妒》
此画右上角缺损，该处原有一颗闪耀的星星。寓意民众追求光明而反动派则极力阻挠。

◎　1945年　《方生未死篇·投鞭岂断流》（又题《防民之口，甚于防川》）

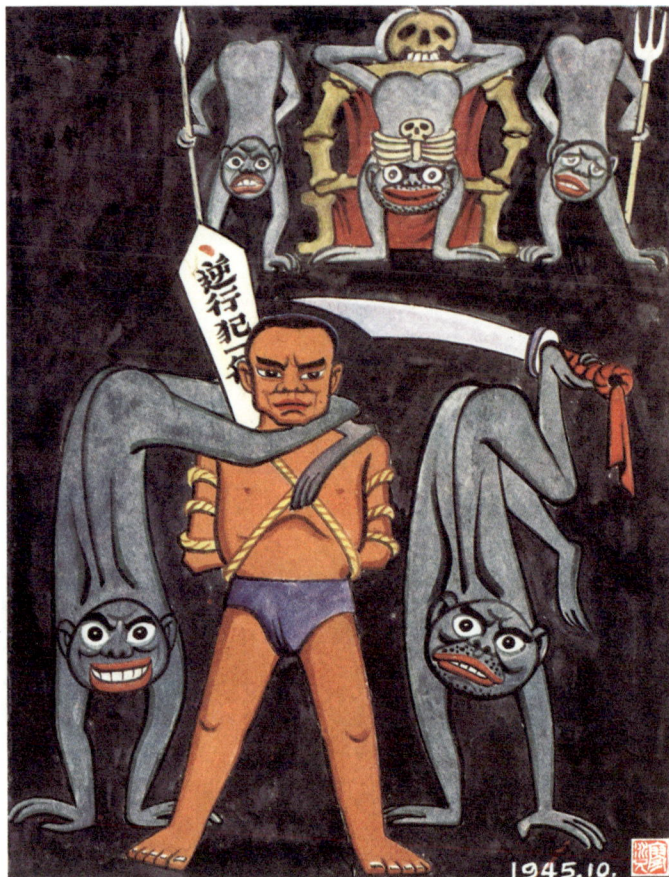

◎ 1945年 《方生未死篇·诛"逆"》

◎ 1945年 《方生未死篇·魔王："小民们，别乱闯，光明在我这里。"》

晨雞與夜梟之舞

（按：圖為廖冰兄漫畫展出作品之一。舞蹈家戴愛蓮特按圖作抽幽狀詞。）

冰兄畫
安娥詞

（夜梟引）
嘰嘰喳喳，嘰嘰喳喳！
光明帶走了東方，
已經爲我們去開拓。
尖銳挑撥紅的朝陽，
民主的欲望，
等待我們去開拓。

（晨雞唱）
喔喔喔，喔喔喔！
最難在宣傳，
是難在反抗。
豈能說東方要明亮，
現在是黑夜之王！
我就是黑夜之王，
我愛在黑夜飛翔！
在黑夜飛翔！

（夜梟引）
又是黑夜來，時光，
東方快些已亮。

暗暗暗，
東方快亮，
批隨你們的氣燄。
受苦的人們，
受苦的人們，
打碎你們的鎖鍊，
不要再讓你把你們的氣燄，
打碎你們的鎖鍊，
不到那濃黑地在你們的頭上。
歷歷苦苦向前爬！
打破你東方，
光明等待著了東方，

大地的雄鷹，
你竟敢反抗？
（夜梟唱）
黑暗的鋼鞭哪，
你收起你下賤的羽翼，
光明不是你的羽翼，
可以長久阻擋。
你看，
千千萬萬苦難的人們，
一齊要清算放。
他們叫出了自己的要求，
他們團結起自己的力量，
不會向你跪跪！
不會向你跪跪！
（夜梟唱）

黑暗，
黑暗哪，你不要悲哀呀！
我心裡有着歡悅！
我需要我看的幫助！
我需要整體的力量，
（夜梟唱）
夜是堅牲最强的口，且，晨雞將於
殺殺了呢？

（夜梟引）
光明出來在東方，
奴隸們都出了牢房。
我們一齊迎接朝陽，
我們已經自由解放。
朝來！朝來！
啊！朝陽！
我們歡迎你！
我們歡迎你！
歡迎你來到地上！

△
△
△

一之「秋春團結」

◎　1947年　《晨鸡与夜枭之舞》
廖冰兄画，安娥词。

◎　1945年作　约1997年重绘　《禁鸣》
《枭暴》原画已丢失，此画是冰兄专门为广州艺术博物院筹建廖冰兄艺术馆重画，改题《禁鸣》。

◎　1945年　《自由对折图》
民国三十四年十月一日作于言论开放日。

◎　1946年　《希特拉的阴魂出现较场口》

▌香港"新市井"漫画

冰兄在香港四年间，创作的漫画多达三四千幅，这是他创作最高产，也是表现手法最多种多样的一个时期，他把"十八般武器"都用上了，但这些漫画都有浓浓的"香港"味。美术史研究学者黄大德把冰兄在香港时期的漫画创作称为"新市井"漫画。

那么，冰兄的"新市井"漫画究竟新在什么地方？

早在20世纪30年代中期，冰兄就曾着力研究华南的市井漫画，主要是吸收它们深入社会、贴近市民的一些表现手法和创作心得。冰兄再一次到香港后，又对市井漫画作了进一步的阐释，他指出，这类漫画的内容"固然能够表达了市民生活诸般现象，使读者有亲切之感，但是作者并没有批判这些现象，更少尽指引读者向上的责任……其猎取题材，大体上只是以迎合为目的，这种迎合的艺术，自然只能使读者停滞，很难使他们从中有所获益"。

毫无疑问，冰兄的新市井漫画在上述诸方面都有所突破，超越了他的前辈。

首先就是作品鲜明的进步倾向性。冰兄说："连环漫画《阿庚》于1948年8月开始在香港《华商报》发表，用四五幅合成一幅，表现一个事件，每日发表一幅。主角'阿庚'没有固定身份，我可以根据事件内容让他'扮演'各式人物，但基本上是以反派面目登场。我把反动派在溃败过程中的新闻和香港社会时刻发生的新闻，如抢劫、诈骗、奸淫、自杀等新闻巧妙地融合起来，编成'短剧'让'阿庚'在画中演出。由于配上粤语对白，更为'港化'，吸引了众多读者。人民大军追击穷寇，我要用画笔来截击穷寇，乃是我创作这些作品时的心情。"

此外，冰兄的连环画创作手法也更为夸张生动。比如，"阿庚"的形象设计就很简练，很传神。冰兄利用"庚"字的"广"字部首作为阿庚的发型特征，形成一个独特的艺术造型，他尤其以简练的线条夸张了阿庚的眼睛，使人物形象更加"生猛"。但对于主角以外的次要人物及道具，则惜墨如金，能简则简，以突出主题、主角。

李凡夫的《何老大》其中一个优点就是画中的对白、解说文字"有味道"，冰兄则除了追求"有味道"，还借助自己的诗词、曲艺修养使漫画中的文字更具音乐韵味。

冰兄对于漫画中文字，从标题到对白、说明都狠下了一番工夫。黄大德说，冰兄以俗谚方言，或以粤讴、龙舟、数白榄、打油诗等交错运用，融为一体；而最值称道的，是他创造了独特的香港文体——他称之为"三及第"文体（方言、文言、香港独特的地域民间用语）。冰兄力图最大限度地切中民众的欣赏心理，借助方言对画面造成强烈的感官刺激。强有力的形象比喻、理论逻辑，融化于简短流畅、明白易懂的押韵粤语中，使各阶层的读者都喜闻乐见。例如，他在《新银河会》中的解说词，就写得委婉缠绵，使其漫画作品声情并茂，令人刻骨铭心。华嘉亦称赞说，冰兄在粤语方言的运用上，不仅是个成功者，更是一个"超越者"。

冰兄的创新精神还表现在能顺应内容的需要，创造出新的漫画体裁。比如，他不顾行内非议，大胆让"阿庚"跟着时事跑，弄出个不三不四的"新闻漫画"来，却是中国漫画界的首创。又比如，他想到如何为香港的知识界创作时，便喜欢采用"连系漫画"的体裁。所谓"连系漫画"，"就是以多幅来表现一个题材，每幅的内容有联系，但又不像连环漫画那样有故事性"。1948—1949年间，他在《周末报》发表过四五十幅这样的"连系漫画"，有政治性的也有社会性的，像《灵魂旅游记》《新银河会》等画，这些作品寓意较为含蓄深远，既有画可看，又有词可读，赢得了文化水平较高的读者的欣赏。

他在香港的漫画，无论是立意还是所取的比喻都注意贴近市民。比如，1948年3月29日，中华民国第一届国民大会在南京开幕，冰兄即在当天的《华商报》发表《风光大葬》一画。那芸芸"国大代表"排着长龙，在"陪葬人员请先入冢"的指引牌下，抬着蒋介石的僵尸步入"国民大会的坟冢"。"风光大葬"是一般香港人对自己身后事的向往，这样的比喻，市民特别好理解。

又比如，1949年2月25日在《好消息晚报》发表的《掟煲》也是一幅杰作。其时，国民党行政院院长孙科，不顾代总统李宗仁反对，自行将行政院搬到广州，造成"政院分离"的局面。如何让香港人理解国民党这种分崩离析的状况呢？冰兄便想到香港人谈到感情破裂时爱用"掟煲"一词，实乃"幽默得尖刻"，特别显出讽刺的力量。

冰兄熟悉香港的民俗民情，也深知香港市民常见的猎奇、爱美、"八卦"、迷信心理，往往信手拈来皆成好画。比如香港每逢年底、月底或换季之时常有的货尾大拍卖，还有像香港社会中常见的炎夏"制水"、木屋火灾、赛马选美、展览倾销、迷信风水、中西合璧、着西装拜关公等等现象，都被冰兄拿来"借题发挥"。他那个特别的"漫画头脑"几乎不会放过眼前一切有香港特色的东西。那时寄居在冰兄家的黄永玉说："冰兄漫画的构思从来没有枯竭，每一天新鲜而犀利的譬喻往往使我大笑几次。"

在冰兄的香港时期作品中，还存在着大量与节日有关的漫画。如1948年的《新年十愿》《竖中秋》《新银河会》，1949年的《牛年颂》及《新年勉笔》，等等。为什么？那是香港社会的特色，世俗的小市民既喜欢节日，又往往害怕过节，由此与节日相关的作品特别牵动人心，冰兄简直是透入到香港市民的灵魂深处！

《新年勉笔》发表于1949年元旦的《华商报》，是冰兄颇为得意的一幅作品。此画，尤其是画中的解说词，可视为他的人生艺术宣言：

> 我有一支笔，唔值二分钱。
>
> 变成开花炮，专门打阿庚。
>
> （重绘时此句改为"可作大扫把，专门扫瘟神。"）
>
> 或成打更槌，以免人烂瞓。
>
> 或作大竹升，砖头担番几十斤。
>
> 如果离开人民称风雅，就变咗"屎浸关刀"唔使恨。

这既是自勉，也是和读者的交流。

冰兄以《阿庚》为代表作的新市井漫画是那样地贴近市民，难免会在"人间画会"内部引起争议。一些以革命家自居的左翼文化人，看不起这些漫画，认为是庸俗化了，而冰兄则决意离开象牙之塔，走上十字街头。

◎ "风雨中华漫画展"广告

◎　1947年　"风雨中华漫画展"《无题》

◎　1947年　"风雨中华漫画展"《抛球图》

◎　1947年　《梦里乾坤·选举表演》

◎　1947年　《梦里乾坤·猢狲结党》

◎　1947年　《梦里乾坤·表演完毕》

連續漫畫
夢裡乾坤
廖冰兄作
八六、選举表演
实行「民主」先要来个「選举」不能換頂帽子就算
選举么，那也便当，待我弄一个選举表演给大人看々吧。
1.
財帛星君念念有词，把手一揮，半空裡変了个非猴非人的傢伙
2.

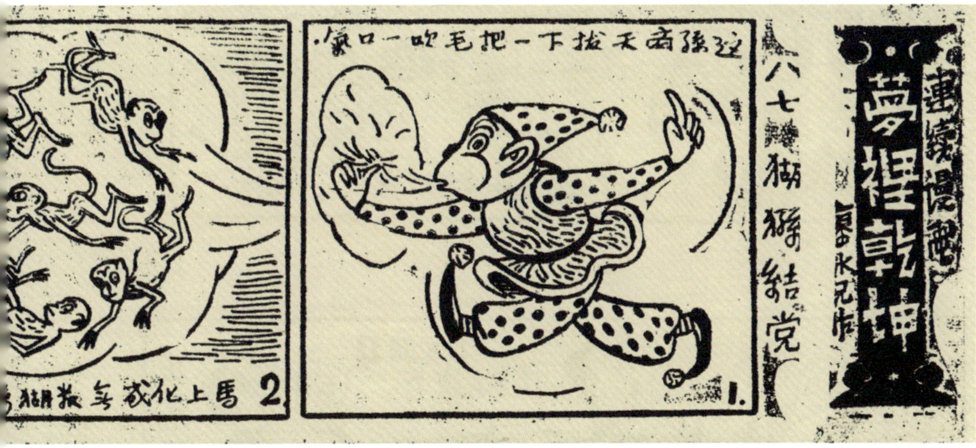
連續漫畫
夢裡乾坤
廖冰兄作
八七、猢猻結党
迳孫齊天拔下一把毛吹一口气
1.
馬上化成無数猢
2.

連續漫畫
夢裡乾坤
廖冰兄作
八八、表演完畢
九万九千九百九十九種……
1.
孫齊天命令众
2.

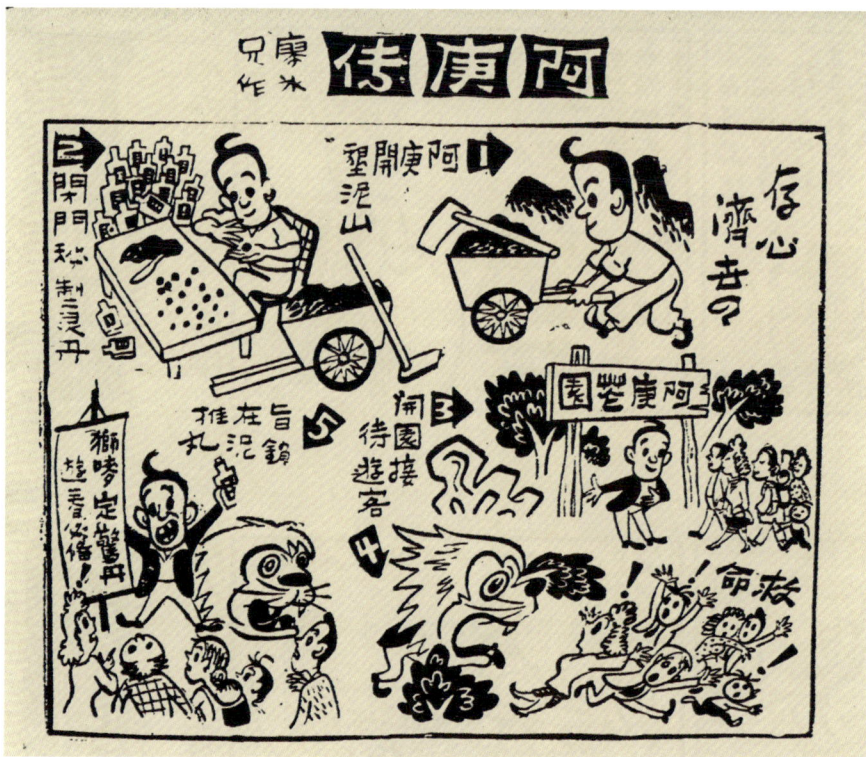

◎　1948年　《阿庚传·存心济世》

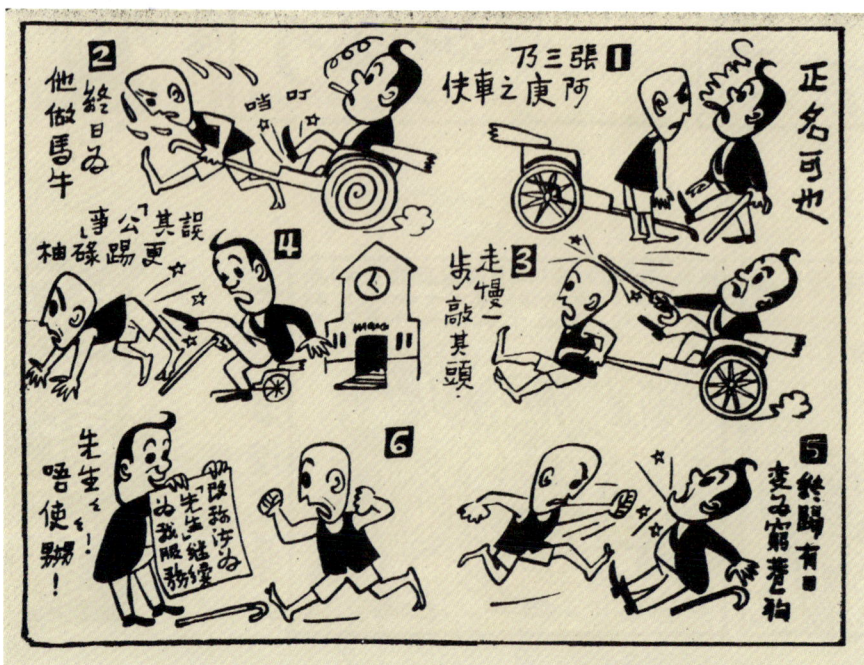

◎　1948年　《阿庚传·正名可也》

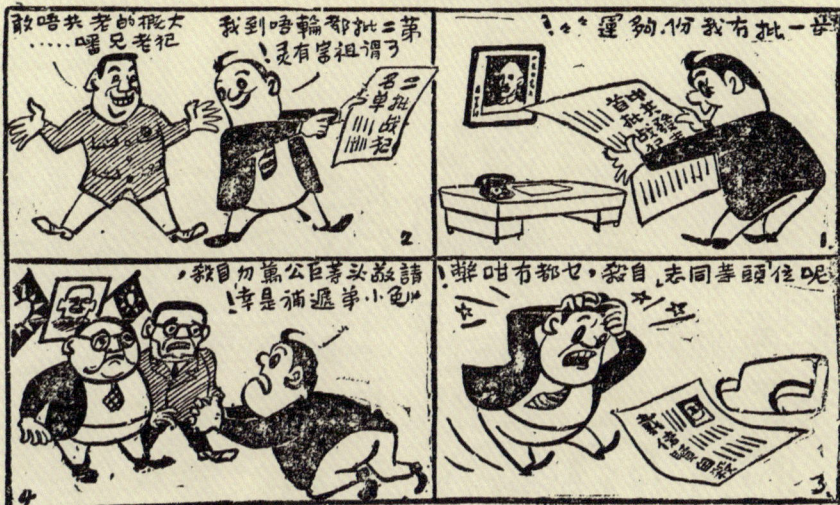

◎ 1949年 《每日完漫画阿庚·候补战犯》

◎ 1949年 《每日完漫画阿庚·提防走鸡》

◎　1949年　《大闸蟹》

◎　1948年　《佐治汪·彩色人物》　　◎　1948年　《佐治汪·开场锣鼓》

◎　1949年　《如此天堂·同是天涯沦落人》

◎　1949年　《如此天堂·不要有而必要有的入境证》

◎ 1949年 《如此天堂·凡此种种皆可名之曰自杀》

◎ 1950年 《垃圾天堂图咏·守法之家》

◎ 1947年 《又是苍蝇的厄运》

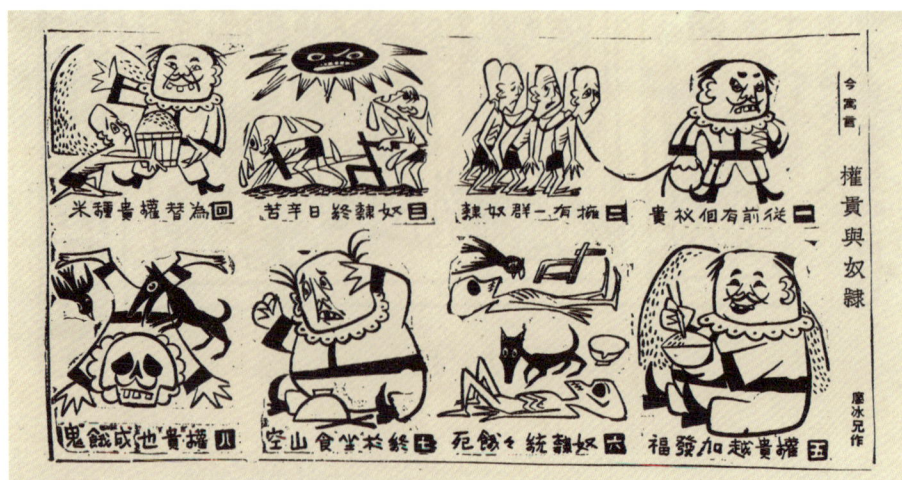

◎ 1948年 《权贵与奴隶》

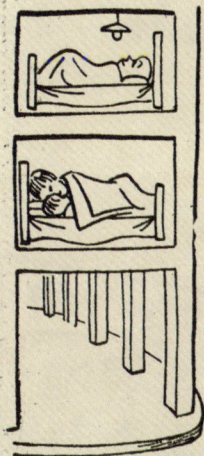
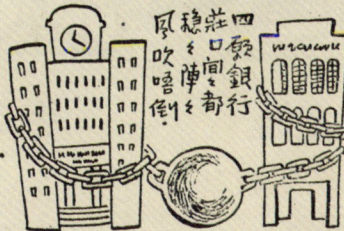

◎ 1948年 《贫民的营养》

◎ 1948年 《镶牙记》

◎　1948年　《新银河会》

◎　1948年　《女人女人》

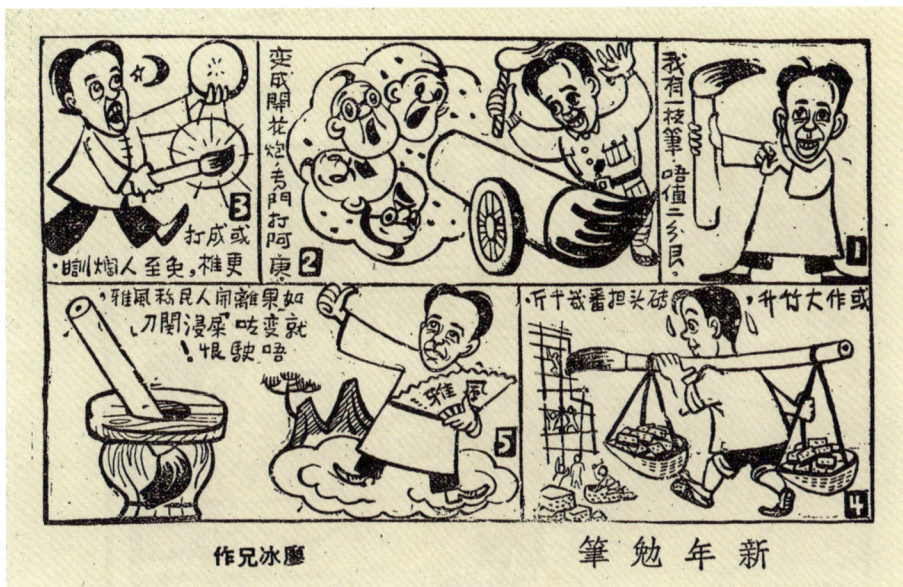

◎　1949年　《新年勉笔》

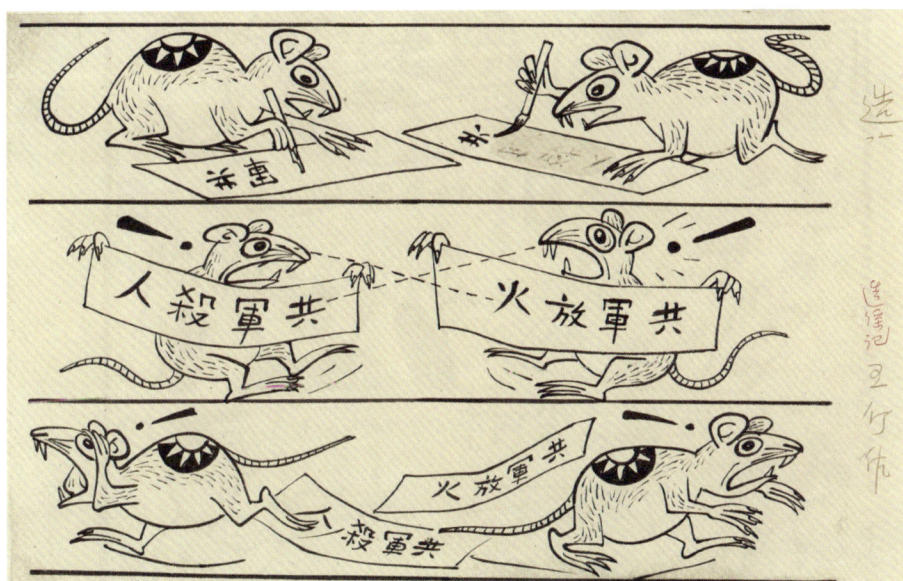

◎　1949年　《造谣记》

© 1949年 《老爷饭店》

建設他們的理想

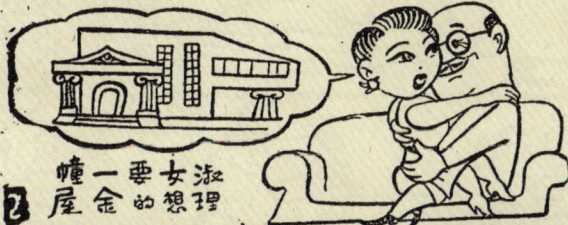

◎　1949年　《建設他们的理想》

◎　1949年　《大员与赈灾》

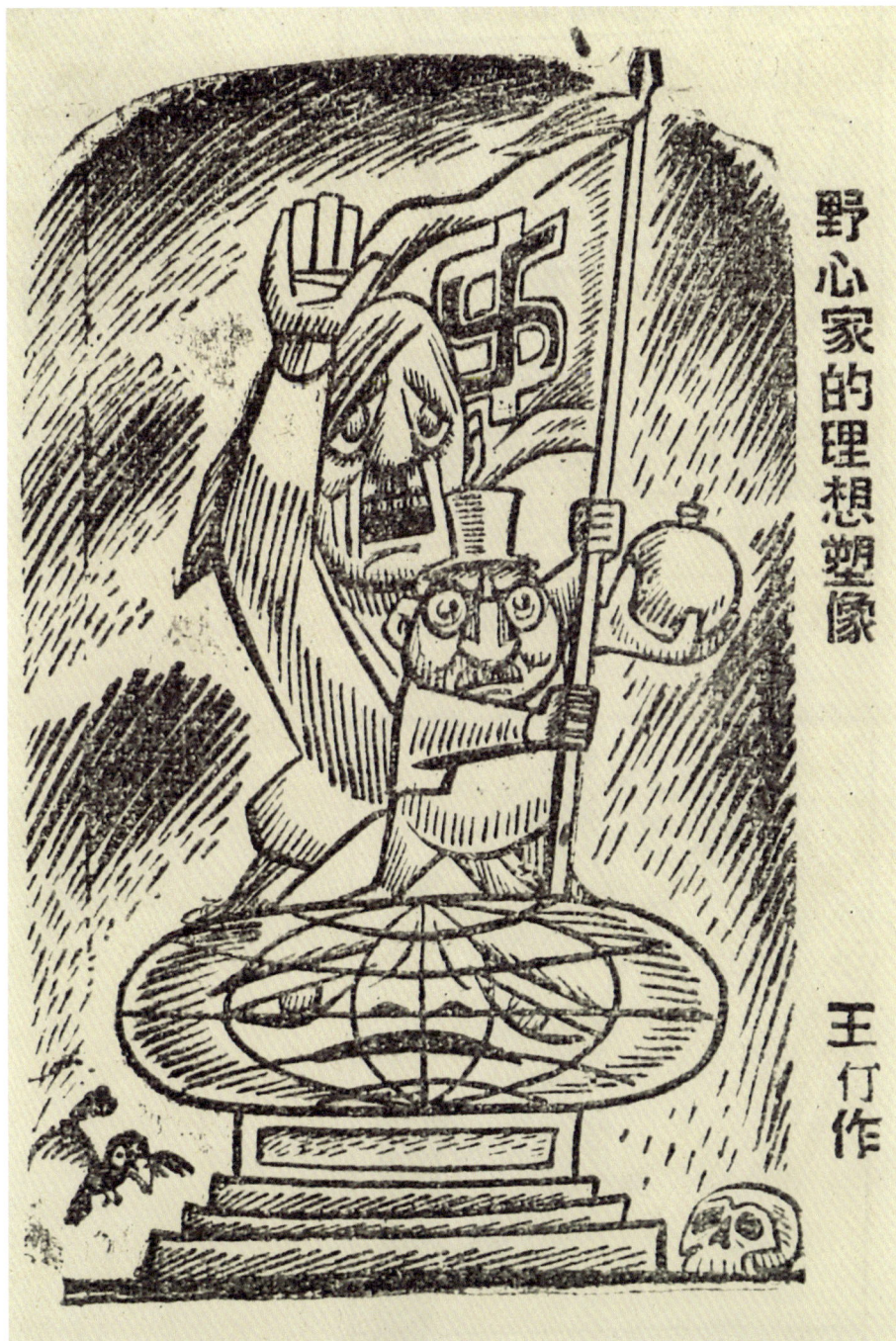

野心家的理想塑像

王仃作

◎　1949年　《野心家的理想塑像》

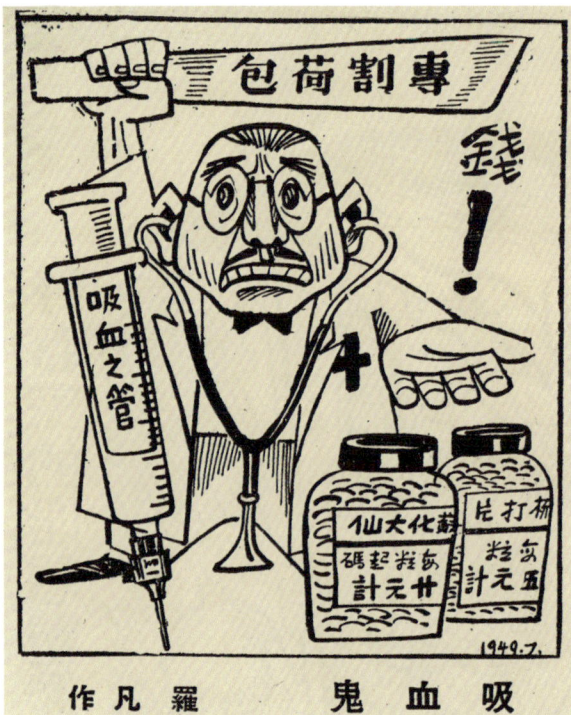

◎　1949年　《吸血鬼》

◎　1950年　《触目惊心》

┃ "遵命"漫画

新中国成立后，历经多次政治运动，尤其是1955年的"反胡风运动"，文化界普遍人人自危、心有余悸。漫画以歌颂为主流，画家还要配合一个接一个的政治运动去画画，图解党的方针政策，宣传造势。冰兄画了许多"运动"漫画、歌颂漫画。晚年回顾这段时期的作品，他基本上是否定的。从艺术表现手法来说，歌颂工农兵宜正面描写，而写实手法却非漫画家所长；而从漫画艺术讽刺的角度来说，这段时间无论在客观上（强调舆论一致）和主观上（认为新社会没有阴暗面和丑恶）都使漫画家们一时失去讽刺的目标。这是当时漫画界的普遍现象。

冰兄对自己盲目遵命，配合政治运动，充当"运动枪手"的那些作品怀着深深的负罪感。

不过，他觉得有少数作品还是好的，例如"抗美援朝"时画的反美漫画以及1956—1957年画的批判漫画。

1951年《快活报》刊登了冰兄绘的《东不就，西不成，两双流泪眼，一对失魂人》，画面中将东线的麦克阿瑟及在欧洲的艾森豪威尔扯在一起，押上台鞭挞。漫画家夸张了他们的狼狈相，大长国人志气，大灭敌人威风。而封面漫画《美国兵的三短两长》则讽刺二战后当惯占领军的美国兵，"三短"指懒筑战壕、害怕夜战、喜欢用睡袋导致容易被捉，因而作战时屡屡被中朝军队利用而击溃；"两长"则是投降时手举得高，逃跑时腿长溜得快。如此三短两长，相映成趣。这样的漫画，显示出作者构思上的独到，以及对战争中敌人的深刻了解。这都不是那种公式化、概念化的作品所能相比。

1957年，冰兄以气势宏大的组画《打油词画——赠教条主义诸公》，如连珠炮般猛击共产党内部的教条主义现象。《打油词画》体现了冰兄一以贯之的漫画艺术观——用最荒诞的形式来表现最严肃的内容。画面的夸张达到极致，又配以谐趣的打油词，调寄《西江月》，读来朗朗上口，可谓嬉笑怒骂皆成文章，实乃"廖氏漫画"之楷模，锋芒所向，直指比比皆是的僵化官僚。

冰兄的这组漫画，即使在今天回望，仍然动人心魄，而在1957年"反右"运动的当时，自然就是"嚣张至极""疯狂攻击党领导"的"罪证"了。

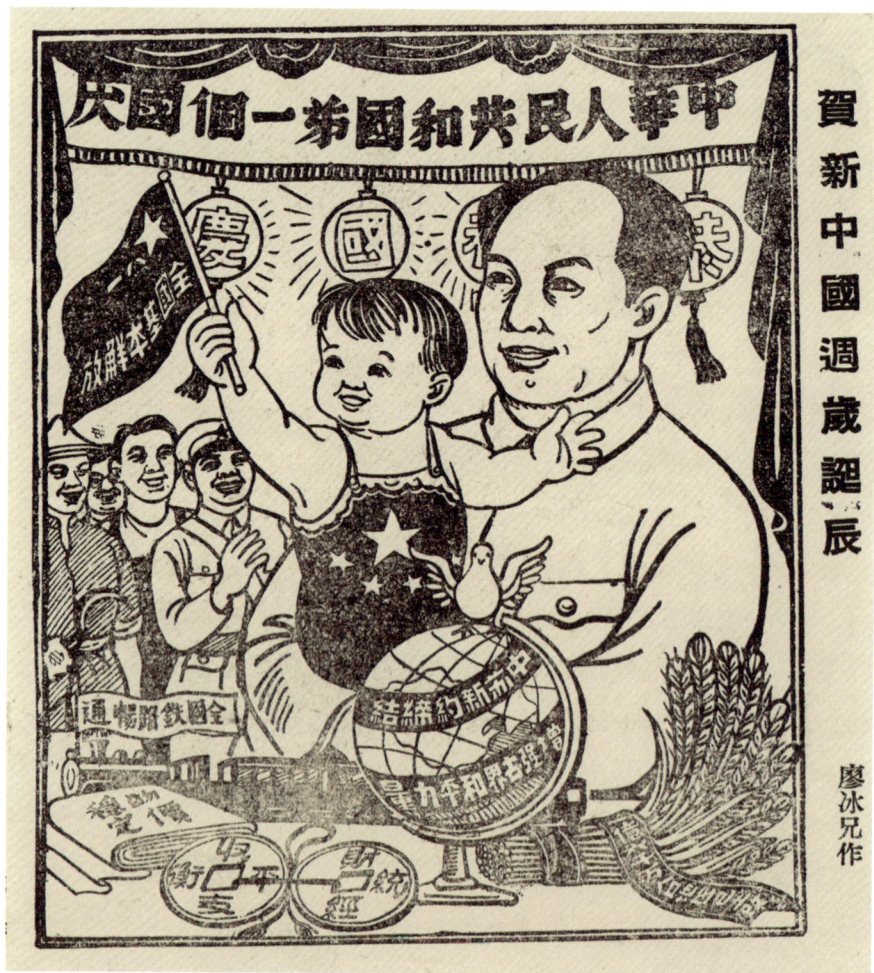

◎　1950年　《贺新中国周岁诞辰》

◎　1950年　《今天中国是强大无比的人民当家！》

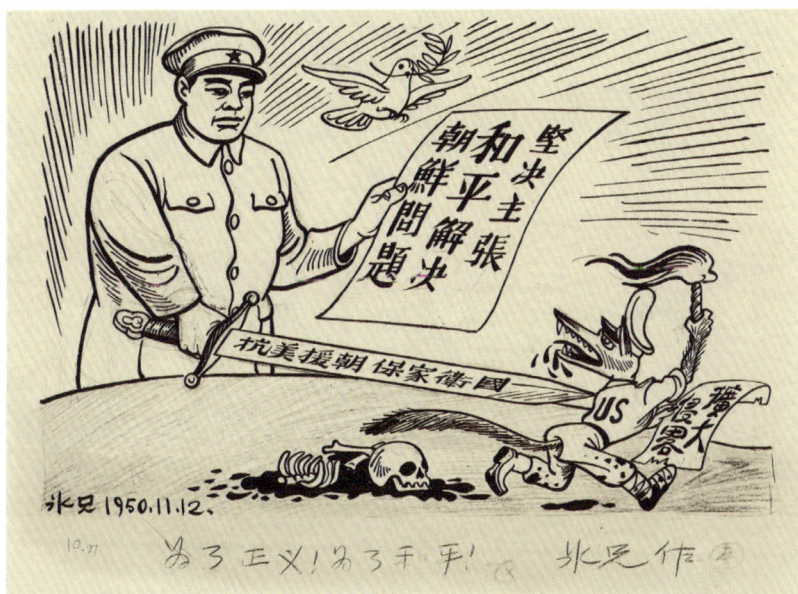

◎　1950年　《为了正义！为了和平！》

◎ 1950年 《解放台湾》

（二）日本小鬼本來沒有多大侵略本錢，美帝
大力支持，進行侵略，供給錢軍火，企圖從中
分贓。

◎ 1950年 《美帝日寇狼狽为奸的史实（二）》

（四）當美帝每年分得殺人紅利達八千萬美元

◎ 1950年 《美帝日寇狼狈为奸的史实（四）》

◎ 1951年 《六叔·自我介绍》

◎ 1951年 《六叔·用之于民》

◎　　1952年　《贩卖疾病和死亡的奸商》

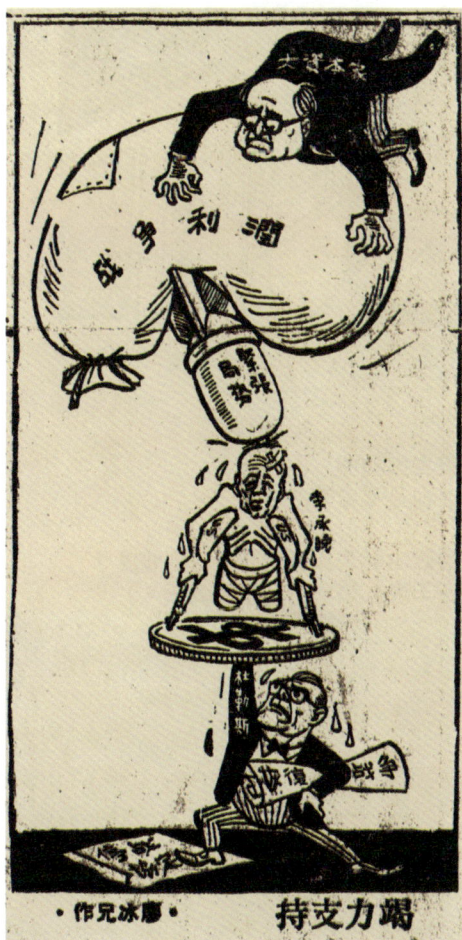

◎　　1953年　《竭力支持》

◎ 1954年 《火的对话》

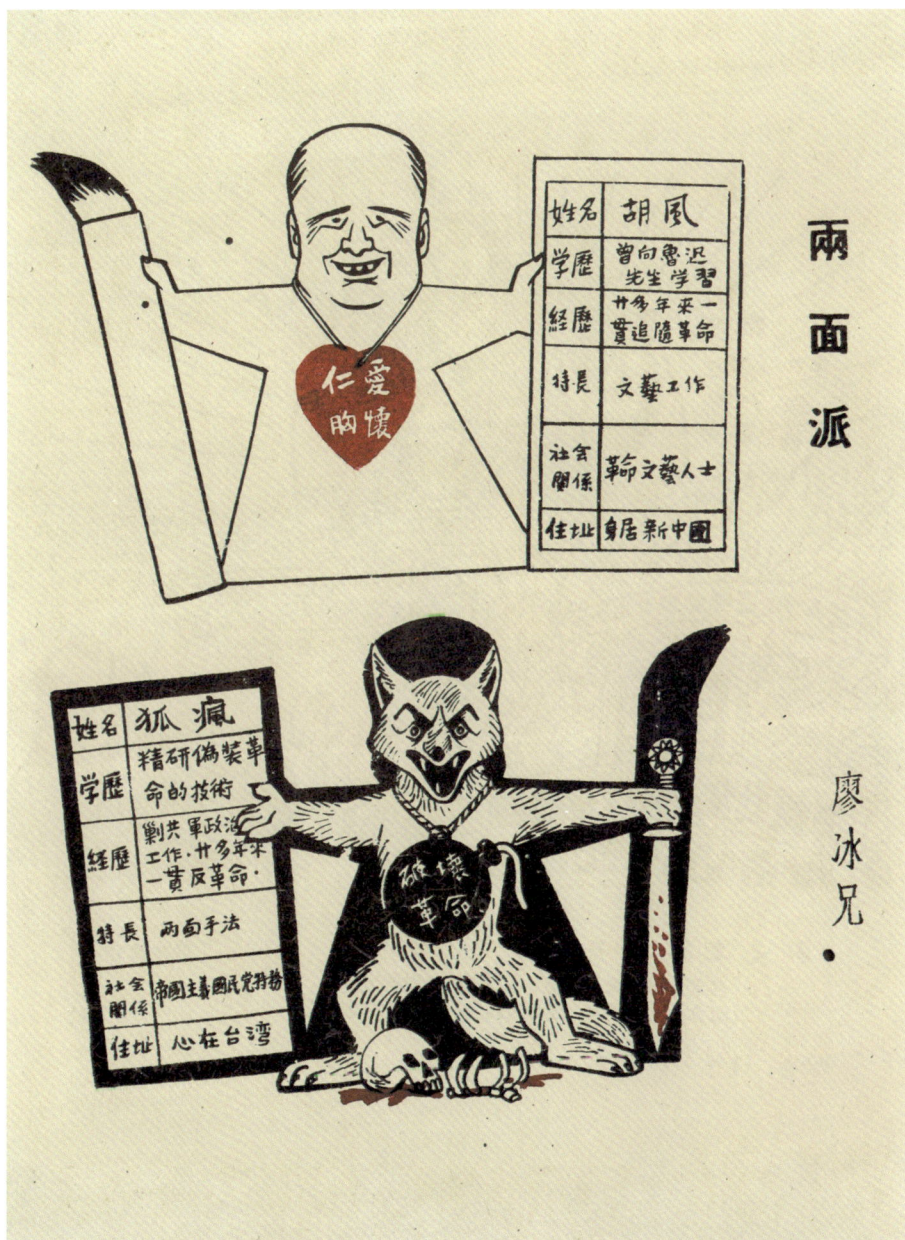

兩面派

廖冰兄

姓名	胡風
學歷	曾向魯迅先生学習
经歷	廿多年来一貫追隨革命
特長	文藝工作
社会關係	輛文藝人士
住址	身居新中國

仁愛胸懷

姓名	狐瘋
學歷	精研偽裝革命的技術
经歷	劉共軍政治工作·廿多年来一貫反革命·
特長	兩面手法
社会關係	帝國主義國民党特务
住址	心在台灣

破壞革命

◎　1955年　《兩面派》

◎　1956年　《冬天里的春天》

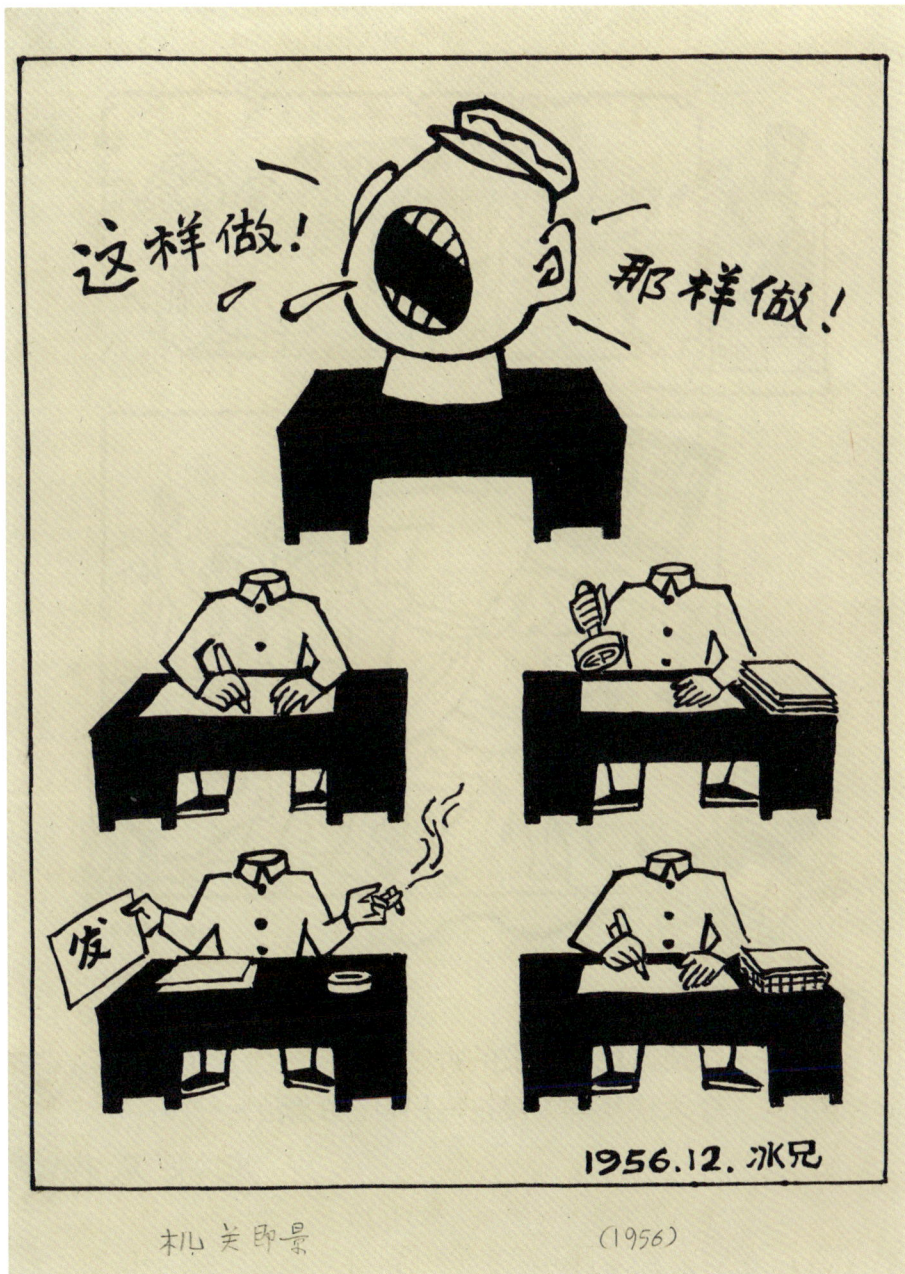

◎　1956年　《机关即景》

◎ 1956年 《请看新壁画！》

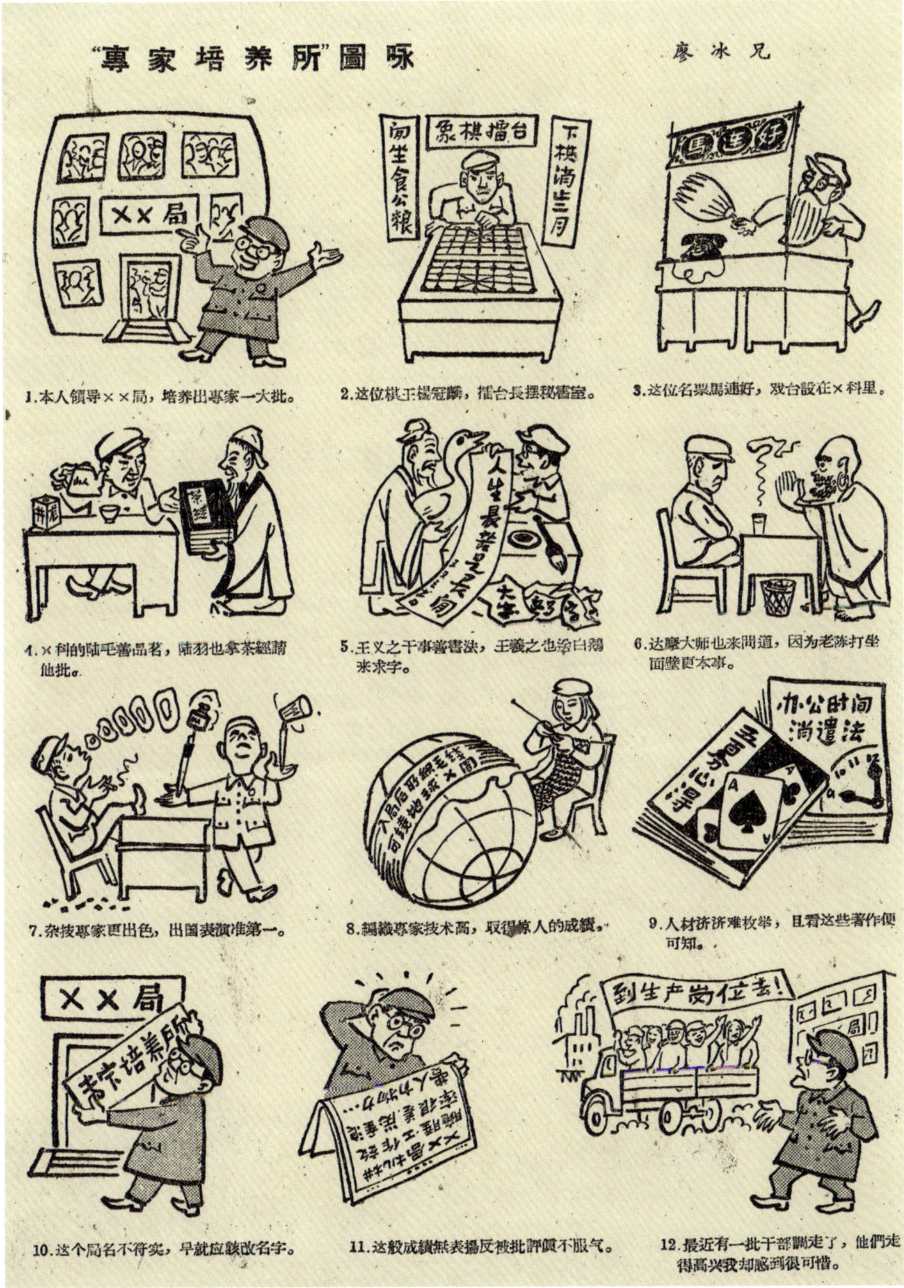

◎ 1956年 《“专家培养所”图咏》

◎　1956年作 1979年重绘　《智公移山》

一登龙門大不同　廖冰兄

有些人經过一番努力，获得一定的进步或成就之后，便停了下来，并且生怕别人进步。

◎　1957年　《打油词画·技巧必须如此》

◎　1957年　《打油词画·正是杯弓蛇影》

◎　1957年　《打油词画·花
朵必须向上》

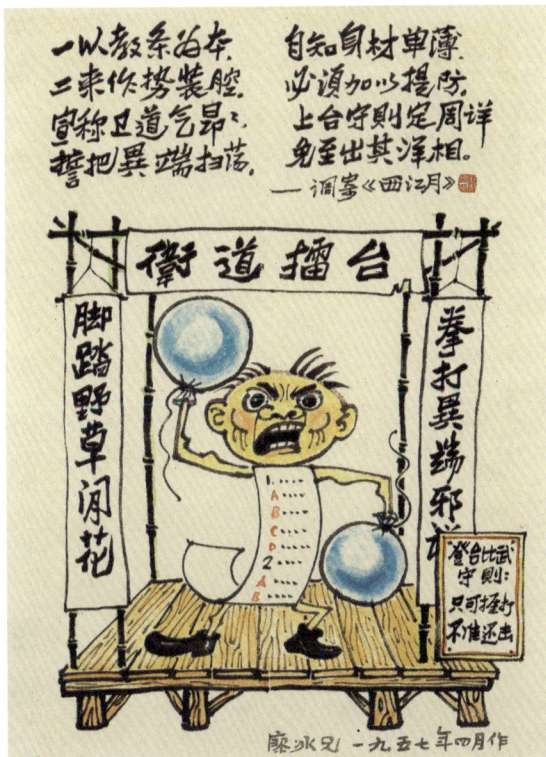

◎　1957年　《打油词画·以
教条为本》（又题《卫道
擂台》）

颜色也分阶级 际此百花吐艳，
自诩马列精通 园林吹遍春风。
黄为资产赤工人， 快摘帽子到园中，
蓝白当然反动。 好向群芳赠送。
　赠教条主义诸公 　调寄《西江月》
　　　一九五七年四月 冰兄

◎　1957年　《打油词画·颜色
　　也分阶级》

为了医疮锯首 作品有些毛病，
看来好不惊人。 竟然诛灭全文。
文坛有此美医生 还防作者会翻身，
而且热门得很。 大帽如山压顶。
　赠教条主义诸公 　调寄《西江月》
　　　一九五七年五月 冰兄

◎　1957年　《打油词画·为了
　　医疮锯首》

◎　1957年　《别有心肠》

◎　1957年　《杜甫改句》

◎　1957年　《李白焚稿》
李云、廖冰兄合作。

反思漫画

1976年10月打倒"四人帮"后，冰兄禁不住喜悦之情，曾经画过一批鞭挞"四人帮"倒行逆施的漫画，痛打落水狗。但他自己也说这些画并无深度，顶多是泄愤之作。冰兄的反思漫画创作真正开始于1979年，于该年底举行的"六人漫画联展"向人们展现了他新的漫画创作高潮。

《噩梦录》组画共五幅，分别是《当代野人》《秦香莲绝路》《血腻鱼肥》《秦桧审干》和《审鬼》。它们和《花甲回头》《巨人，你听见了吗？》以及为纪念张志新烈士而重绘的《禁鸣》等重磅作品在展览时引起强烈反响。

特别值得一提的是，冰兄为这次展览创作了《自嘲》这幅名作，画中题跋："四凶覆灭后，写此自嘲并嘲与我相类者"。在这幅画中，冰兄推己及人："我以此来向幸获第二次解放的人民提问：是什么邪术使好端端的人囚入埕中变成畸形？为什么埕破之后依然蜷曲不动，呆若木鸡？他是我，是你，是无数的善良人民，为什么在举国欢呼'中国人民站起来了'之后二三十年还不能站起来？"这个问题好沉重啊！它问了一个时代，也问了一个民族！冰兄说："《自嘲》是千千万万个幽灵假我的手画成的。"

冰兄创作这幅画的灵感，来自家中摆放了二十多年的那尊木雕呆猴像。那只猴子，用手抱头双目低垂，失却灵动活泼的习性。《自嘲》画好后，冰兄生怕人家看不懂，还特意请了木偶剧团一位电工师傅到家里，把这幅画给他看，直到师傅点点头，这才放下心来。

1993年《随笔》杂志向冰兄约稿，冰兄突发奇想，把由《自嘲》衍生出来的几幅"变体"画集成一个《自嘲》系列交付发表，颇受关注。

　　1984年，冰兄创作了自己比较满意的作品《醒犹未醒》和《肥鸭闲吟图》。前者讽刺一些思想僵化之辈，看到中国因改革开放而繁荣起来，便惊呼"资本主义复辟了"。后一幅，旨在鞭挞那些成为前进阻力的顽固昏庸之辈，"笑它枉有冲天翼，伴我消闲畜我笼"就是他们的阴暗心理的写照。此画，是为解放仍被压抑之人的奋力呼吁。

　　1986年夏天，他又创作出一幅言简意赅的《剪辫子》。《剪辫子》的创作，源于1986年广东省政协为纪念孙中山先生诞辰120周年，组织书画家进行的专题创作。冰兄一时苦于无从下手，邻居画家黄笃维对他说："你就书总理遗嘱，不就行了吗？"冰兄当然不会就这样应付过去，但笃维的话却提醒了他，孙中山先生最大的功劳是推翻满清皇朝，剪掉人们头上的辫子，然而人们思想意识里那条无形的"辫子"，即封建思想的流毒，不是仍然根深蒂固吗？我们当今的任务就是要剪掉那条无形的"辫子"！一幅名画就这样诞生了，漫画界一致叫好。

　　1994年，河北教育出版社为出版《中国漫画书系》，约请冰兄编撰其中的《廖冰兄卷》，这才让他放下繁忙的事务，把早有腹稿而苦于表达的《残梦纪奇篇》组画"逼"出来了。

　　《残梦纪奇篇》共有组画五幅，分别为《毁神—造神》《蝇的株连》《立地成佛》《异想天开》和《荣—衰：浮夸风的殉难者》，几乎囊括了新中国成立后的历次"运动"。值得注意的是，《残梦纪奇篇》五幅画中，冰兄在有的画的题款中注明："1979年构思，1994年作。"古有"十年磨一剑"之说，而冰兄在这里又岂止"十年磨一剑"啊！

　　除了《残梦纪奇篇》，冰兄还绘画了《烈士刑场洒碧血，官家私宴倾公囊》和《进补延年》。强烈的对比，沉重的色调造成画面的饱满张力，激发了人们对腐败官僚，对腐朽势力的无比憎恨。有意思的是，冰兄的这两幅画及《残梦纪奇篇》，都采用了这段时间他用于画风景画的"墨底重彩法"，"厚重沉郁、饱满充盈的格局和这组画所作的深刻思考相当吻合协调。形式和内容完美结合而体现了思想性和艺术性的高度统一，从而区别于以往作品的面貌"。这是冰兄晚年在漫画技法上的一个创新。

　　冰兄的反思漫画时期，从1979年开始，一直延续到1994年，是时间持续最长，但作品却最少的一个时期。冰兄开玩笑说，自己是在"造原子弹"！从1979年反思"文革"开始，晚年的冰兄已经走入历史的最深处。他觉得，自己的"悲愤漫画"也该打上句号了。

◎　1978年　《抛却》

◎　1979年　《十年烈火炼金猴》

◎　1980年　《猴王破厩图》

◎　1979年　《此猫》

◎　1994年　《此畜》

中国美术家协会广东分会

《自嘲》变体画小序

七十年代末,我那久已上缴国手蒙赐还的脑袋,忽地冒出开裂的埕与跼局的我的形象,乃录之成画,题为《自嘲》。有识之士认为可作一段盖无前例的历史的标志。后又补题四句,交付杜甫故乡巩县碑林勒石,旨在使人免于遗忘。由此至今,随着历史的颠簸,先后三幅变体。其中有已载于报刊,有仍存于画箧。近日并列起来看之,似更有历史意味。《随笔》索幅,苦无新作,乃以此塞责,弃取在所不计也。

廖冰兄 1993.4.20

◎ 1993年 《自嘲》变体画小序

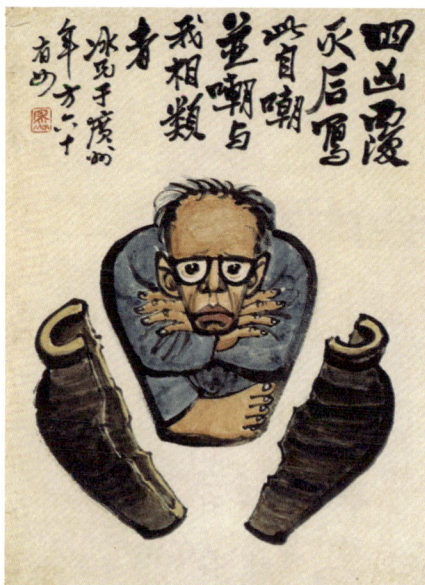

◎　1979年　《自嘲》

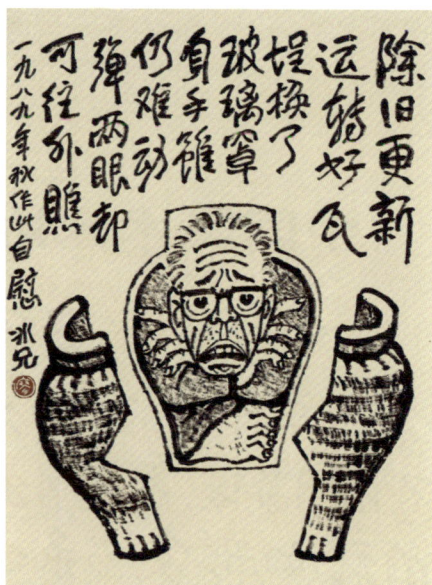

◎　1989年　《自慰》

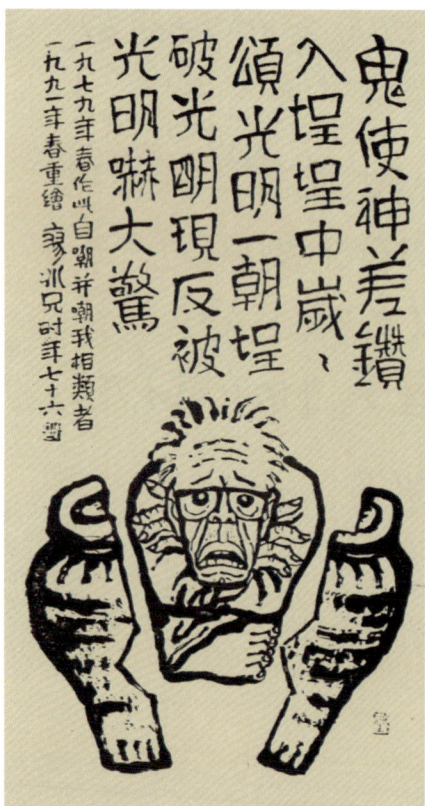

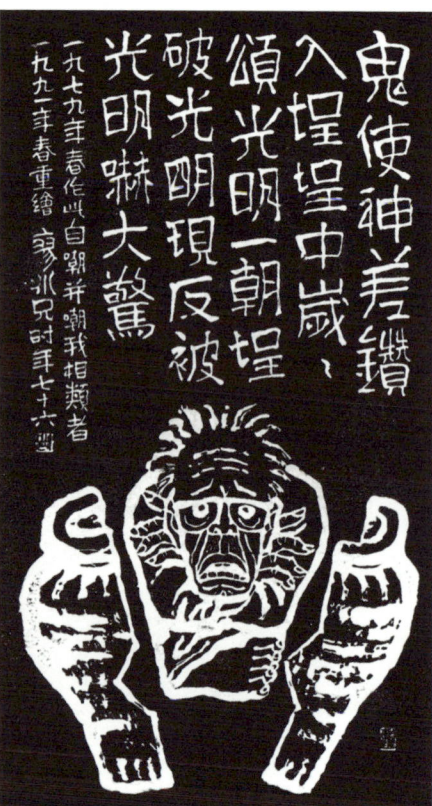

◎　1991年　《自嘲》及拓片

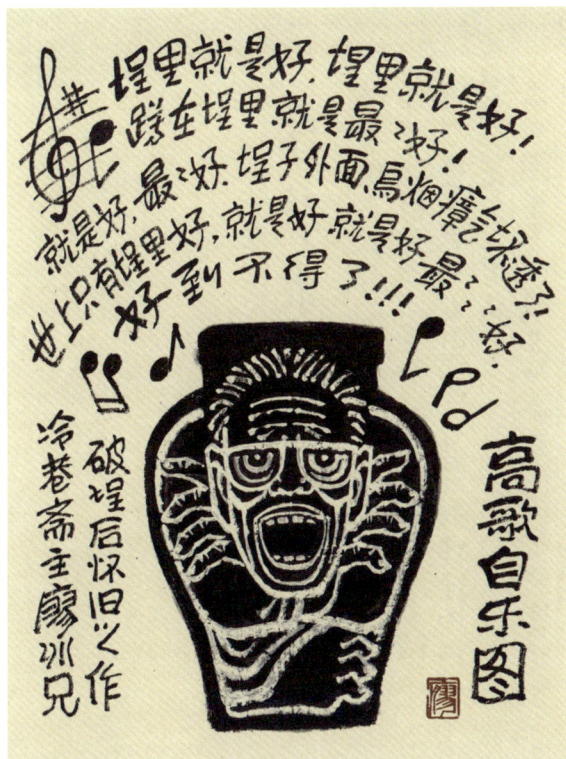

◎　1992年　《高歌自乐图》

◎　1992年　《昔我嘲今我》

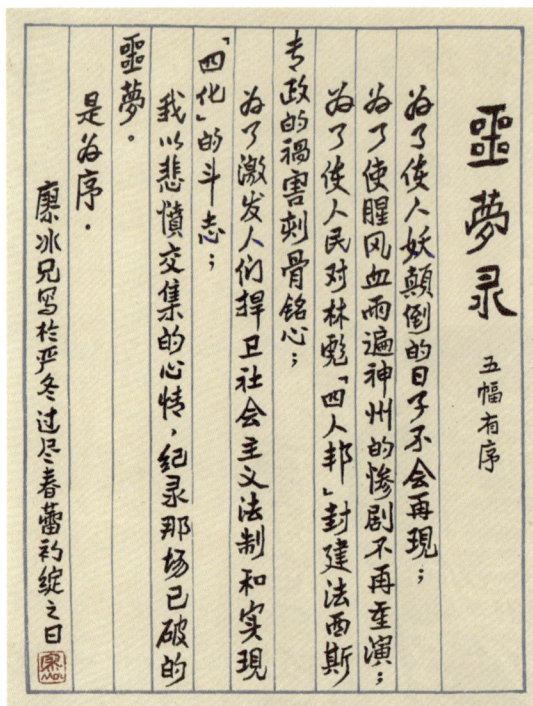

噩梦录 五幅有序

为了使人妖颠倒的日子不会再现;

为了使腥风血雨遍神州的惨剧不再重演;

为了使人民对林彪"四人邦"封建法西斯专政的祸害刺骨铭心;

为了激发人们捍卫社会主义法制和实现"四化"的斗志;

我以悲愤交集的心情,纪录那场已破的噩梦.

是为序.

廉冰兄写於严冬过尽春蕾初绽之日

◎　1979年　《噩梦录·序》

◎　1979年　《噩梦录·当代野人》

◎　1979年　《噩梦录·秦香
莲绝路》

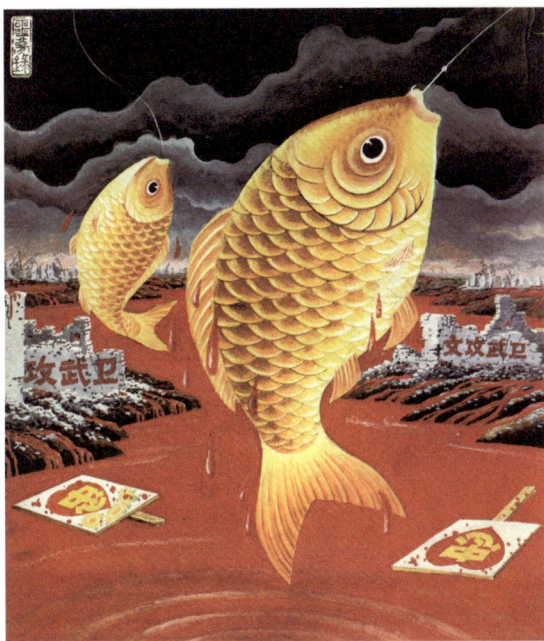

◎　1979年　《噩梦录·血腻
鱼肥》

◎　1979年　《噩梦录·秦桧审干》

◎　1979年　《噩梦录·审鬼》

禁鸣　——献给张志新烈士

◎　1945年作 1979年重绘　《禁鸣——献给张志新烈士》

1945年秋，抗日战争胜利结束，国民党反动派即图谋发动内战，独吞胜利果实，使中国依然置于独裁的黑暗统治之下，而中国共产党与人民则力求实现和平与民主，使中国走向光明。当时我为了揭示这场关系国家命运的斗争的情势，以维护黑暗的鸱鸮钳制要唤起群众唤起朝阳的雄鸡的形象构成此画，题《枭暴》。然而该画于1947年在香港被窃了。

廿余年后，林彪、"四人帮"乘"文革"之机，篡党夺权，残害国家栋梁，把光明的人民中国推落黑暗深渊，张志新同志痛斥其奸，惨遭割喉枪杀。1979年初，我重绘此画，画题改为《禁鸣》颂扬这位为捍卫光明而献身的猛士，但又于1981年在巴黎展出时被人偷去。

此画反映了两番性质相同的历史——光明与黑暗的搏斗，画的本身亦遭逢两番相同的厄运——被窃，奇哉！

——冰兄

◎　1979年　《曾经有过那种时候》

◎　1979年　《擦呀！洗呀！》

◎　1979年　《写在人妖颠倒的日子·人机械》
　　汪抗诗，冰兄画。

◎　1979年　《写在人妖颠倒的日子·钢铁》
　　汪抗诗，冰兄画。

◎ 1979年 《花甲回头》

◎ 1979年作 1994年重绘 《狼性》

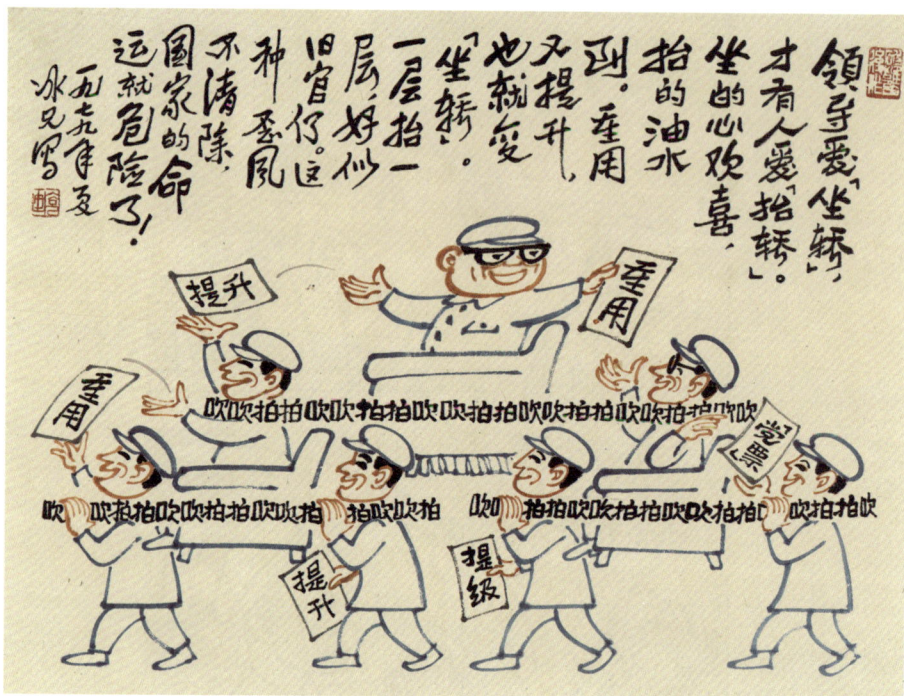

领导爱"坐轿"，才有人爱"抬轿"。坐的心欢喜，抬的油水。

调·重用，又提升，也顺变"坐轿"。

一层抬一层，好似旧官仿这种恶风不清除，国家的命运就危险了！

丙午年夏 冰兄写

◎　1979年　《坐轿与抬轿》（又题《抬轿谣》）

◎　1979年　《小鬼的遭遇》

◎ 1979年 《杞人忧春》

◎　1979年　《泰然自若》

◎　1980年　《小材大用》

◎　1979年作 1981年重绘　《包公斥奸》

◎　1980年　《吹升》

◎　1982年　《最后关头》

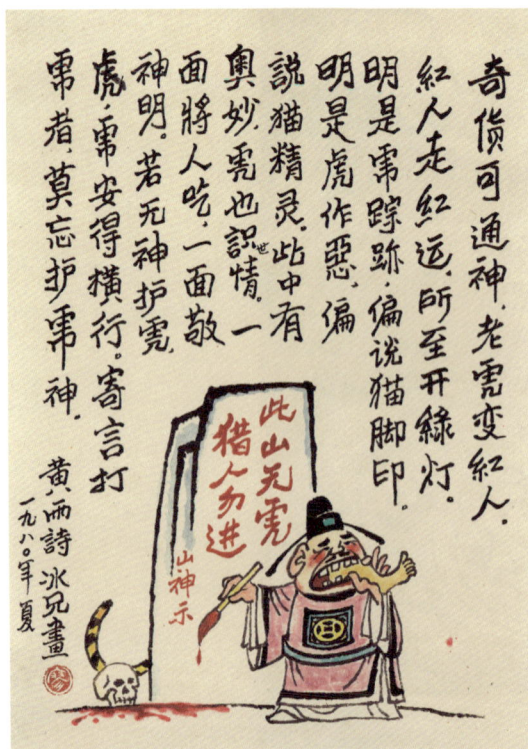

◎　1980年　《护虎神》

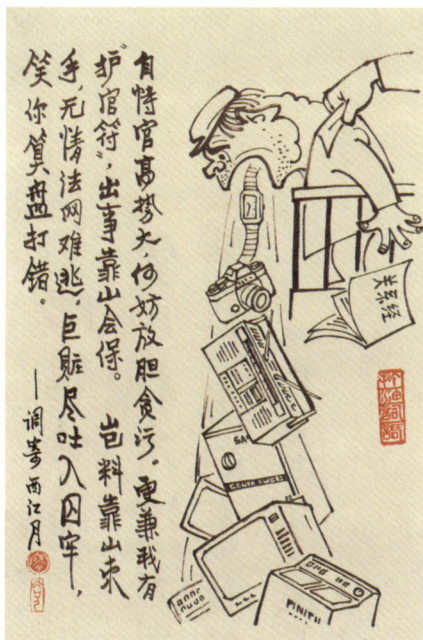

◎　1980年　《笑你算盘打错——调寄〈西江月〉》

◎　1982年　《分取一条猪尾——调寄〈西江月〉》

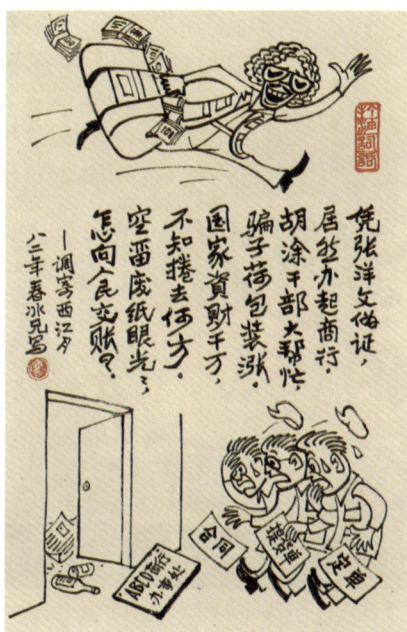

◎　1982年　《怎向人民交账——调寄〈西江月〉》

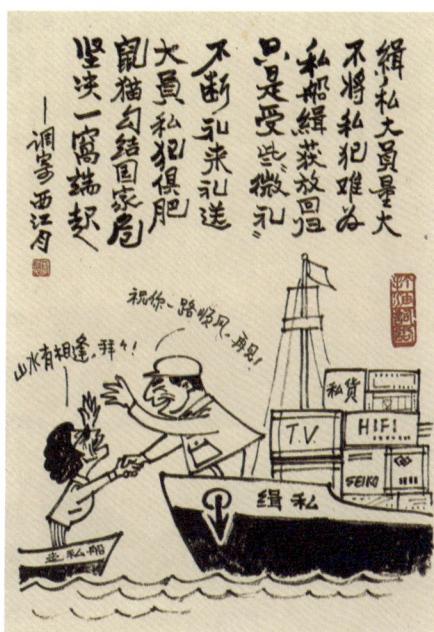

◎　1982年　《缉私大员——调寄〈西江月〉》

肥鸭吟道：
"笑宅枉有冲天翼
伴我消闲畜我笼。"
一九八四年九月冰兄作

◎　1984年　《肥鸭闲吟图》

◎ 1984年 《醒犹未醒》

告示

我本一小
民翻身
做了主
民主已
成功我主
即民主饰
令尔民众
勿再嚷民主
切切此饰

廖冰兄代拟

◎　1988年　《民主》

剪掉有形的辫子是中山先生当年的丰功伟绩

剪尽无形的辫子是我们当今的艰巨任务

革命尚未成功　同志仍须努力

为纪念孙中山先生诞生一百二十周年敬制　一九八六年八月廖冰兄

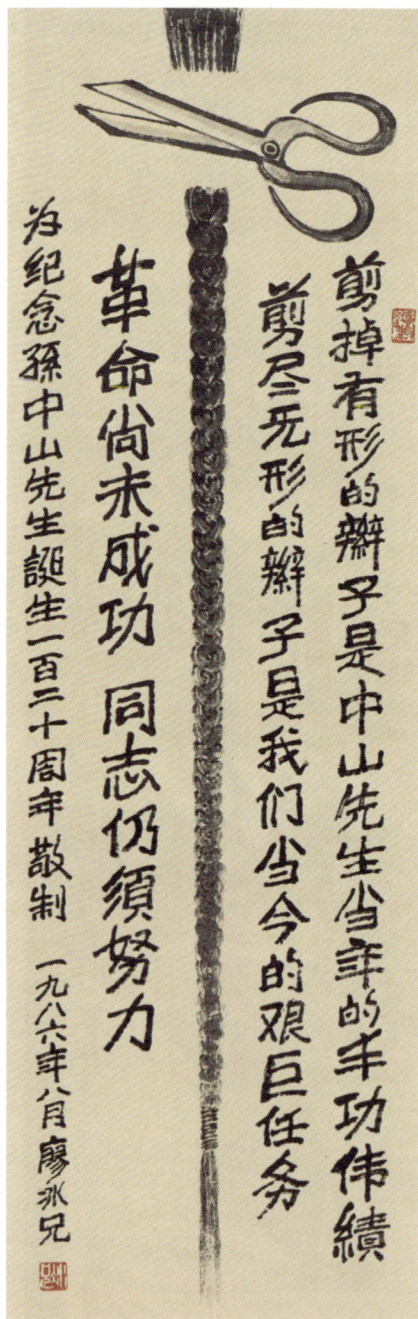

◎　1986年　《剪辫子》

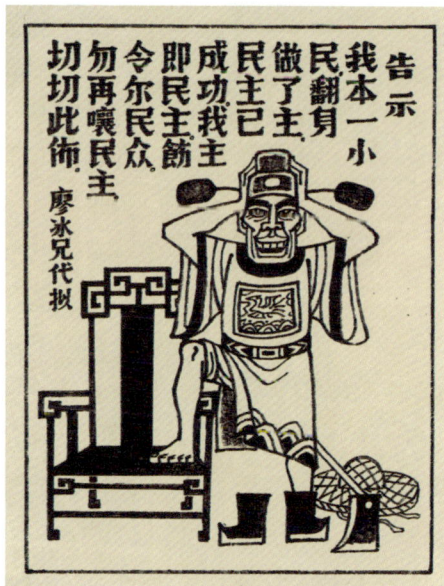

◎ 1989年 《尸朽辫魂未死》

◎ 1990年作 1998年重绘 《只幸
腰间印未失》

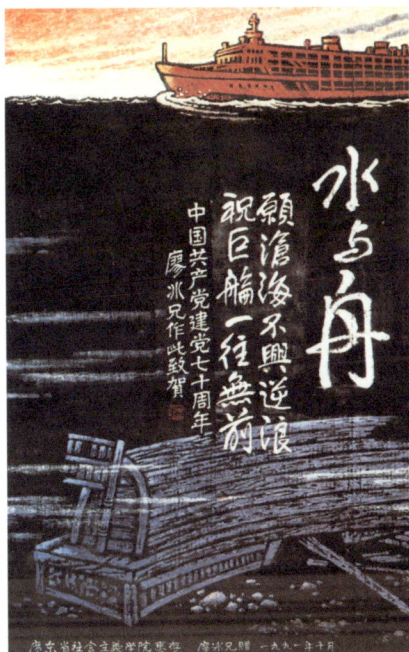

◎ 1991年 《水与舟》

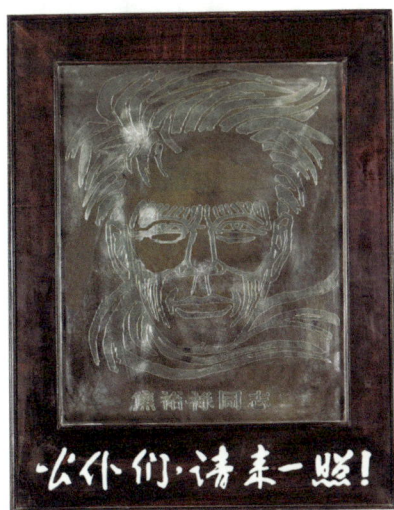

◎ 1991年 《公仆们，请来一
照——焦裕禄同志像》

也是武松？ 一九八八年作九二年重绘

此图含意题浅，无非喻

有些地方只惩小贪污，

放过大贪污而已。发表

后，竟有某市重刊

登出一篇姚文元式

的文章，质问重申

之无是指新社

会、新中国、还是

共产党。好不吓

人。可是此文一出，该

刊编者却收到来自

全国各地的驳不信驳

见时移势异这种新姚文元已成过街老

鼠山头。

◎　1991年　《也是武松？》

人鬼難分誠
可怕鬼
神一體更
堪驚
緣何舜
日堯天
下塵世
依然見
此形　冰兄畫并題

◎　1991年　《人·鬼·神》

◎　1992年　《自由是创造的前提》

◎　1992年　《为恋位者身后设计》

◎　1993年　《献脑》

贪官骂包公

这个黑包可恼,老上电视出场。
宣扬清正廉明,为民伸冤翻案。
关我传道先师,铜我学习榜样。
可谓作恶多端,竟有愚民赞赏。
到处称你青天,分明坏我形象。
好得你上阴曹,我当阳间首长。
一向官运亨通,又把大权执掌。
靠山也有同仁结网,纵无特大
用权换取钱财,区区数亿便当。
纪严亦无妨。万一出了纸漏,写篇检讨
了账。就算撤了原职,无非调个新岗
我就这般德性,你能把我怎样?
骂完打烂彩电,不许你再亮相。
正上得意洋洋,手铐给我戴上。
毕竟难逃法网,哀哉这般下场。
一九九四年二月 冰兄画并题

◎　1994年　《残梦纪奇篇·毁神—造神》

《残梦纪奇篇》小序
现实中的寻常事，大都易忘，由现象幻化而成的梦，更醒来即逝。但曾有一些梦，离奇到旷古所无，荒诞到神摇魄荡，梦破多年，尚残留印象，但怕它终归消失，乃以图纪之，曰《残梦纪奇篇》，以供今人与后代赏析，不亦宜乎？

——冰兄1994年

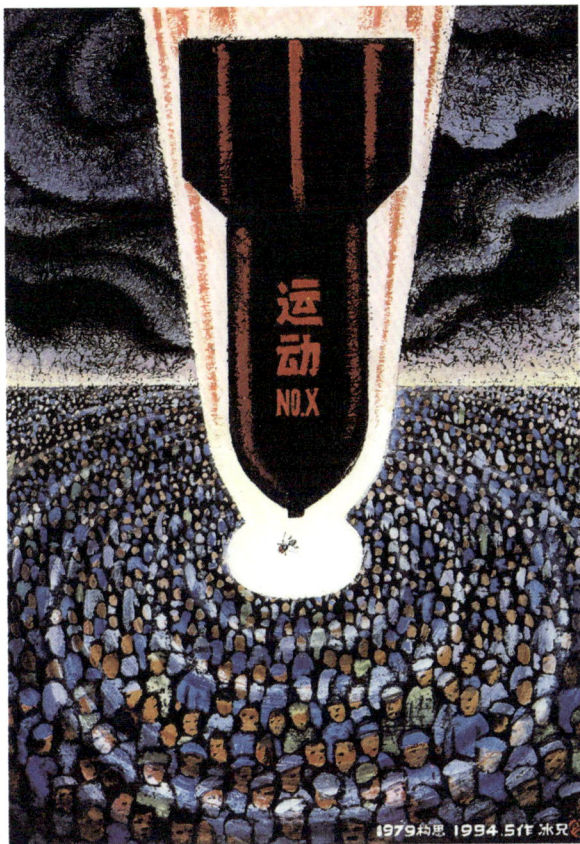

◎　1994年　《残梦纪奇篇·蝇的株连》

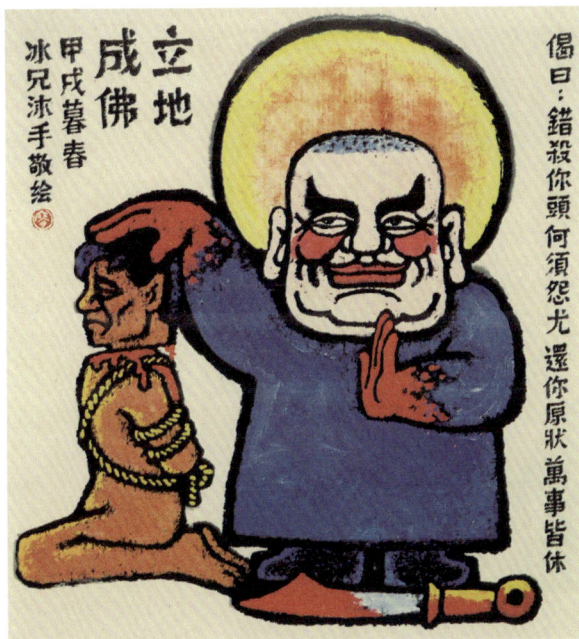

◎　1994年　《残梦纪奇篇·立地成佛》

◎　1994年　《残梦纪奇篇·异想天开》

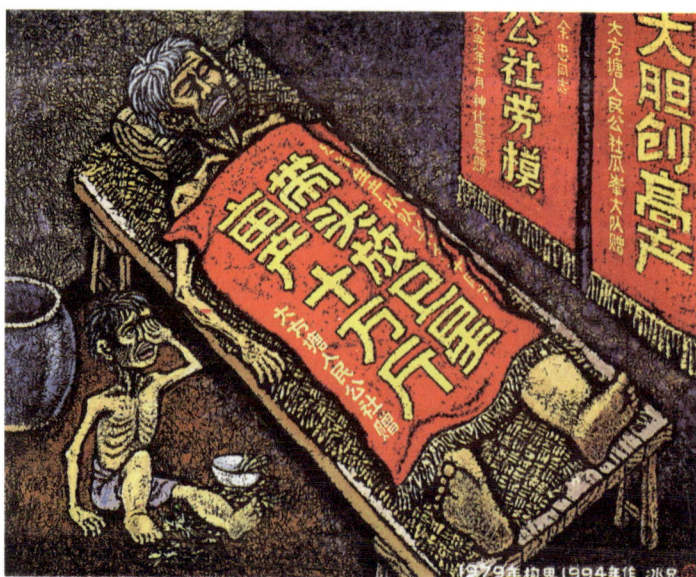

◎　1994年　《残梦纪奇篇·荣—哀：浮夸风的殉难者》

◎　1994年　《烈士刑场洒碧血，官家私宴倾公囊》

◎　1996年　《牛》

◎　1998年　《死而未已》

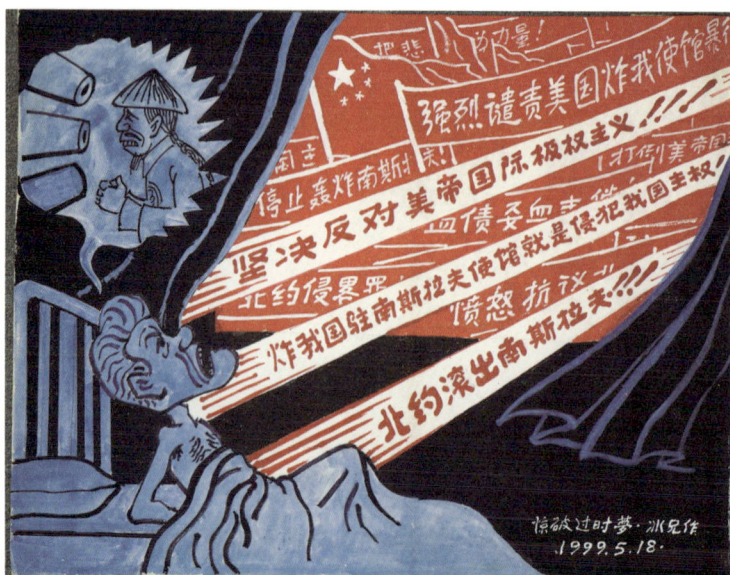

◎　1999年　《惊破过时梦》

Ⅱ 美术杂作

Ⅰ "三劣"小品

世有自称为或被称为诗、书、画三绝者。而我的画,俗而不雅;我的诗,只能算是顺口溜;我的字,无根基法度,可谓三劣。若要打分,每样最多得三十分,可是三者加起来便得九十分了,能不自我感觉良好耶?

——冰兄

冰兄的小品,基本上画于20世纪80年代之后的二十多年间。多是以漫画笔法画成的国画,题材十分广泛,有大闹天宫的孙悟空,有十二生肖、大戏公仔、水浒人物、打鬼钟馗、喧天锣鼓、天真长寿、儿童牧牛等等,形象可爱调皮,往往又配之以朗朗上口的粤讴或打油诗词,意味隽永,亦庄亦谐,或颂美德或讽世情,乐天娱人,深受社会欢迎。一次,黄永玉看到冰兄的大幅《十二生肖图》,即赞不绝口,对其弟黄永厚说,你看冰兄把画面组织得那么和谐得体,实在不简单!但冰兄却以诗、书、画"三劣"自讽,把自己的小品画集命名为《"三劣"同乐集》。

冰兄无论作画做事,向来喜用牛刀割鸡。有的小品,虽然只有寥寥数笔,却也匠心独运,绝不马虎。他画过一幅戏曲人物《霸王别姬》,画中人物造型、画面结构的处理就十分讲究,用笔一刚一柔、一动一静、一粗一细、一轻一重。画面有方有圆,方中寓圆、圆中寓方的对立统一,充满了张力,那种美感既古朴又现代。

冰兄素喜于右任的诗句"与人乐其乐,为世平不平",在"怒目金刚"之外,其实他也是一个童心未泯的慈祥老人,调皮风趣,喜欢与民同乐。

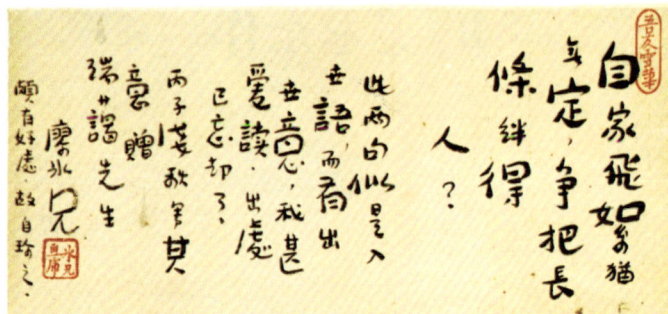

◎　1936年　《自家飞絮》

◎　1941年　《跷跷板》

◎　1957年　《岁岁丰收大有余》

◎　1957年　《年年增产多吉庆》

◎　1957年　《万事如意图》

◎　1984年　《猴王贺寿》

◎　1989年　《牧牛图》

◎　1992年　《灵猴值岁引金牛》

◎　20世纪80年代　《牛怒图》

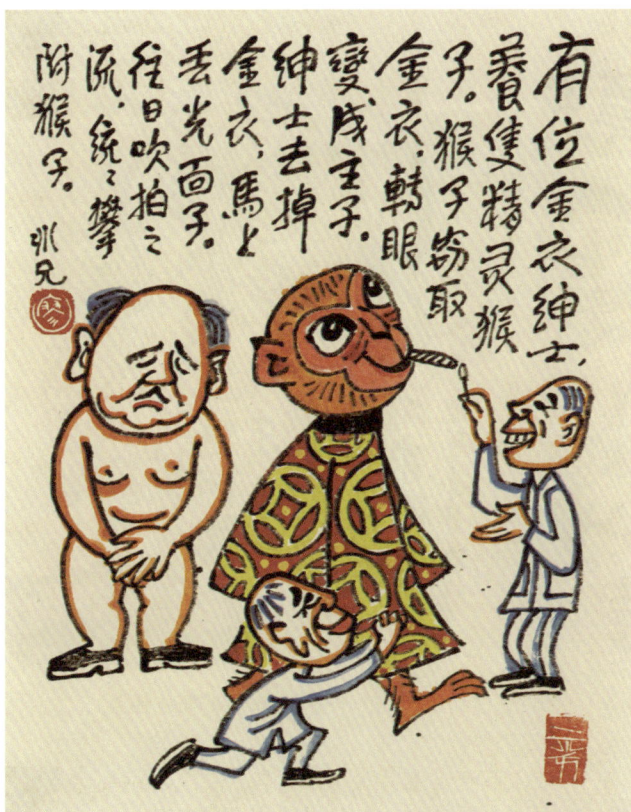

◎　1991年　《绅士
与猴子》

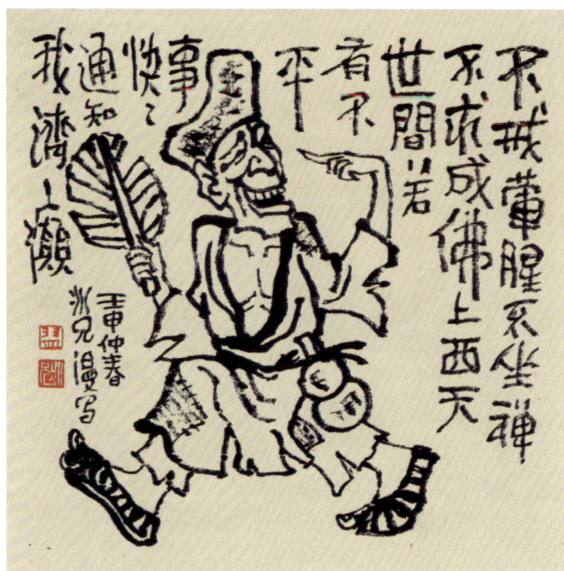

◎ 1992年 《济癫》

◎ 1988年 《降福驱邪》

◎ 1989年 《天真长寿》

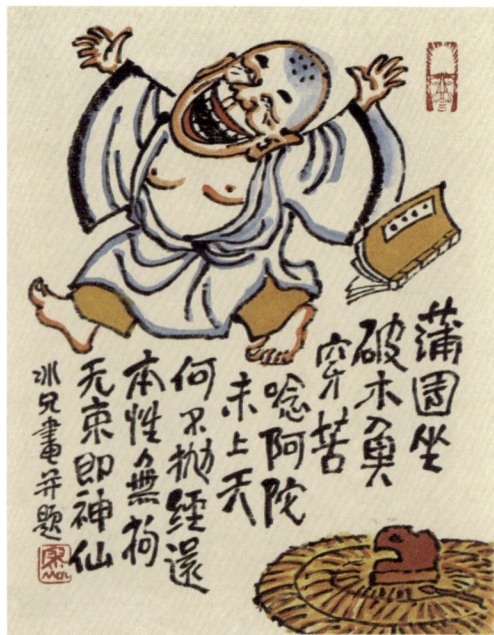

◎ 1991年 《无拘无束即神仙》

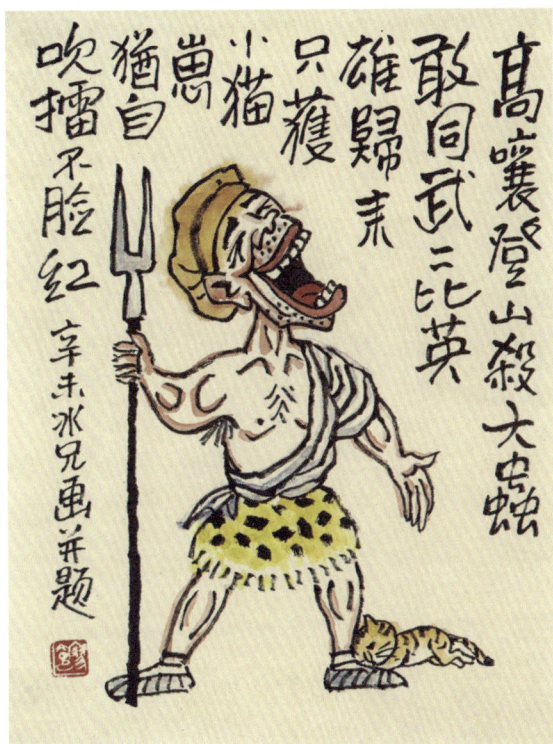

◎　1991年　《犹自吹擂不脸红》（又题《"武松"》）

◎　1990年　《李逵》

◎　1990年　《鲁智深》

◎　1990年　《大将小卒》

◎　1995年　《大将小卒》

◎ 1992年 《做戏》

◎ 1990年 《霸王别姬》

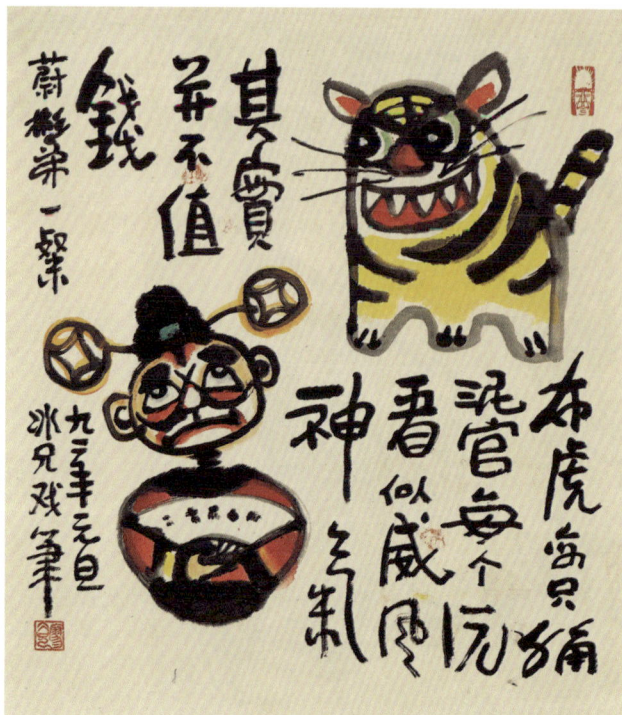

◎ 1992年 《布虎泥官》

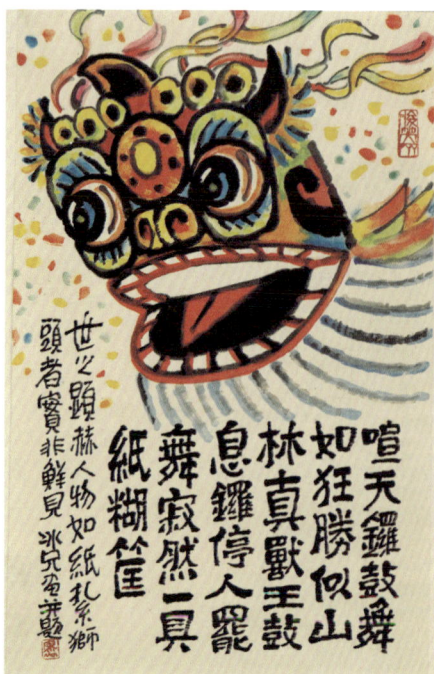

◎ 1991年 《狮头》

◎ 1988年 《龙腾虎跃》

◎ 20世纪90年代 《十二生肖组画·时时高兴岁岁开心》

◎ 1991年 《双鸡图》

◎ 1985年 《小孩彩鸡图》

头似猫来身似鹰

生成丑貌得人惊

守夜未尝怕寒冷

捕鼠何曾取冷暖开

不称世情冷暖开

只眼输他鹦鹉

善奉承幸得迩

来颂法例泰列

珍禽小安宁口馋

君子祈容我勿煎

炖勿清蒸

己巳中秋冰兄录姚北全诗并惠赠松年老弟

◎ 1989年 《猫头鹰》

▌插画

　　冰兄的插画最早见于20世纪30年代的上海漫画杂志。至四五十年代，则是冰兄插画作品的高产时期。四十年代，冰兄在香港为了谋生，曾在多份报刊的副刊版发表插画。新中国成立至1957年间，冰兄在中华书局广州编辑室做专职美术编辑，为各种少儿通俗读物画插画。这时期冰兄所绘的插画数量惊人，大致每个月会画四十幅左右，其中的儿童插画，色彩绚烂，富于童趣。

　　而"文化大革命"后，冰兄的插画则是量少而质优。他的插画更重视画作的思想性和艺术性，带着强烈的讽刺意味，几近漫画作品。他为汪抗、黄雨、黄永玉的诗所绘的插画，在漫画界获得众口一词的好评。

　　冰兄1993年为于光远在《羊城晚报》的短文连载《自勉小拾》所画的十数幅漫画插画，与睿智的文字相映成趣，令作者欣喜不已，两位同龄老头遂成至交好友。冰兄以画会友，一时引为文坛佳话。

春雨抄

·黄苗子文·

·廖冰兄圖·

一

现在，是一個雨天的星期日的下午，剛下過雨，所以環境清新得像浸在水裏。——在重慶，春夏之交也是一個多雨的季候。

一個忙碌的人對於偶然得到的清閒時間是覺得寶貴的，像現在，我才大致總過這一個新人，因為常有靜的境界内，我聽到弟弟旁邊翻動書本的沙沙聲，屋外斑鳩清脆的鳴聲，遠處巫覡們拗道場單調體工的斧聲……

二

三

昨晚半夜雨就下起來，一夜沒有好睡，早上起得很早……

◎ 1946年 《春雨抄》插画
黄苗子文，廖冰兄图。

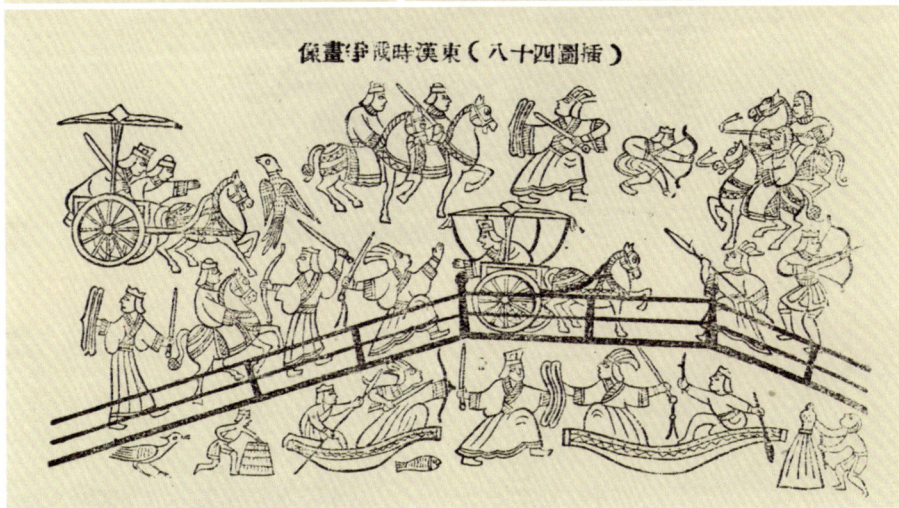

◎　1944年　《中国史纲》插画

冒着雨丝走到这口井来，在井旁啜泣了一会

◎　1948年　《女戏子》插画

忆写嘉陵江小三峡鬼屋君王

◎　1948年　《忆写嘉陵江小三峡鬼屋》插画

◎　1956年　《芙蓉仙子》场刊插画

小朋友（半月刊）第二四期

一九五四年二月一日出版

目 錄

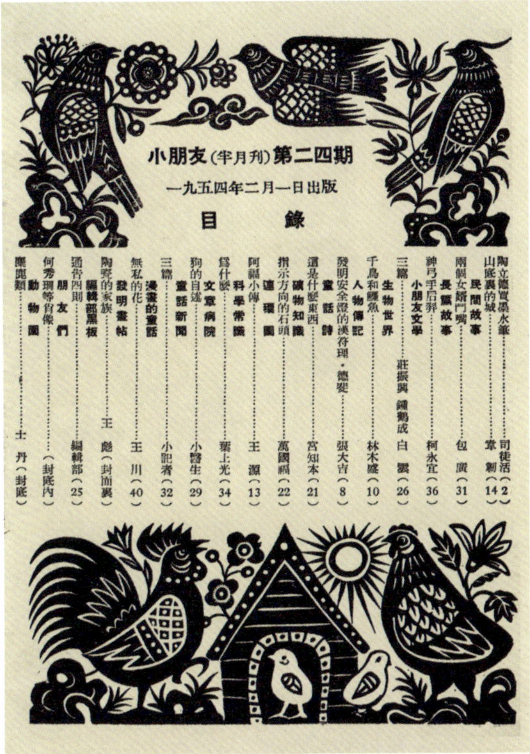

◎ 1954年 《小朋友》第24期目录插画

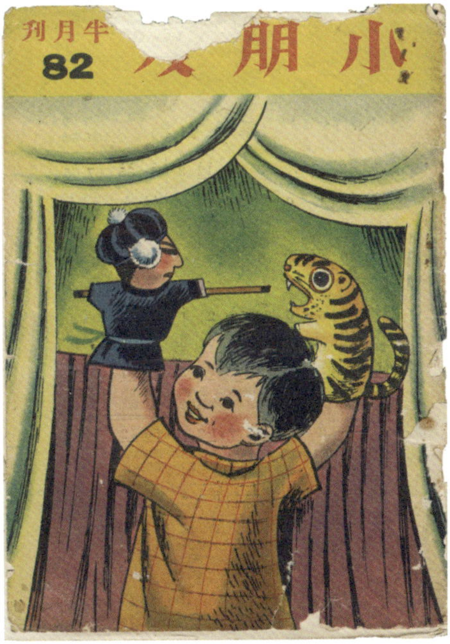

◎ 1956年 《小朋友》第82期封面插画

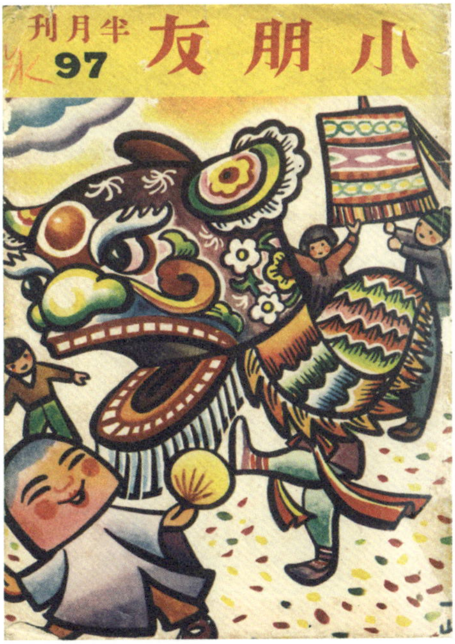

◎ 1957年 《小朋友》第97期封面插画

金鸭帝国

张天翼 著

◎　1980年　《金鸭帝国》插画

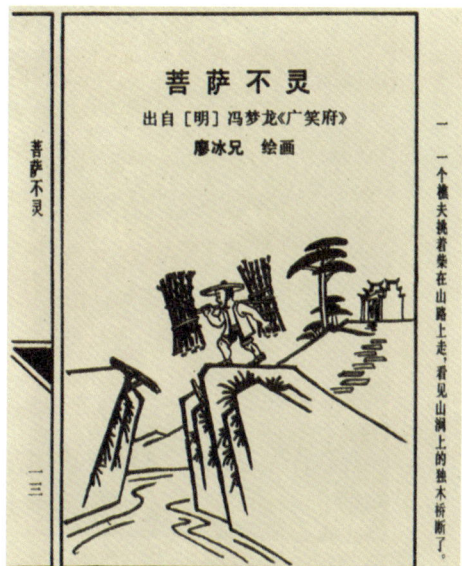

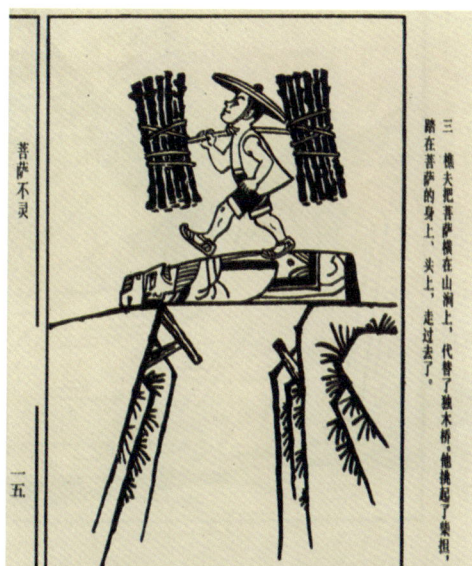

◎　1980年　《菩萨不灵》插画

◎　1980年　《达芬奇寓言·鹰的遗嘱》
插画

◎　1981年　《屠格涅夫散文
诗·鸽子》插画

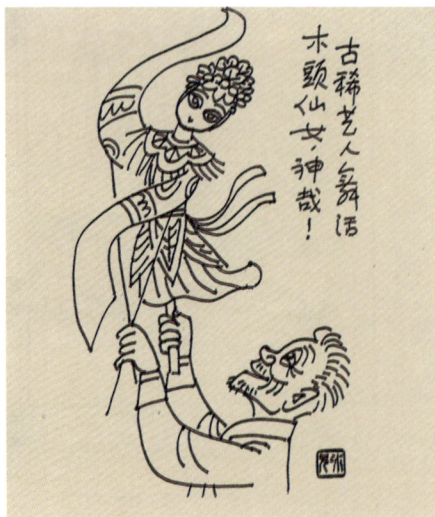

◎　1991年　《古稀艺人舞活木头仙
女，神哉！》插画

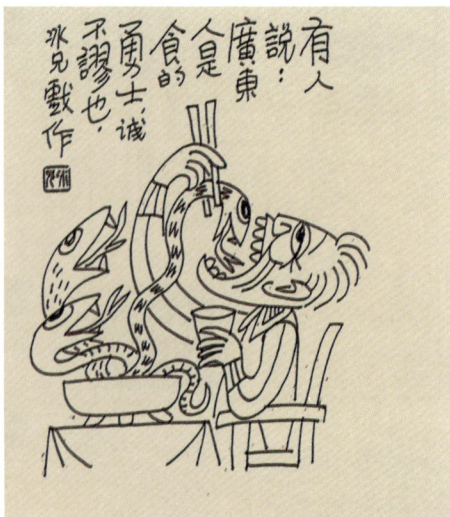

◎　1991年　《有人说：广东人是食的
勇士，诚不谬也》插图

❙ 漫像

冰兄画人物肖像、漫像，常有神来之笔。他坦言："我画漫像的秘诀是'善忘'，'善忘'有个大大的好处，就是把该记住的记住了，该忘记的忘记了，把你的特征抓住，就不需对着你来画。不要太过注重细节，该简练的部分简练，该夸张的部分夸张，这样一画就神似了……艺术之道，不在于再现，而在于再创造。"

冰兄画漫像，不仅画人的面貌特征，还要画出人物的道德品格。比如，他画诗人刘逸生，就富有想象力地把诗人画成一位勇敢的"导游"，不顾惊涛拍岸，浪花飞溅，站在海边的礁石上，热情地向"游客"讲解他身后的"诗山""词海"。人们只要想到多少年来，刘先生撰写的《唐诗小札》和《宋词小札》，为普及推广古典诗词做了那么大的贡献，就不禁为冰兄这幅漫像拍案叫绝。此外，他画张光宇、黄永玉及陈永锵也是漫像艺术中的精品，令人流连把玩，过目难忘。

◎　1936年　《李凡夫》漫像　　◎　1946年　《张光宇》漫像

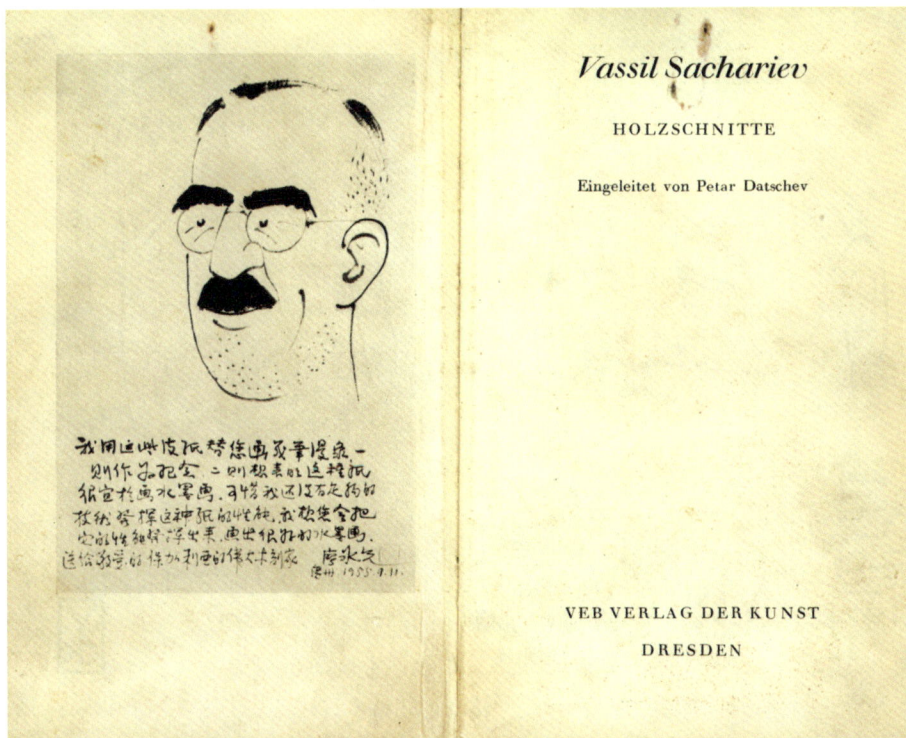

◎　1955年　《保加利亚木刻家》漫像

◎　年份不详　《特伟》漫像

◎　1959年　《李文心》肖像

◎　1978年　《张乐平》漫像

◎　1983年　《鲁少飞》漫像

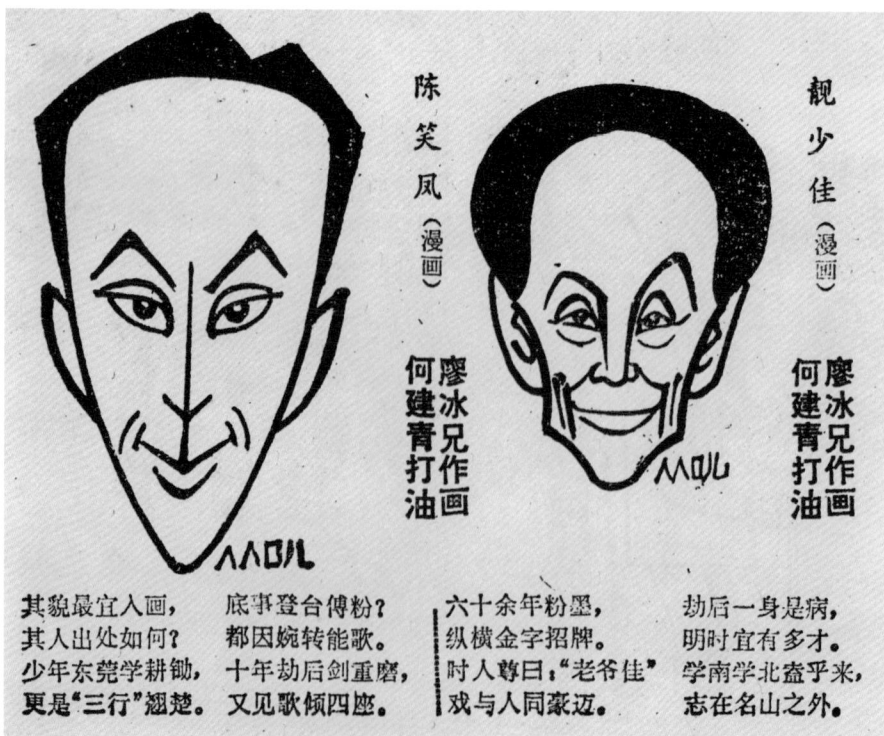

◎　1981年　《陈笑风、靓少佳》漫像

◎　1985年　《陈永锵》漫像

◎　1984年　《陈少丰》漫像

◎　1987年　《谭畅》漫像

◎　1987年　《黄永玉》漫像

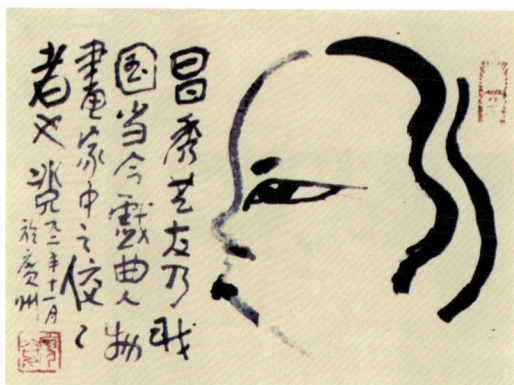

◎　1992年　《施昌秀》漫像

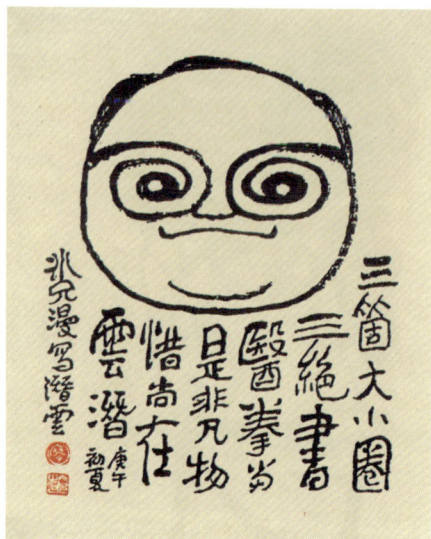

◎　1990年　《区潜云》漫像

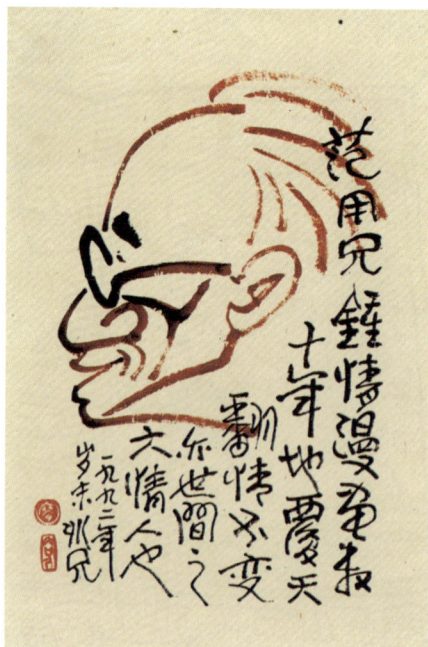

◎　1992年　《范用》漫像

◎　1996年《李汝伦》漫像

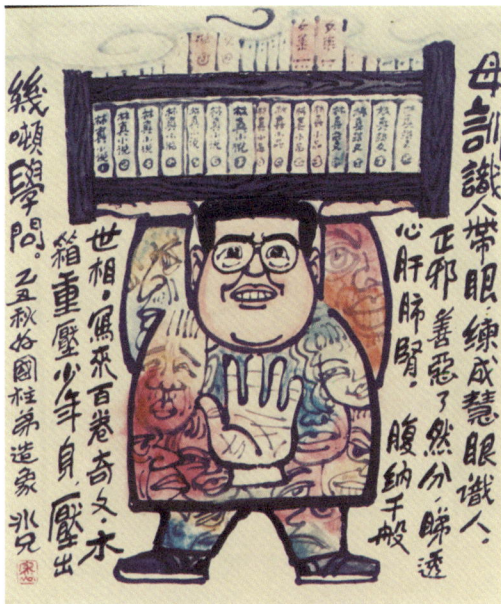

◎　1985年　《林真》漫像

◎　1987年　《关小蕾》漫像

◎　1987年　《刘逸生》漫像

◎　1989年　《良材嘉卉慰先师——林砺儒》漫像

◎　1983年　《2003年太空夜读图》

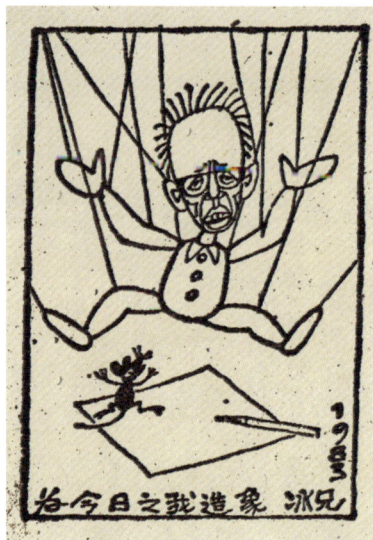

◎　1983年　《为今日之我造像》

◎　1985年作 1989年重绘　《七十自道》

◎　1985年　《屈完》

◎　1992年　《但愿年龄除以十　此生还可见小康》

◎　1988年　《爷爷和柱柱最老朋》

◎　1993年　《贺〈广州日报〉创刊四十周年大庆》

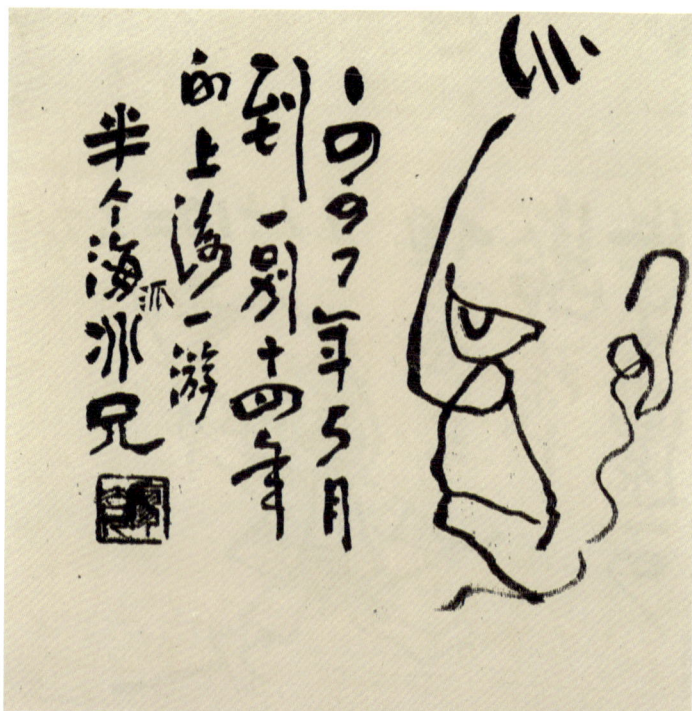

◎　1997年　《1997年5月到一别十四年的上海一游》

书籍封面及其他平面设计

漫画家廖冰兄又是个杂家，有人说他还远远没有开发完自己的潜能。例如，他偶尔流露的设计封面的才能就曾经让行家们赞叹不已。

20世纪40年代初，他在重庆"赋闲"的时候，曾经为冯亦代编辑出版的一套《海滨小集》文艺丛书和一些文艺著作设计封面。冰兄在1997年11月30日的日记中记述：

"今晚最可喜的是收到姜德明寄来一本《流水集》文集及一封信，说他编了一本《现代书籍装帧集》，集中收集我的封面几幅，彩色印刷。这批在1942或1943年在重庆为冯亦代出版的一套文艺丛书所作的封面，在离重庆时，连同我的一本日记交朱金楼带去上海而失去，甚感可惜，因为这些作品，我及朋友们（包括徐迟、彭燕郊、夏公、永玉）都极为赞赏。前三年去北京时，亦代只有一孤本也送了给我。这次姜德明使它再次面世真出乎意料之外。"

著名散文家姜德明1991年底曾在香港《大公报》发表《美妙的协作》一文，盛赞冰兄的书籍封面设计艺术。

冰兄记得，他为冯亦代设计过封面的书籍，大致包括徐迟的《美文集》、夏衍的话剧本《天上人间》、罗荪的作品《寂寞》、冯亦代的译作《千金之子》、翻译小说《风流云散》（现译：《飘》），还有彭燕郊的诗集《第一次爱》。

徐迟曾在《江南小镇》（载《收获》1991年第2期）一文中，对《美文集》的封面有如下的描述：

"我在美学出版社出的第二本书是《美文集》，有一张廖冰兄所作的彩色套印的木刻作封面，刻的是一个十分美貌的少女在海滨，一手挎着一只篮子，里面装着鱼虾，沙滩上有四只贝壳，一条伸出玉腕的紫色海星鱼，海中还有两条大鱼在游动，上空还有一只海鸥，张开了雪白的翅膀滑翔着。

这幅彩色木刻是美极了，我一生所出书也将近五十种之多，编的书不算在内，没有其他任何一本书的封面，能赶得上这一本之美的。当时的印刷非常之困难，纸张是很原始的土纸，但仅有这本书是三色版封面，线条是如此优雅，设计得这么富有匠心，非常高洁，色彩显示得这么明朗，'美文集'三个字也写得很有味道。这封面可以保证我的书，肯定会有很好的销路，至今我还感激廖冰兄的这么美妙的协作！"

冰兄设计的这些封面和《美文集》的封面画一样，别有一种艺术感染力。由于战时条件的限制，都是土纸印刷，封面纸亦只能用普通的报纸，印刷完全是手工业方式，封面大都是画家设计好图案，直接由工人手工木刻出来。极端困难的印刷条件，逼使画家在艺术上有所突破。为了照顾到刻工走刀的困难和套印时的麻烦，冰兄作封面画多是粗线条的，基本上用色块组成画面。加上他比较喜欢装饰图案，在艺术上追求一点象征的意味，看上去自成一家，很有特色。又由于木版套色不大严密，自然就形成一种朴拙之美。

冰兄所作的一些封面画，引来不少名家的喝彩。黄永玉曾写道："很多很多年以前，冰兄给诗人彭燕郊的诗集《第一次爱》作的封面，使我深受感动"。

无独有偶，冰兄逝世后，彭燕郊曾给陵儿写信慰问，信中忆及冰兄当年为他的诗集设计封面的往事："他替我的诗集作的封面，把我的一首题目叫《绿色出现》的诗的意境展现得比我那首诗出色得不知多少倍，得到许多文艺界友人的赞赏，甚至认为是'五四'以来新文学书籍的'经典之作'。这本书名《第一次爱》的诗集1946年在桂林印过，印数很少，1985年的《彭燕郊诗选》用作书名及装饰画，这回的《彭燕郊诗文集》用作外封封面画、书脊装饰画，都具有纪念这幅封面画的'经典性'的用意，遗憾的是你爸爸也离开我们了。"

除了封面之外，冰兄设计的各式海报、场刊、请柬、贺卡、门票、藏书票等，皆独具匠心，成为人们争相收藏的艺术品。

◎　1944年　《美文集》封面设计

◎　1947年　《北极风情画》封面设计

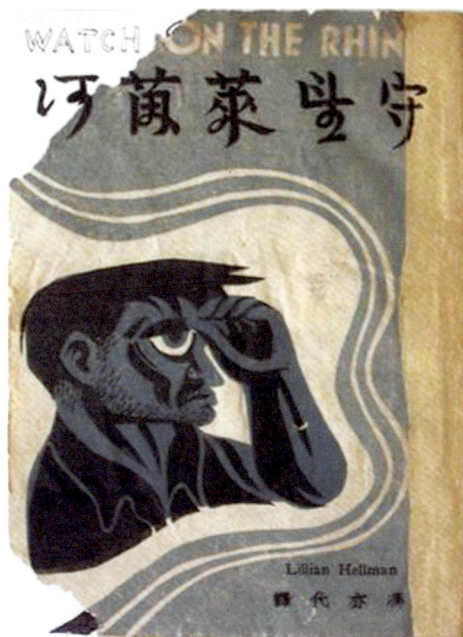

◎　1945年　《守望莱茵河》封面设计

◎　1946年　《第一次爱》封面设计

◎　1990年　《三个和尚百态图》封面设计

◎　2000年　《尽信不如无》藏书票设计

◎　《芙蓉仙子》海报设计

◎　《哪咤闹海》场刊设计

◎　1979年 "六人漫画联展" 门票设计

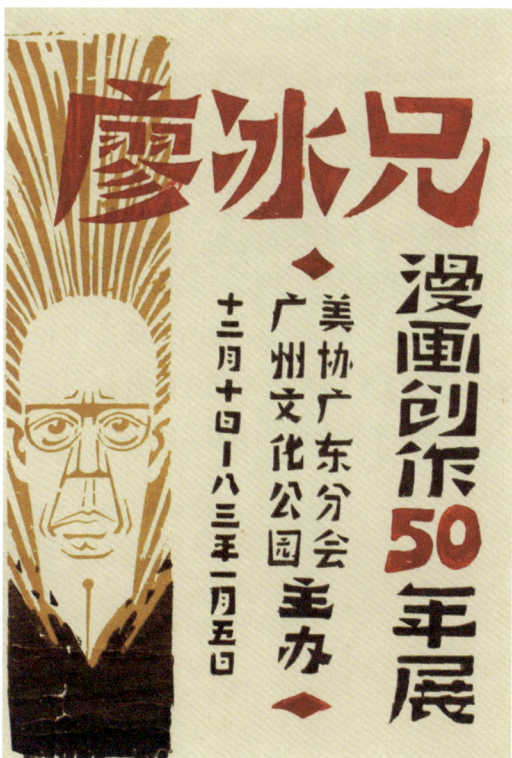

◎　1982年 『廖冰兄漫画创作50年展』海报设计

◎　1982年 『廖冰兄漫画创作50年展』门票设计

▌舞台设计

冰兄自1957年被迫停止漫画创作，经过几年下放农场劳动改造，于1962年正式分配到广东省木偶剧团任担舞台设计，从此蜗居木偶世界二十年。

冰兄绘画的舞台设计图，表现一山、一水、一行云的每一条线都经过反复推敲，反复修改，力求恰到好处。由于童话、神话是木偶剧的主题，冰兄便苦心追求布景的装饰美，形成了自己独特的舞台设计风格。他先后为《芙蓉仙子》《海港螺号》《黄二叔接女》《向阳花》以及《三打白骨精》和《哪吒闹海》等剧做过舞台设计。

冰兄其实与戏剧有缘，抗战前他就曾经担任戏剧杂志的编辑。20世纪40年代在重庆，他曾应邀为郭沫若的话剧《屈原》做舞台设计，对全剧的高潮"雷电颂"一幕，冰兄仅以一条水平线加天幕几条斜线，便营造出极静极动，大气磅礴的气氛，得到郭沫若的称赞。

1956年，广东省木偶剧团刚成立，冰兄又应团长林堃邀请，客串爱情神话木偶剧《芙蓉仙子》的舞台总设计。仙女般美貌的木偶造型和仙境般绚丽的舞台布景，竟出自这位以鞭挞社会丑恶为己任的政治漫画家之手。广东木偶剧团一炮打响，《芙蓉仙子》在海内外获得好评。

◎　　1976年　《小猎手》舞台设计

◎　　1977年　《三打白骨精》舞台设计之一

◎　　1977年　《三打白骨精》舞台设计之二

◎ 1977年 《三打白骨精》舞台设计之三

◎ 1978年 《三调芭蕉扇》舞台设计之一

◎ 1978年 《三调芭蕉扇》舞台设计之二

墨底重彩风景画

数十年来，我画的大都是揭露人世间丑恶的漫画，但我也
欣赏自然的美好，所以也画过一些描绘自然的风景图。然而，
我毕竟不谙此道，画得不伦不类，终归只是献丑而已。

——冰兄

从1986年开始，冰兄陆续画成的"墨底重彩风景画"引起美术界的
注意。由于这批画大多是画珠江三角洲的水乡风景，又被人称为"水乡
画"。这是冰兄晚年所做的一次艺术创新的探索。

他作画采用的材质仍然是宣纸、毛笔和墨，但与传统的山水国画家
不同的是，他又采用了西画的颜料。而更为离经叛道的则是，他完全抛
弃传统国画的笔墨技术，借鉴油画的做法，先用浓墨把宣纸染黑，又轻
揉碾平，然后再以浓彩涂画之，让没被遮盖的底墨形成线条，勾画出风
景轮廓来。一经尝试，便觉画面中的墨线有石刻般的力度，令冰兄欣喜
不已。他用浓墨重彩描绘出水乡及贵州山居的绚丽风光，表现了画家对
生活和田园风光的热爱。

冰兄的墨底重彩风景画，"杂交"了国画、油画、版画、装饰画及
舞台布景等种种画的技巧，形成自己独特的表现手法。诚如他在生肖画
《咏龙》所题诗曰："鹿角牛头鸡爪，更兼鱼尾蛇身，休笑东拼西凑，
竟然叱咤风云。"

長腰嶺下山村一角

◎　1960年　《长腰岭下山村一角》

◎　约1960—1961年　《白云松涛》

◎ 1990年 《傍水人家向晚霞》

◎ 1990年 《丽日照清溪》

◎　1993年　《山村人家》

◎　1999年　《珠三角印象》

◎　1996年　《水乡曙色》
廖冰兄、陈舫枝合作。

▍加工速写

冰兄没有进过专门的美术学校，但作为一个漫画家，却十分重视速写的训练。"要搞速写。速写本来是素描很重要的一方面，但是，一般的美术教师多半忽略这门功课。搞绘画的人，也因为他们只搞习作不搞创作，而不练习速写。其实，速写在绘画技术的学习上，比什么都重要。专学静的素描的人，只会画出'木'的东西，速写搞得多的人，他笔下的形象却是活活生生的。"

冰兄在速写技术上狠下了一番工夫，甚至把它变成一种独创的艺术表现形式。一般画家的速写，强调现场记录，往往只是作为以后创作时构思人物造型或是画面场景时的参考依据，画完就存进画夹，以备不时之需。它们都是一些半成品。冰兄却在现场速写的基础上再作加工，有时甚至从两三张现场速写中抽出要点，调整场景，再用流利的线条组织起来，并赋予画面以装饰性，使之成为可以独立观赏的艺术品。"加工速写"是美术评论家黄蒙田为冰兄的这一独创所起的名字。

《新观察》1956年第12期发表了冰兄为广州茶楼所作的"加工速写"，老友黄苗子看了大为兴奋，来信云："从《新观察》看到了你两三张饮茶速写，不觉神往。弟及永玉均极羡慕你还保留这一风格，甚佩。"

黄蒙田说："即使是在一幅加工速写里面，也可以看到他（冰兄）是那么贪婪地吸收了我国传统水墨画的表现技巧……速写而有笔可看。"

石燕岩　西樵山东部山岩洞窟似係沙岩，均灰石色，间以黑之粗
岩内外壁　纹，岩石似人芝砌成，轮廓井齐，石洞更似人芝开凿甚壹。

◎　　1978年　　《西樵山》速写

重庆北温泉缙云山下松林房。1944.7—1946.2我曾居此，左此间有
力的年房创作《猫国春秋》右边为高点亭古辛诗等景造冯宜漫，顶先等给市
蓬此品茶　三十四主居间今日毫来，風想新怖等到球碰尖。1980.6.28志于身12苏松江州轮桃上

◎　　1980年　　《重庆冰兄故居》速写

◎　1981年　《贵州娄山关》速写

◎　1985年　《贵阳花溪布依村》速写

◎　1956年　《白云山农场》速写

1956.3.3.美协成立新波报告华南美术工作、冰兄

◎　1956年　《美协成立新波报告华南美术工作》速写

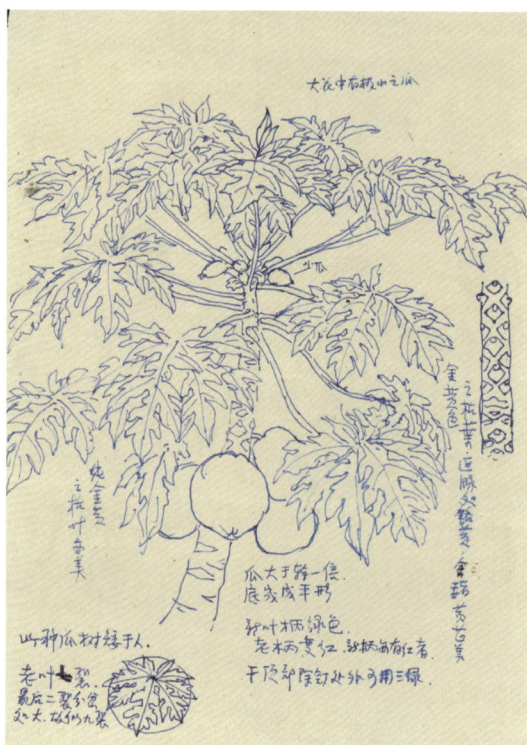

◎ 1960年 《木瓜》速写

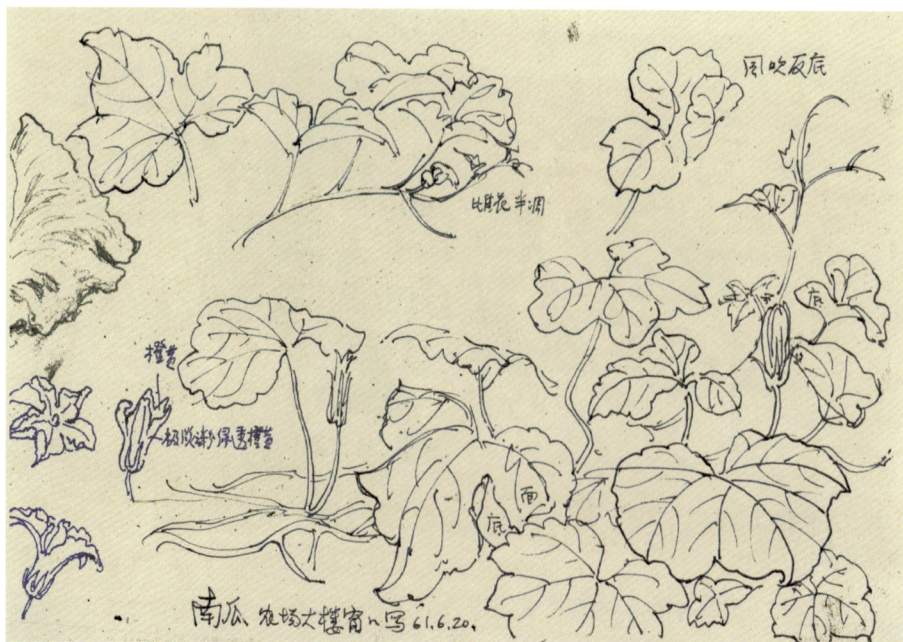

◎ 1961年 《南瓜》速写

◎　1958年　《白云山双燕岗大楼》速写

◎　1958年　《白云山
农场》速写

◎　1960年　《鹅和南瓜》速写

◎　1960年　《广州二沙岛省委干部实验农场》速写

◎　　1960年　《等车》速写

◎　　1962年　《大良渡头》速写

◎　1979年　戏曲《蝴蝶杯》速写

◎　1979年　戏曲《搜书院》速写

冰兄"画字"

我是有书无法，冒充书法家。

——冰兄

冰兄晚年，因为是名人，常被众多相识与不相识的人们逼着题字赠书，因此留下大量书法条幅作品。他书写的条幅，线条沉实厚重，结体宽卓富有情趣，行笔时往往视题材和对象的不同而率情任性，别具一格，让人一眼就认出来：是冰兄的字！

冰兄生平虽然喜爱书法，却从未下过切实的临摹功夫。他说："我临帖最多临三个字就走神，心猿意马，只是在上小学三年级时临过《张黑女墓志》，当然是因为喜欢才去临。"但他却喜欢读帖，对《爨宝子碑》和颜鲁公的《裴将军帖》情有独钟。与一般人临帖追求手技的熟练不同的是，冰兄读帖讲究心悟，对书法技艺大而化之。冰兄平时无论坐车、开会，常有一个无意识的动作，将右手的拇指与食指捏紧，在空中，更多的是在自己的大腿或左臂上写写画画，他其实是在练字。

有人建议他办个书法展，他觉得能就此向行家、晚辈请教也是一件好事，但最好叫"画字展"，他的书法集也定名为《廖冰兄画字集》。

他反对人家称他书法家，说自己顶多是"冒充书法家"而已。但书法家叶燿才却这样评论冰兄的书法："他的某些书法固然未免'画字'之忌，而他的一批书法佳作，如'端庄蕴灵气''题《自嘲》''昔操刻刀今挥彩笔''题济公''题赠牧野画'等作，稚拙的线条与字形结体率性而不轻滑，全不受妍媚精熟笔法之熏染，真气直接从自家笔下流出。所谓'八折真人'之书，其动人处在于，可以缺少技术，但决不缺少真气"。

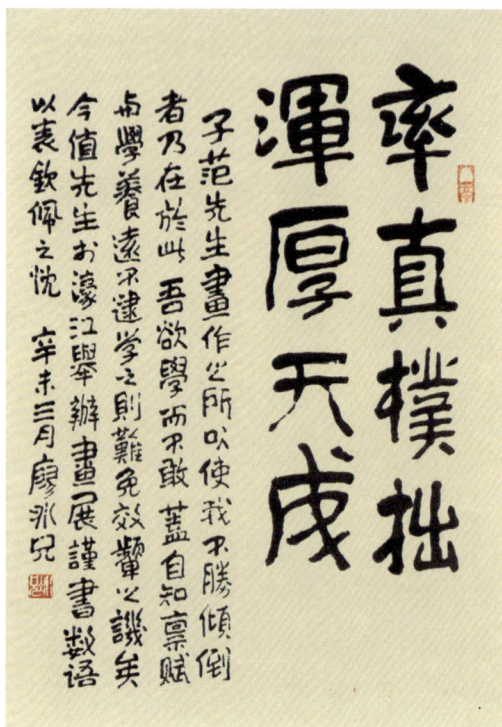

◎ 冰兄"画字"之一

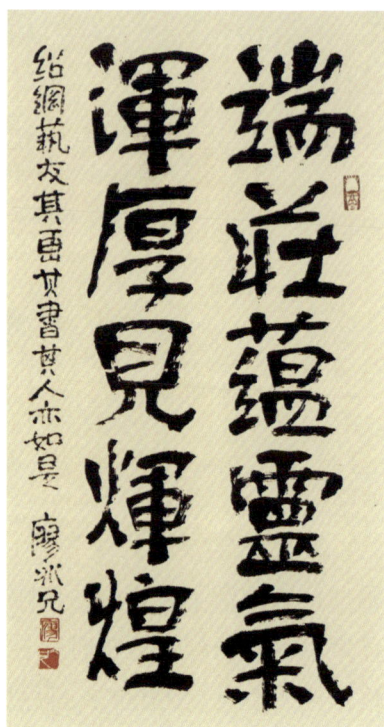

◎ 冰兄"画字"之二

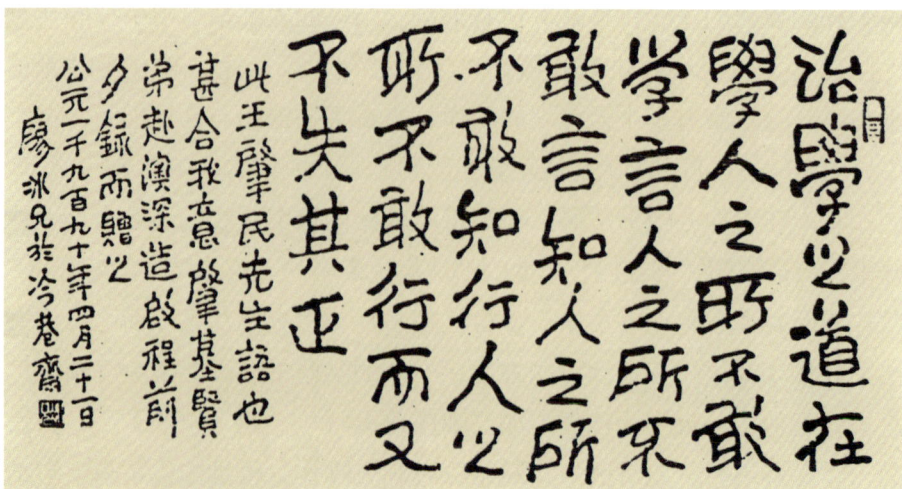

◎ 冰兄"画字"之三

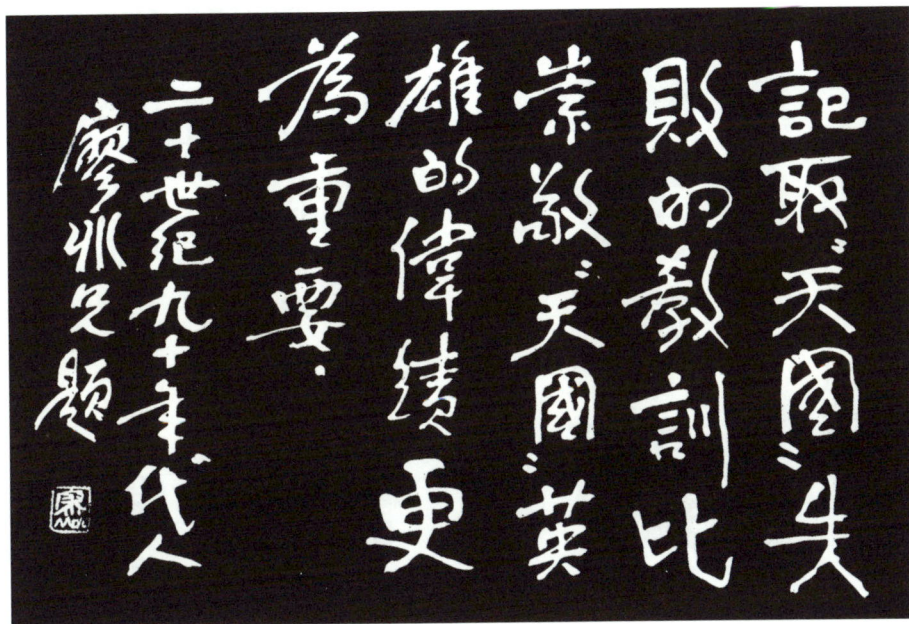

◎　冰兄"画字"之四（拓片）

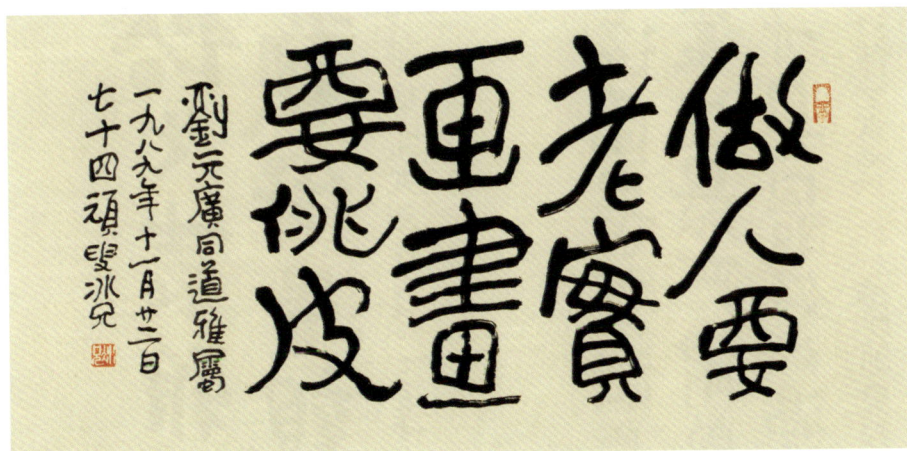

◎　冰兄"画字"之五

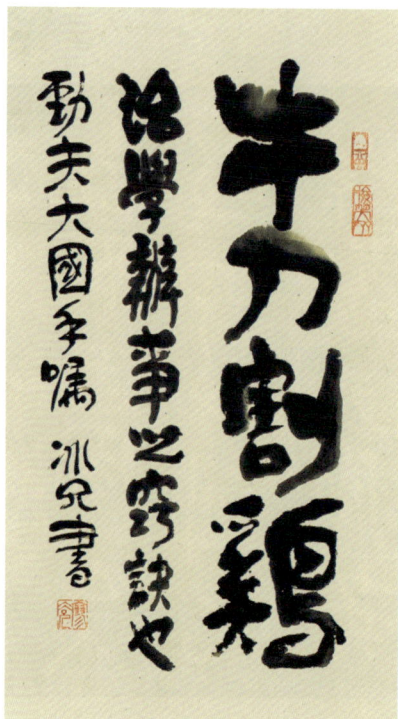

◎ 冰兄"画字"之六

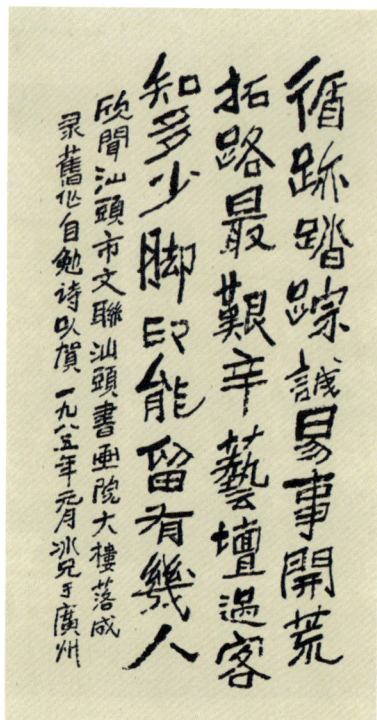

◎ 冰兄"画字"之七

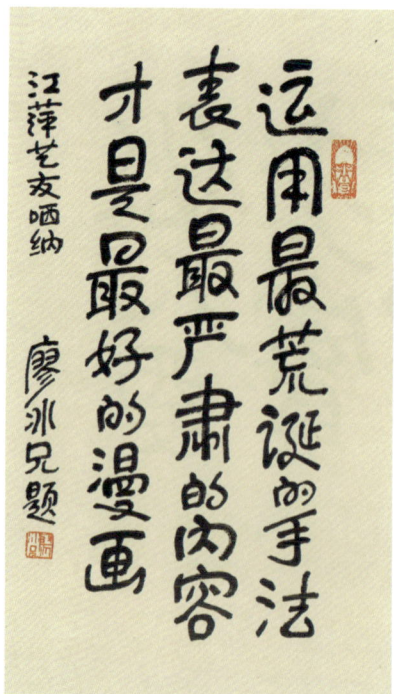

◎ 冰兄"画字"之八

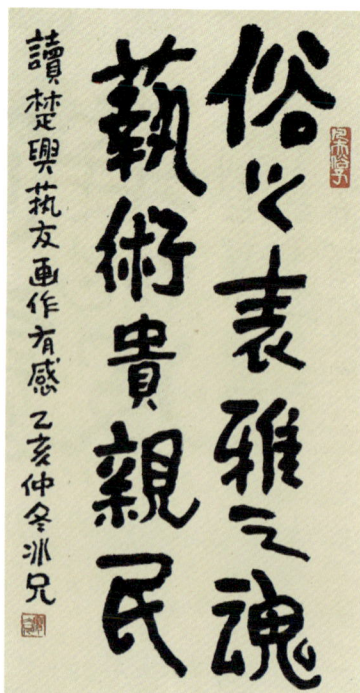

◎ 冰兄"画字"之九

與人樂其樂

為世平永本

小湘仁弟存

甲戌秋廖冰兄

◎　冰兄"画字"之十

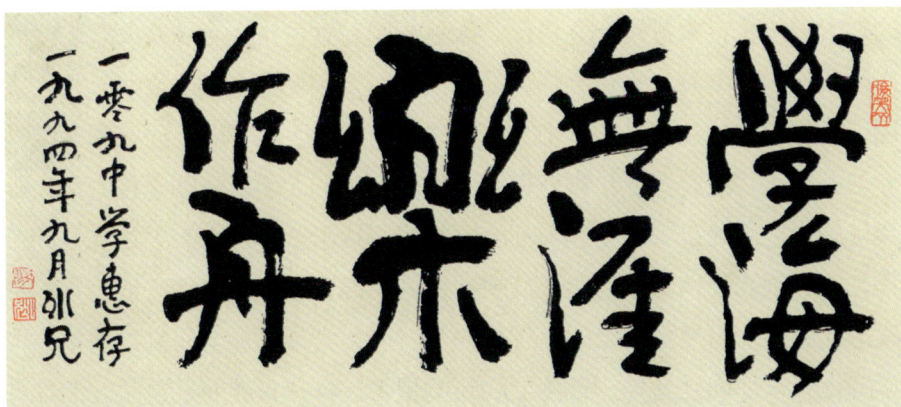

學海無涯樂亦作舟

一零九中学惠存

一九九四年九月冰兄

◎　冰兄"画字"之十一

Ⅲ 文 萃

▌ 《何老大》的研究

一、为什么研究《何老大》

凡夫说我的谈话、行为、做事，有学院气。学院内的人少，学院外的人多；能吸"学院气"的人少，吸不到学院气的人多。于是我的东西，一定会得多数人讨厌，多数人不了解，染有此气，似乎真要欲哭无泪也！

比如你问："然则'何老大的研究'几个字，不是充满学院气？'探讨''研究'，不是学院人口头语？"你慢着，我自有解答。《何老大》是画。画是艺术，学院里有艺术，故《何老大》可加上"研究"两字而入"学院"也。比如你再问："《何老大》系漫画，系一堆好好笑嘅公仔，艺术学院里的是大腿，是乳房，是静物，是风景，非毕加索即马蒂斯，又点能同《何老大》一概而论呢？"当然不能一概而论，不过你所说的是太阔佬化，太过象牙之塔化，太过超脱，太过少人会欣赏明了的学院作品。与乞儿会睇，王帝会睇，耶稣会睇，四少奶亦会睇的漫画，相去太远……你一定抢住问："然则又点能送《何老大》入学院去研究呢？"请你勿心急，我还有得说：难道你不听见近来人们大倡社会即学校，学校社会化之说？由此说来，学院与社会要打成一片了。《何老大》是社会的产物，能解剖社会，暴露社会，反映社会的面面，甚至要指示（或暗示）你改造社会的，自然是社会的学院里的教材。何尝不可加"研究"两字，而学院化呢？你问到这样，自然要和新闻记者一样"兴辞而退"了。假如你再啰嗦，再问下去："你起首时，曾说过学院气少人领会，得人讨厌，又何苦硬迫《何老大》染上此气呢？"这些我依然乐意答的：学院的方法本来甚好，每一件事，都详细研究，详细分析，详细讨论，自然会有好的结果。不过现在的学院，只被少爷小姐小数人霸着，好多人只能懵懵然在学院之外，而且学院内又被一些人弄到其气不正，才至有此现象，如果真能把社会学院化，学院又社会化，社会学院打成一片之后，使个个人都有研究、分析、讨论每一件事的能力，那么得人讨厌，令人糊涂之学院气反得人爱好而去应用，就是一个大进步了，漫画现在既然得大多数学院的人们喜欢睇，那么就好利用。我们写漫画的人——无论是你，是我，是凡夫，都应该以推进社会为中心，使每人都得到那种大家想得而又难得到的学院方法，以改进社会，真是好过富国强兵。《何老大》之可研究的问题，大概可算交代清楚了吧！

二、取材

有些作家，想将现实表达出来，不是见事即写，见物即写，他将现实千万种的形相，归合他们的相同相类之点，好像一条原则一条定理一样地写出来，使人看了一条原则，就能明了许多许多个场面，此谓之归纳法。又有一类写实作家之流，见事写事，见物写物，不加选择，弄到杂乱无章，味道不调和，前一种方法，固然系"言简而意繁"，闻一以知百，不过味道单调，缺少兴趣，使人觉得好似读六法全书一样，太过有瘾。而且一般人，都未则识许多推理方法，不能推开各方面去，终归一无所得，更加糊涂。后一种言多意少，山多柴少，弄到你眼花头痛，摸不着头脑，亦系不妥，至于《何老大》之取材，乃系将现实许多事情，集合起来，选其妥者（大家应认识的，有暗示力量的……）编排到有瘾。不是原则式，亦不是一堆乱草，然则是什么？且听下回分解。

三、何老大之为人

何老大个相，的确一表非凡，单系对眼、个鼻、副颧，已经明白表出他是个忠实朋友，热血青年，做事必问良心，所作所为，却通通撞板，同素珍恋爱，固然失败；派钱乞儿，亦搅到焦虑一番，但无论在什么时间与空间里他都能"继续努力"，拼命同这个恶环境争斗。如果你们问：凡夫何必使何老大这样受苦呢？这问题很容易解答，一来现在的社会，是个苦难四布的尤其何老大这种人容易碰着，何老大不能离开实际，所以不能离开苦难，非凡夫使然也；二来何老大之努力奋斗，与实际、环境很有关系。如果现在何老大已同素珍结婚，肥陈死后，承受一大笔遗产，去瑞士修养，或者跟住刘科长，步步高升，在京都某山筑别墅叹世界，此时何老大已经官财之气十足，还能努力？还能奋斗？还能以苦辣、兴奋的制剂来兴奋大家？还能兴起我们爱天下之何老大，同情天下之何老大，而生出跟何老大一样去启发光明之前途之心情？此时我们只有唾弃何老大，憎恨何老大了！故何老大所受之苦难，乃是不能免受的实际苦难，亦不能不受之苦难也！

这些话说来似乎很严重，不似何老大漫画那种招笑的格调。不过你要研究一下何老大之好笑原因，就会知道笑的后面，有一个更悲哀更刺激的后影。上面问究竟《何老大》是什么呢？那么我可以说《何老大》是糖底包着的苦药，先使你感到甜，甜之后就是苦，吃下肚里，却是一服好药。

四、何老大之出路

有人问："何老大入世这么久，为什么混不着一条出路呢？"你这句话，开口便错。何老大过去的行为，好像是"混"，但细心看去，你会发现有一个中心驱使着的。何老大的出路，是要自己明明白白创造，决不能胡乱"混"来（因为混来的一定不是出路）。比如何老大变成何百万或何总编、何大班、何主任之类，他的招牌似乎光明堂皇许多，但实际上却更黑暗更肮脏了，出路反是死路。你再问："那么何老大的出路什么时候他才能创得出来呢？"这个时间的问题，我却难答复你。因为何老大的出路不只是何老大一个人的出路，且是一切人的大出路，说来会使人震惊的。在现在的恶环境之下，暂不能够明显地指出来，不过你看何老大平生的行径，总会知道他一点出路的线索吧。

五、技巧

写连续漫画是一件难事，取材难，组织难，穿插难，布局难，对白难，人物的绘写亦难……写一部长篇小说，只是有材料去结构便可，不至于连载漫画要顾虑到这许多方面，故想写一段好的"连漫"，不单是个绘画家，而且要是一个善取材结构的小说作家，善用紧张对白的剧本作家，凡夫之写《何老大》，就得到这许多好处了！你看它每小节的四单位中，有四个优美的场面；若干个面貌与性格相称的面孔（使你在纸上好像真遇着这班老友一样）；许多句有趣而又有暗示的对白（有时在一二句很轻松的对话中发现锐刺的）。那些事实、结构、画面、人物、对白，能够互相调混，以增加许多力量与趣味，这就是《何老大》的技巧的好处。

六、读法

"焚香读画"是古之士大夫的闲情，我们读《何老大》却要用另一个格调了，那么读法如何呢？你根据我上头所说的各段，自然会找得到。假如还不明白，我也得说说：

（一）《何老大》的取材，是在现实中选择出来的，不是一条条的定理。但我们读它时，也该在其中找寻中心点；

（二）《何老大》常常剥脱了许多社会上的虚伪皮相，而使你深识现实的。那么你该想想如何改造好这现实的核心；

（三）《何老大》的笑料的后影，是你细味才知道的。所以你读时不要草莽"一笑置之"；

（四）留心它的暗示；

（五）请你思索一下何老大的出路，即如思索你自己的出路一样；

（六）有些时候，也可以放松你的心情，咬着一支烟欣赏那人物画面的趣味。

话虽如此，但是在我的经验，我可以绝不执著任一种读法。人就同睇公仔一样看去，也可以自然地有许多获得，因为《何老大》毕竟是一种漫画呢。

结尾

写完这一篇东西之后，似乎还缺少许多要说的话，而又不能设法加上，只得由他而已。这许多话，都是"我以为"的，如果你以为不对时，大家可以谈谈论论，或者今世《何老大》身上，有更新的发见。

（原载《何老大》第五集，广州：黄色图书出版会1936年版）

▎急速训练漫木干部

作为抗战宣传的漫画在都市的通衢、店户的内壁、公共场所、公路的沿线、乡镇的土墙，甚至极小的村庄的角落。有朋友来自西北的荒漠，说那里也有漫画的足迹。游击区中，他们把漫画刻在树干。在报章，在杂志，在许多不同宣传品上，抗战漫画常呈现其间。据各方工作者的报告，漫画宣传不仅是量的普遍，而且事实上已有了很大的收获，不少民众被漫画所说服，不少民众在漫画展览会中感动而兴奋起来！

我们决不能因目前的开展便对漫画宣传认为满足，实在说，我们反而因此感到人才的缺乏；我们更不能认为目前的漫画作品都臻完善，反之，我却发现了其中不少缺点，偶然还有一些人因为这些缺点而非难整个漫画，这是一个绝对的错误。根本中国漫画艺术历史甚短，还在稚弱的时期，根本中国还未曾把漫画理论完全建立，根本还没有一个比较坚强的机构来训练新人才，幸而漫画界的前驱工作者还能够对自身不断地磨炼，不断地鼓励后进及竭力开展工作的领域尽量用各种的机会与形式，于此二十个月的抗战期中的漫画与战前已经判若两样，已经一步一步踏入积极的现实的教育大道，后来的工作者已略有增加及进步的现象。但是随着第二期抗战的来临，在"政治重于军事""宣传即是战争"的策略之下，于是漫画宣传更迫切地要求进步及增加工作干部了！

绘画工作者的训练在抗战以后各地曾有举办，如西安陈执中主持的漫画木刻训练班、武汉木刻联谊会办的木刻训练班，延安鲁迅艺术学院也有木刻漫画的学科，香港鲁少飞等亦举办过漫画木刻训练，又如漫画宣传队在广西学生军团的漫画讲习，最近又开始在地方建设干部学校指导漫画队工作，都有着相当的成绩。然而，因环境变迁及其他的关系，好些已经停顿下来，又因这些训练机构的设备多未能完满，依然是不能满足当前的渴求。由此可知成立一个健全的干部训练学校是如何急需的事！

为了适应当前物质条件及发展宣传画的内容与形式，漫画又与其姊妹艺术——木刻更有密切联系的必要。最近漫画受了颜料及制版材料来源缺乏的威胁，感觉到万分的困难，木刻即可以协助漫画打破目前这种阻碍。但就漫木本身而言，漫画应采纳木刻的强烈性、战斗性、复制性的优点，木刻也应配合漫画的强调性、煽动性的特质，我们要把这两种枪和弹一样不可分离的艺术武器一同使用才能发生宏大的效力。因之，我们应该训练的是漫画木刻的干部——干部决定了一切！

所有木刻与漫画的前驱工作者，一切同情漫画木刻的政治及文化人员急速地联系起来，负起这个扩大绘画宣传战斗、训练工作干部、树立中国强健永久的漫木基石的使命！

（原载1939年4月1日桂林《救亡日报》）

为新中国绘画奠基

今日的世界政治，正呈现着旧势力的动摇与新势力的进展，处于政治上层的艺术受了这新动力的影响，渐次走向"新现实主义"之路。仅从绘画方面来说，要催促一种进步的画风产生，是需要把历来的遗产加以慎重的扬弃，吸收所有优良的质素：古典主义的质朴、浪漫主义的热情、印象主义的绚烂、写实主义的忠实以及近世纪各种画派新鲜的发见，再加以我们对今日世界进步的理解——思想，对目前的事象的感受与产生的情操才能完成。站在民族的立场看来，尤当尽量发扬每个民族的特性，其终极的目的，乃是综合各个民族优秀的风格，以丰富这种酝酿中的新绘画的含量。

中国社会数千年来都是被封建势力把持，朝代的转变并没有使政治根本变质，中国绘画变革的缓慢与微薄是势所必然的。因此我们所有的遗产并不能如欧洲那样多样与丰富，要建立新中国的绘画虽然不能不向外吸取，然而，我们不能否认中国本身的绘画——国画曾表现了民族的特性，不能漠视唐代以来绘画优越的成分。同时，要建立我们艺术的民族形式，最主要的，还必须从各个视角尽量去吸取每个地方所存在着的活生生的事象。

中国过去绘画是囚困在山水、宫廷与佛寺之间，西洋画传入中国，又患了盲目模仿西洋近世"主观画派"的病症。最惨痛者，尤其是把一批热衷于艺术的青年关闭在画室里面，以"花、果、美人"来束缚他们的画笔。诚然，我们应当承认画室里的修养不能缺少，但是我们反对他们隔绝了室外的阳光，放弃了"花、果、美人"以外的活动的事物。因为这样会窒息了技巧，闭塞了内容，不能产生出有活力的现实的画幅。

抗战复苏了垂危的中国，复苏了中国的艺术。抗战以来，许多绘画工作者已离开了画室，直接间接参与伟大的战斗，场面代替画室，代替了"花、果、美人"，给予绘画工作者磨炼的机会，成为中国新绘画催生的力量。

我们有没有辜负这传统呢？我们有没有把这些事象只当作反映呢？有不少近视的先生，以为战时绘画的价值只在宣传（狭义的宣传）。不错，艺术的本身就包含政治的意义，尤不能避开"直接宣传"的任务；然而没有优秀的艺术技巧的绘画绝不会有良好的宣传能力。以稚弱的技巧滥造"宣传画"实在不足显出战斗中的绘画工作者的努力。我们要以绘画参与政治工作，还要催促绘画艺术的进步，抗战中的绘画者在两者的努力虽已有了显著的成就，而后者的努力则还不能使人满足。就是说，有不少人还没有走入现实当中，描写、反映、记录这些难得的事象，没有为中国新绘画做充分准备，没有以相当的力量为中国新绘画奠基！

在刘仑同志的战地素描展中，虽然只有百数十点小型的作品，似乎扯不上中国新绘画建立的大问题，但是我们已可以从此知道今日的绘画工作者中已有人完全醒觉了自己的责任——第一重醒觉是打开画室之门；第二重醒觉是打破艺术宣传的歪曲偏见，负起政治与艺术同时推进的任务。这百数十点作品中，反映出《摇撼山岳的军队》《为祖国流血的战士》《仇恨的痕记》《可爱的土地，可爱的人群》……他以两年的跋涉数千里的地域，找寻到许多活生生的事象，反映、记录出来，成熟了他的技巧，充实他的艺术修养。尤其值得我们注意的，他还能够在画面中适当地溶入国画的技法，作为中国民族形式的尝试。我们可说，这些作品不仅饱含了宣传的意义，尽了宣传的任务，还担当了艺术本身的任务。我们所以欣慰的并不是以为这些是刘仑同志个人的收获，而是为新中国绘画的前途而欣慰。我们希望此一举能打开这一种风气，希望随着有大批绘画同志在战地、大后方、村落都市……动员笔杆表现这祖国的复苏时期的诸般动态，发扬蕴藏在每一个艺术角落的艺术养料，使内容不断展开，技巧不断跃进，各自努力为新中国绘画奠基！

（原载1940年3月30日桂林《救亡日报》）

"香港的受难"画展中的作品

1941年12月8日晨，太平洋战事骤然爆发，香港首当其冲，在这四面环水的孤岛上，中外军民奋起抗战，经过了18天的艰苦撑持，由于种种原因，孤岛陷入日寇之手。这场苦战，已有过不少新闻、文艺的报道；我们香港的画家们，站在自己的岗位上，便以绘画来报道当时目击身受的情况。他们集合九个人的力量，制作了七十幅绘画，以"香港的受难"为总标题，在桂林、重庆先后展出于大众之前。

我们的画家忠实地选取这一个标题来概括他们的作品，我们可以想象到，对于这个突然袭来的战祸，画家们断无于时前有所组织，当时他们也不会被动员起来或允许他们自动地亲临战线；他们只能困处于可避炮火的地点，与数百万香港居民过着"受难"的生活。同时，当九龙的激烈战斗停息之后，日寇的兽蹄便迅速地踏上了孤岛，这时候他们也只能收拾着个人所受到的凌辱以及视线所及的片段的实况。这些原因，便局限了他们的写作范围，使他们仅能以"受难"为题来处理他们的作品；我们也仅能透过这些弥漫着愤郁气氛的画面去尝味整个海岛的受难。他们在艺术上的企图是抒发穷其能力所得的观感与凝积于心深处的愤慨，而创作时代的真实画面；在政治上的企图是借艺术的共感性来挑起更多的人的愤怒，把太平洋的战潮涌入人人的心内，以艺术的反攻作为军事反攻的前哨战。这两次展出的成绩，证明了他们的企图没有落空，他们已负担起今天的画家和国民的责任了。如果有人以记录欠详尽，表现嫌狭窄和缺少紧张战斗的描绘来责难作者的话，他们便可从这些画家在战争中的经过及其企图得到解答了。

在谈论绘画的时候，我们很容易触到中国今日整个的绘画问题。

在这旧的绘画遗产未能与时代融合，新的绘画风格还未达到开花结实的时期，便很难在其中画出较高的水准，迅速跃进的时代不会等待蹒跚学步的艺术，应该作为时代前锋的艺术很容易被考验到连尾随者的资格都够不上。时代对艺术要求得太高，太迫切了！它要求产生像战争画之巨匠的格罗，热情激蘯的特拉克洛亚，尖锐地暴露现实的哥雅、杜米埃，敏捷的射击手马耶可夫斯基等等辉耀时代的作家；可惜我们连一个辛姆（Sim——西班牙现代画家）女士也不易产生出来！好些习惯于寄情山水，沉迷花鸟的画家们不易在时代中吸取养料。（也许他们会说不甘为时代服役吧？）仅有这些"未成正果"的从事漫画木刻的青年被良心驱使，为艺术为时代激烈地献出其薄弱的力量。他们于磨折灾难之下，在生死边上逃亡之时，尤未忘却本身的任务，把每一片印象保留下来。那些怠惰的画师在安逸的画室抒发"灵感"时，这些青年正尘垢未洗喘息未定地着手他们的事业：以笔墨丹青来揭露敌人的罪行，制作下与时代一同呼吸的绘画。

我们在"香港的受难"的展览室里，对着这些拼凑起来不及西斯廷一角的画幅，很容易会呼喊出："我们要伟大的构图！""更有力的挥写！""更健全的技巧！"然而把这些画幅和今日整个画坛联想起来，虽不能如罗丹所谓"生命之窗"，至少可说是暗室之中透光舒气的洞孔。从这些洞孔看出中国画坛将由他们的工作与感召开辟出一条中国绘画的生路来！

让我们来分别检视这些路工——画家和他们的成绩吧！

新波是一位很早就从事木刻工作的青年艺术家，当木刻还未露出地面的时候，他同其他的木刻家一起在极不如意的环境下锻炼他们的战斗艺术。这位《路碑》的作者在他开始的时候已经树立其独特的风格。他在板上推刻出极其纤丽的线条来组织盈溢着诗的气氛的画面。由于这种细腻的刻画，他的画面没有浮露的奔放气势；而在他轻清的诗的境界中，却蕴蓄着相当浓烈的情感，我们看见从黝黑的底板显现着的闪光的白线，如同黑夜的星斗；虽然微弱，而自有其永恒的光源。他的题材和他这种熟习的技巧能组合出这么优良的成绩。且从这次展出的《家庭温暖失去了》来看吧：荒野，一条水平线；直立的少女，一条垂线；流星，黑的背景上溜过一条弧线。他就用三条单纯的线美满地造成了诗的情调。《日落后东西新秩序》和《死市》（不是指这次展出的素描，而是发表于另一本画刊的木刻），他用那些平行的垂线，同样获得这方面的效果。《因为昨天有一个日本兵被暗杀了》的画面上平板直立着四个无辜待决的人，我们不会厌弃这样平板的结构，由于它四面的衬托把主题的情调充分表露了。有人说新波的作品文艺性重于绘画性，这是很中肯的评语。正因为他太着重文艺，不免疏忽了绘画本身的技巧，以至在他的作品中很容易找着形与质的毛病。就在上面提到的那一幅作品中，远景的浓烟便有着质的表现的缺陷。《挤一点不要紧，顺民做不得》，近景的人物也是很需要绘画的技巧来补救的。至于素描，更非新波所长。中国一般木刻家大都注意板上功夫而缺少纸上练习，如李桦那样素描木刻同样辉耀的作家究竟太少。如果新波再能致力于纸上的练习，一定更能丰富他在板上的技巧；更能开展他的题材的范围；从纤丽抒情的短歌达到壮美的史诗。我想，他该会明白自己的优点与缺点，向着他要走的路努力行进的吧？

林仰峥是在15岁时开始习绘的，这次展出五套色的木刻——《码头》是19岁时的成绩。我们佩服他这四年来的努力，同时尤不能不惊异他卓绝的天才。仅此四年的学习，他已获得画面的结构，造形的变化，色彩的点染，调子、明暗线条、刀法的运用的知识。他能运用这一切来相当圆满地处理题材。《海滨》这种多色套印的木刻在中国还是初次出现。在今日条件不足工具缺乏的木刻界竟由这位少年画家得到这种尝试的成功。近景的尸体，中景的海洋，远景的山市和天空，无论在造型上、色彩上都很难找出太大的毛病。如果苛求一点的话，我们只能指出那些白点的散乱，颇有破坏调子之处而已。《神圣的教堂》的缺点是画面失却深度，背景——日寇暴行——抢到近景的教士之前。而在人物的描绘——尤其是满怀悲愤的教士的颜面，已经充分表现出他苦下工夫所得的效果了。《盟机袭击香港》在这次展览中是一幅独特的题材。它好像在所有反映"受难"的画幅之后有意作了一个反攻胜利的预示。作者企图一方面表现敌人被惨炸，同时在另一方面表现不愿做奴隶的人们的欣喜。这样的题材似乎要用拼接法（Montage）来处理的，可惜作者没有运用这种方法去补救表现的困难。可是那些从圆刀口铲出的壮健的线条，强烈的黑白，那样适当地与题材呼应，足见作者如何了解题材与技巧的联结了。于此又想起中国木刻的问题。新兴木运迄今已十五年，由于生命的幼稚与客观条件的限制，粗制滥造的风气依然存在。此次在林仰峥作品面前应该得到一个很好的启示，就是他的成就不仅独特其足以自傲的天才，更主要的是由于它能克服种种困难，严紧制作，对每一件作品都能尽其所有的一切——工具性能、时间，以及才能。

如果提到中国的政治漫画家，我们仅能指出特伟这位专才来。唯有他能够坚持这项工作；对于每一件国内外情况的变动，他都能极敏锐地把握住它的中心。他善用硬朗而流利的线条，痛快的擦炭，组成强健的形体，有力的画面，与他的题材造成一篇有力的时论。我们十分相信他的作品能够无愧地与当前各国的政治漫画家——格罗泊、大卫罗、爱菲莫夫——的作品相提并论。在此次展览中，他的作品最为观众推举。这九幅描画"香港的受难"面目的创作，一律运用他新近摸到的风格，构成气氛极其浓厚的画面。其中没有些儿暴露艺术最易引起的消极意味，而使我们在这些风云酝酿的暗黑的画幅里，听到霹雳的雷声，预感滂沱之将至。这种新的风格之形成，不知作者是否由于为了适应这些"受难"的题材而改变其技巧或是在"受难"中酿成的心情反映与艺术的缘故。他在《伟大人力的消耗》一幅里描写着防空洞内的景象。使我们从这些裹于黑暗中的人们的颜面与姿势上看出那些兽类在外面施行罪恶而他们绝不甘服的毅力，同时在《明天，一个新的命运要开始》的一幅画里，那些困处酒吧间以啤酒浇头的盟邦人士，更反映出他们忍受到不能再忍的心情。我们再听听被吊死的同胞呼喊着《不要忘记我们！》的声音（我以为这是在他九幅作品中技巧最成功的一幅，构图造型最值得欣赏），我们再看看《开往慰安所》汽车上的盟邦姐妹，便鼓起我们对敌人莫大的愤怒了！我听到一方面友人的意见，以为纪录的绘画应该朴素地客观地描写，不同意特伟过分着重构图完整的努力。诚然，特伟在这批作品中不无制造气氛拼砌人物迁就黑白的痕迹，因此有时会局促了画面的气势。不过纪录的绘画是否需要有别于其他绘画的特殊形式？是否需要和新闻照片一样"客观"？艺术的主要效能在乎情感的"感染"，要达到感染的效果决不能规限作家不施以主观的手段。何况"新写实主义"的绘画正需要注入主观的思考与情感，唯有这样才能把客观事象强调出来。至于特伟的色彩画那真有不可掩饰的缺陷。他可能造出十分悦目的颜色，却无法借颜色造出足以深长玩味的画面。从他这次展出的两幅色彩画（《开往慰安所》和《战斗十八天，香港沉寂下来》）看来，他曾下过很多工夫而不能拔出薄弱的窝臼，本来色彩才能的缺乏对于漫画家没有深切的关系，然而在多数画师躺在时代浪潮上面瞌睡着的今日，很需要这些头脑清醒的画家具备多样的才能，以接替他人遗下的工作啊！

研究杨秋人，很需要根究到西洋画在中国的时期问题。秋人此次展出的作品，首先给予我们的感觉，就是他的画笔拖过两个时间——从"毕加索主义"（为了要将好些新画风包括起来的便利，恕我用上这个名词）拖到现实主义。当西洋画正式传入中国之初，国人之爱慕西洋画者，仅在毫无批评地摹习。嗣后新印象派陆续开出的奇葩异卉随着时代的风向吹至中国，便在画坛上无根地蔓延起来，秋人他们的"决澜社"就是当时融合这些新画风的组合。他们强调美术的目的是为了视觉，轻视了知觉在美术上的价值；他们的制作在造型与色彩上有着好些巧妙的成就，然而却把美术流于纯装设品的地位了！抗战的力量在迫使艺术与现实溶渗，对于美术，所追求视觉与知觉作用的相互发挥，撼人心魄的作品。秋人的绘画便顺着这种思潮流转，钻出"唯美"的角尖趋向广阔、现实的天地。我们很应该把他此次展出的油绘看作过渡时期的产物。他在那些画面上铺陈着纯练的构图，极堪玩味的色彩，新古典趣味的造型，构成一片沉郁的气氛，使读者在心境激进之际牵引起一层薄薄的哀愁。他很熟练地运用这些唯美的绘画手法，达到相当优越的境地；然而，却难于忠实地诉出时代的情感，支起这些唯是反抗的悲愤（不是软弱的哀怨）的题材。他背负着当年的意识以及唯美艺术的遗产要渡过时代的彼岸，诚非易举；而且在唯美画家群中，能像秋人一样地鼓勇前进的实在太少了！

在漫画作家中，能圆熟地运用多样技巧的是叶浅予，他的题材正如他的技巧一样驳杂。他具有最适宜于作为漫画家的眼睛，对于获取形体的特点和把握题材同样的敏捷锐利。在过去，他用长远的洋场生活的感受作为写作的凭藉，而从正义的观点去暴露其中的脓腐。在他所久处的生活圈里，拔取王先生这位"好人"来排演喜剧，有意无意地托出社会的病状。及到"小陈"这位小官僚的出镜，他便明朗地表现他的攻击之所在了。抗战开始以来，在"一切为了抗战"的原则之下，浅予放下了对自己人的挑剔而从事攻击敌人，制作下不少辉煌的作品。这一批《逃出香港》的纪录画，就是在这种原则之下的制作，像《屠场》《江门伪警》那样血腥弥漫的画面，真能发挥其攻击的力量，有力地激发读者的感情。这与浅予一贯□习□的喜剧手法，迥然不同。提起喜剧手法，也许有人会怀疑到浅予这种手法与战争题材不易得到贴切的表现。其实漫画家的"法宝"正是使读者含泪而笑的才能。引起对敌人作敌意的冷笑有时比浮面的愤怒还有力量。是以我们对这位漫画家的要求不是板起面孔说教，而是以更明朗的意识，更深入的观感，更针对的以嬉笑怒骂来除去病源；使人通过笑的表面，得到更真的东西。近数年间，由于时代的要求，浅予没有停休过他的钻研工夫。单从技巧来说，他已卸脱了"洋场艺术"的薄弱的形式，渐次追求到深厚的境地。想见他对于创作欲求的扩张已在下着准备。我们深信这位抗战漫画的领导人终不会疲于奔驰的！

1933年左右，中国漫画坛上出现一位少年作家丁聪。他用十分流利的线条，写下洒脱的画面。十年来，多少辉耀一时的漫画家被时代淘汰了。而这位少年作家却随年月而强壮起来，他一天天在他的岗位上加深基础。这次展出八幅以单字为题的作品——《焚》《掠》《占》《米》《奸》等等，已能代他报告其进取的过程。可惜的是当年洒脱的技法被这些"基本工夫"束缚了。我们希冀的是他能把握住过去的技法，凭着这些"工夫"进入深厚之境。至于题材，如果从文化人的"受难"来说，《焚书》那幅可以推为所有展出品中最能表现这种题材的了。盛此君女士的作品不常见，这几幅白描自有成功之笔。不过以这些纤弱的线条来支撑受难的场面，便嫌太弱了。《要一百名伕□》，描写敌人拦路捕人，以一根绳子随便判定"统治"下的人们的命运；我赞美这题材与技巧是同样的朴素而真实。郁风女士能写很好的素描，油画却难掩其缺陋，与秋人的作品并比，不免显得用色生硬。那幅描写当日是青年男女嬉戏的乐园，而今成为血腥的战场的《浅水滩浴场》水彩画，使我们面对着在阳光闪耀的沙滩上支起的铁丝网、彩色斑斓的浴伞下躺着的战死的尸骸，感到侵略者是如何残酷地劫夺人世的幸福！如果作者能在其中施以更好的技巧，就将成为导人思想飞越的诗篇了。温涛的木刻是《欧战和平纪念碑前的兽行》，在这纪念二十年前人类屠杀终结的纪念物下，这些挑起第二次大屠杀的祸首又以血污去涂抹碑文这种行为将引起人们绝大的愤怒。可惜温涛没有用适当的技巧完成这件足与纪念碑永垂不朽的艺术品。为了爱惜这个题材，不能不指责这位木刻先驱者的制作有嫌粗滥，也许他因具有多方面的才能，而减弱了他刀尖的光芒。

　　香港的受难是今日全人类灾难的一部分，"香港的受难"绘画是今日反映灾难的艺术潮流中的一个浪头。我们坚信爱和平的人类的努力必能把灾难消除，同时坚信谋造人类幸福的艺术必能前浪口着后浪无阻止地奔泻。为了爱好这一类表现时代的"习作"（我们就把它看为习作吧），在展览场内巡回再三，这七十点画幅，使我感到无限兴奋，真诚的话语便不可抑止地洋溢出来，对于这些作品与其作者不无妄褒妄贬的地方，相信朋友们当能因我言出真诚而加以恕谅的。

（原载重庆《中苏文化》1943年第13期）

有所望于木刻家

木刻是绘画的一种，它之异于其他绘画，仅是工具而已。

如果说木刻的"刀触"是黑中显白，是黑白强烈，富于战斗性的艺术；那么，外国的"纸刻"也是黑地雕白，而经常用作杂志广告的。

如果说木刻有独特的内容，那也不符事理。木版何尝不可刻花鸟；宣纸也可写《饥民图》。

如果说木刻有特殊的传统，那也对。这不过是说最早的木刻是为印刷（书籍、纸牌）而存在而已。

如果说"木刻"是大众的艺术，油画之类属于资产阶级的（的确有人这么说过），那么，苏联也有资产阶级了。

如果说"中国新兴木刻"有其特殊意义，这对！"中国新兴木刻"是配合中国革命的脚步行进的。但我们能说其他部门绘画以前不曾、也永远不能与革命同行么？

"中国新兴木刻"有无成就？有的！它早把创作的重点放在"人"（社会性的）的方面了。"全国木展"百多幅作品都刻画着现实的事物。但，我希望木刻家们能够拿他们的成就参与其他绘画工作，为中国整个新绘画的建立拿出主导的力量来，这才能丰富自己。展开"木运"，如果仅为"木运"而"木运"，永远刀版自珍，"独特"自榜，那就是"关门主义"了。

（原载1947年5月29日香港《华商报》）

谈《何老大》系连环漫画

——由华南报纸的连环漫画说起

华南报纸的一个特点是注重连环画，在这"连环画"一词之下，大体包括连环漫画和故事连环画两种。记得在民廿二三年以后，广州的报章几乎很少没有连环画的。从《国华报》开始，把连环画稿用四套彩色刊印报上，接着《环球报》用全版篇幅，刊印多套彩色画幅，以后彩印连环画在广州报纸几乎形成泛滥的状态。在这一段时间涌现出来的优秀作家如白云龙、郑家镇等，只就技术上来说，都有颇好的表现。同时亦有不少低劣的作者滥竽其间。及廿四年春，广州《诚报》出版，在华南搅漫画较早的李凡夫（他曾和叶恩泉等创办《半角漫画》刊，这是个华南最早的纯漫画刊物）以《何老大》连环漫画发表，可说是在这方面的空前收获。《何老大》在华南民间的影响不下于上海刊载的《王先生》（叶浅予作），《何老大》的情节和画中所用的口语，在市民中普遍地流传。李凡夫的模仿者日多，几乎成为报刊连环漫画的典范，这《何老大》系的生命，一直延续到十多年后的今日。

《何老大》（李凡夫）地位造成，和这类连环画之被华南报章之重视，是由于华南客观固定环境所决定的，华南是封建文化和殖民地文化商业文化表现得最强的地域。华南报章之多刊连环漫画可以说是受了外国报章的影响，由于这种多刊连环图和彩印连环图的西报在华南流传特别普遍所致。其次华南都市人民（以港穗为代表）小市民成分多而"知识分子"成分少，这种保守性（封建的）、慕外性（殖民地的）小市民，政治醒觉一般都较为迟缓，进步文化（"五四"以来的新文化）对他们的影响极微，以他们为对象的报章，二三十年，本质上很少进步，这些商业性的报章争取市民，一般来说只能在副刊上下工夫，但言情、武侠、风水这一类代表封建文化的文章小说陈陈相因，很难给予他们更大的满足，通俗（可以说是庸俗）趣味（过瘾）的连环图所以应运而生，《何老大》之所以大行其道，实基于此。

《何老大》为什么会成为这方面的代表作呢？《何老大》何以成为一个派系繁衍下去，延续十多二十年的生命呢？据笔者的看法，一方面是由于《何老大》内容的彻底的华南小市民化。《何老大》的素材，是取自小市民生活，尤其是中下层小市民生活的断面和民间所熟知的笑话，作者能够把都市现象相当生动、广阔地综合在《何老大》身上描绘出来，而且处处能够把握到喜剧的手法，作者所站的立场观察的角度，和一般中下层市民相当一致。他绝少剽窃外来的"西洋幽默"，也绝少知识分子阶层的气味，每一片断，每一情节，能够尽地投合市民口味，能够使他们有亲切之感。在形式方面，作者总算能够创造了独特的风格。他没有像中国其他某些连环画家一样，抄袭西洋形式（像白云龙和叶浅予初期都模仿过美国连环漫画"怕老婆"的形式），以颇为单简的线条所描出的人物，尚不失其生动。环境道具的描写，大体都相当达到地方化和真实感。至于《何老大》画内所附的对话，更是其形式部分重要的因素，作者市民口语的熟习，运用之活泼，加强了《何老大》的吸引力。笔者以为这一点的成就，比较其绘画的本身技巧，尤为重要。

以上所说，都是《何老大》之所以抓取市民的原因，至于《何老大》给予读者和华南漫画工作的影响怎样，《何老大》的艺术价值如何，我们还有探讨的必要。首先，我们要认定，一种艺术的流传普遍与否，不能完全估定其艺术的价值的高低，我们要估定艺术的价值，还得观察其所起的效果。就是说我们要追究它在读者中所起作用的好坏，它能使读者行为向上、向下或者停滞。《何老大》的内容，固然能够表达了市民生活诸般现象，使读者有亲切之感，但是作者并没有批判这些现象，更少尽其指引读者向上的责任。作者虽然对这个被认为中下层市民代表者"何老大"寄以同情，但是，是非爱憎并没有明确的判断。其猎取题材，大体上只是以迎合为目的，这种迎合的艺术，自然只能使读者停滞，很难使他们从中有所获益。及至《何老大》的模仿者，如《肥张》《柳姐》等等，更向迎合方面追求，尽力地搜求都市的黄色趣味，就更变成毒害读者向下的趋势了。《何老大》的描绘技巧，固然有其独特的风格，但《何老大》之所以能够普及主要是内容和作者善用口语方面，而非由于其描绘技巧如何成功。李凡夫笔下的几个人物造型，虽然相当性格化，但人物的动作表情距离"丰富"甚远，纵使故事情节有多样变化，而画中人物的有限的表情动作常常不能和情节作有机的配合。笔者相信，李凡夫并非有意做成这一套定型的技法，而是他技术上贫弱所使然。看来《何老大》的模仿者，则以为《何老大》已有了基本读者，所以他们在内容上模仿之外，还斤斤于形式的模仿，同时也是由于他们绘画技术的拙劣，取巧地剽窃这一套固定的容易入手的技法，并且他们不但没有加以提高，而且更形低下了。这可以说是《何老大》给予华南漫画工作坏的影响，想来断不是李凡夫有意做成的。

由于整个华南进步的迟缓，本质变化不大，所以《何老大》一系的连环漫画，能够被李凡夫及其模仿者一直扩散延续到今天，同时也由于客观环境缺少本质的变化，所能发掘的素题——离开政治演变的社会现象搜索渐尽，这一系的势力也日趋没落。但是，我们也不能把《何老大》这一系作品完全否定，在亲近市民善用口语等等，仍然是今后华南通俗连环漫画工作可以借镜的地方。《何老大》系的作者们也可以凭借这些优点，在内容上摒除黄色毒素，以提高市民醒觉，倡导社会向上为制作目的，仍然有其前途，否则依然完全因袭这一条旧路，就不能再延续下去了。

（原载1949年4月20日香港《华侨日报》）

怎样学漫画？
——给要学漫画的青年朋友

近来接到不少青年朋友来信，提出好些漫画作法的问题，也有些青年团体，为了目前迫切的需要，要知道漫画的学法和画法。同时，也有些青年朋友，对漫画也摸索过一个时间，提交出作品来征求意见，是以，写下这篇讲义式、粗浅的文章，作为答复诸位热爱漫画的朋友们。

一、漫画是什么东西？

我们要学一样东西，或做一样东西，先要搅清楚那样东西究竟是什么。漫画是什么东西？我们经常在报纸上，杂志上，中国的或外国的，看见许许多多漫画。在内容上有些是画社会问题，有些是画政治问题、经济问题、国际问题；有些看了会使人发生憎恨、愤怒的情绪，有些看了只是会心微笑，像眼睛吃冰淇淋似的。在形式上，有些潦草几笔，有些细细密画，有些画得颇为"像真"，有些画得头大身小，奇形怪状。凡此种种，我们看惯了都知道它们是漫画，但是，它们为什么是漫画呢？它们的基本特质是什么呢？恐怕有些朋友会摸不到头脑。

那么，什么是漫画的定义呢？它和普通用画有什么不同呢？记得有位自称漫画前辈的先生，替漫画下了个定义，他说："漫画者，简单画也。"这定义下得对吗？不对，虽然有些漫画是寥寥几笔，可是也有些漫画用数不清的线条，工细地描画。中国画家撇几笔简草，西洋画家来几笔速写，其笔虽简，你能叫他做漫画吗？也有人以为：漫画者，浪漫之画也。意思是随随便便，胡画乱涂就是漫画，对吗？如果说对，那么道士画符也是漫画了。许多初学漫画的人，都会有这样的误会，何以至此，大概是这个"漫"害了人。漫画在西洋本来叫卡通（cartoon），中国这名称是从日本搬过来的，是由那位叫丰子恺的经手。其实，这个"漫"字未搬过来之前，还在清代末年，中国就有漫画了，不过当时不叫做漫画而叫做滑稽画、谐画或讽刺画。这些名称，尤其是"讽刺画"，比现在的名称明确得多。不过，目下这个名称已经沿用了二十多年，也无谓更改，就让它"漫"下去吧！

我们要替漫画下定义之前，先得说明漫画的特质，漫画的特质主要是内容方面，漫画的内容和普通的图画判别之点是漫画所描写的事物要有明显的批评，普通图画所描写的事物常常不必给予批判，你随便画一个像，都可以叫做图画；但是漫画里画一个像，在你的笔下，必定予以批判，表出他凶或者狡，再举个例来说：画两条鱼游水，无论你用简笔或繁笔来画都不能说是漫画。如果他画一条是凶狠的大鱼，追吃一条善良的小鱼，用以说明大吃小，恶欺善的社会状态，那就算得上是一幅漫画了。含有批判性的画也不一定是漫画，普通绘画也常常含有批判成分的。譬如画一个革命战士，把他的容貌姿态，画得非常坚强勇敢，这种批判属于赞扬方面的，也不能说它是漫画。比方画一个反动分子，把他画得非常凶恶残暴，或者是再加上其他的陪衬，尽量表现怎样凶残，何以凶残，这种批判属于攻击方面的，便接近漫画的特点了。含有攻击性的批判的画仍然不能肯定它是漫画。譬如上面所说，画一个反动分子，表现出他的凶残形状，如果只是斤斤于迫肖他原来的形象，也不能就叫它做漫画；如果把这狼心狗肺的东西，尽量在形象上暴露其本性，用夸张的手法把他画成狼头狗身，那就一定是漫画无疑。总结上面所说：漫画不能以自然事物为内容，必须以社会事物为内容；不能把社会事物的现象为内容，必须把社会事物从它的现象透视到它的本质，并加以批判才能作为漫画内容。在水里游的两条鱼，是自然的东西，以大鱼吃小鱼来象征强凌弱，那就是社会性的东西。像照相机一样，表面把一个革命战士，或者反动分子画出来，那也是自然性的东西、现象的东西，不属于漫画内容的范围；如果加以批判，指出其善恶，那就是社会性的东西，本质的东西。漫画的本质，必须是社会的，本质的，而且以攻击讽刺为主，说到这里，我们可以试为漫画下个定义：漫画是对社会性事物，经过透视其本性，对否定方面予以攻击讽刺为内容，并以夸张为主要的表现的绘画。

这是艺术部门的定义，它断不能像科学定义那样有绝对性，我们很难肯定某些不完全符合这个定义的漫画就不是漫画。比如美国流行的和目下香港报刊上的许多无聊惹笑的图画，和好些歌颂赞扬、呼吁号召的宣传图画，它们的内容就颇不符合这个定义，但是按一般习惯来说，我们只好仍称它为漫画，总之，我们用这样的看法来解释漫画，说明其特质，下以定义，是比较确切的，这一段解释和定义，并没有涉及描绘的形式和工具问题，因为描绘形式和工具并不是判别是否是漫画的条件。什么繁笔、简笔、工描、略写、黑白、色彩，或者钢笔、毛笔、水彩、油绘，都可能作为漫画的形式和制漫画的工具，主要是看它的内容是不是漫画而已。还有只要合乎这个定义，那么，无论描写都市社会、农村社会、国内、国际、政治、经济，也都属于漫画。

（原载1949年5月18日香港《华侨日报》）

二、漫画有什么用？

漫画在清代末年以"滑稽画""谐画"这些名称，正式在中国出现以后，就一直发展下来，尤其在1931年"九一八"事变以后，尤为蓬勃，在八年抗日战争和最近的内战中，在中国近代美术史册里，漫画这部门更写下光荣的一页。在这一段长远的时日中，我们经常接触到的，和最吸引我们注意的是漫画，在人们的意识中，常常把"漫画"这名词去代替绘画所有部门，几乎不知道漫画以外还有其他种类的绘画存在。

漫画为什么会取得这样的地位呢？如果漫画是和其他的"国粹画"和"西洋画"一样，只是少数人享有，茶余酒后赏玩一番的艺术，它必然不会有这样的发展。这几十年来，中国的环境，一直在动荡之中，一切帮闲的艺术，随着人民生活的降落，外来力量的威胁，逐渐缩窄在民间存在的范围，走上没落的道路。于是和人们大众的现实生活有着密切关联，向社会政治罪恶予以暴露和攻击的漫画，因为符合现实的需要而发展起来。我们检视这数十年来漫画行进的轨道，很容易证实它和时代形势，和人民生活的关系！清代末年，初生期的漫画，便含着相当浓烈的革命性，大多数以"反满御外"为主题，和当时进行着的资产阶级民主革命息息相关，五四运动期中，漫画在当时文化各部门中虽是较弱的一环，但在民主科学的革命号召之下，也颇有个别的零碎的表现，及1927年大革命的兴起，漫画以宣传画的姿态出现，曾起当时"除军阀，打到列强"的任务。1931年，"九一八"事变，中华民族遭受了空前的灾难，漫画运动便掺混了反日的主题，也加强了漫画工作者的政治醒觉，但是，我们不可讳言当时确有一部分漫画作家由于逃避现实，走向黄色坠落的道路。然而，能够进步的漫画工作者群，更明确地认识自己的立场和任务，对形势的表面认识到核心的了解，而奠定了以后发展的基础。到"七七"事变，民族抗日战争到来了。在这伟大的时代，这一种主要以现实为基础，与人民关联紧密的艺术——漫画，和木刻的艺术一样，比任何美术部门都更快速地，坚强地站起抗日的前阵。漫画工作者们，在四面八方，以漫画艺术为基础，展开漫画、连环画、招贴画及其他各式各样的美术宣传工作。攻击日敌汉奸，掀起军民的抗日热潮。以多样题材多种形式，尽其一切所能，服务这民族自卫的战争。它成为中国画坛中最灿烂的花卉。它以一种犀利武器的姿态，飞跃于徒供赏玩的落后"国粹画""洋画"前头，起着领导作用。在抗日战争结束后，最近的几年间，形势更是急剧地演变，现实对漫画艺术的要求更高。它依然循着以往正确的轨道，紧接着形势前进。黑暗的现实磨砺了漫画，而漫画也在对黑暗的扫荡战中显现其辉煌的劳绩。

　　漫画是有用的艺术。它是变现社会而又作用于社会的艺术；它是服从政治而又推动政治的艺术；它是善于战斗，宜于短兵相接的艺术；它是反应迅速，最时间性的艺术；它是容易扩散，接近人民的艺术。只要是人类社会还有罪恶、不合理的情况存在，无论是政治方面的，经济方面，或仅仅是社会秩序和风习方面的，就有漫画投射的目标，就要漫画显现功能。在新的人民的时代里，一切为少数人享受，与大多数人无关的，瘫软的艺术将不能存在了，漫画则必然与一切有用的为国家人民服役的各部门艺术永久并存，永远向前发展。其任务也将会从扫荡顽强的大敌到一切罪恶的枝蔓，并且可能转移其性质，成为以教育性、建设性为主导的艺术。

（原载1949年6月15日香港《华侨日报》）

三、先健全头脑

有一句名言说："用脑来画画。"我们更应该说："用脑来画漫画。"

其实什么艺术品都要通过思想（用脑）来制作，什么画都要通过思想（用脑）来画。不经过思想做成的艺术品，画出来的东西，必是没有内容、言之无物的东西。漫画是最重视内容的艺术，如果言之无物，没有内容，便不成为漫画了。

前章经已说过：漫画是现实的社会性的艺术，是攻击性的艺术，也是最接近大众的绘画。如果漫画工作者，不了解现实，不认识社会，他就无法去找应该攻击的对象。

如果他硬要去攻击便会"无的放矢"，也就成为不为大众爱好，不能造福大众的东西。一个普通的画家，他可以关起画室的门，随便摆几个花瓶果品，画他十幅八幅，凭他个人想象，也可以画出一大批他自己所陶醉的画面，充其量拿个画架，到画室外，找自然的一片一段，也可以涂涂抹抹。他所要画的东西，既不理会什么社会性、现实性，也无所论什么赞扬攻击。他之选择画因（所画的东西）只注重美不美，合不合口味，以个人的好恶（最多是以少数的有钱的雇主的好恶）来决定，并不考虑对现实影响如何，对大众是否有益，是种不经过深刻思想画出来的画，虽然不是好画，但也不能否认他所画的是画。但我们从事漫画的工作者就不能这般方便了。我们所要面对的，不是花瓶、果品、裸女这样简样，也不是自然的一片一段那么单纯，也不能单凭一己的好恶来挥写。我们所要面对的，是一个纵横交错、万般繁复的现实。我们要从这样去判别是非善恶，找寻题材。同时我们也要照顾广大的读者，我们要给予的是什么，他们又要怎样才能接受。这一来，我们不仅要有一双善于观察的眼睛，更需要有一副健全的头脑。一副健全的头脑怎样获得呢？有人说漫画家的头脑是天生的，生来就会想得古古怪怪，宜于画漫画，这是不对的。或者是，要多吃补脑的药物补得它特别健康才能画漫画，更不对；一副健全的头脑的做成，简单来说，不外生活和学习两方面。一个漫画工作者要怎样对待生活呢？他和一般艺术工作者一样：要广，要深，要随时观察，随时运用思想。就是说：我们的生活接触面，需要尽量的广阔，对于生活的感受，要深切。我们生活在社会中间去观察现实社会的广阔面上各式各样的生活状态，大多数人的真实生活，哪一种人是被侮辱与损害，哪一种人是侮辱与损害人。我们要经常思考他们又何以至此，又何以至彼，从接触观察之间，用思想去寻求一切现象的根源。如果用走马看花、过眼云烟、冷眼旁观的态度来生活，那就等于没有生活。必须用与大多数人同感受、同呼吸的态度去生活，才能丰富我们的头脑。漫画工作者要怎样学习呢？一方面是从生活当中学习，用前面所说的生活态度去生活，已经是一种学习了。从那样就可以获得多样的知识和形象，作为创作上的内容和造型上的资源。光是从生活上学习是不够的，还要做纯粹学问上的工夫，普通说来就是书本上学习的工夫。我们对于书本，不是只去涉猎各种皮毛的知识，最主要的是搅通了社会发展的过程和原理、政治经济的动向和情势，建立起正确的世界观和人生观。我们有了这些，才有正确的观察方式、思想方法，才能容易地对千丝万缕、瞬息万变的生活状态抓到它们的源头，不致为繁复的现象所纷扰，才能掌握问题，判别是非，对准所要投射攻击的目的物。比如说：有人看见妓女的淫荡行为，对她憎恶，就把这表面的状态写上画面，对她大加讽刺，这是浅薄的，歪曲的。妓女的淫荡行为是社会的表面现象，如果是一个有修养的艺术家，他便会从这现象追寻它的根源，追究它的成因，找出做成妓女的社会的本质，经过这一番思考，再来制作这描写妓女的漫画，就不易犯浅薄歪曲的毛病。一个具有健全头脑的漫画家有时他就是一个优秀的政治家、社会学家，他的取近譬远、小以喻大的生动多彩的漫画，常常就是一篇平易近人、风趣而又严正的论文，所不同者不过是形象的而非文字的罢了。

我们明白了这些，便可知道漫画家的头脑并非天生，他们之所以能够产生多样的正确的创作，无非从生活上吸取丰富的资源，从理论学习上获得观察思考的法则，这两者是相辅相成，不可欠缺任何一方面。任何的脑袋的先天是怎样的完好，如果不经过这一番后天的努力，怎样也想不出好的题材来画，也想不出好的方法来画，如果说有健全头脑的药物，那么就不是什么补脑汁，而是这"生活"和"学习"两味，这两味药物吃得越多越足，你的漫画才能越优秀。

平常我们看见许多千奇百怪的漫画，很容易误会是胡思乱想得来。不错，的的确确有好些漫画是凭着个人胡思乱想搅出来的，这些与人无尤、或其与人有害的东西纵使不能说它不是漫画，也该说是不好的漫画。真正的漫画，好的漫画，必然是具有健全的头脑的漫画工作者才能制作出来。或者有人会问，要到怎样健全的程度才能作漫画呢？这个程度不能找到一个死的标准，这里所告诉大家的是一条健全头脑的"单方"：基本的态度，修养的原则，只能依着这路向来行进去制作，总会一步步健全起来，总会成为一个优秀的漫画工作者。

（原载1949年6月29日香港《华侨日报》）

四、锐利的眼睛和灵活的手

前一章我们谈过"脑"的问题，说明要做一个漫画工作者要有一副健全的头脑，正确的思想，同时也说过培养头脑的方法之一，是运用眼睛去观察周遭的现实状态，去吸收思想的养料。在这一章，主要是谈手的问题——技术上修养的问题。因为观察（眼睛的作用）和思想（脑的作用）有关，和技术（手的作用）也有关，所以再来谈谈眼睛在艺术创作上的作用。

在造型艺术学习和创作上，眼睛可说是最初使用的器官。如果我们没有眼睛，不能获得事物的形态，断不会产生造型艺术；如果眼睛后面没有一副头脑，那么一切形象映入眼睛，只如浮光掠影，也不能认识形态，所谓"视而不见"，就是这种不经过头脑的"见"。或者说，眼睛是一具照相机的镜头，脑是它的底片，手是负责冲印的技术，这种说法，对于艺术的创作，尤其是漫画的创作并不合适。因为，如果用这样的见解来搅艺术，只能把现实的物事，一模一样搬到纸上，这就不成其为艺术了。艺术的创作，一定要把客观的事物状态，集中表现，突出主题。漫画对于事物的处理，常常要比其他绘画更要集中，主题和所描写事物的形象，更要突出。

前章说过，漫画工作者并不是天生有一副怪头脑，而是有一副经过锻炼，认识得深广，具有正确思考方法，能够灵活运用，紧捉现象，透视本质的头脑罢了。天生，漫画家也并不是具有一对天生的怪眼睛，而是有一副时常磨炼，和头脑紧密合作，在健全的头脑指导下，能够锐利地观察现实，摄取形象的特征的眼睛。这样的一副眼睛，就不同"自然"的眼睛，而是技术的——漫画的眼睛。我们常常看见漫画所描写的人物形象，奇奇怪怪，说他像（自然的像）又不像，说他不像他却比像的（自然的）更像，这就是锐利的眼和健全的脑合作的结果。因为他不同映像机一样把物件的表面状态照样重现，而是经过集中提炼，突出地把这些人物内心（本质的）和表面（现象的）统一表现出来。

有了锐利的眼睛和健全的头脑还不够，还需具备灵活的手。眼和脑做了摄取物像，认识物像，和集中提炼、组织的工作，最后表现在纸上的，就要依靠手了。

有人曾误会漫画工作者是胡思乱想主义者，也有人曾误会漫画是糊涂乱抹的东西。以为漫画总是画些头大身少，奇形怪状的人物，就用不着什么漫画技术的学习。只要想出个题材，乱描一顿，便成为漫画。这种错误的见解，可说相当普遍。许多从事漫画多年的工作者，也常常会或多或少存着这些观念，不在绘画的基本技术上多下工夫，以至毫无成就。我们需要很明确地认定，漫画是绘画的一个部门。它和其他各部门的绘画一样，必须具备健全的绘画基础，如果没有健全的基础学习，获得灵活描绘的手，纵使具有锐利的观察能力，正确的思想方法，无论如何也不能制作出表现完满，效果良好的漫画来。

什么是漫画的基础呢？大体来说，第一步是工具的使用。无论是哪一行工作者，都要获得控制工具，运用工具的能力。绘画的工具看来十分简单，不外笔、墨、色、纸、布等。一般漫画所通常使用的只是笔、墨、纸而已。但是，一支铅笔、毛笔、钢笔在纸上运用到从心所欲、描绘自如、千变万化，并不是简单的事，必要经过好一番工夫练习。第二步是物体的描写，这里也有一个次序，首先学习是"自然"地描写。就是说先要获得把物体描绘到像（自然的像）的能力。是方的写到方，圆的写到圆（轮廓方面）；薄的写出薄，厚的写出厚（体积方面）；重的写出重，轻的写出轻，是布绒是木是肉，都能分别描绘得来（质的方面）；同时物体在不同空间；（光和空气等等）的变化和本身形态的变化（动或静）等等，这都是这一步的学习。同时这种"自然的地"的描写发展到高度，就是"自然的地"和"社会的地"统一的描写，达到外表的像和内在的像的统一，这是任何绘画所需要漫画所更需要的技能，这方面的追求，是十分深远，而且很难指出其止境来的，我们也不能肯定达到什么程度才能开始搞漫画，但是我们却可认识这方面的学习范围，从这里获得创作的技术来丰富我们的创作能力。上述两步再加上构图布局等等知识，就是绘画的基础，一双灵活的手，就是由此得来，它能把眼睛所触的东西，经头脑的思考，接受头脑的指挥，如意地描成画幅，它能完满地达成我们要表现什么，使对象认识他是什么的任务。做到一笔一画，每个形象，都有根据，都有所指的地步，如果没有这样的手（技能），而糊涂乱抹，奇奇怪怪乱搅一通，那就不成其为艺术，不成其为漫画了。

（原载1949年7月27日香港《华侨日报》）

五、一笔一簿不离身

漫画是什么，有什么用，学习和创作的基本问题等等，已经在前面四章，一一阐明。如果我们能够把握了这些来追求学习，从事创作，就不会走错路子，必然有成就。但是，这条路子是很长的，甚至没有止境，和任何艺术一样，不能定出一个峰顶来。我们只有脚踏实地，一步步来学习，一笔笔来试作。

别的暂且不谈，在这里，我们再来具体地谈谈技术的学习问题吧。漫画的技术学校，本和普通绘画学习没有两样，最基本的问题就是素描。素描的方法，稍为学过漫画的人都会晓得的，用不着一一细述，但是我却以为素描有两种，一种是死的，一种是活的。普通美术学校的教师们，他们所教的素描常常是死的一套。他教你画静物、石膏头，固然教你当对象是死的东西来画。他教你画人体，也是当作死静的东西来画。来来去去只有一套，就是教你测量比例，判别明暗，把握体积，最高的目的把你训练成一副准确的照相机，把对象像照相一样，描写出来。我们应该承认，这一套是要的，可是只有这一套就不对，因为他不足以满足艺术创作的需要。我们之所以搅素描，是为创作而素描，不是为素描而素描。素描只是绘画的习作，搅素描的目的，是要把从素描获得的技术，灵活地应用到创作上。如果我们只有这一套的学习，其结果每每是对着模特，就能画得像，离开模特，什么东西都画不出来。而且笔下描出的形象每每是没有生命，死木的东西。这样的技术不但不足以作漫画，无论创作什么画都不可能。要能符合绘画、漫画创作的要求，对于素描，必须要用一套活的方法来学习。所谓活的方法，就是除了这一套静的描绘练习，还要来一套动的描绘学习。静的学习使我们认识了在一定角度光暗下物体的详细形象。动的练习是锻炼我们能够把每种物体，在任何环境（角度、光线）、任何动态都能描绘的能力。而且不用模特，也能从心所欲地描绘出任何物体形象的能力。

　　我们怎样来搅动的素描练习呢？第一，用脑来搅素描。这话怎么说？因为一般人搅素描，常常只会用眼和手。眼看见怎么样，手就画成怎么样，以为如此这般就功德圆满。他们总是忘记动用脑（思考）这个东西。如果请头脑来参加素描练习，那就不同了。眼看见怎样，随之请头脑来思考为什么会这样。眼睛见其然，不够，头脑要来追寻其所以然。比方说，你画个茶杯，你坐在这里看见茶杯是如此，你跟着想，为什么是如此？你在那边看见茶杯是这般，你跟着想，为什么是这般？经过这番思考，茶杯这东西在何种角度之下，现出何种形状，此后你就很自然地懂得（透视学等等只能叫你机械地懂得），在任何角度下的茶杯应该画成怎样形状。比方你画一个人体，这面看为何这样，那面看为何那样？弯起腰是这样，伸直腰是那样；伸直的手臂的肌肉是这样，弯着的手臂是那样，直手的衣袖折纹是这样，弯手时的衣袖折纹是那样。我们一面画一面想，随时画随时想，其目的在于搅通物体形态变化的道理，从理解它们，达到记得它们，应用它们。当我们在创作的时候，能够把要画的东西，随意摆布，为所意为。第二，要搅速写。速写本来是素描很重要的一方面，但是，在一般美术教师，多半忽略这门功课，搅绘画的人，也因为他们只搅习作不搅创作，而不联系速写，其实，速写在绘画技术的学习上，比什么都重要。静的素描只能使获得我们物体静态的一定情状，速写却能使我们获得物体千变万化的动态。专写静的素描的人，只会画出死木的东西。速写搅得多的人，他笔下的形象却是活生生的。漫画创作是以"人"为主，其他东西——背景、道具也要随手能够运用到画面上来，速写能够帮我们吸收各式各样的人物形象，千千万万人物动态的轮廓，记录一切景物、道具等等创作资料。搅文章的人需要一个丰富的资料室；搅美术，搅漫画的人，需要多量的速写册。而且漫画是以线为主的绘画。静的素描，每每是偏重画面的描写，很难把线的技术练出来。要能画出健康灵活优美的线，唯有在速写中求之。

"一笔一簿不离身"。对于搅普通绘画的人是重要的，对于搅漫画的人尤其重要，随时带着一支铅笔，一本速写簿，在任何地方、任何场合都可以拿出来。无论一桌一椅、一车一屋、一花一草、一猫一犬都可作你的描绘对象。男的女的，富的穷的，老的少的，你不用花一文雇他，都成为你的模特。把宇宙万象，尽收于一簿，这本簿，就是你的练技场、资料库。你的簿子堆得越厚，你技术也就越高。到你簿子等身的时候，你的技术总会达到相当程度了。在中国漫画家中，叶浅予、张乐平、张文元等等，没有一个不是优秀的速写家。他们烂熟的技术，要画那样就画那样的本领，就是从速写里得出的。这里再补充一点，我们要画素描，搅速写，还要背素描，背速写。画了一样东西最好马上背他一遍，前面说过，我们要依靠理想形象来记忆形象，这个背书训练，也是在乎加强我们的记忆形象的能力。普通画家搅创作，可以慢慢地征集资料，妥视模特，来经营。漫画的创作，断不能这样慢条斯理地来搅。漫画家的模特，必须是摆在脑里，随召随到的。

（原载1949年8月10日香港《华侨日报》）

六、从画漫像说起

有一位看来还相当像个"小生型"的朋友请一位漫画家画漫像，我们的漫画家运用他那"漫画之笔"，夸大了他那双原来就颇大的眼睛，颇阔的嘴唇，再拉长了他那张该列入长形的脸，结果是这位小生型的朋友的尊容，神气活现地被画上纸上，然而，已丧失了他的漂亮的成分，变成几乎小丑型了。这一种描写人物的手法，差不多每个漫画家都具备。我们日常接触到的漫画，每每看见本看不丑而被画得很奇丑的政治闻人、世界巨头。如果这些人物，请那些讨好顾客的照相师傅拍照，他们会利用灯光和休整等等技术，拍出明星般的照片来。可是漫画家却偏要十分不敬地把他们八面威仪的形貌，画成"比他本人还像"的怪像。

这是漫画艺术的一种主要的技法，名之曰变形和夸张。变形和夸张虽是两个名词，但它们却有共通之处，一个东西，经过夸张来描写，一定就变了形（自然的形）。但是变形并不一定就是夸张。然而，漫画（其他绘画有时也如此）运用了这两门技法，便造成了千奇百怪的人物形态，成为漫画形式上的一个显著的特征。

好些刚搅漫画的人，以为漫画上人物形态的怪（不如自然般的形态）是胡搅出来了，于是就胡描乱画，故作怪状，"漫画"一番。这完全误解夸张和变形意义。大家要知道，夸张和变形是有目的的。一个有修养的漫画家的夸张和变形造成人物的形态和胡描乱画"碰"出来的形态，绝不相同，因为有目的有意义的夸张与变形是把所描写的对象，比纯自然的描写，更强烈更完满地表现出来，而胡描乱画的结果则是描不出的要描写的对象，至少减弱了要表现的效果。

漫画为什么要夸张和变形呢？以前我们说过，漫画是社会里的艺术，是讽刺攻击的艺术。它们所描写的事物，必然是属于社会的事物，而且给予所描写的事物（属于坏的方面）以讽刺攻击，还要直接明显的表现给广大的观众，要获得强烈的效果。如果自然地去描写所描写的对象，便不容易获得这样的效果。所以，我们经常要运用夸张的手法，把那些对象所要显露的特征明显地强烈地描写出来。我们要显露布特拉的凶残的眼睛、哥培尔的乌鸦般的大嘴，甚至我们认为好的人物，有时也可以用夸大的手法来显出他们的机智勇敢或者仁慈的征象。这些夸大，大致上是属于生理（外表）和本性（本质）两方面的。一般人对于一个人物的认识，最先是生理方面，这些属于自然方面的外表特征，是夸张技法运用的基础。我们可以把一个大眼的人夸大他的眼睛，却不能把他硬变成小眼。我们可以把一个脸长人的脸拉得更长，断不能画成方脸。因为歪曲了这些自然的特征，看众便不能认识了。单是夸张了生理外表的形态，还是不够，最主要的是把所描写的人物性格上——本质上的东西，以生理的特征为基础而显露出来。我们依据这两方面来夸张，统一地组成人物的形象，才能成为真实的东西，比之自然的地描绘来得更为真实。和毫无根据的乱画，和根据不足的"吹牛"绝不相同。

我们务必要认清变化和夸张形式上的问题，形式是由内容来决定的。我们之所以要夸要变，目的是把内容表现充分，如果为了夸和变而歪曲了或者减弱了内容，那就不对了。前面所说的，只是人物造型一方面。但是，一切和表现内容有关的画面上的一切，同样的而且必需的施以夸和变的手法，这样才能统一画面，获得表现的效果。同时，我们决不能死板地定下每一个特定人物，或每一类人物变化夸张的办法，因为他们的形象是决定于画的内容。一个漫画工作者有这个权力，他可以把任何人物任何东西的形象如意地去雕塑，他可以把你画成狮子般的英雄，或是猴子般的小丑。然而，作家们却又受着客观现实的限制，无论怎样变法夸张，要符合客观的真实（外地的与内在的）。要符合内容（题材）的要求，还有一点千万记着，要为看众所认识，而且容易地认识。

你要练习变化和夸张，那么你且在素描速写的学习之中，把你的朋友、你可能了解的人物，来画画漫像。或者替那些世俗认为严不可犯的人物，依据你的观感，来描画他们尊容，也是很有趣味的玩意啊。

（原载1949年8月24日香港《华侨日报》）

七、创作的开始

思想的培养，技术的锻炼我们都谈过了，现在该来谈创作的问题了。谈到创作，你便要摊开画纸，摆出笔墨。首先，你一定会拿起铅笔，托着脑袋，构思一番。这个"构思一番"，看来十分简单，可是，真真正正地"思"起来，倒有不少问题。

我们之所以要"思"，本来就是要想出要画的东西，这东西就是画的内容——题材，题材是怎样来的呢？我们生活在社会，社会就是我们的材库。这人与人组合成的社会，人与人间所发生的一切情事，都是我们题材的原料。这些东西，在创作来说，就是素材。光是随便找个素材来画上纸面是不成的，非要经过制炼一番不可。素材经过制炼，就成为题材了。但是，你要找题材之前，必先有这些认识：你面对着的是个什么社会？比如说：你生活在香港这个殖民地的都市，它是个怎样构成的东西？它的政治经济是怎样？什么是它的本质？你先一一搅清楚。这里有着几百万人口，包含各式人等，每日二十四小时，发生不知多少件大大小小的事情：什么工人罢工、小姐竞选、拆除木屋、请禁屠狗，诸如此类，都是这个社会的现象，也都是我们创作的素材。这些现象素材，都不是孤立的东西，无论那个时候，发生的那些事情，都和这个社会的本质紧密的关联。社会本质正如树的根干，这些现象就是这株树的枝叶，无论那一根小枝，那一片叶，都含有同样的质素，因为都是这根干滋蔓出来的东西。如果我们不认识这株树的品种，我们就无法了解为什么会生出这样的枝叶。同时，我们也要具备从一片叶认识它是属于何种树的认识。我们有了这样的认识，我们无论拾取哪一片叶，哪一件素材，我们能透视到它的本质，彻底认清它是什么东西，才能着手进行把它"制炼成题材"的工作。现在，我们再来详谈选取题材、制炼题材的程序吧！

第一，先要搅清楚站在什么立场来作漫画。一个人总会有立场，一个艺术工作者更需要明确的立场，我们早已说过，漫画是社会性的艺术，漫画的题材必然是从社会取来。漫画的任务是攻击讽刺社会坏的方面。如果没有立场，我们便不能决定抓什么东西来讽刺攻击，更不知道怎样去讽刺攻击他们。如果我们的立场不正确，我们的攻击就会错了方向，也会错了攻击的方法。就算我们所站的立场本来不错，只是不够明确，那么，我们的制作就会搅成含含混混，不知所云。立场是什么？简单来说，就是你站在这阶级的社会的那一个阶级方面，你的制作为那一个阶级说话，代表那一个阶级的利益。在阶级的社会里，断不能有"中立"的艺术家，更不会有"中立"的漫画家，所谓"中立"，无非是他的立场没有站的明确罢了。比如你站在阔佬阶级立场来制作，你一定会选择那些对阔佬阶级有利的素材来做资料，以阔佬的利益来权衡去造成题材来作画。目下就有一帮上层阶级的阔佬，联名提倡禁止屠狗，如果你是个与阔佬同流的漫画家，你便很有兴趣地抓住这件素材，造成歌颂阔佬恩庇兽禽，攻击那些屠狗的穷人残害生灵的题材来描绘；如果你是个站在人民立场的漫画家，你也可能抓取这题材，但是，你便会揭穿阔佬们的伪善，指出他们之所以爱狗是因为狗是他们的帮凶，而且他们以爱护狗命来掩饰残害人命的罪行。假使没有立场，充其量你只能做个有闻必画的图画记者，如实地把这些素材画出来，断不能成为一个负有判别是非、抨击罪恶的任务的画家。

第二，我们画什么呢？不错，我们有了立场，自然就会容易判别那些东西该画，而且知道该有什么态度来画，但是，在这"画什么"的问题下，需要注意这两点：一、空间问题。就是说你在什么地方，什么社会，你该抓取什么东西来画？怎样造成题材来画？比如说，公共卫生这个问题，在这个殖民地社会，或者封建统治的社会，许多人常常有不知卫生、妨碍公共卫生的行为，一般来说，这是应该抨击的，可以作为造成题材的资料。我们再想深一层，这些不卫生的多数是穷人，穷人之所以不卫生，是由于他们生活的贫困，吃不饱，睡不好，连生命都不值钱，得不到卫生的知识，注意卫生的条件，这些罪过不在他们身上，我们便没有抓取来抨击的根据，就算我们要画，要把这些现象造成题材，那我我们只该攻击、讽刺那些迫成他们不卫生的阶级。如果在一个合理的社会主义社会，大多数人民生活都已解决，而仍然存在这些不卫生、破坏公共卫生的事情，那么这责任是在这些人本身，我们是应该画的，应该予以攻击讽刺的。但是，这些毛病，可能是以前不合理的社会所遗留下来，那么，我们的攻击讽刺就该含有善意的成分。二、时间问题。在同一时间里，发生不知多少不同的事情，也有许多大致同样的事情发生在不同的时间里。在这一段时间，我们应该找取什么来做我们描绘的资料呢？一类同样的事情，在不同的时间里，我们该用什么不同的手法来处置它们呢？大家都知道，漫画是最时间的艺术，我们之抓取素材，制炼题材，如果不符合时间的要求，常常做不成有力，有效的作品。

第三，我们画给谁看呢？这就是对象问题。别的艺术家也许可以不大注意（不是不注意）画给谁看这问题，但是，从事与社会密切联系的漫画艺术工作者，尤其是进步的漫画工作者，就不能不注意这重大问题了。如果没有人看，自然是白画，如果只有少数人看，效果也小，如果能画到大多数人都会看，那是顶好的作品，而且也是顶难做到。正因为难，我们更要注意对象，了解对象。画给城市市民看，你便首先要了解市民的生活感情、爱好；画给工农阶级看，你就要了解工农的生活、感情、爱好。同时一类题材，在你进行制成题材的时候，必须决定你的对象，不同的对象，必须有不同的处理手法，使你的作品在他们之中容易地、高度地获得效果。

（原载1949年9月7日香港《华侨日报》）

八、纸上功夫

你经过一番深思熟虑，想好了题材，自然，你可以开始做纸上功夫，舞笔弄墨了。

可是问题来了：第一是你怎样把这个题材的意思表现出来呢？说到漫画的表现方法，真是五花八门，比之一般绘画来得多样，也来得自由。明明是一个人物，你可以把他画成兽畜；一种抽象的东西，你可用具体的物件来代表。在一般的绘画上，你想表现一个主义，一种势力，那真是难乎其难，但是漫画就不同了：你可以用一个单简的形象，甚至再画上一排说明代表什么意义的文字，就可以圆满解决。好些头脑懒惰的漫画家，便利用这些自由来取巧。说个笑话，就是只要会画一个拳头，一个"公仔"，便可以表达千万种不同的内容。比方拳头上写"全民抗敌"，"公仔"身上写"日本帝国主义"，便成为一幅抗日的漫画。比方拳头上写"美国货"，公仔身上写"民族工业"，那就是经济问题的漫画。比方拳头上写"正牌膏药"，那就更妙，这就是商业宣传画了。如果以为这个公式太没变化，那么要变变口味，也很方便，或者把拳头改为锥子、炮弹等等，把"公仔"改为狐狸、走狗等等，也是同样地可以套上千百个绝不相同的题材。有些初搅的朋友，他们也许不愿被讥为"公式主义"，抱着"语不惊人死不休"的态度来经营他的作品，用一切奇奇怪怪、自己想的人家看不懂的办法以表现他的题材，常常做成他不画人家反为懂，越画教人越糊涂的结果。较之公式主义，更不可取。不同空间的事物，不同时间的事物，在一般绘画绝少摆上同一的画面。但是在漫画上，他可以非常自由地应用到同一的画面上来，拿破仑可以打希特拉耳光，白宫的窗户可以对着克林姆宫的屋顶，凡此种种自由，都是为了方便、圆满地表现题材——内容。漫画艺术是以内容为第一义的艺术。一般绘画，把一个很单纯的内容，细密详尽地描绘，哪怕是一个颜面一瓶花卉，也是可以成为一件独立的、优秀的作品。而社会性的漫画，一般说来，他所取的题材绝不像一些自然物象那样单纯，每每是复杂而又抽象的东西。用文艺来譬喻：一般绘画充其量是一篇故事的片段，对于漫画，常常要求它成为一篇说理详尽的论文。漫画之所以被允许应用这么多样、自由的形式，乃是要求我们能够表达出这样重量的内容给读着的缘故，不是任由我们随便倒海移山、翻天覆地来表演奇才。

一个善于表现的漫画家，他必然具有充分的机智。这些机智也必然是由于知识的丰富、生活的深入得来的。他对于一件十分繁杂的事情，能够扼要地抓到它的核心，借用简单的形象来表现；对于一个十分抽象的问题，能够找到十分适当的具象来表现；对于一件十分深奥或者一般人所生疏的事情，能以浅喻深，取近譬远，用日常习见、亲切近人的形象来表现；对于一件十分严肃令人感到枯燥的题材，他也能运用他的机智，不歪曲主题而表现得意外地风趣、幽默，甚至因此而加强主题的力量。具有这样修养、能力的漫画家的作品，一定不会陷入公式主义，也不会故弄玄虚，一定是丰富、多彩、生动、中肯、人人喜见、人人能懂的艺术。这样的作品，在近年来中国漫画里，可以举米谷的漫画为例。

再次是构图问题，就是把题材所决定的图像怎样摆布在画面的问题。漫画构图和一般绘画构图的法则，本来是共通的，但在旧的绘画，特别是唯美主义的绘画，一般都在怎样摆布得美这一点上做功夫，纯粹从形式出发。在艺术上，"美"是一个含义非常复杂的字眼。对"美"的看法不知有多少不同的观点，漫画是艺术，也不能离这个"美"字。漫画是以内容为第一义的艺术，他和其他着重内容的艺术一样，对于美不能孤立在形式一方面，而是要把形式和内容统一起来，看它美不美先看这些"美"能不能和内容符合。一切形象在画面经营布置前首先要求内容上的合适，否则无论怎样"美"法也是徒然。一个优秀的漫画家，必然能够非常自如地摆布他的画面：第一，他能够使题材的重点（主体）强烈地显现于画面。他利用位置、大小、疏密、明暗，各种手法，把它显现出来。漫画是须要具有强烈的感觉的艺术。它要使读者快捷地反映，不能要读者在画面上捉迷藏似地去摸索它的主体，探索它的内容。有些搅漫画的朋友，他们常以他的作品主体的隐晦为荣，以为非如此不能表示"深刻"。深刻是由于对所要表现的事物深切的了解，构成有深度的题材而获得的，故作隐晦倒常常是取巧的漫画家用来掩饰他认识肤浅的手法。第二，优秀的漫画家必然非常"吝啬"地使用形象，他不许任何一个多余的人物、道具，甚至一条线条去扰乱他的主题。第三，优秀的漫画家必然能构出充实的画面，他能使画面每个角落都对他的主体显出效果。纵使是一片空白，这片空白之所以留出正是为显示主题之故，画面上留出无谓的空白乃是一般初搅漫画朋友的通病。第四，优秀的漫画家必能运用握要的形象、洗练的笔墨绘出具有气氛气势的构图，动的、静的、泼辣的、严酷的、冲激的、悲惨的气氛和气势，无须像其他绘画般细密描画，而能获得圆满的效果。初学漫画的朋友，可以在好的漫画作品中细味出其所以然的道理，在本篇里不再详尽地述说了。

（原载1949年10月5日香港《华侨日报》）

谈中国画的出路

中国固有的绘画是独特的艺术，搅中国画的朋友也自有其独特的地方，唯其是独特，是以中国画和国画家的出路有特别提出来谈的必要。独特在哪里？就中国画的本身来说，它的工具、技法、表现法、章法等等，比起我们目为（洋画）的那种占领了世界历个画坛地位的绘画有许多特殊的地方。同时，由于中国社会发展的停滞和不平衡，画人们与进步潮流的隔绝，以至中国画从技巧到内容都不能得到应有的进步。于是弄得中国画在现代画坛像古董似的勉强地存在下来，中国画家乃是在现代都市生存而艺术的意境却留存在远古山林的人物，只有翻制（古董）而不能表现眼前事物的特殊艺人。虽然近几十年来中国画坛曾有人致力过革新图画的工作，岭南画派的产生可算是这方面工作最显著的表现，但是，这种从日本搬来的折衷东西洋技法的改良并未能找到中国画正确的新路，也就是说中国画并没有因此获得本质上的进展，符合时代的要求。

有人会说，与其中国画不能上进，大可让它自然淘汰。这种说法是不对的。原则地说，一种民族独特的东西之所以产生和留存下来，一定有它的根据。中国画之所以产生，和能够存在了几千年，无论如何，必有能够和这个民族协调的地方。同时，经过多少代画人经营，也必有其优秀的成就，而且必然有足以保存下来的成就。如果我们鲁莽地来决定把它取消，不管我们有没有把一种具有长远历史的艺术取消的能力，总之，这种想法和做法都会犯上抛珍弃玉的罪过的。其次，中国画之所以长期落后，并不是完全由于中国画本身和中国画家的问题。这种落后性之形成，客观问题恐怕要比主观问题更多。再次，绘画是造形象的艺术。绘画第一个任务就是造型。用布和油彩绘油画是为了造型；用木板和刀制木刻是造型；用宣纸水墨毛笔来写中国画也是造型。我们要改革中国画主要之点，乃是要改革够表现现实事物的形象的问题，这是偏重于内容的问题。虽然内容并不是孤立的东西，随着内容的改革，自然会牵连到技术、表现法等等问题。然而，这毕竟只是要改革，并没有完全舍弃的理由，而且这种具有民族特式、为中国人惯见的艺术，正有其符合今后艺术的原则——"民族的"这一点。再进一步来看：中国画不但不能一股脑儿地把它取消，为了建立具有民族特质的绘画、无论油绘、木刻、漫画等等这些姊妹艺术都有向它吸取的必要。

中国画的改革首要的是内容问题，这是无可置疑的了。如果仅仅在技术方面追求新的出路，绝对走不通的。这是以往岭南画派曾经走过的旧路，搅来搅去还是和旧中国画一样，画些山水花鸟与现实无关的东西，所不同的，只是好像中国人穿西装一样，在形式上加上点西洋花头，以迎合新兴的殖民地半殖民地买办阶级口味而已。岭南画派以画改革的画家们也曾企图在中国画上描写新的内容。或者也在山水花鸟间配些时装人物，或者以时装人物为主描上画幅。这一方面的改革，似乎时近了一步，在表面上革掉了那些宽袍大袖的古装人物。但是，这些表面上的改头换面并不能算是本质上的改革。因为，那些时装人物依然带着古人的幽灵，在古人所寄情的山水上，悠然自得，寻梅踏雪；那些时装的佳人才子，依然是显现文君相如之类的感情。

既然今后的艺坛不会取消中国画，中国画以往的改革又未能符合现实的要求，那么，哪一条才是中国画的正确出路，哪个是目前中国画画家们的方向，哪些是中国画家们达成改革的步骤？这问题，在以往中国画家中已经有人提出，在新社会已经君临的目前，有更多人作更急迫的提出。甚至大家都面对着这些问题感到彷徨迷惘。解答这些问题，消除国画界苦闷的任务，实非我个人的识见和这篇短文所能担负的。在这里，只能提出一些粗浅的意见，供给大家参考。

一、从新学习，改造思想

谈到学习和思想的问题，最容易着手的莫如读书，大家虚心地去读能够帮助我们认识新的情势——如政治、经济、哲学的书本。这些新的知识能够帮助我们扫除陈腐的见解，摆脱旧思想的拖累，能够教我们彻底的认识时代的方向，找出艺术的方向。我们要重新认识艺术与经济、政治的关系，要明白我们旧的一套之所以不合时宜，和曾经用过的这套改良办法之所没有走通，是因为旧的一套是旧的经济、政治的产物。旧的改良办法是缺少了这些认识的基础。如果大家认为从这些学习入手太不合艺术家的脾胃，死不愿意去敲这个门，那就永远找不着正当的出路，永远会彷徨、迷惘，走弯曲错误的路子。近三二百年来，中国画完全掌握在文人手上，所以有文人画之称。文人自然是读书人，也就是说国画家一定要读过书。国画家读书的程度如何呢？当然有好些读尽无数线装画的硕彦鸿儒。读这些书固然很难获得什么新思想，但或多或少都有点裨益。可是大多数的画家为了这种原因，他们的读书变成了只为应付题画，翻几本唐诗宋词便算了事。不但欠缺其他知识，连本行的史实理论等等都懵无所知，这样自然不能谈什么绘画的改革，连维持以往的水准都不可能了。有人以为新的学问，新的思想和国画精神背驰，会灭绝中国画；我倒认为顽固保守必然会使中国画遭受淘汰，断绝我们历代先贤惨淡经营留给我们的宝贵艺术的生命，一念之差，会搅到不可收拾，现在我们为了求一念之转，就得从读新书，获得新思想入手。

二、认识现实，表现现实

前面已经谈过，中国画的改革首先要改革内容。就是说要表现现实来作为我们作画的新的内容。以往有人以为现实就是"像真"。一味把西洋画色彩透视光暗这一类末技搬到中国画面上，得到"像真"的效果，就算尽力表现现实的任务了。我们要知道所谓"现实"不是自然的写真那么简单，现实第一个要义社会性，就是社会的现实。比如说，一幅《孤舟钓翁图》，无论你的背景画得怎样"像真"，那个钓翁穿上时装，但你还是用士大夫的见解、"古人"的情怀来写出来，就绝对不能表现出今日渔民的现实生活。比如说，你用李清照的"帘卷西风，人比黄花瘦"的意境来描写时装的女人，她究竟是时装的李清照，而不是今日现实的女性的女性。还有些取巧的人，一仍旧贯地描画熟悉的旧题材，而题上些有点新意的字句，算是对现实交差，这毕竟是枉然的办法。我们要表现现实，一定要把现实的底底里里都彻底了解，才能办到。画什么？怎样画？这些问题要得到解决，就非明确地认识现实不可。认识现实必须有一个新的头脑，一双新的眼睛。正是要从上面说过的学习新知识入手，和深入生活去追求。否则，画些时装、洋楼、飞机在画面，从表面上改变一下，是无法解决革新问题的。

三、打破成法，推陈出新

这里说打破成法并不是说抛弃中国画以往的优秀技巧，不但不可抛弃，而要慎重保存下来，几千年来，古人在这张宣纸上面下去不知多少工夫，留下不少如珠如实的珍贵的技法。历代留存下来的绘画，不知有多少足以为我们吸取的东西。但是，我们对这些技术遗产不能食古不化地因袭，当作玄妙神秘的东西来了解，我们要把它们科学地来整理，打破死的限制，而来活的运用。对于不好的方法，我们可以把它革掉或者改良。为了满足表现新的内容，我们也可以在好的传统之上发展新的技巧。

四、打破门户，共求进步

以往我们画人多半是独来独往，彼此成见很深，很少有团结合作的习惯。充其量来个嘻嘻哈哈雅集，你画枝红梅，他来白梨地拼凑，搅点联作。今天，我们这一代中国画家是负了对中国画家承前启后巨大任务，担负起中国画如何在新社会生存发展下去的重担。对具有几千年历史的艺术做脱胎换骨的工夫，不是一件一朝夕可能办到得到的事。个别的努力，很难得到显著的成就。是以，一定要打破门户，团结起来，切磋砥砺。逐步逐步地去探寻道路。

（原载1950年1月17日香港《文汇报》）

难倒漫画家

漫画家是如此这般的人物：手拿一支秃笔，精神驰骋于世界，碰到什么看不顺眼的事，无论是怎样巨不可当，威不可犯，都是毫无所畏地投笔直刺，俨然是个勇猛的战士。

话虽如此，这些漫画战士也有所畏。其所畏者不是别的，而是掌握其战斗地盘的编辑先生。

有人画一幅这样的漫画：一只在白宫顶上的蜘蛛，伸其巨爪于四面八方，以此来表现美国到处建立基地。照理，这样的画原是无可非议的。然而，广州一家报纸的编辑先生却提出问题："蜘蛛是侵略性的昆虫吗？"这一提便把漫画家难倒了。漫画家将蜘蛛搬到画面上扮演这个角色，原只是借助它爪多丝长，到处抓食飞虫一点，而编辑先生却叫漫画家去找一种完完全全符合美帝侵略性的昆虫或动物。我想，这一难题即使是动物、昆虫学家也会缴白卷吧！

前几年，有人画一幅美帝利用蒋介石从象征中国的房子里盗取一只象征台湾的箱子的漫画。编辑先生对这幅画横看竖看，看出了这么个大问题："房子缺乏新民主主义社会特征。"怎样才是具有"新民主主义特征"的房子呢？这恐怕不但要难倒漫画家，还可能使所有建筑师们瞠目结舌，不知所对！

一幅揭露非法资本家勾引青年腐化堕落的漫画被编辑先生退回来了，其理由是：一、毛泽东时代的青年是不可能被勾引的，这个青年不"典型"；二、资产阶级与我们还有联盟的关系，不宜讽刺。你们看，编辑先生把关如此之紧，叫漫画"战士"怎能不弃笔曳纸而遁啊！

无所畏的"战士"畏编辑先生，编辑先生岂不是更"威风"？不，原来编辑先生也有所畏，他们深怕那些不十分了解讽刺艺术的读者对漫画提出疑问，惹是招非，为了"不求有功，只求无过"，于是在审阅漫画作品之时，就不能不把自己假设为"广大读者"，预先代群众拟出各种各样莫须有的怪问题来"预审"，使作品过不了"关"。

漫画"战士"无所畏，但却奈何不得无所不畏的编辑先生！

（原载北京《漫画》1956年第12期）

我的画是"炸"出来的

我只会画漫画。《美术》编者叫我谈谈自己的创作，也只能漫谈。

去年三月，我和广州五位搞漫画的老搭档决定搞个"漫画联展"。当时我似乎有点雄心壮志，想运用党中央给我们解放出来的画笔为正在开创的新时期尽点微力。我要揭露十年浩劫及其流毒，向妨碍历史前进的阻力开火。可是画笔未动就吹来一阵冷风，说什么现在中央提出"四个坚持"，搞揭露的东西不合时宜，于是"余悸"又冒出来了。不过我想"坚持"的是真理，是正确的东西，那么，我的意图不但和"四个坚持"没有矛盾，而且恰恰是有助于拨乱反正，为"四个坚持"服务。我看出这股歪曲"四个坚持"的冷风可能是来自靠"帮"发迹的人马或我们队伍中深中"帮"毒的好心人。它正好提醒我千万不要改变主意，否则我们这些画漫画的人在新长征中还有个屁用！到七八月份，已画好一批。一些好心的朋友看了说："你难道'右派'还当得不够？收起来吧！"接着，一顶"躲在阴湿的血污里闻腥的动物"的帽子也从远处飞来。但我决意一鼓作气地画下去，到时交付党与人民去评说吧。

又有人说，你胆子太大了。其实我有啥胆量，有的只是一股气在推动我、催逼我。1946年在昏天黑地的国统区，我和广大人民一样早就憋足了一肚子气。好容易熬过八年抗战，蒋介石还要发动内战，那股气就爆炸起来。在党的领导下，争民主、反内战的浪潮汹涌澎湃，我也在此时此刻，"炸"出一个《猫国春秋》，展出后受到人民的喝彩，党和人民给我壮了胆。现在这批东西也可说是林彪、"四人帮"一伙逼我"炸"出来的，只是过程有点不同了。在"四人帮"横行之时，我和广大干部、人民同样饱受苦难，但是"四人帮"的"革命牌"麻药厉害，我也被弄得麻木不仁，所以并没有什么气。可是"四五"风暴和十月春雷把我惊醒，张志新的血光刺开我的眼睛，从而回过头来察看和思考，于是痛也来了，气也来了。这痛和气也是整个民族共同的痛楚和怒气，于是我又要"炸"了。并且很不自量地想炸掉一切祸根和阻挡人民进路的顽石。我想只要我"炸"的是人民之所恨，人民总会给我壮胆和支持的。果然，画展开出后，看到人民这样支持，也给我们很大的激励。

有的同志说："你的东西既不幽默又不风趣，不大合漫画的规格。"幽默和风趣确应是漫画的一个特点，我也想学会画既幽默、风趣，又能给人民以教益的漫画。但由于目前只顾宣泄我心里蕴积的悲愤，就不免搞得满纸是怒火和悲泪了。我在组画《噩梦录》前面，写过这么一个小序："为了使人妖颠倒的日子不会再现；为了使腥风血雨遍神州的悲剧不再重演；为了使人民对林彪、'四人帮'封建法西斯专政的祸害刻骨铭心；为了激发人们捍卫社会主义法制和实现'四化'的斗志；我以悲愤交集的心情，记录那场已破的噩梦。"当人们看画中的包公挂着黑牌示众、秦香莲陷于无处投诉的绝境时，该会想到在公理淹没、法制荡然的日子里，那些好干部与老百姓的遭遇。当看到秦桧掌握"审干"大权，大量制造"莫须有"的冤案，可能会想到多少位贺龙、陶铸含冤负屈。我还在画上展现当代野人毁灭文明，倒退到吃人的太古时代。看到这些，可能会教人眦裂发指。这些像漫画一样的真实，我就照直画下来了。

不过，我毕竟也画了些看来可笑的东西。在《自嘲》中，瓮虽破了，那个久藏瓮中的我，却依然踽踽如瓮形，恐怕与我类似者亦大有其人。我正是想引起同病者一笑后深思：这个瓮是怎样造成的？它又怎么能把人的躯体连同灵魂埋藏进去？怎么在瓮已打破的今天还不敢动弹？想过后，也许会敛起笑容，悲愤不已吧。

那幅《花甲回头》里的形象也有点可笑。六十年前，在"大成至圣孔子先师"神位之下，拖着辫子的腐儒用界方敲打背不出经书的我的脑壳；六十年后，在新造的"神"前有革命标志的红卫兵敲打着也是背不出"经书"的我的脑壳。我想人们马上会想到，六十年来多少志士仁人为了推进历史而流血牺牲，而历史竟然那么轻易回头，封建社会独有的情景会在社会主义国度重现，就不会一笑置之了吧？

多少年来，我们总是警惕资本主义复辟，经过十年血的教训，才知道封建主义的厉害。它正是那场长篇悲剧的编导和主角，直到那个长剧闭幕之后的今天，它还在各个角落或公开或隐蔽地继续编演着各种小戏。什么任人唯亲、捧上压下、结派营私、滥用权势等等，都被改头换面地搬演出来，即使人惊叹其生命力之顽强，对其危害之深广亦十分气愤。好在今天好些漫画同行都不把它放过，以犀利的笔锋予以狠扎猛刺。我画《梦降麟儿》，是想敲击一下它的要害。画中一对夫妻同床共梦，期望有一手持"苗红根正，天生革命，袭官食禄"的玉帝证明来投胎的佳儿。某些干部竟然有一个封建贵族的灵魂，他们不是想着如何使革命大业后继有人，而是想着让儿孙世袭官禄，安享革命的果实。只凭着血缘就可以继承权益，比在资本主义社会还要学会经营管理才能继承企业方便多了，怎能不梦寐求之？当年"红五类掌权！黑七类滚蛋！"这类最最"革命"的口号，正是发自这种最最腐朽的灵魂。如果让他们这样"革命"下去，势必会倒退到封建王朝的时代去。如果今天不加以鞭挞，势必危害现代化社会主义强国的前途！所以我要剥开这种灵魂，让人闻闻它的臭气，对它深恶痛绝，使它无处藏身。

我目前的画，大都是如此这般"炸"出来了。为了历史前进，要炸掉一切阻挡进路的消极东西。但"火药"有限，只能选择那些比较根深蒂固的目标；为了"炸"得有效，不能把"火药"散开烧成火花，而要压实压紧，"炸"出点威力来。总之，我不想在那些非根本性问题上费精力，并避免不痛不痒之作，总想搞出些能够使人深思和震动的作品。可惜我生活面还窄，对过去和今天的感受不深，还缺乏形象思维特别是逻辑思维的能力和艺术技巧，深感力不从心。

（原载北京《美术》1980年第4期）

《冰兄漫画——1932年至1982年作品选》后记

　　我在1932年7月开始发表漫画，至今已超过半个世纪。其间由于种种原因，自动搁笔或被迫改行约二十年之久，但毕竟也搞出数以万计的作品。可惜这些作品，大都先散失于流离颠沛之中，后毁于"十年浩劫"之际。幸存的及近年来从四处找出来的原作及印刷品，只有数百件而已。

　　除抗战期间在桂林出版过一本名为《抗战必胜连环图》的小册子之外，无论解放前解放后都没有任何一个机构要出我的画集，而我国好些老中青漫画名家早已有一种或数种集子问世了，可见我的作品很难得到出版家垂青。四年前，岭南美术出版社的同志大概由于看到我已年近古稀，该给我来个"安慰赛"，愿意为我出版，真使我感激不尽。于是便在一大堆乱七八糟的原作及印刷品中挑选出一百一十多幅，于1982年底开个"廖冰兄漫画创作五十年展"，为的是先让观众过目审议和听取朋友们的意见，然后才着手编集。

　　当时有人建议，选画标准不必只抓"择优录取"这一条，可以把一些现在看来已没啥看头，但能反映出创作之时的客观实际及主观感受，并且曾起过一定积极作用的作品也选进去，好让读者更好地看到我的创作历程，以及更有助于他们认识我国漫画的发展过程和我国近半个世纪的历史进程。我认为此议可取，于是把展出的作品删去该删的几幅之后，再添选一些未经展出而合乎这一要求的作品，甚至还选入一些当年别人对我的作品评介的文章。这样一来，这本画集就编得有点出格，不大像本画集了。

　　岂只画集编得出格，其实我好些漫画也该说是出格的。有位老行家说过："漫画必须使人发笑。漫画不好笑，那么这个漫画家就好笑了。"况且漫画在我国曾有过"笑画""谐画""滑稽画"的名称，可见这位老行家的说法言之有据，甚至是判别画和作者是否"漫画"和"漫画家"的标准。偏偏我的画违反这个标准。其中教人看到眼泪夺眶者有之，看到怒发冲冠者有之，看到忍俊不禁者则绝无仅有。这还不是出格？何以至此，看来与我生来就时乖命蹇有关。我出生于苦力、车夫、小贩、佣工等等穷人聚居的陋巷，从小听到的是叹气、哀哭、牢骚、咒骂的声音，经常遭到的是歧视、欺负和诸般磨难。稍为懂事的时候又感到饿死和亡国的威胁，加以又缺乏温文尔雅的教养，养成了易哭易恨易怒的脾气。而这些该哭该狠该怒的人和事不但旧社会比比皆是，直到经过天翻地覆、换了人间的新社会还未根绝，是以数十年来老是不能自制地把悲苦怒恨倾泻于画面，很难奉行漫画必须好笑的守则。所以如果谁要把我和我的作品开除于漫画家和漫画之外也是活该，这是咎由自取嘛。

不过我毕竟是赞同这个守则的，谁都认为笑比哭好，况且"常笑长寿"早已为科学所证明，我能不想搞些逗笑的东西让人延年益寿么？好在历史终究是向着光明美好发展的，制造悲苦怒恨的东西是会日趋消亡的。在我国的今天，教人高兴的事情不是已从四面八方涌现出来了么？虽说"江山易改，本性难移"，但我还不至于顽固不化。待到好事、美事、喜事、乐事多到堵塞了我的泪腺，熄灭了我的肝火之时，准会不能自制地大画其使人捧腹喷饭之作。到时，希望岭南美术出版社再给我一次"安慰赛"，再出一本可以延年益寿的画集。一则可赎前愆于万一，二则免得被人认为可笑而成为一个够格的漫画家。可是要有个先决条件，就是先要我自己能够延年益寿。

一九八四年三月十日

（原载《冰兄漫画——1932年至1982年作品选》，
广州：岭南美术出版社1985年版，原文有删减）

为"四格漫画展"而写

　　文章有四段式：起、承、转、合。漫画也有与此相似的四格连环式。在四个框框里，中外好些漫画高手，塑造出不少活灵活现的人物，演出许多教人叫绝的好戏。目前在文化公园广州画廊展出的"四格漫画展"，就有方成、华君武、詹同、段纪夫、陈树斌等漫画名家一百多件在四个框框中大显神通之作。

　　一幅好的单幅漫画，有如一句情意浓缩的好诗，画面形象有限，却内涵丰富，意味深长。一幅好的四格连环漫画，则有如一出精练的短剧，一格一格地引导人们去看情节的发展，到最后一格，来个突变，达到既合乎情理又出人意料的高潮，往往使人拍案叫绝。两者虽然各有所长，但连环漫画更便于刻画人物，剖视事物，又具有情节性和戏剧性，是以更富于艺术魅力，更能吸引读者。外国和解放前的我国都有无千无万的连环画迷。

　　这次北京、上海、天津、广州、香港一些漫画行家们举办这个"四格漫画展"，有旨在振兴漫画品种之意。其实，这个品种在30年代，就大行其道了。当时上海、广州的报刊大都竞登四格（亦有少于或多于四格的）连环漫画。那些前辈作者大都是有心人，有的是与广大人民共爱憎同忧乐之心。上海的叶浅予以辛辣之笔嘲讽狡诈的"王先生"，鞭挞媚上欺下的"小陈"；张乐平以悲愤之笔写下一幕幕"三毛"流浪的悲剧；广州的李凡夫也为穷愁潦倒的下层市民"何老大"写下一篇篇辛酸史。它们之所以能大行其道，家喻户晓，固然在于作者善于运用这个漫画品种所独有的戏剧特性和高明技巧，但更主要的还是在于能够比较深刻地反映当时的现实，能引起广大人民的共鸣。那时虽然也有仅为聊博一笑、助人消闲并且艺术水平颇高的四格漫画，但在那个大多数老百姓都缺乏闲情的年代，其影响自然远远不如前者了。

时移世易，如今我国可以说已经开始踏入百年未遇的盛平之世了。人民在奋力建设"四化"之余，也有欣赏赏心悦目的艺术的闲情了。所以我们这些一贯与人民同心共命的漫画行家也该与民同乐，多搞些使人开心或启人机智的作品。然而可憎可恨的消极事物毕竟还未绝迹，我们还要有80年代的"王先生"与"小陈"。

与开放和改革紧密联系着的是开拓和创新。漫画，包括连环漫画，当然不宜一味回顾当年的业绩，而应努力开拓创新，与时并进。究竟怎样开拓？怎样创新？我看还是要继承老一辈勇于实行"拿来主义"的精神和与人民心心相印的品格，只有如此，四格漫画这类艺术品种，才能实现复兴，才能再来个更大的"大行其道"。未知行家与观众以为然否？

（原载1986年8月17日广州《广州日报》）

我为什么自命"八折真人"？
——图章引起的唠叨

　　小王叫我给他写幅字，写好了，还得在字幅上盖图章。当我打开盒子拿图章时，小王惊诧地说："你有这么多章子呀？"我说："齐白石自称为三百石印富翁，我连三十个也不到，只能算是寒士。"话匣子由此打开，我就不住地唠叨下去：

　　不过，比起前几年来，现在我已经够富了。那时，我只有一个用于收信件的木头章子，现在差不多翻了五番，而且是石章，其中还有些出自名篆刻家之手，真像是个图章"暴发户"。另外，架上的宣纸、桌上砚台、大大小小的画笔二三十支，都是"暴发"的物证。像我这样画漫画的，普通的小毛笔或钢笔、铅笔、便宜的墨汁、白报纸就是我的"文房四宝"。几十年就是靠这些吃饭——不，靠这些战斗和革命。因为漫画曾有过"战斗的艺术""革命的艺术"的美称，同小米、步枪一样属于打天下的工具，所以吃这种饭既寒碜又光彩。不幸，在"文化大革命"中，漫画成了"抹黑"的"毒草"被开除"美"籍，我也被赶到白云山拿锄把去，最后还被送入铁门深锁的"人库"关起来呢。

　　这几年，国运空前的好，民运也空前的好，我也可以大画其漫画，而且还被一股产生于这个大好时日的潮流推入"名流""雅士"行列。索书索画者，纷至沓来，"雅集"的请柬，时蒙见惠。人家抬举你，你能推却得了么？迫得我也学人"风雅"起来，连碑帖也不曾临过，宣纸也不会用的我，竟然也学高人雅士"挥"起"毫"来。"文房四宝"就得更新和添置，自然也得添一批石章。你看，除了名章之外，还有所谓"闲章"。既然成了"雅士"，自然还得给自己的窝定个雅名，如什么

"斋""轩""堂"之类。你看：这个"闲章"刻上三个字——"冷巷斋"。你知道什么意思吗？广东人叫屋里的过道做"冷巷"，我这个所谓画室是利用过道间出来的。另一个"闲章"刻的是"后笑廊"三字。有句外国的名言，"谁笑到最后谁笑得最好"，天安门诗里又有这么一句："我哭豺狼笑"。现在到了我笑豺狼哭的时日，于是我就神气起来，常常谈笑风生地口骂豺狼，笔伐豺狼。现在，我还想请人刻个"闲章"，四个字——"八折真人"。我不是道士，何以自称"真人"？又打个八折？这还得请你再听我唠叨几句，因为我有位忘年交的画友，说我这个人别无好处，仅仅好在像个人，是个肺肝可见的"真人"。我对他这个"鉴定"视为殊荣，不过，有点过誉，自问还未能"真"到十足，在这个虽说是形势空前大好，但假人还无所不在的世界，我能够没有几分假么？所以至少要打个八折……

（原载1986年10月1日广州《现代人报》）

预立遗嘱放言

当我正在和一位老友闲聊的时候，收到一份某公逝世的讣告，引起我大发谬论：我早和家人说过了，如果我死了，千万别开追悼会，也不要搞什么遗体告别。你看，老人的亲友多数都是老人，去殡仪馆参加追悼会，除了少数人有小车代步，恐怕大都得挤公共汽车。这已经够劳人筋骨的了。到达之后，又得挤在会场全体肃立，行礼如仪，听主持者宣读送花圈者、发唁电者、参加追悼会者的一大串名单，继而恭听宣扬罗列死者生前功德的悼词，以及死者家属的答词。真叫人站得腰酸腿痛。如果死者是位高名重或交游广众的人物就更不得了，非得搞个把钟头收不了科。别说是老人，就是后生也不好受。我有一次在这种场合就差点儿晕倒了。这不是眼睁睁地把活人的有限生命用在为死者陪葬，让死人折磨一大群活人？何苦，何苦！倘若死者在九泉之下有知，恐怕也会于心不忍吧。

至于遗体告别，其实有点儿像尸体示众。人老了，本来形体容貌都不雅了。即使是西子潘安，老死之后，用防腐剂泡若干天，虽经尸体美容师来一番涂脂抹粉，悉心打扮，也实在没有美感可言。这岂不是让死者献丑，活人受罪？又何苦如此？以后我死了，希望我的孝子贤孙千万别做这种事情。可以一死便烧，骨灰也不留。

老友说："骨灰也不留，未免太过吧。"我说，骨灰这玩意，既非生活用品，也非可供观赏的摆设。当然，留或不留，悉听尊便。不过，我日后死了，可不必留。留来何用？放在家里，不但徒占空间，还会影响家人特别是来客的情绪。谁喜欢老对着这副迷你棺材？倘若寄放到公墓的骨灰存放室，对我也不妥。当今之世，活着还几乎处处讲究等级，连宴会也得论官阶大小等分席次座次呢。死了，在不少角落，同样等级森严，骨灰存放就有官室民室之分。官室之内又有部委级柜、厅局级柜、处科级柜，以及等而下之的柜，按级存放，不得僭越。我有位亡友，是位成就颇大、品格高尚的老艺术家，由于他不是官，什么官阶级别都没有，在存放骨灰时就发生过争议哩。经过他的家人和组织多方交涉，最后获准放在较高级的柜里。我想，如果这位生平淡泊于名位的艺术家地下有知，对这番争来的优遇，大概不会感到高兴，许会懊悔死前没有留下弃灰的遗嘱而徒叹奈何，任人摆布。其实，作如此慨叹者，又何止我这位艺术圈中的故人！我们这些人，从孙中山先生起，争取自由、平等几十年，到死了还受到这种既不自由又不平等的摆布，真叫人哭笑不得。当然，人在活着时，按他的专长、能力、贡献等等之不同来定级别、评工资，还有道理。死了之后，大家都是一把灰，还有什么差异呢？所以，一视同"灰"，平等对待，按化灰存放之先后依次搁放，不是更合情合理么？有人说，你廖某现在级别不低啦，死后排座次准沾便宜。这种按等级排座次的便宜，我廖某实在不愿沾，也不敢沾。我这个人穿起龙袍也不像皇帝，若死后同大人物摆在一起，既会有辱人家的尊严，也会使我自惭形秽。如果我那个"灰"盒子正好搁在一位"马列主义老太太"的盒子旁边，她老是给我唠唠叨叨地"年年讲、月月讲、天天讲"，我会不时心惊肉跳，我怎受得了啊？所以，不如把骨灰散尽，让我魂游四方，岂不更快哉！

一串话，听得老友频频点头，连赞："高论，妙论。"但他说有事要走，而我却把他拉住不放，要他再听下去。

我说，一个人死了，只要他生前有点名气、地位，即使不给他树碑立传，恐怕也总会有人给他写点悼念文章。这些文章大都本着"隐恶扬善"之旨，把死者生平之"善"尽挑出来"扬"，直把他"扬"到尽善尽美的地步。既然金无足赤，人无完人，他于是乎成了又善又美到超乎人类的怪物了。我生时不是完人，死后也不愿被人视为尽善尽美的怪物。我是个有优点也有缺点，有长处也有短处，甚至也有过失的凡夫俗子。所以，我已经叮嘱过我的儿女们：我死后，倘若有人给我写悼念文章，并且尽是说我的好话的话，那么他们可得反其道而行之，如实地写我的缺点、毛病、错误甚至罪过。这就可免人们对我产生"完人"的错觉，还我凡人的本来面目。想当年我被划为"右派"之时，好些人或自动地或被迫地对我施行口诛笔伐，会上的发言，报上的文章，岂止"隐善扬恶"，有一些甚至以善为恶，简直把我说成罪恶累累，近乎该死了。三中全会后，终于"改正"了。但经此一改，许多"口称笔颂"即纷至沓来，又把我说到几乎无一不好了。所以，在我化"灰"之后，盖棺定论之时，怎能不来个如实地揭我之短的东西，给我再来一次"改正"呢？

老友大笑，说："兄台不必过虑！到了那天，老兄的儿女们坚持'为亲者讳'而不写的话，我也会写的。我绝不会把你写成完人，倒可能把你写成怪物，因为阁下实在怪嘛！"说罢，我再也拉不住，他走了。

（原载广州《随笔》1987年第6期）

"野生动物"赞

　　80年代初，我到湛江参加一次有关美术创作的聚会。会上陈列的作品大多是版画，水平虽然大多不差，而风格则难免雷同，但其中有几幅小小的作品，由于画面的独特，使我特别瞩目，作者名为王训盛。会后，我同这位既未曾闻其名、也不相识的青年人到他住处，为的是想看看他的其他作品。他住在一间漆黑的仓库的阁楼，我只好蹲在门口，待他拿画出来看。他拿出来一大摞油画。湛江的画家大多是专搞版画的，而此人却多了一手，且还搞出诸多的面目：写实的、抽象的、细致的、粗犷的、古典的、现代的、土的、洋的……但都显得非常的质朴与真诚，真使我感到惊奇！

　　多年来，我国的各种艺术创作都被套上个"紧箍"，美术院校当然也得在这"紧箍"下培养人才，这种培训颇像机械化鸡场养"饲料鸡"。从野生原鸡变家禽，有个过程叫"驯化"，机械化养鸡过程可说是"超驯化"了。经过这种统一的驯化之后，怎能免于清一色呢。所以，当我看罢王训盛这批在内容与形式都"离经叛道"的东西时，我就判断他准是未经"驯化"的"野生动物"。此人生于广西一个穷乡僻壤，没有机会进美术学院受正规培训，也没有拜过当代名家为师。只因他具有与生俱来的美术癖好及艺术潜能，还有一股对艺术追求的蛮劲，就像野生动物一样，不受笼栏困束，也不想入笼入栏，不靠喂养而在无限的山林野地上到处自寻野食。对合胃口的，便大吃一顿；不合胃口的，就算是灵芝仙草，也不沾唇。西方美术曾统统被"钦定"为毒草，可是由于他这一野生动物的肠胃功能特异，毒草也能化为养料。不少搞画的，都习惯打听艺术的行情，画什么、怎样画才能得到上边本行权威的青睐。而他却不管这些，也用不着去管，只画其所喜，所以他的画总是充满真情，无半点虚假。

或曰：你廖某也是"野生动物"，你赞赏王训盛便有赞赏自己甚至贬低被你比作"家生动物"受过正规训练的"科班出身"的画家之嫌。非也。其实我深知两者各有所长和所短。我很赞成那些除接受院校的培养之外，又能自寻其他野食的艺术胸腹较大的人，因为他们很有希望能成为出色的艺术家啊！

1992年10月

（原载《冰兄漫谈》，石家庄：河北教育出版社1997年版）

白头冰兄在，闲坐说腐败

桥梁塌了一座又一座，堂堂首都北京西站的质量也很糟，有腐败的人，就有腐败的工程。

近年来，中国屡屡发现豆腐渣工程。用豆腐渣也能建大厦，筑桥梁，真是一大发明，是"新科技"，敝国理应申请这项专利，或载入吉尼斯大全。

省里的机关派车去扶贫，到贫困地区一看，当地的官车比开去扶贫的车不知高级几多，都是每部超百万的高级进口车，叫人哭笑不得，不知谁扶谁。可以画张漫画，就是两部车对话——扶贫车问当地官车："究竟是我扶你，还是你扶我？"

我常常自叹有回天之心而无回天之力。漫画有什么用？打国民党，漫画有用；打日本鬼，漫画有用，我用漫画煽动人们去战斗。而现在一些有权有势的人侵吞公款，瓜分国家财产，知法犯法，执法犯法，人家什么都敢做，什么都不怕，还会怕你画几张漫画？

今日中国这座大厦我也曾亲手参与建设，我是一粒砂、一颗石、一块砖，我并不希望这大厦倒塌啊！当年我们拆蒋家王朝那房子，拆的办法很多，用锤子，用锄头，用力去拆就是了。现在面临的是——我们这座大厦的梁和柱很多都被蛀空了，几近岌岌可危了。我们要做的工作是不拆房子而改梁换柱，这难度比拆房子大得多了。

如果修改党章，我说第一条应写："共产党员的首要条件是做一个守法公民。"

跟随共产党参加革命的老同志聚在一起，时常痛感党风的败坏，也会追忆过去的辉煌。正是："寥落古行宫，宫花寂寞红。白头宫女在，闲坐说玄宗。"

盘在八角帽里的辫子

　　胡一川有一幅油画《开镣》，画解放军在新解放区为国民党监狱的政治犯砸开手铐脚镣。1949年我们打掉了身上百斤重的镣铐，但是心上那千斤重的封建主义镣铐砸掉没有呢？

　　我从小就对封建主义很厌恶，一点点封建主义的东西，我都很生气。我娘快饿死了，都不准改嫁。我不是因为贫苦才跟共产党闹革命的吗？不是因为母亲被欺凌才痛恨封建社会的吗？当初我是连"封建"二字都不知道怎么写，就要反封建，反了几十年。

　　可是50年代以来，我对从小就痛恨的封建主义一点感觉也没有了，也不会生气了，只知道听话。许多知识分子和我一样，在精神上完全衰落了。毛泽东说："共产党员对任何情况都要问个为什么，都要经过自己的头脑的周密思考，想一想它是否合乎实际，是否真有道理，绝对不应该盲从，绝对不应该提倡奴隶主义。"可是，建国几十年来，对许多事情，我们就是不会、不敢、不能问个为什么。

　　中国有三千年的封建主义传统，是农民的国家。农民的人生观与地主的人生观是一致的，只是拥有生产资料多一点少一点的区别。农民起义，只想赶走"坏皇帝"，换个"好皇帝"。延安时代毛泽东提议读《甲申三百年祭》，说我们不要学李自成。郭沫若是敏感的，他知道农民起义必然争权夺利，所以写了这篇文章。想想毛泽东进城前对黄炎培说的话，言犹在耳。

　　我画了《剪辫子》，当时一位省委领导看了，说这幅画好得不得了。我说，有什么好？一把剪刀，一根辫子，人人都会画。但这根辫子很难剪。它不是钢辫子，现在科学昌明，再紧硬的辫子也有办法剪。它是根水辫子，剪不断，抽刀断水水更流。

　　我还有一句话：把辫子盘在八角帽里，还是封建主义。

　　　　　　　　　　　　　　　（原载广州《同舟共进》1999年第10—11期）

▎安息吧，根天师！

胡根天老师开始教我画画是1932年9月，距今已整整53年了。当时我是广州市市立师范（简称"市师"）高中一年班的学生。师范学校从初中到高中每周都有两小时美术课。无论初中高中上课时大都是做静物写生，初中时的美术老师是位写实派的画家，他要求学生必须按照实物的形与色如实描绘，这固然能使学生学到一些写实的技术。但是我更喜欢根天老师。他很理解艺术之可贵在于个性，所以他不大干预学生的画法。

由于那时我已在报上发表漫画，又受到西方一点现代流派的影响，于是在课堂写生时就我行我素，爱怎样画就怎样画。根天师只是给我一些启发性的指点，从不以什么样画法强加于我。对那些现在看来很可能要羞得脸红的幼稚的习作，他都给我打上很高的分数。他这样对待我这个"无法无天"的学生，不知该叫做鼓励还是纵容，但毕竟在他任教之下的三年，我一直自由自在地画，越画兴趣越浓，越画胆子越大，画了许多各式各样的东西，竟然在学校一年一度的学生成绩展览会上独占了一个课室，开起"廖东生个人画展"。如果当时的老师不是这位"无为而治"的胡根天，我绝不可能有这个在一些人眼里视为狂妄的行为，甚至不可能直到今天还拿着画笔。

其实，应该说我受教于根天师比正式做他学生还要早好几年。大概在我十一岁的时候，我就不时在建在人民公园（当时叫中央公园）的一间大草棚附近游转。那个草棚就是初创时期广州市立美术专科学校（简称"市美"）。我这个衣衫褴褛的穷孩子多么想进这一间草棚看看画画的奥秘而又没有勇气，只好等待从草棚里提着画箱出来的大人作风景写生时围上去"偷师"。这些大人就是"市美"的老师或学生。很可能那时我已看过根天师在公园、街头、越秀山等处画风景，只是那时我不认识他而已。此后，"市美"（此时已搬到清泉街的三元宫）和尺社（原名"赤社"）每年一度的画展，对我来说，是个最好的学画的机会。我每次走进展场，面对琳琅满目的作品，活像饥饿的人看到珍馐纷呈的筵席似的虎咽狼吞，在这幅画里"偷"一点，那幅画里学一点，恨不得把所有合我胃口的画法都据为己有。而这种学习机会应该说都是根天师给我提供的。因为这些画的作者乃是尺社的成员和"市美"的师生，而根天师既是"市美"的创办人和校长，又是广州第一个以西洋画为主的美术团体的组建者及负责人。所以说，在我还是孩提的时候已直接间接蒙受根天师的教泽。其实，在广东甚至在全国，直接间接蒙受这位我国早期美术教育家和西洋绘画传播者的教泽的，何止成千上万。

然而，在反动派统治下的旧社会，这位劳绩卓著的美术家竟被一些政客排除出"市美"，尺社亦终于瓦解，后来只能到一般学校当美术教师。他的满门桃李，好些也被迫放弃艺术而转行，使得他对美术教育事业曾一度心灰意冷。记得1935年我毕业离校之后曾在路上碰见他，因为当时社会上有根天师将被聘回"市美"任校长的传闻，所以我向他问及此事。他冷冷地说："学画有什么用？当校长也只能误人子弟，我不干了。"我多少了解他的心情，不好再谈下去，便黯然而别。直到1950年，我从香港回到解放后的广州到市文联工作才重见老师。这时他正好在市文联任副主席，虽然已年届花甲，白发苍苍，由于他深信美术事业在新社会必将有光辉灿烂的前途而精神焕发，和我们这些后辈一起积极参加各种美术活动。从1956年起，他既是美协广东分会副主席，又先后担任市博物馆馆长及市文史馆馆长，但是直到年逾九十，体衰目聩，对我省的美术事业依然时刻关怀。更难能可贵的是他的艺术观点可以说一直能与时代同步，毫不老化。今日我省的美术事业的繁荣兴旺，少不了这位我省美术事业的开拓者，为美术发展而鞠躬尽瘁的前辈的功劳。

我们对根天师的崇敬，还在于他安贫乐道、不求闻达、不谋私利、不搞宗派、扶植后学、诲人不倦的高尚品格。他辛劳数十年，贡献巨大，只赢得两袖清风。在艺术上，他是我们的师表；在品格上，也是我

们的典范。今天，他虽然与世长辞，然而，他将永远活在我们心里，永
远是我们的导师。安息吧，根天师！

（原载1985年7月17日广州《广州日报》）

化学家是怎样"化"为漫画家的
——谈杰出漫画家方成的成功奥秘

　　方成从北京去香港举办漫画展览，《读者良友》的编辑先生叫我写篇谈谈方成的文章。我与方成不但是同行，而且是将近四十年的挚友，理应欣然命笔。只是在一年多前，当方成在深圳办个展的时候，就写了一篇畅谈方成的学养造诣的文章发表于香港《文汇报》，现在重写，就感到肚子里没多少料，写起来难免有旧调重弹之弊，这就要请编者读者见谅了。

　　如果我说：方成姓方名成，北京人，漫画家也。我看人们大都不会认为我说错。你听到他那一口地道的北京话，特别是听到他和北京相声演员一起说相声，准会承认他是百分之百的北京人。其实，他与孙中山先生有两同关系。一是同姓，姓孙；二是同乡，中山县人也。"方成"乃是1946年最初他在上海发表漫画时使用的笔名。四十年来，这个笔名随着他那些质高量多的作品播扬海内外，他的真名则鲜为人知了。至于北京，则是他出生和上学之地，解放后三十多年也一直住在那里，所以不但语言，甚至生活习惯也完全北京化。不过他还能讲一口流利的稍带中山音的广州话，更兼近年来他太太在深圳任职，北京深圳，两头有家，还不至于"数典忘祖"。说他是漫画家，当然没错。不过他未成为漫画家之前，却是个化学家。他这个化学家的头衔绝不"化学"。他毕业于武汉大学化学系，走出校门就进化工研究机构当研究员。所以光说他是漫画家还未能名实相符，应该说他先是化学家后是漫画家才对。不过他在漫画圈里时间长名声大，那个化学家的名堂和他的真姓名一样鲜为人知了。

他这个化学家"化"为漫画家绝不是平白无故"化"起来的。大凡化合物至少有两种元素才能化合而成。漫画家方成或方成的漫画正是两种"元素"的"化合物"。这两种"元素"是什么？一是他从小就除了上一般学校之外还同时上"市场学校"。市场者，就是北京东安市场、天桥市场这种除了吃的、喝的、用的之外还有看的、听的、读的，品种繁多的市场。小小的方成对场里的相声、说书、大鼓、杂耍等等表演爱到着迷，对那里旧书摊上的"闲书"也极有兴趣，所以市场就是他的第二课堂，一有工夫就跑进去接受教育。对富于诙谐幽默讽刺性的相声迷得更利害，还萌生了编相声说相声的念头。这种相声瘾一直保持几十年，而且越来越大。到今天已成为相声的"票友"，经常同侯宝林、姜昆这些相声大名家一起编写相声研究相声甚至写相声论著。至于他的课外读物，也是由那里的旧书摊提供。《笑话大全》《笑林广记》《儒林外史》《聊斋志异》《西游记》和中国的外国的讽刺小说剧本之类无所不读。他家穷，读书的胃口又特别大，怎办？他那个生来就特别灵的脑瓜都想出个少花钱多看书的绝招。先凑够钱买一本厚书，看完之后卖回给书摊，另买一本薄的，再读完再卖再买，越来越薄，这么一来，花一本书的钱看几本书。这种绝招反复使用，竟然把书摊上那些他爱看的书几乎看完。随着岁月的延绵，环境变迁，生活变化，他的"第二课堂"自然超越出北京这些市场，扩展到比市场广大、丰富、生动、复杂得多的社会。但无论在何时何地何种境况之下，最能吸引着他的还是那些在市场开始上瘾的东西。凡是属于幽默的、讽刺的、能够增长机智的、激发奇思妙想的东西他都贪得无厌地吸取到脑子里。可见他在远未成为漫画家甚至想做漫画家之前就在脑子里不断积累"化"为漫画家不可缺少的属于思想、气质、知识方面的"元素"。

二是他从小就有画这画那的强烈兴趣。最喜欢画人。先是和一般孩子那样在墙上地上画小人、小狗、乌龟之类，稍长就进而捉摸各种人的形貌姿态神情，在课本练习本上胡画一气，竟然画得活灵活现。他常常在课堂一边听课一边画同学老师的模样，甚至为此弄到两科不合格，几乎留级。初中毕业，他想考美术学校，又想向画家拜师。由于家穷，怕学画花费大，又怕靠画画难找饭碗，只好放下这个念头。但从中学到大学，从大学到化工研究社，只要有空闲，除不断地积累上述那种属头脑的"元素"之外，还积累描绘形象的"元素"。现在他还保留着他未"化"成漫画家的1946年之前的人像速写，这速写虽然水平不算高，但是却有"漫"味，与出自美术"科班"出身的有所不同。如果当时我已认识他，听其言，观其画，我准会"煽动"他加入我这一行——画漫画。但我是1948年才和他认识的，那时他已经"化"成漫画家了。煽动者不是我，而是专门制造漫画题材的可笑可恨的末代皇朝。

1947年初，我从内地到香港，看到上海出版的《大公报》《评论报》《观察》等报刊，这些报刊常常刊出署名方成的漫画。这个方成是何许人也？是我们圈里某位老手的化名？不对。这样的构思、表现手法和技法我从未见过。如果是刚入行的新手，何以会对漫画的门道那么精通？他对那些在抗日战争之后劫收光复区、发动全面内战的反动派的横暴丑恶行为，予以无情的揭露和痛击，然而他使用的手法都不是直来直去，而是极尽讽刺艺术之能事，我先是忍俊不禁继而咬牙切齿。那些反映在币值狂贬、物价狂涨、任意拉丁、偶语弃市的昏天黑地中的老百姓的悲惨生活的作品，竟然能使你先是苦笑继而悲愤交加。画漫画画到这个水平，有些老手也难以做到。到1948年夏，由于白色恐怖日剧，他和上海一批老漫画家先后来到香港，那时才知道他确是新手，并且知道他之所以能够一鸣惊人，由于他长期积累上述两种"元素"，而当时反动派的倒行逆施激起他忍无可忍的情绪，就是促使他"化"为漫画家的催化剂。经此一"化"，他就把那个十年寒窗熬到手的化学饭碗永远抛掉，从此就坚执画笔，投入比个人吃饭重要得多的解放全中国的斗争来了。从那时到今天，整整四十年，他总是不断地积累"元素"，不断地"化合"，"化"出数以千计而且质量与时俱进的作品，还派生出一批可以说是填补我国空白的"副产品"，就是研究漫画、相声、笑话、喜剧诸般讽刺与幽默的艺术的著述，如近年来出版的他所著的《笑的艺术》《幽默·讽刺·漫画》单行本和他在各个大学讲授这类功课的讲稿等。对于他的成就，他的优质高产的本领，使作为同行的我既衷心敬佩又不胜惭愧。"各有前因莫羡人"，谁叫我自己在积累"元素"上不能像他那样肯下工夫呢？

　　末了，希望看了方成在这里展出的作品，引起做漫画家的兴趣的年轻朋友除了"临渊羡鱼"之外，最好"退而结网"，须知缺乏"元素"是什么也"化"不出来的。

（原载香港《读者良友》1986年11月号）

施家园的一间木屋
——纪念版画家黄新波

　　从桂林出东门，走过漓江上的一座小浮桥，便是月牙山下的一片碧绿菜田。

　　快五十年了，我记得很清楚。菜田旁边是一个用木板参差搭起屋舍的小村落，这里的人靠种菜为生。这几十间不起眼的木屋里，当时却不全是菜农。这里的一间是救亡漫画宣传队队部，邻居有艾芜、周立波、舒群等。这是1939年时候，一班文化人都集中在这里。而漫画宣传队队部，更经常是宾客盈门，许多文化人都愿意来这里作客，陈残云、芦荻、华嘉等便是其中的熟客。

　　1938年初春，我离开驻江西上饶的漫画宣传队分队回到桂林的漫画宣传队队部。当时，宣传队是由郭沫若任厅长的第三厅领导的。1938年冬，武汉撤退，火烧长沙以后，国民党就准备向日本求和，并露出反共面目，第三厅要改组，漫画宣传队已停发经费，我们虽然坚持宣传抗日的工作，但处境则日益困难了。

　　这是5月一个微雨淅沥的寒夜，有人拍门。我开门一看，这是从未谋面的不速之客，来者自报姓名是黄新波，我立即想起这是有名的木刻家。从此，他便成为木屋主人的一员。当时，进步的文艺工作者大都有这种脾气，即使遇到一个从未谋面的陌生人，只要知道他是进步的，便一见如故，可以一张床挤着睡，一碗饭分着吃，何况这是曾与鲁迅一起拍过照，新兴木刻运动的中坚黄新波！新波原是上海左翼美术活动的积极分子，1938年初，上海成为孤岛之后，他南下广州；年底，广州沦陷，又与众多进步文艺界同志一起转移到曲江，对抗战美术宣传工作，起到颇大的作用。他不但是个好画家，而且是个很好的组织工作者。但到1939年初，白色恐怖降临曲江，情况很危险，党组织便通知他转移到桂林。于是他又以桂林为阵地继续他的战斗生活了。

这间木屋本来有两个无形的大招牌，除了"漫画宣传队队部"，还有一个是"中华全国漫画作家抗敌协会"。新波来了，酆中铁把中华全国木刻界抗敌协会的图章寄到新波处，这样木屋又成了木刻协会会址了。屋中主人盛特伟、黄茅、陆志庠、赖少其、刘建庵和我等都没有固定收入，靠写点稿，画画弄几个稿费度日，大家都是穷且快活。最"快活"的乃是黄新波，即使在揭不开锅的日子还有兴致涂花了脸，披张破毡子唱大戏。他又慷慨得惊人，有一次，他拿到一笔稿费，想到大家寒酸久了，不如开开戒，请大家吃了一顿。回来后，给我们做饭的阿婆却告诉我们伙食费没有了。当时，我们的伙食、屋租、还有给阿婆（光仪的奶奶）的工钱，都是大家零星凑起来对付的。

我们就在拮据寒酸中做抗日救亡宣传工作，写稿、画画、刻木刻、画街头宣传画，还先后办了两本刊物。一本是《工作与学习·漫画与木刻》（此刊由刘季平办的，由赖少其联系刘才会出版这本有两个名堂的刊物），另一本是《木艺》，又在《救亡日报》上主编《漫木旬刊》。新波常常工作到夜里两三点，他精力很好，然后，吹熄小油灯，爬到竹床上和我、刘建庵，还有赖少其睡在一起。

除了这间木屋，我和新波还另有共同生活和工作的处所，那是桂林远郊的一间小庙。因为新波到来不久，就同我一起任"广西地方建设干部学院"的美术指导员（即教师），这间由桂系头子白崇禧任校长，旨在培训地方干部的机构，实质上是我们党的天下。教育长杨东莼就是地下党员，教职员大都是党员或进步人士，校舍宿舍大都是草棚，这间庙既是我和新波的宿舍，又是美术班的课室，亦即是我们向青年除了教授绘画技术之外还宣扬进步文艺思想的阵地。

1939年夏天，桂林行营政治部主任梁寒操召集桂林美术界开座谈会，会上谈到开展美术宣传工作而力量不足的问题，我和新波等人都参加了座谈会，会上我建议办一个绘画培训班，增加抗战宣传的美术力量。梁寒操当场拍板，于是，"战时绘画训练班"便在七星岩旁搭起的一间简陋房子中开办了。行营委派国民党画家梁中铭当班主任，梁请我当教务主任。教学计划、教学内容基本上是由新波、特伟和我制订的，任教的除了我们之外还有刘建庵、沈同衡等进步的美术家。梁中铭虽然是国民党人，但在政治上比较开明，所以，这个班也就成为培养进步的美术青年的场所。

在木屋里还策划举办了几次展览会，最大规模的是1939年下半年的美术作品联展。展览团结了全桂林各方的美术力量，以揭露日寇暴行、反映军民抗战为主题，这是桂林美术界力量的总检阅，展览的影响很大。

实际上，新波是当时许多活动的主要骨干，如果没有他来到这里，木屋的活动能量和业务是不会有那么大的。他在小木屋里起码刻了一百多幅木刻。由于当时制电版很贵，发表漫画很困难，只好采取木板代电版的办法，所以新波还兼干漫画的"制版"工作。新波精力旺盛，给小木屋和桂林美术界增加了生气。木屋中人，当时只有他一个是党员，看来，木屋的活动是通过他向党组织汇报，而党组织的指示也是通过他来贯彻的。

快五十年了，那间做过我们这群进步美术战士的营房的木屋早已不存在了，但它非常值得我们怀念。我几年前到桂林还专门去寻觅它的踪影。沧海桑田，人事两非，新波也已作古。现在，他的遗作又送到广西展览，我又想起他在小木屋昏黄的油灯下一刀刀刻木的情景。他是点燃自己的心血，为革命贡献自己的一份光和热的。

1987年10月9日

▋ 黎耀西画展前言

画分这派那派，如果漫画也分派，黎耀西的漫画可称为"炒田螺派"。

何解？答曰：炒田螺者，广东独有的大众化菜式也。黎耀西的漫画，无论取材、格调、手法都有浓郁的广味，是漫画中的粤菜，但不似大酒楼盛筵上的"烩龙虎凤"，却似大排档适应广大食客口味的炒田螺，称之为"炒田螺派"，不亦宜乎？

或曰：艺术贵雅，此称失诸俗矣。

我曰：剖析世俗，刻画世相，评议世事，面向芸芸众生，乃漫画之功能及主旨，自然未能免俗，这正是漫画可贵之处。黎耀西不趋高雅，不避尘俗，一直以画笔"炒田螺"，为大众提供好味兼有益的作品，其可贵也是在此。俗得可贵，俗又何妨？

龙年人日，既是"黎耀西漫画展"开幕之日，又逢"西记炒螺"开档30周年，祝他龙马精神，越"炒"越劲，为螺香飘四海，画誉达五洲而奋斗不息。

1988年元月初六

▎中国漫画界的好传统

——为华君武来穗举办画展而作

华君武来广州举办个人漫画展了！对这位大名鼎鼎、优质高产的老漫画家的作品，众多"拥趸"恐怕只看过发表于报刊的复制品，而这回却能看到他从数十年创作中精选出来的一批原作，料必会使"拥趸"们觉得更为过瘾。至于其艺术成就如何，已是众所周知，似乎用不着我在此多费笔墨了。我这里只是想借华老作引子，谈谈我国漫画界的一些优良传统。

关于优良传统，我只谈两点：一是革命传统，也可以说是对国家与人民具有强烈使命感与责任感的传统。出现于本世纪初的中国第一代漫画家，就是因为目睹国家垂危、万民待毙，于是拍案而起，挥嬉笑怒骂之笔，举反帝反封建之旗而战斗的勇士。广东漫画家何剑士便是这一代的代表。他们为中国漫画史写下了光辉的开篇。此后数十年，在每个革命阶段，他们的后继者无不积极投入战斗，立下战功。毛泽东同志曾称漫画为"革命画"，现在还贴在广州农讲所旧址课室里的上课时间表，就列有"革命画"一项。华老和我这一代，乃是在日寇入侵东北、救亡运动兴起之际投入漫画行列的。当抗日战争爆发，华老与蔡若虹、张鄂、米谷、张仃等，立即离开十里洋场的上海，不顾安危，投奔革命圣地延安。另一些漫画家如叶浅予、张乐平、张光宇、丁聪等，则坚持在国统区战斗。阵地虽然不同，但从抗日战争到解放战争的十二年间，大家手中的如枪之笔，都是向人民的敌人而投，为打垮侵略者与反动派而战。及至新中国成立，其中好些同行因工作需要，被分配到各地担任美术行政领导，以至难以专心致意地搞漫画创作，然而大都还不愿刀枪入库，都极力挤出时间，继续为清除旧社会遗留的消极因素，健全新社会肌体而发挥漫画的独特功能。华老长期在中国美协担任职务，工作繁重可知，大概也是由于来自传统的使命感和责任感驱使，以至作品源源不断，几乎每年的新作都足够结成一集。这不是每位同行都能做到的。

同心同德，扶植新人，乃是另一个优良传统。先说如今还存活的年纪最老的漫画元老鲁少飞。30年代初，他在上海出版的《时代漫画》月刊任主编，似乎立心借此刊物来发掘和培植漫画新人。当时华老和我及众多的爱好漫画的青年向该刊投稿，他对我们这些新人幼稚之作大加鼓励。当时年轻的华君武、张仃、米谷等等都受过他的"春风化雨"，也由此而成为卓越的漫画家。后来我知道热心如此的，还有早已名满漫坛、艺高望重的叶浅予、张光宇等前辈。他们之间，总是互相尊重，同心同德，致力于发展中国漫画艺术。同行如敌、压抑后进这类恶劣的作风，在漫画界是殊为少见的。当然如果说漫画同行之间纯粹是一团和气，毫无矛盾，也不符合实际。例如华老与我分处天南地北，难得碰头，竟然也曾有过争吵。有次在争吵之后不久，他却托人带一本新作集子给我。在画集的扉页上写着："骂归骂，书还是要送给你的。骂与不骂，悉随尊便。"可谓幽了我一默。1983年，华老代表全国美协，邀我与张乐平同时到京开个展，在京的30年代的漫画同行为我俩设宴接风。席间我也给他来了个幽默的回敬。我请他与我一起喝酒，说："为我们在美术界中成为一对吵架而不翻脸的典范干杯！"这一杯彼此都喝得兴高采烈，举座亦热烈鼓掌。何以故也？无他，由于我们都有共识：为了事业，应珍惜战斗情谊，谨记前辈精诚团结的风范，绝不能让中国漫画界的好传统在我们手上败坏。

如今我国已进入新的时期。漫画艺术的内容、形式、功能亦随时代而变化，但我以为这种为国为民、同心同德的传统精神仍该珍视和继承。我想宝刀未老的华老与众多新老同行亦有同感吧。

（原载1991年11月23日广州《南方日报》）

辟新路者

一直想说，又一直不知道该怎么说张光宇。

他死得太早，距今已快三十年，没有来得及看到自己所开辟的道路已经被拓展为怎样一种广阔的天地。他又死得很及时，幸运地逃避了一场人间少见的浩劫。要不，他必定要在紧接而来的"文化大革命"中受摧残，被斗死。所以，他的灵魂毕竟可以安息了。

然而，历史实在是对他不公的。即使是延至近三十年后的现在，而且只是在由他创办的《装饰》杂志上才来郑重纪念他，这件事也可见一斑。这些，未免都要引出众多后死者、后生者的唏嘘之叹。

不过，一切有识见的人都明白张光宇一直是活着的。这样一个在中国现代艺术史上的筚路蓝缕者，这样一个富于创造力的画家，即使人们不知道他的名字，仍然在有意无意之中蒙受他的遗泽。

你或许应该超过他，但你无法绕过他。因为这是张光宇，标明的是Modern Chinese的转折，艺术，尤其是设计观的转折。

五十多年以前，我便自认为是光宇先生的私淑弟子。1934年，我还是一个在中学念书的学生，便向光宇先生在上海创办的《时代漫画》投稿，热衷扶掖后进的主编鲁少飞先生不但发表我那些实属十分幼稚的作品，而且大加鼓励。从此，竟使我信心十足，不断向《时代漫画》及其他漫画刊物（其中大多属光宇先生经营）投稿，成了尾随上海漫画队伍的一名小作者。

我属于野路出道，由于出身低微贫贱，少年时期能接触到的只是门神、年画、迷信品一类的民间美术品。大约先入为主，光宇先生富于民间味道的作品一开始就令我拜倒。当时，上海的漫画刊物发表光宇先生的

《民间情歌》插图，造型极其简练，经营至为严谨，寥寥线条，竟可以鲜明表达出绛绛情意，使我惊诧不已。还有就是光宇先生所作的名人漫像，类似程式化的戏曲脸谱，却较之一般写实手法描绘来得更真实，性格更突出，又使我眼界大开。当然，更令我倾倒的是他的漫画。那时，正是中国人民奋起抗日救亡时期，身居上海租界的正直漫画艺术家需要承受种种高压和威胁，矛头既要对准外寇，目的在于唤醒普罗大众，手法则常常要借古寓今，指桑骂槐，绵里藏针，曲折隐晦。光宇先生恰好秉性外圆内方，这种战斗方式应用得游刃有余。虽然许多作品已经不能一一记清其具体内容，但那些以嬉笑为表怒骂为实，刻画反动派人物恶行丑态的漫画像作品依然印象尤深。后来，光宇先生参与经营的《时代漫画》也不得不停刊了，但他并不因而退缩，换个刊名改头换面又继续出版。光宇一生起码创办或参与创办了十种刊物，于此便可又见一斑。

最能体现光宇先生其人其艺的，我想应当是他的《西游漫记》。这一组著名作品的构思，应当是由桂林逃难至重庆的颠沛流离途中完成的。由于日寇的节节进逼，国民党的节节溃退，光宇已经无法继续经营原先的事业了。1944年的湘桂大撤退之际，光宇携妻带儿，经香港辗转返入内地，脱离虎口，进入重庆。当时，我和叶浅予先生都寄寓重庆郊区北温泉，于是便把他一家也接到北温泉，在一间小木屋安顿下来。光宇几乎衣尘未洗，就找画笔去记述和宣泄一路蓄郁的积愤。当时大家的生活都极为艰困，真正是家徒四壁。光宇弄块木板搁在破木箱及铺盖卷上就成了画桌，一叠白报纸，一盒小孩子用的水彩颜料便是画具。他是沿着当时被称为"见鬼路"的黔桂路线仓惶入川的。在简陋的小木屋里，光宇画出了一批描述逃难百姓在前虎后狼夹攻之中惨状不忍卒睹的作品，这是他参加"八人漫画展"作品的来由。"八人漫画展"是1945年3月在重庆展出的，参加者为光宇、浅予、特伟、丁聪、沈同衡、张文元、余所亚和我，在当时影响很大。接着，光宇着手创作《西游漫记》。显然，他认为零零星星、记录表面的作品已无法表述他的愤懑，不能充分揭示反动派祸国殃民的诸般罪恶。《西游漫记》借用的是旧故事框架，在六十幅作品中，尖锐深刻直指当时社会现实的各方面，实在是一个正直知识分子控诉反动派政权的檄文。由于当时是在所谓大后方的重庆，受环境钳制，光宇是重操故伎，采用曲折含蓄的迂回战术。在画法上，这一套作品在用线、用色、布局方面都淋漓尽致地体现了装饰漫画风格的长处。如果再加以推敲，还可以发现光宇这一套作品是不仅有中国民间神话的依据，还有埃及、印度甚至世界上其他民族神话的依据。人物、器物、景物都是假的，对应的却是现实生活，而且更加概括，因而比现实更真实。这种创作，难度之大，是仅掠皮毛的观众难以设想的。可以说，张光宇的成功，不仅在于把漫画装饰画化合为一，还在于以神话的结构表现了现实人间的深刻社会性。

谁都不能不承认光宇有鲜明的个人风格，但他的风格又可以说是活的，多变的，有时繁得出奇，有时又简得惊人，他的创作点子匪夷所思。很多人的作品，可能一眼就能看出其来龙去脉，光宇的却只是属于他自己的。他可以说出入古今中外，早年画布景，搞绘图、广告、香烟画片、月份牌，后来画漫画、装饰画、插图，搞装潢，还有实用设计。珂弗罗皮斯、里维拉、法服尔斯基，许多外国画家也对他有过影响，但他不是任何画法、任何人的翻版，这可真是吃草挤奶的牛，光宇的才能和贡献，其实正在于这一点。

早年，光宇设计过被称为Modern Chinese的家具。就像他在绘画方面一样，是把西方现代的设计手法与中国古老传统的样式"化合"起来。这种造型，即便在五十年后的今天看起来，仍然要使人信服是"Modern"的。光宇的天分，还充分体现在他一手所创，可称为"张体"的图案字体。字体加以图案化当然是古已有之，但现代口味的图案字实则是产生于20年代初期。不过，其时的结构、造型、形态虽然大都新鲜，却总免不了别扭之感。至张光宇的图案字一出，却是既独特又自然，千变万化又能和谐统一，你不得不承认这是新的，现代的，又是符合中国书艺规范以及民族欣赏口味的。只要看看光宇书写的刊名——《时代漫画》《上海漫画》《独立漫画》《漫画界》《万象》，便要信服光宇确实是为汉字的图案化开辟了一条既崭新又宽广的大路。此后的数十年，在中国出现的各种图案字，几乎不免有意无意中体现出光宇的血源，或多或少受到光宇的影响。换一种说法，光宇所运用、所体现的其实已是一种现代感的设计观念，这，正是他高于许多设计专家一筹的原因。张光宇的独特之处，是在于他的艺术风格，他的设计思路，已经明显体现出区别于农业时代，也区别于工业社会的特色。它是属于中国民族的，又是走出了19世纪，进入了20世纪而且处于向现代转变的交搃点的。由于汲纳了中国民间，传统融入了西方现代的手法，张光宇的创造，印证的已经不是他自己，这是时代的创造，时代的必然，或者说，是这样一个时代推出了光宇。

这就是光宇，他的价值，正是标示出20世纪中国艺术向现代转变的必然。这绝不是故意拔高的夸张，除了已经说到的家具设计、书装艺术，只要想一想十多年前引起轰动的首都机场壁画，还有近年中国画中风行的带装饰味的方法，你就不能不承认，有一个虽然死了、却依然潜移默化的张光宇。

我自以为是虚弱的，对张光宇这样一位大家，常常有高山仰止之慨，却不敢去研究，唯恐一认真研究，便要"吃"了自己。当年的"偷师"，所画的大略是"较"之作。1936年左右，漫画刊物却又冒出光宇的另一私淑弟子，此君便是张仃。这位出道稍迟、年纪比我小两岁的同行却远比我聪颖。他的形式手法虽不乏来自光宇，作品题材却多涉及百姓的苦难，补了光宇鞭长莫及的一面。由于气味相投，这位年轻的张仃竟成为我的第二个偶像。40年代，我的许多漫画作品发表时所署便是"王仃"笔名，如此心仪，现在想来，应该说与对光宇的倾倒是一脉相承的。回想起来，当年我对光宇、浅予、张仃等巨擘的崇敬，也就是探知漫画艺术天高地厚的开始。

是的，光宇过早地走了，这自然要令后人叹息。但更令人感慨的，还是这样一位启后来者端绪的大家至今没有一种公正、全面、客观的评价。辟新路者，为真正的大师，光宇于此是当之无愧的。当我们现在再来纪念光宇，恐怕最重要的不是由当年故旧好友来一番忆昔怀旧，凑一凑旧话重提的谈资。所以，我宁肯勉为其难地多谈一点关于光宇的艺术。能慰藉光宇在天之灵的，将是一种对光宇的实事求是的、深入的研究和评价。

（原载北京《装饰》1992年第4期纪念张光宇特刊）

两个"老少年"和一位忠厚长者

——记苗子、郁风兼忆夏公

一

这张照片，在我的艺术生涯中具有历史的意义。1983年，北京中国美术馆举办"廖冰兄漫画创作50周年展"，照片是苗子、郁风夫妇与夏公（衍）到展场的留影。之所以具有历史意义，是因为我生平第一次开个展是在1938年，我23岁，在广州举办"廖冰兄抗战连环漫画展"。那时我的画画得很稚拙，只有满腔的激情，把锋芒向着日本侵略者。画展开幕的前夜，在广州长堤基督教青年会内简陋的展场，我和妹妹廖冰及后来成为我妻子的罗凤珍在布展。其时，我给苗子打了个电话。那时有电话的人家只有两种，一种是大官，一种是大阔佬。苗子当时是广东省政府的机要秘书。

苗子接到我的电话，大概是晚上十时许，即带来两个人，一个是刚从上海迁来的《救亡日报》的总编辑夏衍，一个是《救亡日报》的记者兼美术编辑郁风，于是夏衍、苗子、郁风三人就是我生平第一次个展的第一批热心观众。夏衍、郁风立即决定在《救亡日报》上为我这个展览开专版。苗子写了对我的作品评价极高的文章，三个不寻常的观众为一个初入艺坛的后生捧场，亦可谓很不寻常了。

经历了近半个世纪之后，1938年的后两个数字刚好换了位置——1983年，我到北京再开个展，竟然又是这三个不寻常的观众最早到场……是历史的巧合，还是上天的安排？当年38岁年富力强的夏公已经83岁了，他是坐着轮椅由苗子、郁风夫妇推到展览会场。但夏公仍然精神奕奕，而苗子、郁风更是依旧青春、生猛。

二

　　黄苗子原先是在香港画漫画的。1932年初十九路军在上海抗击日寇，当时19岁的苗子大发爱国热情，离家出走，跑到上海企图投笔从戎。他的父亲很担心，急电请当时任上海市长的吴铁城"捉拿"儿子。吴与苗子父亲黄冷观当年同是同盟会会员，交情甚笃。吴于是立即把苗子找来"训话"，然后硬给他一个在市政府看守大印的闲职。当时上海是左翼文化人，也是漫画家聚集之地，而漫画家多是爱国的，苗子也乐得借此投入漫画界。1937年末，上海沦陷，吴调任广东省主席，苗子也随吴来到广州，当起广东省政府的官员来了。

　　我认识苗子是在1935年，他从上海回香港探家，路经广州来找我。这时我才知道苗子还比我早两年发表漫画，是广东漫画界的前辈，因为他最早发表的漫画是在广州的《半角漫画》等报，而我最初见到苗子的漫画却是在上海的《时代漫画》杂志。他的画风颇似张光宇，与广东流行的漫画风格大异，所以我没想到苗子还是先在广东画起漫画来的。当年我们广东漫画界对上海漫画非常崇拜，对苗子也当然另眼相看，遗憾的是我至今仍未见过苗子在广东发表的漫画作品。

　　我与苗子的实际往来其实并不多，后来再相逢是1941年在重庆。那时他是国民党政府财政部的"四大金刚"之一，具体官位是啥，我不清楚，反正是个"猛人"。但此公不论何时何地总是为官不似官，还是一介书生，一个混迹官场而毫无官气的"王老五"（王老五是30年代一部电影的主角，是一个单身汉）。1944年我住在重庆郊区北温泉，苗子在重庆成婚之后，住进有花园的公馆，我偶然进城就到黄公馆做客，黄公馆成了我的免费"旅馆"兼"饭店"。可这个财神庙（财政部）的高官接待客人仅是比平日多加皮蛋（松花蛋）一只，是如此之热情好客，却又如此之"孤寒"。几十年后我到北京也住在苗子家，每饭也只是"捞面条"一碟。而今天的私宴公宴大都讲究排场，显示阔气，不知花费的是私囊还是公囊，是以我就更怀念一个皮蛋宴客的黄公馆了。

　　我再揭一下黄苗子的老底，他的父亲黄冷观是国民党元老，是跟随孙中山革命的同盟会人，又是孙中山的同乡，还是一个老报人，是中国新闻事业的开拓者，后来办教育创办了香港中华中学。黄苗子的大哥黄祖芬是个忠厚长者，继父亲接任了中华中学校长之职，他于1941年香港沦陷时到重庆投靠苗子，我们一班难兄难弟都跟苗子管他叫大哥。

黄氏一家两代一直支持革命，从支持孙中山革命，到支持共产党革命，不是一般的支持，而是用心用力的支持。黄祖芬在抗战胜利后是国民党中央派驻港澳的领导人，同时仍任中华中学校长。所以当1946年国共分裂，白色恐怖时期，蒋统区的进步文化人士纷纷移居香港，要借钱、要找职业求温饱都投靠"众人大哥"祖芬。黄氏兄弟都是以国民党的身份做共产党的事，接济着一大批进步文人，患难与共，肝胆相照。这种对共产党的革命大业用心用力的支持，只有以他们的特殊身份才能做到。

再讲重庆的黄公馆，与其他任何一个官员的公馆不同，它是一个有着特别政治意味的场所。黄公馆的座上客有各种政治面目的人物，左派面目清晰的夏衍、郭沫若、邓初民等党内外革命名流，戏剧界、诗书画界各种文人，甚至最反动的有国民党军统特务……都经常聚集在黄公馆打牌、清谈，有如自发地搞统一战线。重庆时期的吴铁城已经是国民党中央秘书长，因苗子之父是国民党元老，又是吴铁城世交，苗子有中央秘书长作后台，这重庆山城中的黄公馆不能不说是一个极其特殊又极其微妙的政治场所，而黄公馆的主人——苗子总是以一个潇洒才子、温厚文人的姿态出现，不透露任何政治气息，黄苗子用他这一特殊角色，在上海—广州—重庆—香港一直支援着周恩来、夏衍领导下的一大批革命文化人。黄氏兄弟都是吃国民党的饭、做共产党的事的特殊人物。1988年，我见到华君武，华问我，你知道苗子是1938年参加革命的吗？我虽不知其详，但却深信不疑，因为我们一班文艺界的朋友早就感到苗子是个"身在曹营心在汉"的"人物"了。"文化大革命"期间，在秦城监狱关了七年的苗子，经过"审查"之后，竟得到"解放前对革命有功"的结论，我亦不以为奇，至于具体有些什么功，苗子从来不会对人说，我想，以他的身份能够帮助共产党所做的事是不可估量的。仅举我所知的一例，1945年欧战结束后，苏联邀请郭沫若出席在莫斯科召开的世界和平大会，受到国民党阻挠，不提供外汇，还是由于财政部的黄苗子起了作用，使得以顺利成行。

三

讲到郁风。在美术界，我和苗子都是"野生动物"，而郁风却是正规科班出身的美术家。我认识郁风时，她还是个21岁的姑娘，毕业于北平艺专及中央大学美术系。我知道郁风一个鲜为人知的故事——她是鼎鼎大名的版画家黄新波的老师。因为黄新波读中学时参加进步活动被学校开除，到上海加入了鲁迅提倡的新兴木刻行列，新兴木刻当时是美术上一个革命的艺术活动。当年田汉在上海开办一所中国艺术大学，黄新波在该校学素描，任课老师便是郁风，后来上海沦陷，郁风到了广州，在夏衍当总编的《救亡日报》当美术编辑。一天，郁风去拜访著名的版画家黄新波，一见面，郁风愕然："原来你就是黄裕祥（新波原名）呀？"不觉好笑，学生黄新波年纪比当老师的郁风还要大些。

更使我困惑的是，我生平第一次个展的那些作品，其实极粗糙，技巧极差，无章无法，又竟然会得到苗子、郁风两位雅人的大为欣赏，热烈捧场。他们出身名门，我出身卑微，苗子、郁风都是书香世家，他们的作品都极具书卷气，我却是家无书香，除纺纱机和草鞋凳之外只有一本历书，我的画是粗野兼土气，与他们有云泥之别。看来，我与苗子、郁风之间可谓"雅俗互赏"了。

四

苗子夫妇是我生平最尊敬的朋友，他们的品格和艺术观我认为都是无可挑剔的。他们为人待友无所不能包容，正如苏东坡说的："吾上可陪玉皇大帝，下可陪卑田院乞儿。眼前见天下无一个不好人。"人们常说文人相轻，而苗子夫妇既尊重才高名重的前辈与同辈，总是着眼别人之长，尤其热衷于发掘和鼓励新人。我第一次开个展，他们就来捧场，我的艺术成就也有他们开发的功劳。不过论年龄，苗子只是我的兄，郁风还是我的妹，在辈分上该是同一辈。

在艺术上，苗子和郁风也是无所不能包容，正如方成所说，假如要办一所艺术学校，苗子夫妇二人就可以全部包起中国画、西洋画、装饰艺术、书法、美术理论、古典文学……所有课程。郁风善写散文，美术理论更是写得一流。苗子的古典文学修养甚高，为众多美术行家所不及，赋诗、填词及写四六骈文果真是倚马可待，妙语连珠，好像信手拈来。苗子从小习书法，并有深究，功底本来就雄厚，可他曾自谦地说："有张正宇（张光宇之弟）在生，我不敢写字。"张正宇临终前就忠告并批评过苗子和我（是苗子在来信中转告我的）："做人要谦虚，搞艺术不能谦虚。应当肯定自己还是有点成就。写字画画都要不断在肯定以往成就的基础上又抛弃以往的成就，不然就没有前途。你、冰兄、丁聪都止步不前，要有信心。"正宇兄1976年走了，按苗子自己所讲，假如正宇今天还在世，我们也许就看不到苗子的书法展览了。

谈起苗子又总会想起夏公，我认为夏公是文艺界共产党领导人中最可敬可爱可亲的人。而夏公周围的一群人也是很可爱的人，可是偏偏这些好人都是最坎坷、最倒霉。他们对革命、对人民、对艺术无限忠诚却从来不得意，且得意时如此，不得意时亦如此，正如有句话：得意淡然，失意泰然。此话用于夏公是最恰当不过了。

回想起来我还有一件对不起夏公的事。"文革"后我重获自由，1977年，我与一个苗子不相识的同行到北京参观展览。我们两人要找住处，半夜三更敲苗子家门，那时郁风正好返家乡浙江去了，苗子马上让出房间给我们住，他自己打开张帆布床做起"厅长"来。我住在苗子家天天睡懒觉，苗子天天早晨到公园打太极拳，然后买回豆浆、油条给我们作早餐。有一天苗子回来说，他在街上见到夏公，并告诉夏公，冰兄到北京来了，夏公很高兴，对苗子说很想见我。那时候我好糊涂，竟问苗子，夏衍是"四条汉子"之一，是什么问题还不清楚，能去见吗？后来，我虽然还是去见了夏公，夏公说喜欢猫，想我画一只猫给他，可我至今仍没画，现在即使画了，却再也无法送给他了，呜呼！

夏公已经离开了我们，如果我再开画展，三个人一起来的事已不可能有，而夏公去年为苗子夫妇写了篇感人肺腑的文章，他看苗子、郁风俩还是老少年。当年的才子才女虽升级为才公才婆，但他们的形貌仍似才子才女，我再开画展，他们当然可能看到，但再拍照片时，就没有夏公了。今年苗子夫妇从澳洲回来开书画展，我写下这篇怀旧文章，我希望下一世纪他们再次来开书画展，我一定第一个走进展场。

（原载广州《同舟共进》1995年第5期，

廖陵儿记录整理，原文有删减）

附　录

廖冰兄艺术年表简编
（1915—2016）

1915年（出生）

10月21日（乙卯年九月十三日）生于广州，原名廖东生。祖籍广西象州县妙皇乡大窝村，父廖明刚（字日强），母岑月清。

1919年（4岁）

父死于横祸，遗下母亲及东生和一岁的妹妹廖冰。

1923年（8岁）

母改嫁广西武宣人余恩溥，兄妹留在广州，由外婆抚养。

1929年（14岁）

断续读完小学，考入广州市立师范学校。

1932年（17岁）

开始在广州报纸发表漫画。此前做过小贩，干过纺纱、织麻鞋、扎作等活，并学唱木鱼、粤曲，又自学水彩画、月份牌画等。

同年，东生初中毕业。

1933年（18岁）

在《诚报》发表文章时，首次以"冰兄"为笔名，后沿用终身。

1934年（19岁）

在广州、香港的报刊及上海《时代漫画》《独立漫画》《漫画界》《上海漫画》《中国漫画》等刊物发表一系列"人生哲理漫画"及抗日漫画，获漫画界前辈称许。

1935年（20岁）

在广东省立勤勤大学师范学院高中毕业，当过短期的小学教师。兼任《群声报》美术编辑，在该报发表反对日本侵略、谴责投降主义的漫画。

1936年（21岁）

5月，发起组织"广州大众漫画会"，并举办"大众漫画展"。

被聘为在上海举办的"第一届全国漫画展览会"筹备人员，参展作品6幅，其中《标准奴才》被美国《亚细亚》杂志刊登。

10月初，以小册子的形式发表《〈何老大〉的研究》，为他四十年代末至香港开拓"新市井"漫画奠定思想和理论基础。

同年年底在香港戏剧刊物《伶星》任美术编辑。

1937年（22岁）

赴香港任《伶星》杂志编辑，并与漫画界前辈黄凤洲合办漫画刊物《公仔报》。"七七事变"后，即弃职由港返广西武宣，创作抗日漫画两百多幅，还动员同母异父的弟弟画画、写诗投身抗战。

1938年（23岁）

2月，在广州长堤基督教青年会举办"廖冰兄个人连环画展览会"，并得到《救亡日报》主编夏衍及郁风支持，在《救亡日报》发布该画展特刊推介。

3月初，与摄影家郑景康同赴武汉，参加国民政府军事委员会政治部第三厅领导的漫画宣传队（叶浅予任队长）。在"保卫大武汉宣传周"期间，"廖冰兄抗战连环漫画展"在汉口百货公司展出。

5月，随张乐平领队的漫画宣传队分队到皖南休宁开展宣传工作。

10月，根据毛泽东《论持久战》一文的精神创作《抗战必胜连环图》，为彩色布画，在安徽、浙江、江西、广西各城镇流动展出。

1939年（24岁）

年初随队迁往桂林，曾在地下党领导的广西地方建设干部学校任美术教师。

黑白木刻版《抗战必胜连环图》（由木刻家陈仲纲刻）在胡愈之主持的桂林文化供应社出版。

与黄新波、刘建庵、张安治、阳太阳等人一起发动桂林美术界举办大规模美展。

与黄新波、赖少其、刘建庵等同任《漫画与木刻》月刊编辑。

1940年（25岁）

6月23日，中华全国木刻界抗敌协会在桂林推举张在民、黄新波、廖冰兄、陈仲纲、刘建庵等五人为常务理事，黄超、周令钊、温涛、黄少痴等九人为理事。会上还讨论了开展"木运"（木刻运动）的问题。

7月，国民政府改组第三厅，解散漫画宣传队。

8月，应梁中铭之邀，到四川綦江任国民政府军事委员会战时工作干部训练团美术培训班教导主任。

1941年（26岁）

在《新建设》第二卷发表《抗战四年来木刻活动的回顾》，这是廖冰兄作为中华全国木刻界抗敌协会常务理事参与木刻运动的一篇重要文献。

任重庆《阵中画报》编辑，后转至四川遂宁任中国茶叶公司营业员，并从事广告设计。

1942年（27岁）

10月，在重庆主持由苏联大使馆与中苏文化协会主办的"十月革命25周年展览"设计工作。

1943年（28岁）

经冯亦代介绍，任重庆中央印刷厂美术设计。

1944年（29岁）

年初，与罗凤珍结婚。

拟画中国画卖画谋生，不成功。后到中华教育电影制片厂与特伟一起从事动画设计并兼授绘画课。同年为翦伯赞的《中国史纲》绘制插图。

10月，大女儿陵依出生，"陵"者，怀念嘉陵江之意。

1945年（30岁）

3月，与叶浅予、张光宇、特伟、丁聪、沈同衡、余新亚、张文元在重庆举办"八人漫画联展"，揭露蒋统区腐朽黑暗面。冰兄参展的作品最多，深获好评。

5—8月，接替叶浅予的工作，在中美合作所绘制对日、汪策反的宣传画。

9月，日本投降后即着手筹备个人画展，创作百余幅反映统治者劫夺胜利果实，发动反共内战，企图维护其独裁政权阴谋的作品，部分作品以猫鼠为奸来比喻统治集团，名之为《猫国春秋》。

1946年（31岁）

"《猫国春秋》漫画展"春节期间在重庆北碚首展，3—4月，先后在重庆中苏文化协会及工人福利社展出。展览轰动山城，观众反应热烈，从此奠定冰兄在中国漫画界的不朽地位。《猫国春秋》还得到党中央当时驻重庆的领导同志王若飞、邓发、陈绍禹和叶挺以及进步文艺界人士郭沫若、田汉、闻一多、李公朴等人的肯定。《猫国春秋》随后又到成都、昆明展出。7月中旬，李公朴及闻一多遭暗杀，昆明白色恐怖加剧，冰兄被迫逃亡。

10月，随新中国剧团离开昆明拟往上海，中途翻车受伤，滞留贵阳。

年底，返回一别九年的广州。

1947年（32岁）

2月到香港，加入革命美术团体"人间画会"。随即与黄新波等筹办揭露国民党反动派罪行败迹的"风雨中华漫画展"，冰兄为漫画展撰写广告词。

6月，《猫国春秋》在香港展出，展出期间《枭暴》被窃。

9月，在《华侨晚报》连载《梦里乾坤》连环漫画，反映香港社会丑态。

同年，与张光宇试制动画片。

1948年（33岁）

1月，任《星期报》（后改名《周末报》）美术编辑。后得报社支持，与米谷、特伟等举办"青年人大学漫画学院"，借以团结香港进步青年美术爱好者。

2—8月，在《华侨晚报》发表取材于香港社会生活的连载连环漫画《阿庚传》，粤语对白，具浓厚的香港特色，深受市民喜爱。后又改为侧重时事新闻的内容，并更名《阿庚》在《华商报》连载至年底。

11月，与张光宇、米谷、特伟、丁聪等创办《这是一个漫画时代》期刊。

任《华侨日报》的《漫画双周刊》编辑。

1949年（34岁）

1月1日，在《华商报》发表漫画《新年勉笔》。

4月，发表《谈〈何老大〉系连环漫画——由华南报纸的连环漫画说起》一文。

5—10月间，在《华侨日报》发表连载文章《怎样学漫画——给要学漫画的青年朋友》。

6—10月间，在《新生晚报》发表连载连环漫画《佐治汪》。

7月，中华全国美术工作者协会在京成立，冰兄缺席当选为理事。

10月1日，以"人间画会"名义发起制作题为《中国人民站起来了》的毛泽东巨像（30米高），与张光宇、张正宇、阳太阳、关山月等数十人共同绘制，完成后悬挂于广州爱群大厦。又以"人间画会"名义组织香港美术界举行庆祝中华人民共和国成立大会，并举行"慰劳解放军义卖画展"与"购买胜利公债义卖画展"。

1950年（35岁）

任香港《文汇报》美术编辑，5月，任"港澳工商界东北观光团"随团记者。

10月，迁返广州，任《快活报》周刊主编。后又任《联合报》美术编辑，主编该报《每周漫画》专栏，并在该报发表歌颂新社会的连载连环漫画《六叔》。

在1950年10月至1952年间创作了一大批抗美漫画。

1951年（36岁）

2月，获华南人民文学艺术学院聘为漫画专业教授。

任广州市文联筹备会出版部部长，主编《广州工人文艺》。

1953年（38岁）

年初，调入中华书局广州编辑室当编委，为《中华通俗文库》画插画。

母亲受"土改运动"波及，自杀。

出席全国第二届文学艺术代表大会，被选为中国美术家协会理事。

1955年（40岁）

在《作品》《广东文艺》《新观察》《文艺报》等省内外报刊发表一大批所谓批判"胡风反革命集团"的漫画。晚年忆及此事，乃痛心不已，自责以画笔文笔助"左"为虐。

1956年（41岁）

3月，中国美术家协会广州分会成立，被选为副主席兼创作委员会主任。

任大型木偶剧《芙蓉仙子》及电影木偶剧《芙蓉仙子》美术总设计。

1957年（42岁）

7月，黄蒙田在香港《大公报》发表《冰兄的加工速写》一文，盛赞冰兄独特的速写艺术。

在北京《漫画》半月刊发表《打油词画——赠教条主义诸公》批评文艺极"左"现象，被《人民日报》以大篇幅文章公开点名批判。

1958年（43岁）

4月12日，接获被划"右派"通知当日，在《精拓云峰山诗刻》扉页题诗："人闲意闷乱临池，隶草真行似又非；酸辣咸甜拼一碟，心情字体一般如。"

5月，下放广州白云山的广东省委干部实验农场劳动改造。

1960年（45岁）

在农场编场报，从事宣传画创作。

赴京参加全国第三届文代会及第二届美代会。

1961年（46岁）

创作大型潮剧《槟榔》。

1962年（47岁）

年初结束劳动改造，调回广东省木偶剧团工作，从事舞台设计，并创作木偶剧剧本。

1964年（49岁）

与江沛扬、谭裕钊及苏森陶等合作创作四格连环漫画《松叔日记》，以"汀人"为笔名，发表于《羊城晚报》，歌颂新人新事新风尚。

1966年（51岁）

被打成"广东舞台美术黑线人物"，饱受批斗。

1968年（53岁）

7月，被关押在监狱，至1969年5月才转至"五七干校"。

1972年（57岁）

5月，离开干校，返回广东省木偶剧团重操旧业。

1976年（61岁）

恢复中断多年的漫画创作。

1977年（62岁）

从中国文学艺术研究所资料馆找回《猫国春秋》画作63幅。

1979年（64岁）

2月，"右派"问题获改正。

9月，漫画小报《剑花》在广州创刊，冰兄任主编。

11月，赴京参加全国第四届文代会，当选为全国美协理事。

12月5日—翌年1月20日，"六人漫画联展"在广州文化公园举行。参加者有廖冰兄、黄伟强、江沛扬、曾钺、黎耀西、谭裕钊。冰兄以控诉十年浩劫、反思"文革"为主要内容，创作《自嘲》《禁鸣》及《噩梦录》组画等数十幅漫画参展，获得国内外报刊广泛好评。展览一再延期，极一时之盛。

《自嘲》在2006年入选广东美协"50年50经典"作品。2009年又在文化部举办的"向祖国汇报——新中国美术60年"大展中，被选为代表1979年中国美术的经典之作。

1980年（65岁）

1月，任广州市文联副主席分管美术工作。

4月，任广东省美协副主席兼创作委员会主任。

11月，参加中国漫画代表团访问日本。归来发表《日本——漫画之国》一文。

1981年（66岁）

1981年2月20日出版的《讽刺与幽默》（《人民日报》漫画增刊）发表署名"刘加"的读者来信，质疑冰兄创作于1980年夏天的漫画《也是武松？》："这吃人的老虎是谁？是党？是国家？是社会？还是某个具体的人？它到底代表什么？我们见了这画面上的白骨怎么会不联想到'吃人的旧社会'呢？！"刘加无限上纲的"打棍子"在社会上引起公愤。

11月，冰兄8幅作品参加在巴黎举行的"中国现代漫画展"，其中《禁鸣》在展览时被盗。

1982年（67岁）

12月，"廖冰兄漫画创作50年展"在广州举行，展出历年创作的漫画一百四十多幅。

1983年（68岁）

6月，"廖冰兄漫画创作50年展"在北京中国美术馆展出。同年又先后在南宁、梧州、桂林、重庆再次展出。

漫画《自嘲》获首届广东省鲁迅文学艺术奖。

1984年（69岁）

《自嘲》参加全国第六届美展，获铜牌奖并被中国美术馆收藏。

12月，应澳门《华侨报》邀请，赴澳举办创作回顾展。

香港漫画研究会出版《廖冰兄漫画选页》。

1985年（70岁）

5月，在全国美协第四次代表大会中被选为全国美协理事。

5月，下旬，应香港三联书店之邀，赴港举办"廖冰兄漫画创作50年展"，反应强烈，被香港左、中、右各报刊广泛评介。

7月，在美协广东分会第三次代表大会中再次当选美协广东分会副主席。

画集《冰兄漫画——1932年至1982年作品选》由岭南美术出版社出版。

10月，为《中国大百科全书》撰写《冰兄自传》。

1986年（71岁）

7月，应泰国艺术大学邀请，率广东美术家代表团赴泰举行"广东省美术作品展"。

8月，为纪念孙中山先生诞辰120周年，创作了《剪辫子》。

同年，开始尝试创作风格独特的"墨底重彩风景画"。

1990年（75岁）

离休，因年龄关系不再担任广东省美协领导职务。

1991年（76岁）

《自嘲》被刻于杜甫故乡巩县神墨碑林，石刻画中冰兄补题了四句："鬼使神差钻入埕，埕中岁岁颂光明，一朝埕破光明现，反被光明吓大惊。"

1992年（77岁）

11月8日，全国美协漫画艺术委员会、广东美术家协会等多个部门，假座广州市少年宫蓓蕾剧场，联合举办"冰兄之夜"晚会，1500宾客塞满剧场，庆祝廖冰兄从艺60周年。11月9日的《羊城晚报》在头版以"烛光辉映冰兄之夜"为题，报道了这次由民间筹办，形式新颖，不拘一格的庆祝活动，称"不循惯例的晚会，看似寻常的礼物，这是对一位剑胆琴心、侠骨柔肠的文化战士的庆贺"。

为贺冰兄从艺60周年，编辑出版了文集《我看冰兄》。

1994年（79岁）

4—6月，试用墨底重彩法创作《残梦纪奇篇》组画及《进补延年》《烈士刑场洒碧血，官家私宴倾公囊》，手法有别于以往的作品。

10月，《中国漫画书系·廖冰兄卷》由河北教育出版社出版。

1995年（80岁）

策划将《中国抗日漫画史——中国漫画家十五年的抗日斗争历程》（日本漫画家森哲郎编著）一书，翻译成中文，并出资赞助其在国内出版。

1997年（82岁）

5月，为贺香港回归，创作漫画《计穷泣别图》。

6月，文集《冰兄漫谈》由河北教育出版社出版。

11月，《禁鸣》刻于长江三峡摩崖。

1998年（83岁）

8月，把各时期共194幅作品捐赠给广州艺术博物院。

1999年（84岁）

5月，与广东美术界共筹"愤怒的谴责——广东美术界声讨北约暴行漫画展"，并提供三张漫画参展。

9月，廖冰兄《猫国春秋》画集由山东画报社出版。

2000年（85岁）

1月，广州邮政局发行一套五十枚的《漫画人间——廖冰兄》漫画首日封。

2月，"漫画人间——廖冰兄"在香港艺术中心展出，由广东美术馆编印的《廖冰兄——香港时期漫画（1947—1950）》同时发行。

3—5月，"廖冰兄——香港时期漫画展"在广东美术馆举行。6月，中央电视台在《东方之子》节目中播放廖冰兄访谈录。7月，由广州艺术博物院编的《廖冰兄艺术馆藏品》出版。

9月，"历史的聚焦——廖冰兄各时期漫画展"在广东省立中山图书馆举办，由广州市教委发文组织中小学生参观。之后又在佛山市图书馆、广州市少年宫等地展出。9月23日，广州艺术博物院"廖冰兄艺术馆"落成开馆。12月，为广州市越秀区重症病童发起书画义卖筹款活动。

2002年（87岁）

3月，捐款设立"广州市少年宫廖冰兄美术教育奖励金"。

7月，国内首家以个人命名的儿童美术馆——"廖冰兄儿童美术馆"在广州艺术博物院开设。

9月，广州市政协、广东省美术家协会等12个单位，联合主办"给世界擦把脸——贺廖冰兄从艺70周年暨《廖冰兄画传》首发式"活动。

2003年（88岁）

4月，发起为抗"非典"英雄叶欣塑像，并为塑像底座题书"大医精诚"。

9月，由广州市政协、广东省美术家协会等单位联合主办的"廖冰兄'三劣'同乐展开幕式暨廖冰兄艺术网站开通仪式"在广东美术馆举行。《廖冰兄"三劣"同乐集》画册同时发行。获中国文联、中国美术家协会颁发的第二届中国美术金彩奖成就奖。

2004年（89岁）

1月，由广州市政协、广东省文化艺术界联合会、广东省美术家协会等联合主办的"贺廖冰兄荣获第二届中国美术金彩奖成就奖"仪式在广州市少年宫举行。

5月，"历史的聚焦——廖冰兄各时期漫画展"在中山小榄艺术馆开幕，2005年又先后在广州暨南大学艺术中心及东莞市图书馆等地巡回展出。

6月，"彩墨寄深情——廖冰兄、陈舫枝彩墨展彩"在广东美术馆开幕。画集《廖冰兄 陈舫枝·彩墨寄深情》同时发行。

11月20日，"广东人文学会廖冰兄人文专项基金管理委员会"成立大会在广州市少年宫举行。原中顾委委员、著名学者于光远，原中宣部部长朱厚泽，原广东省委第一书记任仲夷，原广东省委书记吴南生及原广东省人大常委会副主任张汉青等老同志与美术、教育界各知名人士出席了成立仪式。

12月，获中国文化部颁发的第三届"造型艺术成就奖"，冰兄把奖金全部捐给南亚海啸灾区。

同年，获《南风窗》杂志授予2004年度"公共利益人物"奖。

2005年（90岁）

4月19日，在广州美术学院举办"历史·见证——廖冰兄的艺术"作品展。同时举办的还有"向廖冰兄致敬——爱国·和谐·关注"广东大学生漫画作品展以及"我画冰兄——美术家笔下的廖冰兄"美术作品展。

5月，《我有一枝笔——廖冰兄各时期漫画精选》由暨南大学出版社出版。

7月20日，由广东省美术家协会、广东美术馆、廖冰兄工作室联合主办的"廖冰兄画字同乐展"在广东美术馆开幕。

8月，《廖冰兄画字集》由岭南美术出版社出版。

10月，北京现代出版社出版《悲愤画神》，竟删掉冰兄于20世纪90年代画的《残梦纪奇篇》组画。

10月12日，"廖冰兄抗战漫画"巡回展在广东省立中山图书馆开幕，随后又分别在广州市少年宫及广州市少教所展出。在少教所同时展出连环图《漫画家廖冰兄的童年》。

2006年（91岁）

9月22日晚上九时四十分，冰兄因病不治，在广州市第一人民医院逝世，终年91岁。家属遵照冰兄遗嘱，丧事从简，不搞遗体告别，把冰兄和夫人罗凤珍两人的骨灰合埋于广州白云山思园绿树丛中。海内外传媒第一时间报道了冰兄辞世的消息。冰兄逝世，在南粤大地尤其引起巨大反响，《羊城晚报》《南方日报》《广州日报》《南方都市报》等报均以三四个版面报道这不幸的消息。《南方日报》以《冰兄，带着人民的爱离开了》为题，独家报道了遗体火化的消息。

广东美术界、广州市青年文化宫和广州市少年宫分别举行隆重的追思会。

2007年

2月5日，获全球华语动漫终身成就奖。

10月，廖冰兄纪念文集《冰魂雪魄在人间》由羊城晚报出版社出版。

2008年

广州雕塑公园安放了廖冰兄雕像《忧思之魂》（陈立人塑）。

2009年

第五届全国大学生原创动画大赛设立"冰兄奖"。

2010年

9月30日，广州天河公园冰兄艺术广场揭幕。该组合型环境雕塑由雕塑家陈立人设计，主体由《廖冰兄像》及浮雕《自嘲》《剪辫子》三座雕塑组成的花岗岩折页式造型墙。环墙体中间还嵌有由冰兄不同时期漫画代表作蚀刻而成的钢板画。周围地面竖立58个竹笋造型的小雕塑，象征一种生生不息的艺术力量在成长。

2011年

3月12日—3月19日，"冰魂雪魄——廖冰兄艺术回顾暨捐赠作品展"在北京中国美术馆举行，反应热烈。同时举行廖冰兄艺术研讨会。

2012年

4月10日，"寻找冰兄——廖冰兄漫画文化大展"在广州艺术博物院揭幕。

4月17日，《南方都市报》发表陈晓勤撰写的长文《直到世上无可悲可愤之时——廖冰兄漫画大展披露上世纪八十年代漫画界的两场论争》，在社会上引起巨大反响。

7月1日，广东省委宣传部正式为出版《廖冰兄全集》立项，同时拨出启动经费。

2013年

7月，《岭南画库·廖冰兄》画集由岭南美术出版社出版。

2014年

1月，由中国美术馆主编，文化艺术出版社出版《廖冰兄·冰魂雪魄》画集。

2015年

10月21日，在廖冰兄家乡广西象州县隆重举行"纪念廖冰兄百年诞辰"活动，包括《漫画艺术大师廖冰兄》图文集（由广西人民出版社出版）首发仪式，以及廖冰兄大型雕像（万兆泉塑）安放在廖冰兄家乡象州县妙皇乡大窝村等内容。

11月11日，"思想的先声——廖冰兄百年艺术大展"在广州艺术博物院举行。杨小彦撰写题为《时代潮流中的廖冰兄》的展览前言。

11月，廖陵儿撰写的《野生动物——我的父亲廖冰兄》由岭南美术出版社出版。

2016年

由美术家潘嘉俊任主编、叶燿才任执行主编的《廖冰兄全集》编辑部，历经四年的艰辛努力，终于让《廖冰兄全集》的编撰工作进入收尾阶段。

行将付梓的《廖冰兄全集》图文合共20卷，其中第1—11卷为漫画作品集，第12—15卷包括"三劣小品画"、设计（舞台、书籍）、风景画、速写、漫像、书法等作品。第16—20卷分别是文集、书信、日记、"众说冰兄"以及廖冰兄艺术年表。

前后参与《廖冰兄全集》编辑工作的，计有美术界人士、高等院校师生及廖冰兄家属凡数十人，广州大学美术与设计学院副教授周鲒主持了前期收集资料、组建编辑团队的工作。